JULIA KAUFHOLD

Sex and the Dorf

GOLDMANN
Lesen erleben

Buch

»Sex mit dir ist langweilig«, sagt Simon. Und geht. Da hält Caro es einfach nicht mehr aus in Hamburg. Weil sie schon immer aufs Land wollte, heuert sie kurzerhand bei einer Dorfzeitung an – wo sich ihre Bullerbü-Fantasien schnell an der güllegeschwängerten Luft zersetzen. Außerdem kennt sie kein Schwein. Das ändert sich, als sie Saranya, Karrierefrau in Stilettos, und Landei Nelly trifft. Sie alle sind über 30 und Single: eine Dorf-Rarität. Kein Wunder, dass es nicht nur bei Gesprächen über Männer, Sex und Liebe bleibt – um Caros Selbstbewusstsein wiederzubeleben, braucht es Taten! Als dann auch noch ein gewisser Herr Groß auf den Plan tritt und die Freundinnen um ihr Dorf kämpfen müssen, haben sie eine ebenso pikante wie brillante Idee …

Julia Kaufhold

Sex and the Dorf

Roman

GOLDMANN

Dieses Buch ist auch als E-Book erhältlich.

MIX
Papier aus verantwortungsvollen Quellen
FSC® C014496

Verlagsgruppe Random House FSC® N001967
Das FSC®-zertifizierte Papier *Pamo House* für dieses Buch
liefert Arctic Paper Mochenwangen GmbH.

1. Auflage
Taschenbuchausgabe Juli 2015

Umschlaggestaltung: UNO Werbeagentur, München
Umschlagmotiv: Getty Images/Phil Ashley; FinePic®, München
LT · Herstellung: Str.
Satz: omnisatz GmbH, Berlin
Druck und Bindung: GGP Media GmbH, Pößneck
Printed in Germany
ISBN 978-3-442-48274-0
www.goldmann-verlag.de

Besuchen Sie den Goldmann Verlag im Netz:

Für S. und F.

≈ 1 ≈

Das wird es sein. Mein neues Leben. Vermutlich beginnt es genau in diesem Moment.

Ich drücke mir den Ärmel meiner Lederjacke vor die Nase. Dass mein neues Leben nach Gülle riechen würde, hat mir keiner gesagt. Und auch nicht, dass der Startschuss gerade dann fällt, wenn mein Kopf im Fenster eines klapprigen Kleinbusses auf und ab federt. Unter meinem Kinn ein großes geschwungenes »Schau hair!«, Werbung für *Haar-Moni*, den Friseursalon einer gewissen Monika. In großen Lettern steht da einmal quer über der Außenseite des Busses: »Senioren-Kranzhaarschnitt 11 Euro.«

Wenn ich darüber nachdenke, hätte ich den Duft von heißer Schokolade für den Anfang ziemlich passend gefunden, und eigentlich wäre ein Flugzeug ganz schön gewesen, als Symbol. Irgendetwas, das mich möglichst schnell von meinem alten Leben trennt – von dem, was davon übrig geblieben ist. Am besten wäre es, wenn ein ganzer Ozean zwischen meinen zwei Leben läge. Oder der Ärmelkanal, da könnte ich mich zur Not am Rücken eines Kanalschwimmers festklammern und wieder zurückziehen lassen. Wenn das mit dem neuen Leben doch nicht klappt.

Es wird gehen.

Es *muss* gehen! Einen Plan B gibt es nämlich nicht.

Ich lehne meinen Kopf an die Fensterscheibe, draußen ist alles grau, so grau und diesig, dass Felder und Himmel eine einzige kahle Fläche bilden. Hier und da ein Baum, ein Mast und immer wieder Stromleitungen. Leere Wäscheleinen am Horizont.

Eigentlich müsste ich sogar sagen: Einen Plan C gibt es nicht. Denn das, was ich hier tue, ist bereits die B-Variante dessen, was ich mit meinem Leben vorhatte. Mein ursprünglicher Plan existiert nicht mehr, er wurde vor genau zehn Wochen, zwei Tagen und etwas über dreizehn Stunden durch einen einzigen Satz gekillt: *Sex mit dir ist langweilig.*

Die Landschaft zieht an mir vorbei wie ein breiter, borstiger Pinselstrich, mittendrin ein rotes Blinken, ich drehe mich um. Auch wenn ich mir vorgenommen habe, ab heute nicht mehr zurückzuschauen. Das Leuchtreklameblinken kommt von einem Wohnwagen, der am Rand eines Feldwegs parkt. An seinem Rückfenster klebt ein Herz, durchbohrt von einem Pfeil: »Open.« Allzeit bereit und ganz bestimmt nicht langweilig. Ich schlucke. Und kann nicht wegsehen, bis das Herz kleiner wird und ich es irgendwann nicht mehr erkennen kann.

Der A-Plan, an den ich lange Zeit geglaubt habe, ging so: Simon und ich sind noch ein paar Jahre zu zweit und in Hamburg glücklich, dann heiraten wir, kriegen Kinder, ziehen raus aus der Stadt und leben zusammen, bis ans Ende unserer Tage. Ich dachte, das wäre so einfach.

Jetzt ziehe ich allein raus. Und viel weiter weg, als meine Vorstellung jemals gereicht hat.

Der Bus rumpelt weiter über die holprige Fahrbahn, das Gummi des Scheibenwischers quietscht auf dem Glas. Knut schaltet ihn ab und wischt mit einem Lappen über die beschlagene Windschutzscheibe. Knut Groß ist pensionierter Landwirt und ehrenamtlicher Fahrer des Bürgerbusses. Er hat mich an der winzigen Bahnstation, drei Dörfer vor Büttelsbüttel, eingesammelt. Nur mich, sonst keinen.

»Einfach Knut«, hat er gesagt und gelächelt, als ich mit Sack und Pack und der aktuellen *Landlust*-Ausgabe aus dem Zug stieg und nicht so recht wusste, nach wem ich Ausschau halten sollte. Mit Knut werde ich jetzt wohl häufiger zu tun haben, denn er ist auch mein neuer Vermieter.

»Willkommen in Büttelsbüttel« steht auf dem dreckig weißen Banner, das die Fahrbahn überspannt.

»Willkommen in Büttelsbüttel«, sagt auch Knut, tritt auf die Bremse und lenkt den Bus in eine schmale Straße. Dabei nimmt seine Stimme einen so dynamischen Tonfall an, dass ich unwillkürlich an meinen Vater denken muss. Der hatte in den letzten Wochen einen neuen, unnatürlichen sprachlichen Schwung entwickelt, vor allem wenn er sein Lieblingsmantra »Neuanfang« aus dem Hut zauberte und mir wie ein Geschenk hinhielt. Als müsste ich sogleich freudestrahlend zugreifen, in die Hände spucken und mit was auch immer unverzüglich loslegen.

Die großen knorrigen Bäume links und rechts neigen sich zur Straßenmitte, ihre Kronen treffen sich im Himmel. An einem prangt ein beuliges Blechschild, auf dem »Schiefe Bäume!« steht und ein LKW abgebildet ist, der einen Baumstamm rammt.

Knut folgt meinem Blick. »Is' mal passiert, 87.«

Er kurbelt das Fenster ein Stück herunter, frische Luft strömt ins Wageninnere. Sehr frische Luft. Sommerregen und geschnittenes Gras oder einfach nur sehr saftiges, ungemähtes Gras. Und noch mehr Gülle, die alles übertüncht, so wie die Ausdünstungen von Pissoirs, wenn man in schrammeligen Clubs das Herrenklo benutzt, um sich nicht in die Schlange vor der Damentoilette einreihen zu müssen.

Ich ziehe den Zettel mit der Projektskizze aus der Tasche und falte ihn auf. Sofort will etwas in mir loswinseln: *Ich will nach Hause, unter die Bettdecke, mich nicht mehr bewegen, bis alles wieder richtig ist*. Ich beiße die Zähne zusammen, bis meine Kiefermuskeln anfangen zu schmerzen. Nein, heute wird nicht gewinselt.

Oben auf dem Blatt steht: »Mein neues Leben ohne Simon.« Doppelt unterstrichen. Als ich den Projektplan vorgestern erstellt habe, habe ich mich kurz gefragt, ob es nicht vielleicht hilfreich wäre, sich für ein Projektmanagement-Seminar anzumelden. Den Gedanken habe ich gleich wieder verworfen. Nicht nur weil die Zeit bis zum Projektstart, also bis heute, zu knapp gewesen wäre, sondern weil mir beim Sichten der Seminarangebote schnell klar geworden ist, dass da auch nur mit Wasser gekocht wird. Am Ende hätte ich vielleicht ein schickes, womöglich farbiges Hierarchie-Diagramm gehabt, so ein Ding mit Kästchen, die sich zu immer mehr Kästchen verzweigen, mit Teilaufgaben und Arbeitspaketen, vielleicht hätte ich sogar an einem Rollenspiel mit differenzierter Videoanalyse teilgenommen – und was wäre dadurch gewonnen?

Schließlich habe ich mir in Eigenregie einen neuen Kugelschreiber gekauft, meinen ersten Nicht-Plastik-Kugelschreiber, weil ich dachte, dass es passender sei, einen zu benutzen, den Simon ganz sicher noch nicht in der Hand gehabt hat, und einfach drauflosgeschrieben.

Projektziel: Glücklich sein. Das ist doch das Ziel eines jeden Projekts, oder?

Wann ist das Projektziel erreicht: Wenn mich der Gedanke an Simon nicht mehr traurig macht. Wenn ich mich umsehe und denke: Ja, das ist mein Leben, und es ist schön, so wie es ist.

Mit gefühlten zehn Kilometern pro Stunde passieren wir ein Plakat der Freiwilligen Feuerwehr: »Cool genug für einen heißen Job?« Können wir nicht schneller fahren?

Wie erreiche ich das Projektziel:

Sicherer Job.

Da kann ich gleich das erste Häkchen setzen, schließlich habe ich einen Job. Meine erste Festanstellung. Als Redakteurin beim, äh, *Büttelsbüttler Boten.* Eine Dreiviertelstelle. Da bleibt mir genügend Zeit für all die anderen Projektschritte.

Leute kennenlernen.

Der Bus tuckert an einer Rollatorparade vorbei, bestehend aus vier grau gelockten und zwei fliederfarben frisierten Damen. Ich lockere mein Bein, als ich merke, dass ich meinen Fuß in die Gummimatte vor mir gestemmt habe, als wäre da ein Gaspedal. Die Straßen sind doch frei.

Na, ich bin ja mal gespannt auf die jüngeren Leute.

Oder sollte ich sagen: auf die Leute mittleren Alters? Irgendwo hab ich gelesen, dass man ab fünfunddreißig offiziell zur Gruppe der Menschen mittleren Lebensalters gehört. Und dass jede Gruppe ihre eigenen Entwicklungsaufgaben bewältigen muss. Bei den jungen Erwachsenen, also bei denen zwischen achtzehn und vierunddreißig, sind das: heiraten, Kinder kriegen, im Berufsleben ankommen und einen eigenen Lebensstil finden.

Und wie alt bist du jetzt, Carolin Punke? Sechsunddreißig? Tja, damit hast du die Zielvorgaben leider nicht erreicht. Übrigens, wusstest du, dass manche Forscher den Schnitt zwischen frühem und mittlerem Erwachsenenalter sogar schon bei dreißig Jahren ansetzen? Für diese Einteilung spricht einiges, beispielsweise …

Aufhören! Sofort!

Rechts ein Feld mit Strohballen, die in Folie eingeschweißt sind, so sieht es zumindest aus, links eine Kuhwiese. Da, wer sagt's denn! Da ist ja schon ein jüngeres Exemplar. Mitten auf der Weide steht eine Frau. Anfang dreißig, würde ich sagen. Knut unterhält sich aus dem Fahrerfenster mit den Rollatorladys, während ich meine potenzielle neue Freundin aus der Ferne in Ruhe mustern kann. Also, da wäre erst mal ihr knielanges Sommerkleid, weiß mit rosaroten und lilafarbenen Blüten, das ziemlich, nun ja, bäuerlich aussieht. Vermutlich ist sie ja auch Bäuerin. Sie hält die Weide in Schuss und treibt die Kühe durch die Gegend und … Was tut sie denn jetzt? Die Frau hat die Arme ausgebreitet, ihre Handflächen zeigen in Richtung Himmel. So verharrt sie, als würde sie darauf warten, dass es regnet oder dass Blütenblätter aus den

Wolken fallen oder Sterntalersterne. Nee, das ist keine Bäuerin, das ist eine nacktfüßige Esobraut, die im Übrigen nicht einmal ein Bäuerinnenkopftuch trägt.

Tragen Bäuerinnen überhaupt noch Kopftücher? Oh Mann, ich hab ja so was von keine Ahnung von Landwirtschaft und Landleben. Da muss ich mich ganz fix und möglichst unauffällig einarbeiten. Schließlich soll ich ja in Kürze für die Bewohner dieses Dorfes schreiben, da kann ich mich ja nicht gleich zu Beginn als komplett unwissend outen. Eigentlich absurd, man schreibt ja auch nicht über Finanzwirtschaft, wenn man nicht weiß, was ein … also, wie die ganzen Sachen da eben so heißen.

Ein Wunder, dass die mich beim *Büttelsbüttler Boten* überhaupt genommen haben. Um ehrlich zu sein, hat meinen neuen Chef am meisten interessiert, wann ich anfangen kann. Als ich sagte: »Sofort«, rief Geert-Helge Hahn durchs Telefon: »Fantastisch, dann sehen wir uns in drei Tagen!« Mein Herz klopfte wie verrückt, plötzlich ging alles so schnell, nachdem die Zeit wochenlang stillgestanden hatte. Oft hatte ich nicht einmal gewusst, ob die Sonne gerade auf- oder unterging, bis ich endlich begriff, dass es nichts änderte, wenn ich im Bett lag und wartete. Und auch, dass es mir nicht guttat, meinen kalten Fuß immer wieder auf Simons leere Betthälfte zu schieben.

Ich ziehe den Reißverschluss meiner Jacke hoch und rutsche tiefer in den Sitz.

Vorab persönlich kennenlernen wollte mich Geert-Helge Hahn nicht. Und wissen wollte er auch nichts. Nicht einmal, ob ich weiß, was ein Mähdrescher ist. Oder ein Miststreuer. Dabei hatte ich mir vor dem Gespräch extra noch den *WAS-IST-WAS*-Band *Bauernhof* kommen lassen. Wirklich, ich finde, *WAS-IST-WAS*-Bücher sind als journalistische Quellen absolut unterschätzt. Einmal musste ich fürs *Hamburger Abendblatt* den Sprecher eines Stromkonzerns zum Thema erneuerbare Energien interviewen. Dank *WAS IST WAS Energie* überhaupt kein Problem.

Oh Gott, was macht die Frau auf der Weide denn jetzt? Ich drücke mich im Sitz hoch. Sie hüpft. Ihr Kleid flattert, sie springt zwischen den Kühen umher, die unbeeindruckt weitergrasen. Ist das normal?

Natürlich habe ich mich über Büttelsbüttel informiert und gelesen, dass das Dorf nur dreihundertsiebzig Einwohner hat. In ihrer Winzigkeit ist mir die Zahl allerdings immer irgendwie abstrakt vorgekommen, jetzt plötzlich füllt sie sich mit Leben. Mit sehr seltsamem Leben.

Ich atme tief durch. Was soll's? Ich habe einen Job, da wird es Kollegen geben, und da mein neues Ich ausgesprochen offen ist für Freundschaften am Arbeitsplatz, werde ich mir meine Mittagspausen und Abende gut einteilen müssen. Nicht dass ich in Stress gerate. Beim Büttelsbüttler Medium Nummer eins sitze ich außerdem direkt an der Quelle aller Informationen und werde immer als Erste wissen, wo was los ist. Ich werde Vereinen beitreten, kulturelle Veranstaltungen besuchen, ein Interesse für Landwirtschaft entwickeln und auf diese Weise unzählige, na ja, maximal dreihundertsiebzig neue Leute kennenlernen. Mehr als genug.

Spaß haben.

Mit meinen dreihundertsiebzig neuen Freunden werde ich ausgehen, in überhitzten Zelten süßen Sekt trinken, zum DJ rennen, weil der Songs spielt, die ich kenne, und schreien: »Den kenn ich!«, und: »Hast du auch *Like a Prayer* oder *Eternal Flame*?«, und ein anerkennendes DJ-Nicken ernten. Ich werde mich fühlen wie sechzehn!

Und wenn ich darauf keine Lust habe, werde ich mich stattdessen auf illustren Gartenfesten tummeln. Alter Baumbestand, eine lange Tafel inmitten einer wild blühenden Wiese, Pferde, die schnaubend ihre Köpfe über den Zaun strecken, selbst geernteter Feldsalat und riesige Kürbisse, Einmachgläser mit zartrosa Schleifen umwickelt, umfunktioniert zu kleinen Vasen, Ranunkeln, bunte Lampions in den Bäumen.

Und: Ich will Trecker fahren! Mein heimlicher Wunsch, seit ich das erste Mal *Wir Kinder aus Bullerbü* vorgelesen bekommen habe, also seit über dreißig Jahren. Lenken muss ich das Ding zwar nicht, aber ich würde gerne einmal oben mitfahren und das Schaukeln unterm Hintern spüren.

Neue Dinge lernen.

Ich habe vor, mir ein neues Hobby zuzulegen. Ein typisches Landlebenhobby. Bin noch etwas unentschieden: Soll ich lieber Ziegenkäse herstellen, Wildkräuter sammeln und trocknen oder Patchworkdecken nähen? Da hat man plötzlich ganz andere Möglichkeiten als in der Großstadt! Ich könnte einen *DaWanda*-Shop aufmachen und ein wildes *Do-it-yourself*-Potpourri anbieten. Außerdem werde ich mir die Highlights meines neuen Wohnorts ausgiebig zu Gemüte führen. Habe gelesen, dass es in Büttelsbüttel ein tolles Museum geben soll. Endlich habe ich Zeit für solche Dinge.

Mir selbst etwas Gutes tun.

Ab jetzt werde ich jeden Morgen vor der Arbeit durch die Natur joggen. In Hamburg ging das ja nicht, ich meine, ich kann meinen Körper ja nicht mit Autoabgasen vergiften, wenn ich mir eigentlich etwas Gutes tun will. Den allzu sezierenden Blick in den Spiegel habe ich in den letzten Wochen vermieden, aber ich ahne, dass ich nicht mehr ganz so knackig bin wie noch vor acht Jahren, als ich Simon kennengelernt habe. Ich weiß es zwar nicht mehr genau, aber doch, ich meine mich zu erinnern, dass ich damals ziemlich knackig ausgesehen habe. Wie dem auch sei, jetzt bin ich wieder auf dem Markt, da lohnt es sich zu investieren.

Quatsch, ich jogge für mich, nicht für den Markt. Natürlich.

Überhaupt werde ich mich viel an der frischen … Vorher muss ich unbedingt herausfinden, wann hier gedüngt wird. Das wird ja immer schlimmer mit dem Gestank! Vielleicht gibt es sogar eine Art Düngeplan, wie einen Gezeitenkalender, den ich mir aufs Handy ziehen kann, mit Alarmfunktion samt Entwarnung: *Die Luft ist rein – Spazierengehen möglich.*

Und gesund kochen werde ich. Am Herd hat sich bislang Simon ausgetobt, während ich am Küchentisch saß, ein Glas Rotwein vor mir, und hier und da Schnippelarbeiten erledigen durfte. Oft bin ich allerdings nicht einmal dazu gekommen, weil Simon mir das Schneidebrettchen unterm Messer weggezogen hat. Entweder sollten es Karottenstifte statt -scheiben sein – was zu bewerkstelligen mir schlichtweg unmöglich ist, zumal gleich große Stifte –, oder die Zwiebelstücke hätten filigraner sein müssen, wozu mir einfach die Geduld fehlt. Ab jetzt gibt es bei mir geviertelte Zwiebeln mit dicken Karottenscheiben, dazu saisonale, regionale Leckereien aus Biozutaten, alte Gemüsesorten mit neuem Twist – über den ich noch nachdenken werde –, Stampf statt Püree.

Simons Sachen entsorgen.

Weiter zum nächsten Punkt.

Neuer Mann/Sex.

Diesen letzten Arbeitsschritt habe ich nur der Vollständigkeit halber aufgenommen. Ich mag nicht einmal daran denken, einen anderen Mann als Simon zu küssen.

Und ich kann auch nicht daran denken, dass alles ganz anders kommen könnte. Sicher, das könnte es, aber heute ist nicht die Zeit für Gegenentwürfe. Heute steht alles auf Anfang. *Always look on the bright side* … Ich grabe meine Fingernägel in die *Landlust*.

»Also«, sagt Knut, und ich muss kurz zwinkern, »da wär'n wir. Hier bin ich geboren, und hier werde ich sterben.« Er geht auf die Bremse, der Bus holpert noch langsamer, im Schritttempo, weiter. »Wir haben diese eine gepflasterte Straße, ansonsten Feldwege.« Mit großer Geste zeigt er nach rechts, ich folge seiner Handbewegung – ins Nichts. »Der hier führt zur Gaststube, dem *Schützenhof*, und zur Mehrzweckhalle. In der Hauptstraße gibt's weiter vorn einen Kaufmann, den Kil, einen Schlachter, Karl Dempewolf junior – der Senior hat vergangenes Jahr ins Gras gebissen –, die Kirche und den Friedhof. Wenn man die Straße bis zum Ende fährt, steht man vor unserem Museum. Dahinter ist der Schwimmteich. Das war's. Reicht ja auch.« Er hupt, ein Mann auf einem Elektrofahrrad winkt zurück.

Ich winke vorsichtshalber auch mal. Der Fahrer gibt Gas.

Dreihundertsiebzig minus einem Elektrofahrradmann, einer hopsenden Hortensie und sechs Rollatorfrauen macht immer noch dreihundertzweiundsechzig potenzielle Freunde.

Aus dem Augenwinkel nehme ich eine Bewegung wahr, eine Hand, direkt vor meinem Gesicht. Ich zucke zurück. Mein Oberkörper klappt auf die Sitzbank. Verdammt, was war das? Vorsichtig luge ich unter meinem Arm hervor. Tatsache, da ist eine Hand, zwei sogar. Gut, sie sind draußen, hinter der Scheibe. Aber im ersten Moment hat es so ausgesehen, als hätte ich gleich eine Faust im Gesicht. Langsam richte ich mich wieder auf.

An den Händen hängt ein schmächtiger Mann. Er läuft neben dem Bus her. Um genau zu sein: Er hoppelt. Okay, vielleicht habe ich mit dem In-Deckung-Gehen *etwas* übertrieben. Der Mann kreuzt die Arme über dem Kopf wie ein Fluglotse, allerdings sind seine Bewegungen deutlich abgehackter. Die Flusen seines Ponys fallen ihm in die Augen, er trägt ein weißes T-Shirt mit aufgedrucktem … Ist das ein Foto vom Papst? Und er hat sich einen Stoffbeutel um den Hals gehängt, der ungestüm hin und her pendelt.

Dreihunderteinundsechzig.

»Offen und vorurteilsfrei«, bahnt sich da ein weiteres Mantra meines Vaters den Weg in mein Bewusstsein.

Schon gut, dreihundertzweiundsechzig. Aber jetzt muss ich für einen Moment die Augen schließen.

≈ 2 ≈

Und schon sind sie wieder da, die Erinnerungen.

Sekundenlang stand ich mit der Proseccoflasche in der Wohnzimmertür und sah auf Simon hinunter, der auf dem Sofa eingefroren zu sein schien. Eigentlich hatte ich geglaubt, er würde aufspringen, mich umarmen, vielleicht sogar herumwirbeln, wenn ich ihm von meinem Auftrag für die *Brigitte* erzählte. Es ging um eine Serie zum Thema »Wie wollen wir leben?«. Fünf Ausgaben lang sollte ich auf jeweils vier Seiten darüber sinnieren, welche Vor- und Nachteile die Großfamilie in nächster Nähe hat, ob es fürs eigene Seelenheil besser ist, zu mieten oder zu kaufen, oder ob man als Single glücklicher ist als in einer Beziehung (was für eine Frage!).

Ein Auftrag dieser Größenordnung hieß, dass ich endlich meinen Anteil an unseren Fixkosten aufstocken könnte. Bislang hatte Simon von seinem Dermatologengehalt den Großteil bestritten. Hey, wer hätte gedacht, dass die *Brigitte* mal meine Emanzipation vorantreiben würde?

»Simon? Hast du gehört, was ich gesagt habe?« Ich ging zu ihm hinüber und drückte ihm ein Sektglas in die Hand, schließlich gab es etwas zu feiern.

Zusammengesunken und mit einem Ausdruck, den ich

nicht von ihm kannte, starrte er auf den Boden. Das Glas in seiner Hand schien er gar nicht zu bemerken.

»Alles in Ordnung?«

Die Flasche war kalt an meinem Bein, und als ich ihn so ansah, wusste ich plötzlich, dass irgendetwas ganz und gar nicht in Ordnung war. Mein Herz pochte, ein schnelles kleines Klopfen, als hätte es sich zusammengezogen und wäre ein Stück heruntergerutscht, wie um sich zu verstecken. Simons Blick war leer, er zitterte. Ein winziges gleichmäßiges Zucken, als würde er lautlos weinen.

»Simon?« Ich trat näher an ihn heran.

Er schluchzte.

»Was ist los?« Ich fasste ihn an der Schulter.

Simon stellte das Glas ab, dann beugte er sich nach links und griff nach der Taschentuchpackung auf dem Beistelltisch. Ich verfolgte jede seiner Bewegungen. Wie er ein Tuch aus der Verpackung zog, es langsam auseinanderfaltete und sich in seiner diskreten Art leise die Nase putzte.

Immer wenn ich seitdem die Augen schließe, sehe ich genau das, und manchmal habe ich den absurden Gedanken, dass, wenn keine Taschentücher da gewesen wären und Simons Augen einfach weitergetränt hätten, dass dann alles anders gekommen wäre. Dass wir dann immer noch Simon und Caro, Caro und Simon wären.

Er stopfte das Taschentuch in seine Hosentasche, sein Blick war jetzt klarer. »Ich weine hier, als wäre ich das Opfer. Das ist geschmacklos.«

Ich konnte nichts sagen. Er griff nach meiner Hand, ließ sie aber gleich wieder los, noch bevor sich seine Finger richtig um meine geschlossen hatten.

»Ich weiß, dass ich dir jetzt unheimlich wehtue.« Er stand auf und nahm meine flaschennasse Hand nun doch in seine. Aber es war ganz anders als sonst, wenn er meinen Handballen sanft mit dem Daumen streichelte. Was er immer tat, wenn sich unsere Hände fanden, im Kino oder wenn wir am Elbstrand spazieren gingen. »Ich kann das nicht mehr.«

Was?, wollte ich rufen, aber es kam kein Ton heraus.

»Ich fühle mich überhaupt nicht mehr … lebendig.«

Meine Hand lag in seiner wie ein kalter, toter Fisch.

»Ich will so nicht weiterleben. Ich brauche mehr.«

»Was?«, rief ich nun doch.

»Sex.« Er sah an mir vorbei. »Ja, es klingt absurd. Aber ich hätte gerne mehr Sex. Anderen. Vor allem anderen. Ich finde … Es ist … langweilig.«

Ich starrte ihn an. Es war, als ob ein Wust an Informationen auf mich einprasselte, für die es in meinem Hirn keine Zuständigkeit gab. »Aber es ist doch alles wie immer!«

»Ja, es ist wie immer.« Seine Stimme war leise.

Meine wurde schriller. »Heißt das, es war schon immer langweilig mit mir?« Dieses Gespräch kam mir völlig irrwitzig vor.

»Natürlich nicht. Aber jetzt, jetzt reicht es mir nicht mehr.«

Ich entzog ihm meine Hand und trat zurück, die Fäuste an meinen Seiten geballt. »Aber was denn genau? Was ist langweilig? Was reicht dir nicht?«, schrie ich.

Er seufzte. »Wollen wir diesen Weg wirklich einschlagen?«

»Du hast den Weg doch vorgegeben!« Ich machte ein

paar Schritte von ihm weg. »Und jetzt soll ich mir den Rest selbst zusammenreimen?«

Er setzte sich wieder. »Ich will dir nicht noch mehr wehtun.« Bevor ich etwas darauf erwidern konnte, redete er weiter: »Okay. Gut. Ich sag's jetzt so, wie es ist.« Er räusperte sich. »Mir ist es wichtig, dass man einfach mal leidenschaftlich übereinander herfällt, statt sich im Vorfeld darüber auszutauschen, dass man gleich Sex hat. Ich würde gerne häufiger überrascht werden. Mit Dessous und auch mit neuen Stellungen. Und nicht nur im Bett. Ja, ich glaube, alles in allem hätte ich gerne eine aktivere Frau. Und eine lautere. Da darf es ruhig auch mal ein bisschen Dirty Talk geben. Mir ist das alles zu … zu weichgespült, zu sauber, zu unspontan. Einfach zu langweilig.« Er atmete aus.

Für einen Moment war ich sehr ruhig. Sah ihn mir an, wie er dasaß, den Blick gesenkt. Seine Worte hallten in mir nach. Eine lautere Frau, dachte ich. Nicht: Ich hätte gerne, dass du lauter bist.

Das Sektglas entglitt mir. Ich weiß nicht mehr, ob es zersprang. »Du machst Schluss.«

Simon stand auf, kam zu mir herüber und wollte mich umarmen. Mein Körper versteifte sich.

»Machst du Schluss?« Ich zitterte.

Wieder berührten seine Hände meine Arme, legten sich um meinen Hals.

Ich zitterte. Das war nicht Simon. Das war, als stünde ein Fremder vor mir, der etwas sagte, das nichts mit mir zu tun hatte. Mit uns. Ich hob den Kopf und versuchte, in seinem Gesicht zu lesen, versuchte, etwas zu finden, das mir zeigte, dass ich alles falsch verstanden hatte. Aber da war nichts.

»Du machst Schluss wegen *Sex*?«

Ich spürte sein Nicken an meinem Scheitel.

»Aber«, ich machte mich los, »aber warum hast du denn nie was gesagt? Ich hätte doch …«

»Ach Caro.« Seine Stimme war ruhig. »Das wäre doch alles nur aufgesetzt gewesen. Außerdem, ich hab's doch oft versucht. Zum Beispiel damals in Dänemark, am Strand.«

»Da waren es keine vierzehn Grad! Und außerdem waren da ständig Leute!«

»Oder als ich dich angerufen habe, aus dem Hotel in Zürich. Da hab ich gedacht, wir könnten, du weißt schon, vielleicht mal Telefonsex haben. Da hast du nur gelacht.«

»Aber das war doch auch lustig! Wie du mit verstellter Stimme gefragt hast: ›Was hast du gerade an?‹ Und ich saß da in meiner ollen Jogginghose.«

Er schwieg. Nach einer Weile sagte er: »Ich hatte halt nicht das Gefühl, dass du an alldem großes Interesse hast.«

»Doch, hab ich!«, rief ich und hatte keine Ahnung, ob das stimmte. Aber ich musste den Alarm übertönen, der in mir und um mich herum schrillte, der mich nicht mehr klar denken ließ. »Und jetzt weiß ich ja, dass dir das auch wichtig ist. Jetzt kann ja alles anders werden!«

Simon schüttelte den Kopf. »Es ist zu spät.«

»Aber wieso denn?«, schrie ich.

Und als Simon nichts sagte, fing ich an, ihn zu rütteln, aber er bewegte sich überhaupt nicht.

»Der Punkt ist überschritten, Caro. Ich habe den Punkt überschritten.«

»Was soll denn das heißen? Dass du das alles so lange mit dir rumgetragen hast, bis ich nicht mehr vorkomme in deinen Überlegungen?« Ich wurde noch ein bisschen lauter. »Das ist doch unfair!«

Er schwieg.

Ich schrie, ich weiß nicht mehr, was, und konnte ihn überhaupt nicht erreichen, wie er so aufrecht und fest vor mir stand.

Irgendwann, als ich keine Worte mehr fand, sagte er: »Es tut mir leid.« Er machte eine Bewegung, als wären seine Beine eingeschlafen gewesen, und ging ins Schlafzimmer hinüber. Ich folgte ihm.

Er schob die Schranktür auf und legte seine blaue Reisetasche aufs Bett.

»Was tust du da?«

»Ich schlafe erst mal bei Micha.«

»Nein!« Ich klammerte mich an seinen Oberkörper. Tränen schossen aus mir heraus, als wäre etwas in mir aufgeplatzt, das sich in der letzten Stunde mit immer mehr Flüssigkeit gefüllt hatte.

Simons T-Shirt rutschte ein Stück nach oben, ich presste meine Wange an das Stück nackte Haut. Er zog mich zu sich hoch und nahm mich in den Arm.

Nichts wäre mir lieber gewesen, als mich tief in seiner Umarmung zu vergraben und seinen warmen Körper für immer an meinem Gesicht zu spüren. Doch zugleich wusste ich, dass er mich nur meinetwegen in den Arm nahm, weil er mich trösten wollte und ich ihm leidtat.

Ich machte mich ruckartig frei, doch schon eine Sekunde später griffen meine Hände wieder nach ihm. »Bitte«, flüsterte ich, »bleib bei mir.«

Ich merkte, wie sich Simons Körper versteifte. »Caro«, sagte er, sonst nichts.

»Bitte«, wimmerte ich und rutschte an seinen Beinen hinunter auf den Boden. »Warum?«

Simon hockte sich vor mir hin und strich mir die nassen Locken aus dem Gesicht.

Laut schluchzte ich auf. »Was hab …?« Ich konnte nicht weitersprechen und vergrub meinen Kopf in seinem Schoß. Unbeholfen strich er mir über die Haare. »In Wirklichkeit ist das Fell«, hatte er immer gesagt und dabei so zärtlich geklungen. Ich konnte kaum mehr denken. »Was?«, schluchzte ich wieder. »Was hab ich denn falsch gemacht?«

Auch jetzt, mit der Stirn an der kühlen Scheibe des Busfensters, fühlt es sich noch immer genauso an. Als hätte ich an einem Punkt unserer Beziehung irgendetwas grundlegend anders machen müssen, damit Simons Liebe nicht einfach verschwand. Sobald ich die Augen schließe, knallen die Bilder in meinem Kopf wie Tennisbälle hin und her. Mein Gesicht abends im Bett unter der Quarkmaske, mein ausgeleierter Lieblings-BH, mein verhaltenes Stöhnen, oder wie ich gesagt habe: »Komm, im Bett ist's doch bequemer«, meine Müdigkeit, wenn Simon spätabends aus der Klinik kam. Oder als ich die teuren T-Bone-Steaks zu zähen Schuhsohlen verbraten habe und Simon sich vor seinen Kollegen dafür geschämt hat. Ich kann nicht aufhören, all die Momente unserer Beziehung zu rekapitulieren auf der Suche nach dem einen Augenblick, an dem ich in eine andere Richtung hätte abbiegen müssen.

»Du hast überhaupt nichts falsch gemacht, Caro.«

»Doch, ich …«

Simon nahm meinen Kopf zwischen seine Hände. Eine ganze Weile hockte er so vor mir, seine Stirn gegen meine gedrückt, sein Atem blies warm gegen mein Kinn. Irgendwann lockerte er den Griff und ging auf Abstand.

Und auch jetzt, über zehn Wochen später, kann ich noch spüren, wie sich in diesem Moment alles veränderte. Sein Kopf entfernte sich von meinem, und die Simon-Caro-Kapsel, von der ich dachte, dass sie unzerstörbar sei, zersprang. Um mich herum nur kalte Luft und eine Entschlossenheit, die mir augenblicklich noch mehr Angst machte.

»Sie heißt Alexa.« Simons Blick war fest, aber er schien meilenweit von mir entfernt.

Und dann wusste ich nicht mehr, wo ich noch hingucken sollte.

Seine Knie knackten, als er aufstand. »Ich bin der Arsch.«

≈ 3 ≈

Wenn ich in den darauf folgenden Wochen morgens den Tag herannahen spürte und automatisch meinen Arm ausstreckte, wie ich es immer getan hatte, um ihn unter Simons Decke zu schieben, dann wollte ich nie wieder aufwachen. Wenn ich wieder und wieder ins Nichts griff und meine Hand sich mit einem Schlag eiskalt anfühlte, dann füllten sich meine Augen mit Tränen, noch bevor ich sie das erste Mal geöffnet hatte. Oft blieb ich stundenlang in dieser Welt zwischen Schlafen und Wachen und versuchte mit aller Macht, wieder wegzudriften. Kraftlos stemmte ich mich gegen den Tag, der von der anderen Seite an mir zog. Dabei wusste ich nicht einmal, was schlimmer war: Der Tag, der die Wirklichkeit in ein grelles Scheinwerferlicht zerrte, die Schwärze der Nacht und ihre Träume, in denen ich immer allein zurückblieb, oder das Wanken des Bodens dazwischen.

Wie erstarrt lag ich auf der Matratze. Simon ist nicht mehr da.

Immer nur das.

Nachts schreckte ich hoch. Jede Zelle meines Körpers schmerzte, mein Atem ging flach. Wie konnte das alles sein?

Manchmal wählte ich in der Dunkelheit seine Nummer.

Beim ersten Mal hatte ich geschwiegen, als er abnahm. Ich wollte nur seine Stimme hören: »Komm schon, Caro, sag was.« Ich konnte nichts sagen, nur weinen. Ich wusste nicht, wo er war in diesen Momenten.

Etwas in mir hatte Trost erwartet, Simons Stimme nach dem ersten oder zweiten Klingeln. Ich spürte, dass er dachte, mir das schuldig zu sein. Ranzugehen. Für mich da zu sein. Ich wollte, dass meine Trauer auch seine Trauer war. Aber er war so freundlich und bemüht, ich konnte ihn nicht erreichen.

Nach solchen Anrufen hockte ich stundenlang in einer Ecke unseres Schlafzimmers und drückte mein Gesicht zwischen die Knie. Simon sollte kommen und etwas tun, damit es weniger wehtat.

Wenn er dann kam, wie früher, nach der Arbeit, klingelte er, statt seinen Schlüssel zu benutzen. Und meistens nahm er etwas mit. Klamotten, seine Hausschuhe, die Schachteln mit den Profimessern, den Grill, Bücher, den dreibeinigen Beistelltisch von seiner Oma. Unsere Wohnung wurde immer kahler. Alles fühlte sich fremd an.

Einmal packte er seinen Plattenspieler ein und die Nick-Drake-Platte. *Pink Moon*. Nur die eine.

»Wofür brauchst du die denn jetzt?«, blaffte ich ihn an. Und noch bevor er antworten konnte, boxte ich auf ihn ein. Tränen schossen mir in die Augen, ich sah nur noch Schlieren, aber meine Fäuste trommelten weiter auf Simons Brust.

Er hielt meine Handgelenke fest. Irgendwann gab ich nach und sank zu Boden. Mit dem Unterarm wischte ich mir über die Augen, meine Stimme war leise, als ich zu ihm hochsah: »Liebst du sie? Mehr, als du mich geliebt hast?« Ich wollte das nicht fragen, aber es kam immer mehr aus meinem Mund. »Was genau ist denn besser mit ihr? Was ist schöner?« Irgendwann schrie ich wieder: »Wie sieht sie aus? Sag schon, nimmst du sie von hinten?«

In meinem Kopf nahm diese Alexa immer mehr Raum ein. Sie war blond, sie war brünett, sie trug Spitzenunterwäsche, schwarze, weiße, rote, und hohe Hacken, weil sie sich damit am wohlsten fühlte. Nicht weil Simon sie darum bitten musste, wie er mich darum gebeten hatte. Ich stellte mir vor, wie sie sich in Umkleidekabinen an die Wand drücken ließ, wie Simon ihr mit der Hand den Mund zuhielt, wie sein Schwanz härter war, als er es bei mir jemals hatte sein können, wie sie es beide kaum mehr aushielten, wo sie gingen und standen, lange Fingernägel, die sich in seine Haut gruben, rote Striemen wie Trophäen. Abends vor dem Einschlafen ein letztes Aufbäumen statt eines Kusses über die Matratzenritze hinweg und zweier Nachttischlampen, die nacheinander gelöscht wurden.

Simon hatte recht. Sex mit mir war langweilig. *Ich* war langweilig.

Irgendwann riss ich die Fenster auf. Erst das im Schlafzimmer, dann alle anderen. Jeder Winkel der Wohnung war voll mit Alexa. Sie hatte sich ausgedehnt wie Giftgas, während ich immer kleiner wurde und mich kaum mehr von der grauen Bettdecke unterschied. Ich streckte meinen Kopf ins Freie und atmete gegen das Ersticken an. Lange blieb ich so stehen. Mit geschlossenen Augen, denn es war viel zu hell.

Als ich irgendwann meinen Kopf zurückzog, wurde es sofort wieder eng in meiner Brust. Als hätte der Durchzug niemals eine Chance. Ich musste raus.

An einem sonnigen Freitagmorgen im Juni setzte ich meine Sonnenbrille auf und trat hinaus auf die Straße.

Sofort taumelte ich zurück. Licht, Stimmen, Menschengruppen, klingelnde Radfahrer, der Geruch von frischen Fertigteigbrötchen, altem Frittierfett und Autoabgasen. Ich versuchte, Luft zu holen, machte einen Schritt nach vorn und kam mir augenblicklich vor wie auf der Londoner Oxford Street, für die ich schon immer zu langsam gewesen war. Prompt verhedderte ich mich zwischen zwei Kinderwagen, die übers Pflaster preschten, erntete genervte Blicke, scherte wieder aus und drückte mich in einen Hauseingang. Durchatmen.

Menschen drängelten an mir vorbei durch die Tür, ich drehte mich um und sah durchs Glas in das sparsam beleuchtete Innere einer Kneipe, erkannte den Tresen, die dunkelroten Wände, die Ecke mit dem niedrigen Holztisch. Ich schwankte und stolperte zurück. Dahinten hatte Simon mich aus seinen hellbraunen Augen angesehen und gesagt: »Ich glaube, ich muss dich jetzt küssen.« Wir hatten es für ein gutes Omen gehalten, als wir die Wohnung so nah am Ort unseres ersten Kusses gefunden hatten. Ich lachte auf. Ohne noch einmal zurückzuschauen, drängte ich mich in eine Lücke und versuchte erneut, Schritt zu halten.

Als links von mir das französische Café auftauchte, wo Simon und ich sonntags oft gefrühstückt hatten, warme

Brioche dick mit Butter bestrichen, schaute ich nach rechts. Als der kleine Laden in mein Blickfeld geriet, wo mir Simon die Ledertasche mit dem Rautenmuster gekauft hatte, presste ich die Lippen zusammen und sah geradeaus. Der Blumenladen mit den schönsten Pfingstrosen, unsere Tapasbar, unser Gemüseladen – mir wurde übel. Trank er den Tempranillo jetzt mit Alexa? Kaufte er jetzt Berge von Petersilie und Koriander, um *sie* mit seinem selbst gemachten Pesto zu beeindrucken? Ich suchte Halt an einer Litfaßsäule und zog meine Hand sofort zurück, als ich das Kinoplakat darunter sah. Bei unserem letzten gemeinsamen Film, einer Pressevorführung, zu der ich eine Kritik schreiben musste, saß Wim Wenders eine Reihe vor uns und bohrte in der Nase. Wir lachten und stießen mit unserem Bier an, das Simon wie immer ungefragt von der Bar im Foyer mitgebracht hatte. Zusammen mit einer großen Tüte salzigem Popcorn und einem *Magnum Infinity*.

Als ich die Wohnungstür aufstieß, hechelte und schwitzte ich, als wäre ich die Elbe runter- bis nach Blankenese und wieder zurückgejoggt. Ich hielt mein Gesicht unter den Wasserhahn, und als ich das Wasser nach einer Weile abstellte, rauschte die Stille in meinen Ohren.

Ich weiß nicht, was ich erwartet hatte. Vielleicht hatte ich gehofft, dass da Stimmen wären, amerikanische Stimmen von einer der Serien, die Simon immer guckte. Dass Simon die Pausentaste seines Notebooks drücken und mir einen Kuss geben würde. »Noch acht Minuten, dann ist die Folge zu Ende. Dann bin ich ganz für dich da.«

Aber er war nicht da, und Luft bekam ich hier auch

keine. Das Gift saß noch immer in jeder Fuge. Ich wusste nicht, was ich machen sollte, ich wusste nur, schlagartig, dass das hier nicht mehr mein Zuhause war. Nicht die Wohnung und nicht der Kiez, wo mich alles an Simon erinnerte, wo ich ständig Gefahr lief, ihm und Alexa dabei zuzusehen, wie sie an unserer Eisdiele und unserem Bäcker anstanden, unseren Zebrastreifen überquerten, unseren Bankautomaten oder Briefkasten benutzten. Aber wo sollte ich denn hin?

Silke hatte Zwillinge, die sie noch stillte. Die hatte genug zu tun. Bei Katharina hatte ich mich schon seit Monaten nicht mehr gemeldet. Und Anne lebte mit ihrem Mann in Australien. Als mein Kopf gerade wieder unter der Bettdecke verschwinden wollte, hielt ich inne. Nein! Ich würde mir nicht mehr länger dabei zusehen, wie ich immer weniger wurde. Stattdessen sprang ich auf, lief ziellos von einem Zimmer ins nächste, bis ich mich schließlich an den Küchentisch setzte und meinen Laptop bis zum Anschlag aufklappte. Punkt eins: Ich brauchte einen Job. Punkt zwei: eine neue Wohnung in einem anderen Viertel.

Klar, ich war bislang als Freie ganz gut zurechtgekommen, aber jetzt, wo die Rückendeckung durch Simon wegfiel, das Auffangnetz, wenn die Aufträge auf sich warten ließen, hatte ich Angst, ungesichert auf dem Boden aufzuschlagen. Manche mochten mit dieser Angst leben können – ich nicht. Ich brauchte Sicherheit. Wenigstens eine. Zumal ich die *Brigitte* jetzt auch abschreiben konnte. Irgendwann in den letzten Wochen war da eine verärgerte Stimme auf meiner Mailbox gewesen, die mir mitteilte, dass man den Auftrag inzwischen anderweitig vergeben hätte. Ich hatte die Nachricht gelöscht und gedacht: *Wie wollen wir leben?* – Dafür gab es in der Tat bessere Ansprechpartner als mich.

Ich machte mir einen Kaffee, trank ein paar Schlucke und klickte mich durch die Stellenbörsen für Journalisten. »Online-Redakteur (m/w) für Start-up in Berlin gesucht.« Online: bitte nicht. Da musste immer alles so schnell gehen. Außerdem konnte ich mir überhaupt nicht vorstellen, in einer anderen Großstadt als Hamburg zu wohnen. München, Frankfurt, Köln – damit fiel einiges weg. »Der *Saarländische Rundfunk* stellt zum nächstmöglichen Termin eine/-n Journalistin/ Journalisten ein.« Radio/TV: kann ich nicht. Und südlich der Elbe wollte ich eigentlich auch nicht leben. »*POS* in Hamburg sucht einen hoch motivierten Junior Consultant für die Business Unit Corporate Communications.« Ich scrollte weiter. »Redakteurin/Redakteur *Nordsee-Bote*, Lokalredaktion Büttelsbüttel.« Nichts, was für mich in Frage kam. Und in Hamburg wurden nur Leitungsposten, Volontariate und PR-Jobs vergeben oder Stellen in Ressorts, in denen ich mich nicht auskannte. Kulturthemen konnte ich ganz abschreiben. Kurz lugte ich über den Rand meines Bildschirms in Richtung Schlafzimmer, dann griff ich zum Hörer.

»Lorenz Fink, *Hamburger Abendblatt*.«

»Hallo, Herr Fink, Carolin Punke hier.«

»Ah, Frau Punke! Sie schickt der Himmel! Sind Sie einsatzbereit? Samstagabend? Sie haben die Wahl: Premiere im Thalia oder Lesung im Bunker?«

Ich stand auf. »Eigentlich rufe ich aus einem anderen Grund an.«

»Ah ja?«

»Ja, ich bin dabei, mich beruflich zu verändern. Und zwar suche ich eine Festanstellung. Da wäre das *Abendblatt* natürlich meine erste Wahl. Und deshalb dachte ich, na ja, ich dachte, ich frage mal bei Ihnen direkt nach, ob es eine offene Stelle gibt.« Lautlos atmete ich aus.

»Leider nein. Die streichen uns hier alles zusammen, was nicht niet- und nagelfest ist. Wenn ich was hätte, wären Sie meine erste Wahl. Das sage ich Ihnen auf den Kopf zu.«

In den nächsten drei Minuten merkte ich deutlich, dass ich schon lange keine Konversation mehr betrieben hatte. Und als ich auflegte, war aller Tatendrang aus mir herausgeströmt wie Luft aus einem aufgeschlitzten Fahrradreifen.

Mechanisch setzte ich Wasser auf, öffnete eine Packung Spaghetti, schüttete Dosentomaten in eine Pfanne, spülte meine Kaffeetasse und räumte Sachen von links nach rechts. Bloß nicht stillstehen. Mit meinem Nudelteller setzte ich mich wieder vor den Laptop und ging noch einmal alle Anzeigen durch. Da war wirklich nichts.

Ich schob mir die letzte Gabel in den Mund und griff bereits an den Bildschirm, um ihn runterzuklappen, als mein Blick an einer Anzeige hängenblieb, an der ich bestimmt schon drei Mal vorbeigescrollt hatte. »Redakteurin/Redakteur *Nordsee-Bote*.« Ich klickte darauf.

Nordsee-Bote

Wir suchen für die **Lokalredaktion Büttelsbüttel** eine/-n
Redakteurin/Redakteur in Teilzeit (30 Stunden/Woche)
ab sofort.

Aufgabengebiet:

- Sie recherchieren, schreiben Nachrichten, Berichte und Reportagen und fotografieren.
- Sie bringen sich in die tägliche Produktion mit Ideen, Themenvorschlägen und Organisationstalent ein.
- Sie verantworten das Layout in Eigenregie.

Anforderungsprofil:

- Sie haben eine journalistische Ausbildung absolviert und können Berufserfahrung als Redakteurin/Redakteur oder freie/-r Mitarbeiterin/Mitarbeiter bei einer Tageszeitung vorweisen.
- Leidenschaft für lokale Berichterstattung und kommunikatives Arbeiten setzen wir voraus.

Wir bieten:
Journalismus mit Anspruch an einem der schönsten Orte Dithmarschens, ein tolles Team, leistungsgerechte Bezahlung und Sozialleistungen.

Sind Sie interessiert? Geert-Helge Hahn freut sich auf Ihren Anruf: 04899-321.

Anruf? Ungewöhnliche Reihenfolge. Ich scannte den Text erneut. Der Job klang machbar. Nicht exakt das, was ich im Sinn gehabt hatte, aber auch nicht völlig an meinen Vorstellungen vorbei. »Sozialleistungen«, »ab sofort« und auch das »tolle Team« klebten sich wie Pflaster auf meine Seele. Wenn ich irgendwo neu anfing, würde ich nette Menschen brauchen können, die mich ein wenig unter ihre Fittiche nahmen.

Dithmarschen lag nordwestlich von hier, Büttelsbüttel, wenn ich das richtig sah, ganz im Norden der Region, hundertdreißig Kilometer von Hamburg entfernt, dafür war die Nordsee direkt um die Ecke. Ich legte meine Stirn in die Handflächen, schloss die Augen und lauschte meinem Atem. In Ordnung, dachte ich, einen Versuch war es wert.

Geert-Helge Hahns Stimme polterte, dann wieder hickste sie wie bei einem Jungen im Stimmbruch. Zum Glück hatte er sich als Chefredakteur vorgestellt, sonst hätte ich ihn womöglich für einen Schülerpraktikanten gehalten und geduzt.

»Wir sind der Markt der Zukunft«, sagte er. »Einbrechende Leserzahlen, rückläufiges Anzeigengeschäft gibt's nur in der Stadt. Wir dagegen wachsen und wachsen.«

»Das ist … erstaunlich. Toll.«

Als er meinen Lebenslauf vor sich auf dem Bildschirm hatte, rutschte ich auf meinem Stuhl nach vorn.

»Können Sie Zeitungslayout?«

»Mit dem entsprechenden Programm schon, ja.«

»Wunderbar! Die vom Verlag wollen das nämlich umstellen. Bislang musste ich denen alles nur zuschicken, Texte und Bilder, das haben die dann eingesetzt. Und plötzlich sollen wir das selbst machen. Nee, also wirklich, darum kann ich mich nicht auch noch kümmern.« Plötzlich lachte er dröhnend. »Frau Punke! Wissen Sie, was? Wir haben nur auf Sie gewartet!«

»Wie jetzt?«

»Wenn Sie wollen, können Sie am Montag hier anfangen.«

Montag? In drei Tagen? Das ging doch nicht. Außerdem, wie sollte ich denn bis dahin …

»Brauchen Sie eine Wohnung?«

Gegenfrage, dachte ich: Hätten Sie auch ein Zuhause für mich?

»Du willst WAS machen?«

Ich konnte hören, dass Simon eine Tür zuzog. *Klack*. Ein wohlplatzierter Schlag in die Magengrube. Meine Kiefermuskeln spannten sich. Ich hasste es, dass er Rücksicht nahm, auf sie. Und auch dass er mir das Gefühl gab, mich rechtfertigen zu müssen. Noch immer.

»Hör mal, Caro, du machst dich unglücklich.«

»Hör mal, Simon, wenn überhaupt, bist du es, der mich unglücklich gemacht hat.«

Er ging darüber hinweg. »Du bist hier geboren, du hast doch immer hier gelebt. Und wo soll das überhaupt sein, Büttelsbüttel? Da gibt's bestimmt noch nicht mal ein Kino!«

Kino. Das Wort war wie ein Lasso, das er mir um den Hals warf.

»Und denk doch nur mal daran, wie gerne du in Cafés sitzt und dir am liebsten ein Loch in die Zeitung schneiden würdest, um unauffällig Leute zu beobachten.«

»Ja, aber …« Ich zog am Ausschnitt meines Shirts. »Ich kann hier nicht mehr bleiben.«

»Du bist eine Großstadtpflanze, Caro. Woanders gehst du ein.«

»Ach ja?«, rief ich. »Wär ich auch eingegangen, wenn

wir irgendwann zusammen rausgezogen wären? Wie wir es vorhatten?«

Wir schwiegen beide. Ich hörte, wie Simon im Raum auf und ab lief.

»Wenn es um die Miete geht«, sagte er dann. »Ich zahl meinen Teil natürlich erst mal weiter.«

»Warum solltest du das tun?«

»Nur weil wir nicht mehr zusammen sind, bist du mir doch nicht egal. Ich möchte, dass es dir gut geht. Das ist ja wohl das Mindeste. Außerdem sind wir doch Freun…«

»Simon«, unterbrach ich ihn laut und hielt das Telefon weit von meinem Ohr weg, »ich lege jetzt auf.«

In der Nacht von Freitag auf Samstag schlief ich noch weniger als in den Nächten davor. Immer wieder musste ich darüber nachdenken, was Simon gesagt hatte. Dass ich eingehen würde wie eine Schnittblume. Mit einer heftigen Bewegung schlug ich die Decke zurück. Was wusste er schon von mir?

In der Ferne rauschte die Autobahn, ich lauschte dem leisen Krachen der Container, das vom Hafen herübergetragen wurde. Simon hatte erlebt, wie ich die Stille bei unserer Schneeschuhwanderung in den Dolomiten kaum hatte aushalten können. Er hatte mit mir darüber diskutiert, ob einem die Abwesenheit von Lärm zu viel sein kann. Er meinte: nein. Ich: ja. Und er hatte gesehen, wie ich damals nach unserer Rückkehr fast ausgeflippt wäre vor Erleichterung, als die U-Bahn mit einem lauten Tosen neben uns einfuhr. Ich zog mir die Decke wieder über den Kopf.

Ja, ich lebte gern in Hamburg. Ich mochte das Gefühl, am Puls der Zeit zu sein, umgeben von zahllosen Geschäften, Bars, Clubs, Theatern, Galerien – ob ich sie nutzte oder nicht. Aber es gab noch etwas anderes in mir, das schon lange, vielleicht schon immer an meinem Herzen zog. Leicht und leise spannte es sich gegen den Lärm.

Ich wollte Erde zwischen meinen Fingern spüren, wenn ich mich bückte, nicht Kaugummis auf Asphalt. Wollte sehen, wo das Essen herkam, und das nicht nur einmal im Jahr beim Tomatenfest unseres Biokistenbauernhofs. Ich wollte langsamer leben, langsamer laufen, langsamer denken. Vielleicht tat mir das gut. Vielleicht kam ich so mehr zu mir. Vielleicht war das aber auch alles nur Geschwafel. Esoterikmist, wie Simon es nennen würde. Die typische Sehnsucht stressgeplagter Großstädter.

Es kam mir vor, als hielte ich Zwiesprache wie Mick Jones in dem alten Clash-Song: *If I go there will be trouble. And if I stay it will be double. So come on and let me know …*

Irgendwann in dieser Nacht musste ich einsehen, dass keiner da war, der mich wissen lassen wollte, ob ich bleiben oder gehen sollte. Es tat weh zu spüren, dass es da draußen keine Freundinnen gab, die ich um Rat fragen konnte. Ich hatte mich so sehr an Simon gekettet und alles und jeden vernachlässigt, bis Freundinnen zu Bekannten wurden, mit einem Leben, von dem ich viel zu wenig wusste, mit Männern und Kindern, die ich kaum kannte. Ich musste schlucken. Was hielt mich noch in Hamburg?

Ich brauchte einen Job, den es hier nicht gab, und ich musste schleunigst raus aus unserer Wohnung, aus unserem Viertel, wenn ich nicht tatenlos zusehen wollte, wie mich das Gift weiter zersetzte. Während ich mich hin und her wälzte, dachte ich an das Telefonat mit Geert-Helge Hahn und an das leise hoffnungsvolle Gefühl danach. Und ich bekam eine Ahnung davon, was mein Vater mit seinem Neuanfangsmantra meinte.

Ich schlug die Decke um. Die kühle Außenseite schmiegte sich an meinen Körper, meine Beine durchlief ein Kribbeln. Einen Moment später vibrierte mein ganzer Körper. Ich sprang auf und knipste das Licht an, und da wusste ich es.

Ich werde es tun! Ich werde nach Büttelsbüttel gehen! Ha! Das hätte er nicht von mir gedacht! Dass ich so einfach Nägel mit Köpfen machen würde. Dass ich etwas tat, von dem er mir abriet. Seine Caro, die er so gut kannte. Ich lachte laut auf. Dann legte ich mich wieder hin und schlief kurz darauf ein.

≈4≈

Da sind wir.« Knut lenkt den Bus auf den Bürgersteig und stellt den Motor ab.

Stille.

Links, wo gerade noch die Kuhweide gewesen ist, verdeckt jetzt ein breites Garagentor meine Sicht. Grüner, abblätternder Lack über rostigem Metall. Rechts Einfamilienhäuser, Gardinen auf halber Fensterhöhe, Hängegeranien. Ich beuge mich vor und versuche, einen Blick auf einen der Gärten zu erhaschen. Die mit den langen Tafeln, den weißen Korbstühlen und schmiedeeisernen Bogen, an denen Rosen ranken. Die verstecken sich bestimmt hinter den Häusern.

In einem der Vorgärten steht eine bunte Holzwindmühle, die in etwa so groß ist wie ich, vor einem anderen Haus liegen Hühner wie tot auf der Seite, Füße und Flügel abgespreizt. Und am Himmel leuchten Dunkelblau und Schwarzblau und Fitzelchen von Weiß, als würde die Sonne das Blau von unten anstrahlen.

Knut öffnet die Fahrertür und steigt aus. Ich klammere mich an meiner Tasche fest.

Okay, Carolin Punke, ganz ruhig, das ist keine Mondlandung. Du bist nicht die Erste, die ihren Fuß auf den Acker setzt.

Ja, aber … Neil Armstrong musste auf dem Mond auch nicht *leben*!

Neben mir scheppert es, ich zucke zusammen. Das muss ich mir unbedingt abgewöhnen, so schreckhaft zu sein. Am besten ist, ich nehme es als Punkt in mein »Neues Leben«-Projekt auf. Die unerschrockene Caro Punke. Doch, ich muss sagen, das klingt ziemlich gut.

Das grüne Garagentor neben mir bewegt sich krachend, als würde jemand von innen daran ruckeln. Kurz darauf wird eine unscheinbare Wellblechtür im Tor aufgestoßen, und eine große blonde Frau stürzt heraus. In ihren Nasenlöchern stecken … Tampons? Ich kneife die Augen zusammen. Kaum betritt die Frau den Gehweg, wird ihr Gang sehr aufrecht, so als würde ein unsichtbarer Faden ihren gesamten Körper am Kopf nach oben ziehen. Sie trägt einen schwarzen Blazer, ausgesprochen eng ist der, darunter maximal einen BH, zu einer figurbetonten weißen Hose aus dünnem Stoff, unter der sie unmöglich eine Unterhose anhaben kann, denn die würde durchschimmern. Es sei denn …

Omas Zelt, hat Simon meinen hautfarbenen Taillenslip genannt, den ich daraufhin schnell habe verschwinden lassen. Hm, jetzt, wo kein Mann mehr meine Unterwäsche sieht, könnte ich doch eigentlich auch mal wieder das weiße Kleid tragen.

Was für eine Tussi ist das eigentlich? Also, nicht Tussi im Sinne von pinkfarbenem Lippenstift, Minirock und *Haar-Moni*-Dauerwelle. Die Frau sieht eher so aus, als wäre sie dem Hamburger Jungfernstieg oder der Düsseldorfer Königsallee entsprungen. Als hätte sie noch vor wenigen Minuten bei *Prada* am Champagnerglas genippt oder käme gerade von ihrer vierteljährlichen Botoxsitzung, oder, ach, ich weiß, sie hat sich die Nase richten lassen. Deshalb die Tamponaden. Nur was, bitte, macht so eine Frau hier, in Büttelsbüttel?

Mein Blick fällt wieder auf das Garagentor. *Heikes Klönschnack* steht da auf einem mintfarbenen Plastikschild, das an die Wellblechtür montiert ist, *Agentur für Kontaktpflege*. Das Logo zeigt zwei Strichhunde im Word-ClipArt-Design, die sich die Tatzen schütteln. ClipArt! Das benutzen in Hamburg höchstens noch über Siebzigjährige, um die gereimten Verse zur goldenen Hochzeit ihres Schwippschwagers mit sektglashaltenden Strichmännchen zu garnieren. Nee, die Frau gerade war keine ClipArt-Heike. Und eine Heike trägt bestimmt auch keine Jimmy-Choo-Pumps für sechshundertzwanzig Euro.

Nicht dass ich mich sonderlich für Schuhe interessieren würde. Im Gegenteil, Simon hat immer gesagt: »Caro ist die einzige Frau auf dieser Welt, die keinen Schuhtick hat.« Simon wiederum ist der einzige Mann, den ich kenne, der einen Schuhtick hat. Einen ganz schlimmen sogar. Eigentlich passt das gar nicht zu ihm. Er trägt immer dieselben zwei Paar Jeans, eine blaue und eine schwarze, dazu T-Shirts oder einfarbige Longsleeves, nur selten ein Hemd. Aber Schuhe, das sind für ihn Kunstwerke. Vor allem Schuhe für Frauen.

Für jedes Paar Luxuspumps, das Simon mir geschenkt hat, musste ich ein Paar meiner abgelatschten Sneakers in den Müll werfen. Das war der Deal. Anfangs dachte ich noch: Aber ich bin doch die alte Jeans-und-Turnschuh-Caro. Schon immer gewesen! Mit der Zeit fand ich allerdings ein gewisses Gefallen an meiner neuen, staksenden Rolle, auch wenn ich mir nie sicher gewesen war, ob sie auch zu mir passte. Wenn's ihn glücklich macht, dachte ich dann und hörte auf, die Dinge zu hinterfragen.

Und trotzdem, irgendwie habe ich nie seinen Blick bei unserem allerersten Date vergessen, der für eine Millisekunde an meinen Füßen mit den dunkelblauen *Tigers* hängenblieb. Den Enttäuschungsfunken, der sofort wieder aus seinen Augen verschwand, als er mir ins Gesicht sah. Wer weiß, vielleicht war das bereits der Augenblick, in dem ich mit meinen Turnschuhen in die falsche Richtung gejoggt bin. Vielleicht war unsere Beziehung von Anfang an zum Scheitern verurteilt.

Ich schüttle den Kopf, als ließen sich meine Gedanken dadurch wie bunte Glasplättchen in einem Kaleidoskop neu zusammensetzen. Als ich stoppe, ist alles wie immer. Die traurige Bilanz bleibt: zwölf Paar High Heels, null Sneakers und null Simon.

Zum letzten Geburtstag hat er mir Jimmy-Choo-Nietenpumps geschenkt, exakt das Modell, das die Frau trägt, die nun schon zum zweiten Mal an dem kleinen Bus vorbeistöckelt.

»Um sich solche Schuhe leisten zu können«, hat Simon gesagt, »muss Frau Matouschek zweiundsechzig Stunden putzen.« Frau Matouschek war unsere Putzfrau, und ich wusste, dass Simon ihr zehn Euro die Stunde zahlte. Schwarz. Irgendwie war mir das im Gedächtnis geblieben, weil auch das nicht so recht zu Simon passen wollte, dass er mir den Preis für ein Geschenk so offensichtlich unter die Nase rieb.

Als Knut sich räuspert, zucke ich zusammen. Schon wieder.

»Mien Deern«, sagt er, streckt seinen Kopf durchs Fahrerfenster und sieht mich aufmerksam an, »jetzt aber mal raus hier.« Er streicht sich die weißen Haare aus der Stirn, dann läuft er einmal um den Bus herum und schiebt meine Tür mit Schwung auf.

Noch mehr frische Luft und sehr viel Licht strömen in den Wagen. Geblendet verharre ich im hellen Rechteck der Tür. Der Boden unter mir dampft, Gras und Kuh fluten meine Nasenlöcher. Ein Astronaut, kurz bevor er seinen Fuß auf Neuland setzt.

»Guck, wir stehen genau über einer Pfütze. Mit den Tretern …« Knut deutet auf meine Schuhe. Dann bückt er sich und kramt ein paar matschfarbene Gummistiefel unterm Sitz hervor. »Zieh die an. Sind von meiner Frau. Kannst du behalten.« Er reicht mir die Stiefel.

»Wieso, ich meine, braucht sie die nicht mehr?«

»Krebs.« Er sieht an mir vorbei.

»Oh nein, das kann ich nicht, das …« Unschlüssig halte ich die Schuhe in der Hand. Das Gummi ist matt und rundherum zerschrammt. Unter der Sohle klebt noch trockene Erde.

»Vor drei Jahren.«

Für einen winzigen Moment sieht er sehr alt aus, dann entspannen sich seine Gesichtszüge. Seine Haut ist fest mit tiefen Furchen, wie sie Menschen in der Stadt, die nicht im Freien, sondern in wohltemperierten Großraumbüros arbeiten, nie bekommen. Die werden schlaff und grau. Als ich sechs oder sieben war, haben mich meine Eltern einmal zum Skiurlaub in die Schweizer Alpen mitgenommen. Mein Skilehrer, ein weißhaariger drahtiger Alm-Öhi, hatte auch so eine Lederhaut. Damals war mir die Stille in den Bergen noch nicht zu laut.

Mit überraschend viel Schwung nimmt Knut wieder auf dem Fahrersitz Platz. Kurzerhand streife ich meine Pumps ab und schlüpfe in die Gummistiefel. Weich wie Watte umschließen sie meine Füße, ich muss augenblicklich ein paar Schritte gehen. Himmel, ich hatte beinahe vergessen, wie angenehm Laufen sein kann.

Als ich mich umdrehe, sehe ich, dass Knut das Fahrerfenster heruntergelassen hat. »Einen guten Start. Und grüß Geert-Helge von mir.« Dann lässt er den Motor des Busses an und hupt. »Wir sehn uns zu Hause.«

Zu Hause.

≈ 5 ≈

In matschfarbenen Gummistiefeln stapfe ich die Stufen hinauf zu meinem neuen Arbeitsplatz. Gleich ist es so weit, gleich trete ich dem Club der sozialversicherungspflichtig Beschäftigten bei. Ich werde meine Miete aus eigener Tasche zahlen können, juchhu, hundertneunzig Euro – warm. Vielleicht haben mir meine Kollegen sogar einen Kuchen gebacken zur Begrüßung. Also, wenn man mich vorher gefragt hätte, was ich gerne mag, hätte ich gesagt: Schokokäsekuchen mit buttrigem Kekskrümelboden und einem Topping aus karamellisierten Walnüssen und Toffeesoße. Wenn das zu aufwendig ist, könnte man die *hot sticky toffee sauce* auch weg… Quatsch, die Toffeesoße muss sein.

Oh nein, hätte *ich* vielleicht einen Kuchen backen sollen? Zum Einstand? Hach, ich hab einfach überhaupt keine Erfahrung mit Festanstellungen.

Die Tür summt, ich zucke zusammen und stehe im fensterlosen Vorraum des *Büttelsbüttler Boten*, des Lokalteils des *Nordsee-Boten*. Das Licht im Flur ist schummrig, der gräuliche Kopierer so breit, dass sich die Eingangstür nicht vollständig öffnen lässt. Ich quetsche mich über den fleckigen Teppich an Regalen voller Akten und Packen von Zeitungen und Kopierpapier vorbei, bis ich am

Flurende vor zwei Türen stehe. Beide sind einen Spaltbreit geöffnet. Aus der einen dringt intensiver Kaffeeduft, aus der anderen dröhnt es: »Herein, herein!«

Kaffee, das wär's. Zum Schokokäse-Walnuss-Toffee-Kuchen ein schöner Latte macchiato. Gerne mit einem Spritzer Karamellsirup.

»Carolin Punke!«, ruft ein Mann mit Igelhaarschnitt, Schnauzer und Bauchansatz, dessen Stimme ich sofort wiedererkenne: ein Poltern und ein Hicksen. Er springt von seinem Schreibtischstuhl auf, greift nach meiner Hand und schüttelt sie kräftig. »Geert-Helge Hahn. Herzlich willkommen in Büttelsbüttel!«

»Vielen Dank.« Als er meine Hand loslässt, spreize ich unauffällig die Finger, dann lasse ich meinen Blick durch den Raum schweifen.

Jede Ecke, jede Ablagefläche, ja, jeder Zentimeter des Bodens ist mit Papier bedeckt, das meiste zerknüllt. Man weiß gar nicht, wo man hintreten soll. Zwei graue Schreibtische stehen einander gegenüber. Davon wird doch wohl nicht einer meiner sein? Das hieße ja, dass ich mit jemand anders, im schlimmsten Fall mit meinem Chef, bei der Arbeit vis-à-vis sitzen soll. Da kann ich doch gar nicht in Ruhe formulieren!

Und wo sind eigentlich die Kollegen? Ein flaues Gefühl schwappt durch meinen Magen. Ich brauche doch Menschen, mit denen ich mich über die Feinheiten der deutschen Sprache und den Sinn und Unsinn von Schützenfesten austauschen kann. Die mit mir über den vorsintflutlichen Schnauzer unseres Chefs lachen. Bitte! Ich würde sie auch gleich für heute Abend zu mir einladen.

Dann könnten wir direkt ins Private rutschen, ich mach eine Erdbeerbowle und ein bisschen Fingerfood oder, noch besser: Spargel. Meine Kollegen, das sind doch die Menschen, von denen Erfolg und Misserfolg meines Projekts maßgeblich abhängen! Eigentlich sind sie sogar Teil des Projektteams, jeder Einzelne trägt dazu bei, dass mein neues Leben ohne Simon ein glückliches wird. Mit einem Mal ist mir richtig übel. Mein Blick huscht durch den Raum. Zwei, vier, sechs, sieben, neun, zehn leere Kaffeebecher stehen auf den Schreibtischen. Die Innenwände der Tassen sind pechschwarz. Aller Tassen.

»Schlechte Angewohnheit. Aber jetzt sind Sie ja da.« Geert-Helge Hahn kichert. »Kleiner Scherz. Möchten Sie einen? Ich müsste irgendwo noch einen sauberen Becher haben.«

Ich schüttle energisch den Kopf. Werde mir unbedingt eine eigene Tasse besorgen müssen.

»Na, dann machen wir wohl mal eine Redaktionsführung.«

Mit einem Wisch fegt er einen Stapel Blätter von dem etwas kleineren Schreibtisch und kichert erneut. »So. Das ist Ihr Arbeitsplatz. Und hier«, er zeigt auf einen grauen Tisch mit zahlreichen Kaffeerändern, »das ist die Konferenzecke. Wenn's 'n bisschen netter sein soll, laden wir unsere Gesprächspartner ins Café vom Heimatmuseum ein. Da sind sowieso alle. Ab zwölf beim ›Büttelsbüttler Mittagssnack‹, und nachmittags treffen sich da die Vereine. Is' so 'ne Art zweites Wohnzimmer. Und wenn alle Stricke reißen, geht's in den *Schützenhof*. Da kriegt man die Leute am schnellsten zum Reden. Sagen Sie, wollen wir uns nicht duzen? Ich bin Geert-Helge. Aber alle nennen mich nur GHH. Mein Kürzel im Blatt.«

»Ja, okay, klar. Caro.«

»Weiß ich doch. Dein Kürzel wäre dann CP. Oder besser noch: PC, der wandelnde Computer.« Er lacht und legt seine Hand an die Tür. »Nach dir.«

Jetzt!, denke ich und merke, wie sich alles in mir zusammenzieht. Jetzt geht die Tür auf, die Musik setzt ein, lustige Leute mit Partyhütchen auf den Köpfen und einem schiefen Grinsen winken mir zu. Luftschlangen, Wunderkerzen, »Herzlich willkommen«-Schilder, Kuchen, kistenweise Sekt.

Die Küche ist leer. Leise ertönt der *Wetten, dass..?*-Verliererjingle, Buchstaben fallen und zerschellen, ich fasse an die Arbeitsplatte. Wie durch einen Schleier nehme ich das weitere Dutzend benutzter Kaffeetassen wahr.

Geert-Helge macht eine ausladende Handbewegung. »Hier wären wir also in deinem Reich, dem Reich der Hausfrau.« Sein Kichern hat etwas Irres. »SCHERZ!« Er schlägt sich auf die Schenkel. »Eine Mikrowelle gibt's auch. Keine Ahnung, ob die noch funktioniert.« Dann öffnet er eine schmale Tür mit einem WC-Schild, die vom hinteren Ende der Küche abgeht. »Noch vor einem Jahr war hier die Dunkelkammer. Bis wir auf digitale Fotografie umgestiegen sind. Mensch, war das vielleicht 'ne Umstellung. Ich sag's dir. Dafür haben wir jetzt 'ne Toilette. Kannst froh sein, vorher mussten wir immer bei den Nachbarn klingeln. Also ich. Aber jetzt sind wir ja zu zweit.«

»Zu zweit?« Meine Stimme ist kaum zu hören.

»Na, du und ich. Das ultimative Dream-Team. Wir zwei beiden, wir werden den Laden in Zukunft schmeißen.«

Der letzte Funken Kraft in meinem Körper verglimmt. All der mühsam zurechtgezimmerte Optimismus verpufft in einer dunklen Wolke. Mir wird schwarz vor Augen.

»CP, alles klar?« Mein einziger Kollege, der Mann mit der Snoopy-Krawatte, schiebt seinen Arm unter meinen.

Woran könnte ich mich jetzt noch festhalten?

Als im Nebenraum das Telefon klingelt, trotte ich ihm wie eine Schlafwandlerin hinterher.

»Ja, GHH?«, ruft er in den Hörer. »Onno! Moin, Moin. Schön, dich zu … Was? … Was? … Das ist nicht dein Ernst! … Natürlich, ich schick sofort jemanden raus … Nee, nicht ich. Meine Neue.« Er lacht. »Halt die Ohren steif, alter Junge.« Er lässt sich in seinen Drehstuhl fallen und legt die Beine auf den Tisch. »So, bevor du es dir hier gemütlich machst, musst du leider noch mal raus zu 'nem Termin. Da kannst du direkt ein paar Leute kennenlernen. Die Zufahrt zu Onnos Hof ist nämlich versperrt. Ein weißes Smart-Cabrio mit utländischem Kennzeichen hat ihm die Einfahrt zugeparkt. So was.« Er zieht eine Schublade auf. »Hier hast du die Redaktionskamera, und bitte keine Suchbilder, ich will was erkennen, irgendwas Spektakuläres. Ach ja, und lass dir den Namen und die Telefonnummer des Fahrzeughalters geben und frag ihn, warum er verdammt noch mal vor einer Hofeinfahrt parkt. Ich will eine Story!« Er faltet die Hände über dem Bauch zusammen. »Und wenn du wiederkommst, kannst du auch die Gräten hochlegen.«

≈ 6 ≈

Der Gehweg empfängt mich wie eine ausgespuckte Flipperkugel. Ich atme tief durch. Zurück auf Start also. Die Sonne ist in der Zwischenzeit greller geworden, ich kneife die Augen zusammen. Ich zwinkere. Und noch einmal. Und dann sehe ich sie: Menschen. Viele Menschen. Sie stehen mitten auf der Straße und quatschen, manche halten Plastikbecher in den Händen, deren Inhalt giftig grün leuchtet, einige schauen zu mir herüber. Das ist jetzt aber nicht, ich meine, weil ich neu bin oder so? Sollte ich mal winken?

Zögerlich hebe ich die Hand, lächle ins Sonnenlicht und grüße von meiner Bürgersteigbühne aus in die Runde. Die, die mich angucken, gucken einfach weiter. Einem Mann in der ersten Reihe steht der Mund offen. Ich lasse die Hand sinken.

Mittendrin parken zwei Trecker und mehrere Autos, von den Fahrern keine Spur. Was auch immer hier gefeiert oder demonstriert wird – es ist definitiv eher eine Nachricht wert als ein Auto, das vor einer Hauseinfahrt parkt. Ein Falschparker!

Carolin Punke, sieh's doch mal so: Hier sind Menschen. Potenzielle Freunde. Viele davon. Wer braucht schon Kollegen!

Mein Vater, der alte Zweckoptimist, drückt mich in die Menge. Gut, aber bevor ich mitfeiern kann, muss ich erst noch meine Arbeit erledigen. Sorry, Leute, bin im Dienst. Aber lasst mir was von dem grünen Zeug übrig, ja?

»Entschuldigung.« Ich tippe einem älteren Herrn an die Schulter. »Ich müsste mal durch.«

Onno Sudhops Hof liegt am anderen Ende der Straße, dann rechts in einen Feldweg rein, hat Geert-Helge gesagt.

Der Mann lüftet seinen Hut, unter dem sich eine Glatze über einer roten knolligen Nase verbirgt. »Wo wollen Sie denn hin, junge Frau?«

Eine Gruppe von Männern und Frauen dreht sich zu mir um. Endlich.

»Ja, also, hallo erst mal. Ich bin Caro Punke und müsste zum Hof von Onno Sudhop.«

Die Leute starren mich an. Ich würde gerne zurückstarren, aber schon habe ich die Stimme meiner Mutter im Ohr: »Carolin, glotz die Dame nicht so an.«

»Zu Onnos Hof? Na«, lacht der Mann mit Hut, »da wollen wir alle hin. Wissen Sie, was, da hat ihm nämlich einer die Einfahrt zugeparkt.«

Jetzt starre ich ihn doch an. Das ist nicht sein Ernst, oder?

Augenblicklich werden die Stimmen um mich herum lauter: »Der Ärmste! Erst sein Heu, klitschenklöternatt, und dann kann er nicht raus.« – »Schwarzer Tag.« – »Katastrophe.« – »Explosion.« – »Wer ist tot?«

Alle Augen sind auf mich gerichtet. Eine Frau in einer Kittelschürze mustert mich besonders eindringlich und sagt: »Da stellen Sie sich mal schön hinten an.«

»Ich bin …«

»Ja bitte?« Die Stimme der Kittelfrau klingt wie ein Bellen.

»Ich, äh, ich bin von der Presse.«

»Von der Presse? So, so.« Der Knollennasenmann lacht. »Dann wollen wir mal nicht so sein. Oder, Gerlinde?« Er stupst die Frau an, die widerwillig einen Schritt zur Seite macht. »Die Dame ist von der Presse!«, ruft er über die Köpfe der Umstehenden hinweg. »Achtung! Männer, Frauen, Kinder nach hinten wegtreten!«

Wie eine Welle zieht sich das Gelächter die Straße entlang, Frauen mit Schürzen und Männer in grünen Latzhosen und Gummistiefeln stoßen einander an und treten zur Seite, um eine Gasse zu bilden.

Ich will nach Hause.

Unsinn! Ich bin eine professionelle Journalistin, und das ist mein erster offizieller Auftritt als Repräsentantin des *Büttelsbüttler Boten*, mein Einstand vor versammelter Dorfmannschaft sozusagen. Ich lächle nach rechts, nicke nach links und inhaliere den Geruch von rotem Teppich und Kuhpipi. Ein Junge springt mit ausgestreckten Armen vor meine Füße und schreit: »Sperre!«, ein anderer schwenkt auf Höhe meiner Knie einen schwarz-weiß karierten Wimpel, der aussieht wie eine Zielflagge. Vor einer Mauer aus Menschen komme ich zum Stehen.

Unauffällig schlüpfe ich in eine Lücke des Halbkreises und erhasche einen ersten Blick auf den Falschparker. Ein schneeweißes Smart-Cabrio. Ein Hühnerei an der Seite eines silbernen Silo-Dinosauriers. Das also ist die

Büttelsbüttler Version einer Sensation. Das ist … beeindruckend.

Als es im Fahrzeug rumpelt, geht ein Raunen durch die Menge. Dann wackelt der Smart bedenklich, die Zuschauer rufen »Ooh!«, als würde eine Feuerwerksrakete Sterne und Funken sprühen, und weichen zurück. Eine Frau hält einem Mädchen die Hand vor die Augen und zischt: »So ein Swienkraam.«

Was um Himmels willen geht hier vor?

Jetzt tritt ein einzelner Mann, eher ein Männlein, vor und presst sein Gesicht an die Fahrerscheibe. Hey, das ist doch der Hoppelmann, der mich vorhin im Bus mit seiner Fluglotsenfuchtelei erschreckt hat. Wie hypnotisiert läuft er um den Wagen herum, ohne seine Augen auch nur für einen Moment von den Scheiben zu lösen. Ob Geert-Helge das spektakulär findet? Besser, ich mache ein Foto. Sofort fliegen alle Köpfe in meine Richtung. Ein Presseausweis, den ich kurz hochhalten könnte, wäre jetzt hilfreich, aber auch ohne den sollte ich zur Tat schreiten. Entschlossen trete ich aus dem Halbkreis heraus. Die Frau neben mir quiekt, ein Mann hebt seine Mistgabel in die Höhe. Im selben Moment springt die Fahrertür des Smart auf, und die Blondine in den Jimmy-Choo-Nietenpumps steigt aus. Unter ihren Füßen knirscht der Kies in der plötzlichen Stille. Ihr Blick hat etwas Entrücktes, ihr Blazer ein paar Knitterfalten, die Haare waren vorhin glatter. Sie sieht aus, als hätte sie gerade …

Auf meinem Kopf landet ein Ziegelstein. SEX. Staucht mich zusammen. Eine platte Zeichentrickfigur unterm Holzhammer. Sex, der sich nicht unter der Bettdecke versteckt. Sex, bei dem man sich gerne verrenkt. Anschnallgurtfesseln. Metall auf der Haut. Spontaner Sex, weil man's nicht aushält. Heiß, laut, dreckig und *nicht langweilig*! Ich wimmere.

In der Fahrertür taucht der Haarschopf eines jungen Mannes auf. Ich halte die Luft an. Krachend fällt der nächste Ziegel auf mich drauf. Der Mann zündet sich eine Zigarette an. Ich will schreien: Seit wann rauchst du, Simon? Eine winzige uralte Frau stößt einen schrillen Pfiff auf zwei Fingern aus und klatscht. Der Mann grinst, dann verschwindet er in der Menge.

Ich fasse nach meinem Nebenmann und hechele. Die Zeichentrickfigur kommt platt wie eine Flunder unter dem Hammer hervor, faltet sich ziehharmonikagleich auf und läuft unbeeindruckt weiter. Ich nicht. Ich bin zerquetscht.

Wie aus weiter Ferne nehme ich das Raunen, Tosen und Schnauben wahr, das mit einem Mal den Hof erfüllt. Ich sehe den Mann mit dem Papst-T-Shirt, der vor der blonden Frau auf und ab springt. »Holm Fiete«, keucht er, »der Küster. Sie hätten doch auch mich …«

Die Frau, die bestimmt dreißig Zentimeter größer ist als er, mit den Pumps vierzig, sieht über ihn hinweg und macht Anstalten, wieder ins Auto zu steigen. Schnell, denke ich, ein Foto!

In gekrümmter Haltung zücke ich die Kamera. Zu langsam. Wieder ist dieser Holm im Bild. Wie ein Polizist auf einer Verkehrsinsel streckt er seine Ärmchen aus. Was soll's, jetzt noch Namen und Telefonnummer erfragen, dann hab ich »die Story« im Kasten. Mehr ist nicht drin.

Die Wagentür fällt zu, der Motor wird gestartet, und mit einem Hupen teilt der Smart die Zuschauermenge. Bye-bye, O-Ton, und das Kennzeichen hab ich mir auch nicht gemerkt.

»Wie heißt du?«

In Zeitlupe drehe ich mich um.

»Wie heißt du?« Holm pustet sich den Pony aus der Stirn.

»Ich?«

Er nickt.

»Carolin Punke. Wie …«

»Danke!«, ruft er. »Dann weiß ich jetzt, dass die … die … die Granate Irmela Fuchs ist.« Er nimmt Anlauf und springt ein paarmal mit ausgestrecktem Arm in die Höhe.

Ich kann ihn nur anstarren.

»Muul zu, es zieht.« Lachend entblößt die alte Frau, die auf den Fingern gepfiffen hat, ihren beinahe zahnlosen Kiefer. Nur die beiden mittleren Schneidezähne unten sind noch da. Sie sieht aus wie hundert.

Ich klappe den Mund zu. Und gleich klettert ein von den Toten auferstandener Kurt Felix aus dem Silo und klopft mir mit einem jovialen »Verstehen Sie Spaß?« auf die Schulter. Nein, spaßig finde ich das alles nicht.

Die alte Frau lässt den Inhalt ihres Plastikbechers wie Wasser aus einer Gießkanne in ihren Rachen laufen. Und gurgelt. »Ex oder nie mehr Sex, segg ich immer. – Guck man nich' so, Lütte.« Sie scharrt mit ihrem hölzernen Gehstock im Kies. »Büttelsbüttel hat zwei Neue. Die ersten seit sieben Jahren, und dann auch noch gleichzeitig.«

»Mein Beten wurde erhört.« Holm schnappt nach Luft. Dann zieht er sein Shirt am Bauch ein wenig vor und beugt sich über Johannes Paul II.

Langsam nimmt mein Gehirn die Arbeit wieder auf. Zwei Neue also, und die Blondine ist die andere. »Sie wissen nicht zufällig, wo die andere Neue wohnt?«, frage ich die Frau und klammere mich in Gedanken an meinem Arbeitsauftrag fest. »Diese Irmela Dingens?«

»Doch!«, ruft Holm dazwischen. »Und ich habe sogar ihre Telefonnummer. Die Handynummern von Irmela Fuchs und Carolin Punke, also von dir, die hängen bei uns am Kühlschrank. Komm mit, wir wohnen gleich nebenan.«

Ich sehe von Holm zur alten Dame. Die zwinkert und nickt kaum merklich. Dann beugt sie sich vor und flüstert: »Kindchen, die andere hat ja nun tüchtig vorgelegt. Da musst du dich ganz schön ranhalten.«

Ich tue jetzt einfach so, als hätte ich das nicht gehört. Ich erledige meine Arbeit, und später nehme ich eine von meinen Notfallschlaftabletten. Und dann hake ich den Tag ab.

Als ich neben Holm herlaufe, der jeden halben Meter »Moin, Adelheid«, »Moinsen, Thies«, »Moin, Moin, Wer-auch-immer« ruft und dabei mit stolzgeschwellter Brust in alle Richtungen winkt, frage ich mich trotzdem, was ich hier tue. Dass Autosex zum Dorfevent wird, ist bereits befremdlich, aber dass ich jetzt mit diesem Kerlchen nach Hause gehe, das sich wie ein durchgeknallter Miniaturpapst aufführt und dabei vermutlich noch nicht einmal viel älter ist als ich, das kann ich kaum glauben. Jetzt könnte ich einen ordentlichen Schluck von diesem grünen Zeug vertragen oder zumindest einen starken Kaffee. Apropos.

»Sag mal«, wende ich mich an Holm, der noch immer in der Gegend herumgrüßt wie Queen Mum auf Staatsbesuch, »hast du eine Idee, wo ich hier im Dorf ein Lattemacchiato-Glas kaufen kann?«

»Lama was?«

»Einen Kaffeebecher.«

»Sag das doch gleich.« Holm schüttelt den Kopf, dann lächelt er mit einem Mal selig und hält auf einen moosigen Jägerzaun zu.

Rot-grüne Laubsäge-Erdbeeren schmücken die Haustür der Fietes, links und rechts vom Eingang blüht weißer Rhododendron. Oberhalb des Klingelknopfes ist eine lackierte Salzteigplatte mit drei eingeritzten Strichmännchen befestigt: ein großes Männchen mit kurzen Haaren, ein etwas kleineres mit langen Haaren und ein ganz kleines ohne Haare, dafür mit Ball. Alle drei winken. Als Holm die Tür aufdrückt, ruft eine Stimme: »Bist du das, Hölmchen?«

»Ja, Mama! Ich zeige Carolin Punke meine Tassensammlung.«

Bitte? Ich glaube, ich sollte jetzt gehen. Genau jetzt.

Holm hängt seinen Schlüssel an ein hölzernes Schlüsselbrett und setzt sich auf die unterste Treppenstufe. Er schnürt seine klobigen braunen Schuhe auf, zieht sie mit einem Ruck aus und sieht dabei so harmlos aus wie der kleine Salzteigjunge.

Im Flur riecht es nach Essen, nach Fleisch und dicker brauner Soße. Ich folge Holm über die mit grünem Teppich ausgelegten Treppenstufen in den ersten Stock. Mit wippenden Beinen drückt er die rote Kunststoffklinke herunter und winkt mich durch die Tür mit dem Papstposter. Franziskus diesmal.

»Ich habe einige doppelt«, sagt er. Dann fällt die Tür hinter uns mit einem Klacken ins Schloss.

Ich bekomme keine Luft. Und das liegt nicht nur daran, dass mir die Situation irgendwie unheimlich ist, sondern vor allem an dem beißenden Geruch, der von einer übergroßen Duftlampe aufsteigt. Ich drücke mir den Jackenärmel vor die Nase und fasse an eines der Regalbretter, die um den gesamten Raum herumführen. Unzählige Kaffeebecher mit dem Gesicht des Pontifex stapeln sich darauf. Dazwischen sind kleine Papstfiguren drapiert, Kerzen mit Kreuzen und Teddybären in weißer Kutte. An der Zimmerdecke prangt eine riesige Vatikanflagge, und an einem Haken pendelt ein Kleiderbügel mit Fußballtrikot, auf dem »Joseph 16« steht.

»Guck mal, die habe ich sogar fünf Mal.« Holm hält mir einen Kaffeebecher mit der Aufschrift »Wo Gott ist, da ist Zukunft. Papstbesuch 2011« unter die Nase. »Davon kannst du schon mal eine haben.«

»Äh …«

Er legt sich flach auf den Boden und macht drei hektische Liegestütze, dann fischt er unter seinem Neunzig-Zentimeter-Bett mit Papst-Tagesdecke einen Karton hervor. Er steht auf und klopft seine schwarze Anzughose aus, die an seinen Beinen schlackert. »Also, ich hätte außerdem Pius VII. anzubieten, 1939 bis 1958, Paul VI., 1963 bis 1978, und Johannes Paul I., 1978. Der starb nach dreiunddreißig Tagen im Amt.« Holm kramt weiter. »Tja, ich glaube, das wär's erst mal. Oder sollen wir noch auf dem Dachboden kieken?« Er macht einen Hüpfer zur Tür.

»Oh nein, nein, nicht nötig!« Ich starre auf den Schuhkarton. Und dann an die Zimmerwand. Eine gealterte Barbie, ein Ken mit weißem Kurzhaarschnitt, hellem Gewand und erhobenen Händen starrt vom Regal zurück.

»Also dann, Pius VII. oder Johannes Paul I.? Der Vorteil von Pius wäre …«

»Ja, den nehm ich. Also, vielen Dank.«

Holm setzt sich aufs Bett, seine Beine baumeln in der Luft. »Hast du Lust auf einen Videofilm? Ich hätte …«

»Nein!«, rufe ich. »Ich meine, tut mir leid, aber ich muss jetzt wirklich zurück an die Arbeit.«

»GHH gönnt mir auch gar nix«, murmelt er, steht auf und zwängt seinen schmalen Körper an mir vorbei in den Flur.

Luft! Ich haste die Treppe runter und reiße die Haustür auf.

Holm überholt mich mit fuchtelnden Armen. »Jetzt hab ich dir ja gar nicht die Nummer von der Granate gegeben! Komm mit in die Küche.«

Dreißig Sekunden, maximal, dann bin ich weg.

Ein älterer Herr im schwarzen Pastorengewand steht am Kühlschrank und steckt sich eine gerollte Schinkenscheibe direkt aus der Packung in den Mund. Gehört der auch zu Holms Sammlung?

»Wen haben wir denn da?«, fragt er kauend.

»Das ist Carolin Punke. Ich habe ihr meine Tassensammlung gezeigt.« Holm trippelt von einem Fuß auf den anderen, als wäre der Boden unter seinen Socken sehr heiß oder sehr kalt.

»So nennt man das heute?« Die Mundwinkel des Pastors umspielt ein Grinsen. Er ist deutlich größer als Holm, mindestens eins achtzig, und von breiter Statur. »Ich bin Birk Fiete, Holms Vater. Mein Sohn und ich, wir sind hier für die Kirche zuständig. Er ist Küster, und ich bin der Dorfpfarrer.« Er grinst. Dann schaut er auf die Tasse in meiner Hand. »Du bist doch nicht etwa auch Papstfan? Ich verstehe einfach nicht, was Holm an den Katholiken findet.«

»Ich …«

»Papa, Carolin braucht die Telefonnummer von Irmela Fuchs.« Holm drängt sich zwischen seinen Vater und den Kühlschrank und hält mir einen handgeschriebenen Zettel hin.

»War ja eine tolle Vorstellung, die die Kleine da heute vor Onnos Hof abgeliefert hat.«

Jetzt muss ich auch grinsen. Ich ziehe mein Handy aus der Tasche und tippe die Nummer ein. Freund Nummer drei, der Dorfpfarrer. Nummer eins ist Knut, Nummer zwei die Hundertjährige, die auf den Fingern pfiff und … Gut, sie sind alle drei ein bisschen zu alt und eignen sich vermutlich nicht für gemeinschaftliche Begeisterungsstürme, wenn der Scheunen-DJ einen der frühen Ärzte-Songs spielt, *Teenager Liebe* oder *Zu spät* oder so. Obwohl, bei der alten Dame will ich das nicht ausschließen … Auf jeden Fall machen mir die drei Hoffnung, dass es sie auch in einer jüngeren Version gibt. Dass der Vater moderner ist als der Sohn, das kann ja eigentlich nur eine Ausnahme der Regel sein. Und die lautet, logischerweise: Hier warten jede Menge moderne Söhne auf mich. Und Töchter.

Mit blitzenden Augen reicht mir der Pastor die Hand. »Komm bald mal wieder vorbei.«

Deutlich besser gelaunt laufe ich diesmal den Feldweg entlang, der von den Fietes an Sudhops Hof vorbei zurück zur Dorfstraße führt. Der Acker ist wie leer gefegt. Kaum zu glauben, dass hier noch vor einer halben Stunde eine Atmosphäre wie auf dem Rummel geherrscht haben soll. Vereinzelte Plastikbecher liegen in dem kleinen Graben, der Weg und Feld voneinandertrennt, aber das ist auch das einzige Indiz dafür, dass ich mir den Menschenauflauf nicht eingebildet habe. Bis auf das Zirpen der Grillen ist es vollkommen still. Keine Stimmen, kein nahes oder fernes Rauschen, nicht einmal das Tuckern eines Traktors ist zu hören. Schrecklich. Und stinken tut es auch noch immer.

Ob ich bei Onno anklopfen und ihn für meinen Artikel fragen soll, was er von der Sache vorhin hält? Ach, lieber nicht. Mein Bedarf an Einblicken in dörfliche Haushalte ist für heute gedeckt.

An der Ecke mit dem blauen Holzschild, auf dem »Aale. Frisch geräuchert« steht, biege ich in die Hauptstraße ein. Im Grunde ist der Name vollkommen lächerlich. Man sollte sie in *Einzige Straße* umbenennen. *Einzige, hässliche Straße*. Die Häuser hier sind nämlich sogar ausgesprochen hässlich. Roter und gelber Klinker, Satellitenschüsseln auf den Dächern oder windschief an Balkonen und Fenstern angebracht, Maschendraht- und Jägerzäune. So langsam frage ich mich wirklich, ob es sie überhaupt gibt, die Reetdächer, das Fachwerk, die hutzeligen Fischerhäuser, die blühenden Kirschbäume und den duftenden Flieder. Ich muss diesen Ort in den nächsten Tagen mal systematisch durchkämmen und meine Wege dann so wählen, dass ich immer nur die schönen Seiten vor Augen habe. *Always look on the bright side …*

Jetzt rufe ich aber erst mal Irmela Fuchs an. Als mein Finger auf ihren Kontakt tippt, versuche ich, so gut es geht, das aufflammende Bild von Simon und »der Granate«, wie Holm sie getauft hat, zu ignorieren.

Nach mehrmaligem Klingeln meldet sich eine weibliche Stimme: »Ja?«

Mein Magen zieht sich zusammen. »Hallo, hier spricht Carolin Punke vom *Büttelsbüttler Boten.*« Ich will das selbstbewusst rüberbringen, aber auch in meinen Ohren klingt »Büttelsbüttler Bote« nicht sonderlich sexy.

»Ach Gott. Ja?«, sagt die Stimme.

»Spreche ich mit Irmela Fuchs?« Jetzt höre ich mich auch noch an wie eine Polizistin, die die Verdächtige zum Verhör einbestellt.

»Ja. Nennen Sie mich aber bitte Saranya.«

Hä?

»Gut, Frau … also, Saranya. Ich rufe an wegen des, äh, Vorfalls vorhin. Ihr Wagen vor Onno Sudhops Hof. Sie sind, ich meine, Sie haben da falsch geparkt.«

Saranya lacht. »Ach, und weil ich *falsch geparkt* habe, ruft die Presse an?«

»Na ja, es war schon ein besonderer Umstand.«

Ich kneife mir in den Arm. Da rege ich mich über die Dörfler auf, die sich verhalten, als hätten sie noch nie Privatfernsehen gesehen oder die Titelseite der *BILD*-Zeitung, und in Wahrheit bin ich die Erste, die zu stottern anfängt und am liebsten das Licht ausmachen würde. Und alles nur, weil Sex mit mir so schrecklich ist, dass man sich trennen muss. So aussichtslos, dass es sich nicht mal mehr lohnt, es noch einmal zu probieren. Ich stampfe in die Rinne neben dem Acker.

»Ich bin auch neu hier.«

Schön, jetzt auch noch eine typische Caro-Punke-Verschwesterung hinterhergeschoben. Was an sich ja kein schlechter Interview-Schachzug ist, wenn ich nicht wüsste, dass ich das nicht aus taktischen Gründen mache, sondern weil ich will, dass man mich mag. Schlimmer noch: dass diese Saranya mich mag. Dass sie weiß, sie und ich, wir sprechen dieselbe Sprache, und zwar eine andere als der Rest der Freaks hier. Dabei wäre so eine Frau in meinem alten Leben die Letzte gewesen, mit der ich mich in irgendeiner Form gegenüber anderen hätte abgrenzen wollen. Sie und ich, das ist wie Cocktails an der Alster und Flaschenbier an der Elbe, wie Mops und Mischling, wie High Heels und, äh, Gummistiefel.

Neuer Projektpunkt: *Verschwesterung ab sofort nur noch im Dienste des Journalismus.*

»Aha«, macht Saranya, und ich kann hören, dass es gleichgültig klingen soll.

Ich pflüge durch den Graben. »Ja, ich bin erst heute hier angekommen. Hab diesen Job bei der Zeitung. Und mein erster Auftrag war, zu Onno Sudhops Hof zu pilgern und mir den Falschparker vorzuknöpfen. Also Sie. Ich hab natürlich auch gedacht, ich bin im falschen Film, aber es nützt ja nichts, mein Chef will eine *Story*.« Ich lache mein professionelles Verbündungslachen, das sich deutlich besser anfühlt als ein schlecht getarntes Hab-mich-lieb-Gebettel, und mache einen großen Schritt zurück auf den Weg. »Und dafür brauche ich ein Interview mit Ihnen.«

»Okay.«

Okay?

»Gut. Wie wäre es im …« Ja, wo eigentlich? Die sogenannte Konferenzecke in der Redaktion fällt aus, da würde sich diese Saranya ganz bestimmt nicht wohlfühlen. Und ich mich, nebenbei bemerkt, auch nicht. Was sagte Geert-Helge noch? Café im Heimatmuseum? Klingt auch nicht gerade sexy, aber zumindest etwas weniger nach Müllhalde. Außerdem stünde ich da nicht unter Chefbeobachtung. »Wie wär's im Heimatmuseum? Da soll ein« – nettes? – »Café sein. In einer halben Stunde?«

»Ehrlich gesagt geht es bei mir heute überhaupt nicht mehr. Ich bin froh, wenn ich«, sie dämpft ihre Stimme, »hier irgendwann die Fliege machen und mich regenerieren kann. Morgen in der Mittagspause?«

»Klar, okay«, sage ich und kann nur hoffen, dass Geert-Helge den Artikel nicht schon für morgen eingeplant hat.

Die Meinungen sind gespalten. »Eine tolle Vorstellung«, findet Birk Fiete (den »Pastor« vor dem Namen habe ich wieder gestrichen. Geert-Helge meinte: »Weiß doch eh jeder, wer Birk ist«), *während andere Stimmen die delikate Einlage als »Swienkraam« bezeichnen und als »Schande für unser Dorf«.* (»Delikate Einlage« hat Geert-Helge eingefügt. Ich hatte tollkühn »Autosex« geschrieben.)

Während ich versuche, mich auf den Text zu konzentrieren, spielt mein Chef mir gegenüber Computer. Mit Ton.

»Auch 'ne Runde Tetris?«

Ich schüttle den Kopf. Am liebsten würde ich sagen: Ich kann nicht, ich ARBEITE. Und das solltest du auch tun!

Von wegen Dream-Team.

Irmela Fuchs alias Saranya alias »Die Granate«, so Holm Fiete, droht: »Männer, zieht euch warm an. Das ist erst der Anfang.«

Das Zitat am Ende ist natürlich ein Platzhalter. Geert-Helge meinte: »Hauptsache, das Grundgerüst steht schon mal. Ob das nun morgen oder übermorgen erscheint, macht den Kohl auch nicht fett.« Und: »Ist doch nett: Eine Neue stellt die andere Neue vor. Das ziehen wir richtig groß auf.«

Jetzt stöhnt er. Ich sehe zu ihm hinüber.

»Guck mir grad deine Fotos an.«

Okay, das waren vielleicht nicht die allerbesten Momente, die ich da erwischt habe. Einmal Holm, als er mit der Nase an der Heckscheibe des Smart klebt wie ein Putzerfisch, die Ärmchen wie Flossen abgespreizt, und einmal, nun ja, Holm, wie er zu Saranya aufschaut, von der dummerweise nur der Hinterkopf zu sehen ist.

Schweigend läuft Geert-Helge aus dem Raum. Warum hab ich bei dieser Hitze nur eine langärmlige Bluse angezogen? Ein Kleidungsstück, das ich sonst nie trage. Oh Gott, ich glaube, ich sollte das unbedingt geradebiegen, das mit den Fotos. Vielleicht könnte ich Saranya morgen bitten, die Szene vor Onnos Hof noch einmal nachzustellen? Dafür müsste sie allerdings ziemlich viel schauspielerisches Talent haben, um den entrückten Post-Sex-Blick glaubwürdig rüberzubringen. Geert-Helge knallt eine Zeitung vor mir auf den Tisch. »Das ist die Ausgabe vom letzten Donnerstag. Blätter mal durch.«

Ich überfliege die erste Seite, die nächste, eine Seite nach der anderen.

»Achte mal auf die Fotos.«

Also gut, noch mal von vorn. Auf Seite eins sind zwei Männer abgebildet, die gemeinschaftlich und mit breit gezogenen Mündern einen tischplattengroßen Scheck über fünfzig Euro in die Kamera halten. Nichts Ungewöhnliches, von der niedrigen Summe mal abgesehen. Ich blättere weiter. Auf Seite zwei ein Stimmungsbild vor der Seekulisse – da, endlich, eine *bright side*! Der ideale Ort, um nach getaner Arbeit mit einer Rhabarberschorle in der Hand zu entspannen. Mit Strohhalm. Vielleicht könnte ich irgendwoher ja eine Art Karte von Büttelsbüttel bekommen, auf der ich mir alle schönen Stellen markiere.

»Fällt dir was auf?«

Ach so, mal sehen. Im Vordergrund stehen vier lachende Kinder mit dreizackigem Stieleis in der Hand. Stimmt, Langnese hat *Dolomiti* wieder eingeführt. So wie die Kinder angezogen sind – alle tragen diese zu engen Badekappen mit waffeliger Bläschenstruktur –, würde ich es allerdings auch glauben, wenn man mir sagte, dass das Bild in den Achtzigern mit Original-*Dolomiti* entstanden sei. Das sind – ich gehe dicht an das Blatt heran – drei Kinder und … Holm? Ich blicke auf, Geert-Helge nickt. Auf Seite drei drückt sich Holm kerzengerade an einen hohen Holzstamm wie an einen Marterpfahl, den Stamm umspannt ein großer grüner Kranz mit weißen Schleifen. Um ihn herum tanzt eine Gruppe junger Frauen in langen flatternden Kleidern einen Reigen. Auf Seite vier sieht man ihn von hinten, deutlich zu erkennen an seiner A-förmigen Schulterpartie, vor einer Gruppe älterer Damen mit Strickzeug. Bildunterschrift: »Die Strickomis ruhen auch im Sommer nicht.« Auf Seite fünf …

»Er ist immer als Erster am Ort des Geschehens. Keine Ahnung, wie er das macht. Wenn das ein Tatort wäre, hätte die SpuSi ihre helle Freude: zertrampelte Indizien, bei jedem Mord derselbe Zeuge.« Geert-Helge lacht. »Mach dir keinen Kopf. Das ist hier so was wie ein Running Gag.«

»Aber … ist das nicht furchtbar störend, wenn immer dieser Typ im Bild ist? Das ließe sich doch bestimmt auch anders hinbekommen.« Man müsste ihn halt bitten, zur Seite zu treten, denke ich. Das ist doch sonst kein ernstzunehmender Journalismus!

»Weißt du, was deutlich störender wäre?« Mein Chef kratzt sich an der Brust. »Störender wäre mein Mehraufwand für ein holmfreies Foto.« Er lässt sich auf seinen Schreibtischstuhl fallen, und kurz darauf ist der Raum wieder erfüllt vom Tetris-Sound.

Ich stütze die Ellbogen auf und lege die Stirn auf meinen Handballen ab.

»Übrigens, CP-PC …«

Ich linse zwischen meinen Händen hindurch.

»Keine Ahnung, warum – aber du warst meine einzige Bewerberin.«

Tetris-Steine fallen krachend vom Himmel.

»Dabei beiß ich doch gar nicht.«

Rums.

»Apropos beißen: So langsam bräuchte ich mal was zwischen die Kiemen. Was ist mit dir? Kommst du mit zu Dempewolf? Da gibt's heut Innereien.«

Rums-rums-rums-rums.

»Lecker im Schafsmagen.«

Game over.

≈ 7 ≈

Nach Feierabend schleppe ich mich über die *Einzige hässliche Straße* zu meiner neuen Bleibe. Wenn man jetzt mit Freunden bei einem Glas Weißwein auf dem Balkon säße, bräuchte man nicht mehr als ein dünnes Sweatshirt. Der Abend ist lau, viel lauer, als der graue Morgen erwarten ließ. Leise stöhne ich auf. Ja, es könnte schön sein, wenn man irgendwo wäre, wo Freunde sind. Richtige Freunde. Oder wenigstens Kollegen.

Ich drehe den Schlüssel im Schloss um, ganz vorsichtig, damit ich keinen Lärm mache. Warum, weiß ich auch nicht so genau. Ich zögere.

Heute Vormittag, als ich in die Gummistiefel geschlüpft war und Knut sagte: »Wir sehen uns zu Hause«, da breitete sich für einen Moment eine angenehme Wärme in mir aus. Jetzt ist mir kalt.

Ich drehe mich noch einmal um und sehe über den kopfsteingepflasterten Hof zurück zur Hauptstraße. Vorbei an der großen Kastanie, die den Mittelpunkt des Hofes markiert, an der moosigen Holzbank und dem kleinen roten Bus, mit dem ich heute Morgen hier angekommen bin. Kastanien kann ich gut erkennen, die Blätter ähneln ein bisschen denen von Hanf. Außerdem sind da die dicken weißen Blütendolden und die Früchte, deren Hüllen jetzt im Juni hellgrün schimmern und mit ihren noch weichen Stacheln aussehen wie kleine Gumminoppenbälle. Hof und Kastanie sind von drei dunkelroten Backsteinbauten mit grünen Türen und Fensterläden umrahmt, die hübschesten Gebäude, die ich zwischen den dreckig gelben Klinkern und all dem abblätternden Putz in Büttelsbüttel bisher gesichtet habe. Und ich wohne in einem davon. Heute Morgen hätte das sicher noch eine gewisse Begeisterung bei mir entfacht, aber jetzt bin einfach zu erschöpft von diesem Tag, diesem Ort und von den Menschen hier. Und auch von mir selbst.

Im Wohnhaus brennt Licht. Ich trete einen Schritt zurück, sehe an der efeubewachsenen Fassade hoch und weiß, ich will den Moment des Ankommens am liebsten ewig hinauszögern. Vielleicht weil ich mir das so sehr wünsche: anzukommen, mich irgendwo richtig und aufgehoben zu fühlen, nach allem.

Einmal tief durchatmen, dann drücke ich gegen die massive Holztür. Überraschend leicht schwingt sie auf.

Ich finde mich in einem geräumigen Vorraum wieder, einer Mischung aus Garderobe und Waschküche, der von einer kleinen verzinkten Tischlampe in ein behagliches Licht gehüllt ist. Über den beiden blechernen Spülbecken zieren alte blau-weiß gemusterte Kacheln und ein quadratischer rahmenloser Spiegel die Wand, am Boden kleben Fliesen im Schachbrettmuster. Es riecht erstaunlich frisch und irgendwie jung hier. Ganz anders, als die grauen Opa-Kappen, die auf einer Ablage über mehreren braunen und dunkelgrünen Wind-und-Wetter-Jacken liegen, vermuten ließen. Dem Eingang gegenüber ist eine

Milchglastür, hinter der ich einen schwachen Lichtschein erkenne, rechts führt eine Holztreppe nach oben. Die Einliegerwohnung ist im ersten Stock, hat Knut gesagt, ich könne mich gar nicht verlaufen. Ob ich kurz Hallo sagen soll? Hm, ehrlich gesagt ist mir gerade überhaupt nicht nach Kommunikation.

Als ich die knarrenden Stufen hochsteige, denke ich nur noch eines: Bitte, lieber Gott, mach, dass es einigermaßen nett da oben ist.

Normalerweise hätte ich mir die Wohnung ja vorher angesehen, zumal sie eine so wichtige Rolle in meinem neuen Leben spielt. Sie soll mein wärmender Kokon sein, meine sichere Hülle, mein Zuhause, all das, was ich in Hamburg nicht mehr hatte. Ich schlucke gegen den wachsenden Kloß im Hals an. Sie ist die Projektzentrale, versuche ich es nüchterner. Von hier aus wird das Projekt gesteuert, hierhin ziehe ich mich zurück, um für die Arbeit im Feld neue Energie zu tanken, hier *muss* ich mich einfach wohlfühlen.

Es ist aber auch alles so schnell gegangen: Freitag die überraschende Zusage vom *Boten*, Samstag das Telefonat mit Knut, der weder Computer noch Digitalkamera besitzt und mir deshalb keine Fotos von der Wohnung schicken konnte, Sonntagabend dann der Umzugswagen – viel hatte ich nicht zu packen, das meiste gehörte Simon –, und heute, einen Tag später, bin ich schon hier. Und eigentlich dachte ich ja auch, dass ich mit der Redaktion so etwas wie eine Doppelzentrale hätte.

Der Flur mit den alten Holzdielen ist schwach beleuchtet, vier Türen gehen davon ab, die erste auf der rechten

Seite ist eindeutig eine Wohnungstür. Der Schlüssel … passt. Bitte, lieber Gott …

Es riecht frisch gestrichen. Helle Weichholzmöbel – ein Tisch, ein dezent verschnörkelter Schrank und eine Kommode mit drei großen Schubladen und Messinggriffen – stehen neben kantigen weißen Stühlen und einem Sofa mit ausgeblichenem hellgrünem Samtbezug und geschwungenen Holzbeinen. Mitten im Raum hängt eine große tropfenförmige Lampe von der Decke, die trotz ihrer fragwürdigen Fischernetzummantelung gut zum Rest passt. Das soll es nun also sein. Mein neues Zuhause.

Wie eingefroren stehe ich da und nehme wahr, wie mir die Handtasche von der Schulter rutscht und auf den Boden plumpst. Als hätte das nichts mit mir zu tun. Dann sinke ich einfach hinterher, kaure einen Moment im Sitzen, bis mein Oberkörper zur Seite wegkippt. Ich kann nicht mehr. Hart und rau drückt mir der Teppich gegen die Wange, meine Augen schließen sich von selbst.

Als ich sie wieder öffne, ich weiß nicht, wie viel später, bleibe ich einfach liegen. Ich gucke an den Umzugskartons hoch, immer drei übereinander, Türme, die darauf warten, von mir abgetragen zu werden.

Fast hätte ich es nicht geschafft, sie zu packen. Nach jedem Buch, jedem Kleidungsstück, nach dem Schuhkarton mit den Fotos und dem mit den Postkarten musste ich eine Pause einlegen, weil mich jedes Buch, jedes Kleidungsstück, jedes Foto und jede Postkarte an Simon erinnerte. Es war, als würde ich ein Simon-Stück nach dem anderen in einen Sarg legen. Sogar bei der kleinen Plastikschachtel mit den Büroklammern musste ich weinen, weil … na ja, weil Simon eben manchmal Büroklammern benutzt hat.

Ich blicke weg. Rechts von meinem Kopf ist eine Küchennische mit weißen Fronten, über der Spüle ein großes Fenster, von dem aus man bestimmt an der Kastanie vorbei über den Hof sehen kann. Wenn ich mich so fühle wie jetzt, kann ich die langen hellen Tage gar nicht gut ertragen. Dann will ich nur noch ins Bett, so früh wie möglich. Aber wenn es um acht Uhr abends noch immer nachmittagshell ist, dann fühle ich mich irgendwie genötigt aufzubleiben. So lange, bis die Sonne untergeht und die Dunkelheit mir erlaubt, den Tag zu beenden.

Mein Magen knurrt. Wahrscheinlich lohnt es sich überhaupt nicht, die Kartons auszupacken und sich hier ein neues Leben einzurichten. Was, wenn es bei den drei freundlichen Menschen bleibt? Der jüngste, der Pfarrer, ist bestimmt auch schon über sechzig. Ich brauche doch Menschen um mich herum, die meine Sprache sprechen, mit denen ich nur einen Blick wechseln muss, und schon wissen sie, was ich denke. Über die Frau im Wallekleid, die über die Kuhweide hüpft, oder das harmlose Hölmchen, das mich in seine Räucherhöhle verschleppen will. Wo ich womöglich ende wie der Papst-Ken mit seinem irren Blick. Einfach jemanden, der ähnliche Erfahrungen im Leben gemacht hat. Der als Kind so getan hat, als fände er *Knight Rider* spannend, aber im Grunde gar nicht kapiert hat, worum es eigentlich geht. Zum Beispiel. Oder der ergriffen im Schneidersitz an Jim Morrisons Pariser Grab hockte, wie ich, und eigentlich nur *Light My Fire* kannte. Und sich zusammenreißen musste, um nicht laut loszulachen, wegen der Joints und der geballten Betroffenheit und all der abgefahrenen Batikmuster. Oder jemand, der verlassen wurde, weil er langweilig geworden ist.

Lautlos fange ich an zu weinen. Ich habe gedacht, nichts und niemand würde mich hier an Simon erinnern. Ich habe gedacht, die Arbeit im Team würde mich auffangen. Ich habe gedacht, das hier könnte eine Lösung sein. Was, wenn ich mich hier nie heimisch fühle? Wo soll ich denn dann hin?

Als ich später, viel später meinen Kopf vom Teppich hebe und mich hochrapple, lassen sich meine Knie kaum beugen, und meine rechte Gesichtshälfte brennt wie manchmal nach einem langen Kuss, wenn Simon sich ein paar Tage nicht rasiert hatte. Bevor die Stoppeln über seiner Oberlippe, an seinem Kinn und den Wangen weicher wurden.

Ich öffne die Küchenschränke, den Kühlschrank. Nichts. In meinen eigenen Taschen brauche ich erst gar nicht nachzusehen. Mein Magen tut weh, und mit ihm mein ganzer Körper, mein Herz, alles lochleer. Mit steifen Beinen stakse ich ins Badezimmer.

Ich knöpfe meine Bluse auf, löse die Häkchen meines BHs, schlüpfe aus den Schuhen, ziehe Hose und Unterhose aus und stehe nackt vor dem Spiegel. Ein großer Spiegel, in den mein ganzer Körper passt. Nackt und weiß, weich und wulstig. Wann habe ich mich das letzte Mal so angesehen? So richtig gesehen?

Da sind Ausbuchtungen, von denen ich nichts wusste. Oder die ich vergessen habe. Wenn ich es nicht besser wüsste, würde ich sagen, die Frau im Spiegel hat gerade ein Kind bekommen. Und dass sie sich so langsam mal zur Rückbildung anmelden könnte. Ich mache einen Schritt zurück und drehe mich zur Seite. Sehe Dellen am Oberschenkel, und der Po, hing der nicht vor Kurzem noch deutlich höher? Und was ist eigentlich mit meinem Dekolleté los? Ich beuge mich vor. Da ziehen sich zwei Falten hoch zum Hals, Wünschelrutenfalten vom Schlafen. Seit wann verschwinden die denn nicht mehr im Laufe des Tages?

Kein Wunder, dass Simon keine Lust mehr auf mich hat. Ich spanne meinen Po an. Noch mehr Krater. Hilfe!

Ich renne aus dem Badezimmer und drücke im Vorbeilaufen auf den Knopf des Radios, das auf der Kommode steht. Es ist mir völlig egal, was läuft. Hauptsache, da sind Stimmen, Musik. Meine Handtasche liegt noch immer neben der Eingangstür, ich ziehe den Reißverschluss auf und das Blatt mit der Projektskizze heraus. Was steht da unter *»Mir selbst etwas Gutes tun«*? Kochen, joggen, spazieren gehen? Das reicht nicht! In Anbetracht der katastrophalen Körperlage müssen schwerere Geschütze aufgefahren werden: ein perfekt ausgeklügeltes Bauch-Beine-Po-Workout. Ach was, ein Full-Body-Shaping. Gleich morgen geht's los. Büttelsbüttler Sportverein, ich komme! Den gibt's hier doch, oder? Mit meiner Mitgliedschaft schlage ich nämlich gleich zwei Fliegen mit einer Klappe: Meine Muskeln und die Zahl meiner Freunde werden in gleichem Maße rasant anwachsen. Bald werde ich aussehen wie Sarah Jessica Parker und mich vor Sportfreunden kaum mehr retten können. Aus den Untiefen meiner

Tasche krame ich einen Kugelschreiber hervor und ergänze unter *»Mir selbst etwas Gutes tun«*: *Power-Shaping im Verein*. Beim Projektschritt *»Leute kennenlernen«* notiere ich dasselbe. Eigentlich ließe sich der Punkt auch unter *»Spaß haben«* und *»Neue Dinge lernen«* einordnen. Also, wenn das mal nicht der Allrounder unter den Teilaufgaben ist. Jetzt muss ich das Blatt nur noch irgendwie am Spiegel befestigen, dann kann ich mich ins Bett legen und den Tag abhaken.

Wenn ich nur wüsste, wo der Scheißtesafilm ist. Außerdem ist mir kalt – so ohne Klamotten. Schön, es wäre sinnvoll gewesen, die Kartons zu beschriften. Oder den Kulturbeutel, das Schlafzeug und die Notfalltabletten in eine Extratasche zu packen.

Ich habe Hunger!

Aua! Im Vorbeilaufen ist mein kleiner Zeh am Stuhlbein hängengeblieben. Mein blanker Po setzt auf den Teppichborsten auf, meine Hände schließen sich um den rechten Fuß. Mein Zeh, meine Augen, alles brennt. *Ich will nach …*

Es klopft.

Einbeinig springe ich durch den Wohnraum, drücke das Radio aus. Zur Küche, zu den Kartons, ich weiß gar nicht, wohin. Mein erster Impuls: Badezimmertür zu, Dusche an. Dummerweise rufe ich im selben Augenblick: »Moment! Ich komme!« Ein Hopser zur Tür, den Sprung mit der Hand an der Klinke abgefangen. Fast hätte ich sie runtergedrückt, splitterfasernackt wie ich bin. Hüpfe zum Bad, Hose (ohne Unterhose) hoch, Bluse (ohne BH) an, fertig. »Bin schon da!«

Ohne ein Wort reicht Knut mir einen dampfenden Topf und ein Glas mit einer roten Flüssigkeit. Eine Welle der Rührung schwappt durch meinen Körper. Mit vollen Händen mache ich einen Schritt zur Seite, doch Knut winkt ab.

»Nee, mien Deern, will gar nicht lange stören. Wollt dir nur das Essen vorbeibringen. Dachte, das könntest du brauchen.« Er selbst bückt sich nach einem Glas mit einer klaren Flüssigkeit.

»Was ist das?« Ich halte meine Nase über mein Getränk. Riecht ein bisschen wie Weingummi. Oh Gott, hab ich einen Hunger.

»Im Topf ist Gulaschsuppe. Und das da«, er nickt in Richtung meiner linken Hand, »is' Frauensnaps. Kirsche. Siebzehn Prozent. Selbst gebrannt.«

Kurzerhand stelle ich den Suppentopf auf die Spüle. Wir prosten uns zu, ich nehme einen Schluck. Sehr klebrig und sehr süß, das Zeug. Und noch einen, bis das Glas, das bestimmt zwei, wenn nicht drei Schnapsgläsern entspricht, leer ist. Das tat gut.

»Danke.«

Knut lächelt. »Also denn, Mohltied!«

Kurz höre ich noch das leise Knarren der Holzstufen, dann ist es wieder still.

Ich nehme auf einem der kantigen Stühle Platz, nicht dem, der meinen kleinen Zeh auf dem Gewissen hat, und schaufle die köstliche Suppe in mich hinein. Als wäre das mein erstes Mahl nach einer zehntägigen Fastenkur mit nichts als Gemüsebrühe und stillem Wasser. Ja, ich hab auch mal so eine Kur gemacht. Drei Tage habe ich durchgehalten. Und ich hatte auch wirklich vor, das Fasten mit einem Apfel zu brechen. In kleinen Bissen wollte ich ihn zu mir nehmen, ruhig und bedächtig kauen und dabei denken: *Aha,* so *schmeckt also ein Apfel, so knackig und saftig und süß, so unglaublich sättigend, ich will dich gut einspeicheln und feiern, mein Äpfelchen*. Gegessen habe ich ihn etwas schneller als geplant, und im Anschluss hat meine Hand wie von selbst zum Brotmesser gegriffen. Nur eins, hab ich gedacht, für den Geschmack, und ich war ehrlich erstaunt, als kurze Zeit später das gesamte Brot weg war. Und das gerade noch halbvolle Nutellaglas säuberlich ausgekratzt.

Als der Suppentopf leer und mein Bauch warm und voll ist, beschließe ich, mich doch mal an die Kartons heranzuwagen. Ich werde eine Pyjamahose und ein T-Shirt herausziehen, Zahnbürste und Zahnpasta und noch ein wenig in der *Landlust* blättern, bevor ich die Augen zumache. In dem Bett, das aussieht, als wäre es aus Treibholz gefertigt, kann ich bestimmt gut schlafen.

Das Schlafzimmer geht nach hinten raus, und aus dem Fenster, das durch ein Holzkreuz viergeteilt ist, blickt man auf ein riesiges Gartenareal, eingerahmt von hochgewachsenen Bäumen. Blutbuchen erkenne ich. Und der Garten geht nahtlos in Weiden und Felder über. Wer sagt's denn? Es gibt ihn also doch, den Garten mit altem Baumbestand und sicherlich regelmäßig vorbeigaloppierenden Pferden. Fehlen nur noch ein paar Tische, die man zusammenschieben kann, und hier und da etwas Deko. Neulich hab ich im *COUCH*-Magazin so hübsche Lampions gesehen, in Weiß und zartem Pink, die würden sich in den niedrigeren Bäumen und Sträuchern gut machen. Das ist schon eine andere Aussicht als der Blick auf die gegenüberliegende Hauswand. Das war nämlich alles, was man von Simons und meinem Schlafzimmer aus sehen konnte: einen grünen Fünfzigerjahrebau, der verhinderte, dass wir am Morgen jemals von einem Sonnenstrahl geweckt wurden. Und das, obwohl das Schlafzimmer nach Osten hinausging. Dieses Schlafzimmer zeigt, wie es aussieht, auch nach Osten. Noch steht die Sonne so hoch, dass der hintere Teil des Gartens und die angrenzenden Wiesen mit einem sanften, beinahe goldenen Leuchten überzogen sind. Knuts Haus und Hof und Garten bekommen auf dem Büttelsbüttler Lageplan auf jeden Fall ein Kreuz. Und zwar ein besonders dickes.

Als ich den ersten Kartondeckel aufklappe, zucke ich zusammen, und alle Wärme verrinnt in den Ritzen zwischen meinen Sachen. Ich kann das nicht. Und schlafen kann ich erst recht nicht, wenn ich weiß, dass die hier stehen und auf mich warten. Mich schaudert's. Mein Leben in einundzwanzig Kartons. Oder das, was davon übrig geblieben ist.

Unschlüssig stehe ich im Raum. Nach einer Weile tappe ich ins Schlafzimmer hinüber, ziehe die Tür hinter mir zu, streife Hose und Bluse ab und steige nackt ins Bett.

Es ist noch immer hell, und mir ist kalt.

≈ 8 ≈

Birds flying high, you know how I feel. Sun in the sky, you know how I feel. Reeds driftin' on by, you know how I feel.« In meinem Kopf singt Muse, als ich auf den großen Vorplatz des Heimatmuseums zusteuere. Das ehemalige Gutshaus liegt am Ende der Hauptstraße und grenzt direkt an den See. Pardon, an den Schwimmteich. Jetzt erhasche ich einen ersten näheren Blick auf das Gemäuer und bleibe augenblicklich stehen. Eingerahmt von mächtigen Laubbäumen liegt da ein Anwesen vor mir, aus rotem Backstein mit langen Seitenflügeln und einer breiten Steintreppe, die zu einer meterhohen Holztür führt, weiße Rauten auf grünem Grund. Auch die Läden der Fenster, achtzehn, wenn ich mich nicht verzählt habe, plus die runde Luke unterm Dach, sind hölzern und grün lackiert. Efeu rankt in breiten Bahnen die Fassade empor, bis er sich auf halber Strecke zu Spitzen verjüngt, weiße und rosafarbene Stockrosen drücken sich unten an die Hauswand. Alles ist von Lichtpunkten überzogen, zart flirrende Sonnensprenkel, die das große Gebäude leicht und friedlich aussehen lassen. *It's a new dawn, it's a new day, it's a new life for me. And I'm feeling good.*

Mein Vater würde dem unbedingt beipflichten: Neuer Tag, neues Glück, es gibt viel zu tun – packen wir's an!

Geert-Helge hatte ich ebenfalls schnell auf meiner Seite, als ich ihn fragte, ob ich vor meinem Interview mit der Falschparkerin – so wird sie von den zahllosen Anrufern am Redaktionstelefon genannt, von manchen auch »Schlampe« – noch einen Rundgang durch die Ausstellung machen dürfe. Grünes Licht für eine verlängerte Mittagspause, auch wenn mein Chef zunächst höchst erstaunt war, dass ich mich fürs Heimatmuseum interessiere. Kein Wunder, Geert-Helge ist ja auch das Musterbeispiel eines Kulturbanausen. Ich sag nur: Homer-Simpson-Schlips überm Hawaiihemd. Zuerst hat er den Kopf geschüttelt, dann genickt, als ich ihm erklärt habe, dass ich mich allein von Berufs wegen mit den örtlichen Angeboten auseinandersetzen müsse, um schon in Kürze professionell darüber berichten zu können. So lautet zumindest der offizielle Grund für mein gesteigertes Interesse am Museum. Inoffiziell widme ich mich einem weiteren Punkt meines Projektplans: *Highlights meines neuen Wohnorts kennenlernen*.

Es sind nämlich *noch lange* nicht alle Möglichkeiten zum Glücklichwerden ausgeschöpft. Ich stehe erst am Anfang und habe schon jetzt einige Projekterfolge zu verzeichnen. Zum Beispiel wohne ich in einem der schönsten Häuser am Platz mit einem Traum von einem Garten, der sich mit nur wenigen Handgriffen in die perfekte Landhochzeit-Location verwandeln lässt. Ich wurde bereits von einem meiner potenziellen neuen Freunde bekocht und mit Alkohol versorgt. Und Gummistiefel hat er mir auch geschenkt. Davon abgesehen wirft eine Caro Punke nicht gleich am ersten Tag die Flinte ins Korn. Eine Caro

Punke kämpft. Und jetzt ab durch die Mitte, damit ich endlich diesen Güllegeruch aus der Nase bekomme.

»Hallo?« Im weiträumigen Foyer des Museums mit seinen – geschätzt – fünfzehn Meter hohen Decken hat meine Stimme einen merkwürdig klaren, hallenden Klang.

»Hallo.«

Ich drehe mich um und sehe eine Gestalt im weißen Nachthemd auf mich zuschweben. Ihr Körper ist knabenhaft schmal, die glatten braunen Haare reichen bis zur Hüfte, auf ihrem Gesicht liegt ein sanftes Lächeln. »Du bist unsere erste Ausstellungsbesucherin seit drei Wochen. Ich zeig dir alles, was du willst.« Sie reicht mir ihre Geistermädchenhand, mit der sie mich gleich in ihr Reich hinüberziehen wird.

Ich schrecke auf. Sehr nah und sehr laut klingelt ein Telefon.

Aus der Tasche ihres Kleides zieht das Mädchen ein aufklappbares Handy. »Entschuldige mich kurz.« Ihre Stimme hat plötzlich einen kräftigen Klang.

Mit einem Mal sieht sie überhaupt nicht mehr elfenhaft aus, wie sie so dasteht und telefoniert. Eher wie eine sommersprossige Verkäuferin auf einem Mittelaltermarkt. Ich tippe auf selbst genähte Röcke oder Filzpantoffeln, vielleicht auch Töpferware oder ... Das ist doch – ich sehe genauer hin – die hopsende Hortensie! Die Wallekleid-Frau von der Weide. Dass mir das nicht gleich aufgefallen ist! Und sie ist auch überhaupt kein Mädchen mehr, sondern bestimmt schon Ende zwanzig, vielleicht sogar Anfang dreißig.

Sie klappt ihr Telefon zu. »Du kannst dich auch gerne erst mal allein umschauen. Ich bin übrigens Nele. Oder Nelly.« Ihr Lächeln ist freundlich und offen.

Meins gerät etwas schiefer, irgendwie bin ich noch zu sehr damit beschäftigt, den nacktfüßigen Weidetanz und die mittelalterlichen Pantoffeln zusammenzubringen. Und den Diddl-Maus-Anhänger, der an ihrem Handy baumelt. »Caro.«

»Ah, dann bist du eine der beiden Neuen. Herzlich willkommen im schönen Büttelsbüttel.« Sie betont das so, als sei es ein Privileg, hier wohnen zu dürfen. Wahrscheinlich empfindet sie das wirklich so.

Ist doch toll, Carolin Punke, ein Mensch, der mit seinem Leben zufrieden ist. Von so jemandem kannst du nur lernen.

»Also, wir haben vier Ausstellungsräume, die alle vom Foyer abgehen. In Raum eins, auf unserer größten Fläche«, sie zeigt auf eine Tür links vom Eingang, »findest du alles zur Geschichte der Landwirtschaft und der Fischerei. In Raum zwei werden das Büttelsbüttler Leben und das Handwerk im Wandel der Zeit abgebildet, in Raum drei die lokale Tierwelt, und im letzten Raum ist unsere große Bügeleisenausstellung. Auf die sind wir besonders stolz.«

Sie meint das nicht ironisch.

»Wir haben über hundert Eisen, die ältesten sind aus dem fünfzehnten Jahrhundert.«

»Wow.«

»Ja, genau. Wow.«

Sie *muss* das ironisch meinen.

»Und dann haben wir noch das Café.« Sie weist auf die

große Flügeltür gegenüber dem Eingang. Und erst jetzt nehme ich den leisen Klangteppich aus Stimmen und Geschirrklappern wahr. »Heute gibt's kalte Suppe. Komm doch vorbei, wenn du fertig bist.«

»Gerne.« Während ich noch überlege, wo ich meinen Rundgang beginne, bleibt mein Blick am Fuß der Treppe hängen, die ins Obergeschoss führt. »Sag mal, was ist eigentlich da oben?«

»Nichts.«

»Nichts?« Da sind doch bestimmt genauso viele Räume wie hier unten, die können doch nicht alle leer stehen.

»Ja, das Gebäude ist eigentlich viel zu groß für unser kleines Museum. Aber unser Ortsbeirat«, Nelly macht eine Pause, »Paul, er hat sich dafür starkgemacht, dass wir die Räumlichkeiten nutzen dürfen. Also, wir sehen uns gleich im Café.« Ihr weißes Kleid wallt ein wenig beim Gehen, und wenn es nicht so eindeutig aus Baumwolle wäre, könnte man meinen, sie trüge ein Brautkleid.

Ich bleibe allein zurück im kalten Foyer. Meine Zehen sind kleine Eisklumpen, es zieht. Vielleicht waren der knielange Rock und die Riemchensandalen nicht die allerschlauste Wahl.

Auf, auf, Carolin Punke! Ein kultureller Höhepunkt brennt darauf, von dir erkundet zu werden.

Beherzten Schrittes betrete ich den Saal mit der großen Eins über der Tür. Wollen wir doch mal sehen, was die hiesige Landwirtschaft und Fischerei so zu bieten haben. Mit geübtem Verkaufsflächenscannerblick erfasse ich: jede Menge rostige Gerätschaften. Ah ja, und hier vorn hätten wir direkt den mit Abstand größten Apparat, ein meterlanges verrostetes Eisenstangenwirrwarr, dem ich so gar keinen Sinn zuordnen kann. »Sieben« steht auf dem zugehörigen Schildchen. Die Legende prangt in Großdruck neben der Eingangstür, und hinter der Nummer sieben findet sich … ein Fragezeichen. Das Herzstück der Ausstellung – und keiner weiß, was es ist? Ich überfliege die Legende. Dreiundzwanzig Fischfang- und Ackergeräte, vierzehn Fragezeichen. Woher will man dann überhaupt wissen, dass es sich zum Beispiel bei der löchrigen Apparatur da drüben nicht um ein Musikinstrument handelt? Oder eine historische Lockenmaschine?

Die Erklärungstafel in Raum zwei zeigt ein ähnliches Bild: siebenunddreißig Schildchen, sechzehn Fragezeichen. Ich reibe mir die Hände. Eigentlich weil sie kalt sind, aber die Geste passt auch so ganz gut zu meinem neuen enthusiastischen Ich. Da wären also gehäkelte Kappen – Spitzentischdeckchen für den Kopf – und winzige Kinderschuhe, die aussehen, als würden sie zu Staub zerfallen, sobald man sie berührt. Ein ovaler Stein (Legende sagt: Hammer) und ein Stuhl mit dicken Schrauben an den Beinen (Legende sagt: Stuhl mit Ausziehbeinen, wahrscheinlich von Ocke Boysen (1,47 Meter). Wer oder was auch immer Ocke sein mag. Ansonsten allerlei vergilbte Fotos, Postkarten, ein Büchlein mit Sinnsprüchen der Gemeindeschwester Erika Elsner. Darunter steht: »Vielen Dank, Wilma Pepke, geb. Elsner, für dieses 100 Jahre alte Dokument.«

Aus Raum drei starrt mich eine ausgestopfte Eule aus großen gelben Augen mit Stecknadelpupillen an, ihr

Schnabel ist leicht geöffnet. Neben ihr eine braune Maus, die aussieht, als wollte sie flüchten. Schnell gehe ich weiter.

Im letzten Saal treffe ich auf Regalreihen voller dreieckiger Metallplatten mit Griffen. Die große Bügeleisenausstellung. Wow. Manche der Platten sehen aus wie frisch aus dem Bergwerk geklopft, andere sind verziert, graviert oder bemalt. Wenn man mir gesagt hätte, das sei die große Maurerkellenausstellung, hätte ich das auch geglaubt.

Oh, das ist aber hübsch. Ich gehe in die Knie. Ein Bügeleisen in Form eines Schwans, an einigen Stellen ist noch weiße Farbe zu erkennen. Der Griff ist auf dem Schwanenrücken angebracht, ich hebe das Eisen an – ganz schön schwer – und stelle es sofort wieder zurück in das staubfreie Dreieck. Dann trete ich hinaus ins Foyer.

Das soll er nun also gewesen sein? Büttelsbüttels kultureller Höhepunkt? Dem ich entgegengefiebert habe und in den kommenden Wochen und Monaten immer wieder einen Besuch abstatten wollte, um jedes Mal ein anderes interessantes Detail zu entdecken? Mit viel Zeit und Muße wollte ich mich erstmals im Leben für Geschichte interessieren – wirklich. Ich hatte nicht einmal ausgeschlossen, dass die Geschichte der Region mein neues journalistisches Fachgebiet würde.

Und jetzt?

Neue Dinge lernen. Das war's, was ich wollte. Alte Bügeleisen, die aussehen wie Maurerkellen. Werkzeuge, bei denen unklar ist, welche Werke damit verrichtet wurden. Eigentlich wollte ich doch einfach nur glücklich sein!

Und, Carolin Punke, bist du jetzt glücklicher als heute Morgen, bevor du Ockes Stuhl gesehen hast?

Das ist fies.

»Carolin Punke ist auch ein großer Papstfan.«

Was?

Die Flügeltür steht offen, ein langer breiter Lichtbalken teilt den dunklen Boden des Foyers in zwei Hälften. Anders als das übrige Erdgeschoss hat das Café keinen Steinboden, sondern helles Parkett. Und da sind Menschen! Viele Menschen. Sie sitzen an quadratischen Tischen, unterhalten sich, Teller, Gläser und Tassen vor sich, mittendrin Nelly, die ein Sträußchen violetter Wiesenblumen in einer kleinen Vase drapiert, und direkt neben der Tür Holm Fiete, der mit einem Ausdruck höchster Zufriedenheit in ein Butterbrot beißt. Leberwurst, das riecht man bis hier draußen.

»Sie war sogar schon bei mir zu Hause.«

Ich starre ihn an. Und am Ende heißt es, wir wären seit Jahren ein Paar.

Kante auf Kante faltet er das benutzte Butterbrotpapier wieder zusammen und lässt es in den Seitenschlitz eines braunen Köfferchens gleiten. Nelly bückt sich hinter dem Tresen.

»Könntest du mir bitte eine Spezi machen?« Holm sieht mit eingezogenem Kinn an sich hinunter und streicht ein paar Krümel von seinem Hemd.

»Bin schon dabei.« Sie stellt ein Glas auf den Tresen und öffnet eine Fantaflasche.

»Zwei Drittel Limo und ...«

»Ein Drittel Cola.«

»Alles andere wäre ja auch wirklich zu stark.«

»Allerdings.« Nelly lächelt.

Hinter den voll besetzten Tischen liegt eine große Fensterfront mit einer Terrassentür, die sperrangelweit offen steht. Gerade treten zwei Männer mit Handtüchern um die Hüften über die Schwelle ins Café. Wenn die Sonne nicht blenden würde, könnte man von hier aus sicher das Seeufer sehen.

»Und bitte das Umrühren nicht vergessen.«

Nelly rührt bereits kräftig mit einem Löffel im Glas.

Umständlich lockert Holm seine Krawatte. »Wollt ihr gar nicht wissen, wieso Carolin Punke in meinem Zimmer war?« Er sieht sich im Raum um.

»Doch.« Nelly stellt das Spezi-Glas vor ihm ab. »Das interessiert uns alle brennend.«

Ha, das war jetzt aber ironisch!

War's doch, oder?

Holm räuspert sich. »Es ist so.« Wieder beugt er sich ein Stück vor und wirft sich den Schlips über die Schulter. »Wir haben Papstfanartikel getauscht. Na ja, ich habe ihr eine Pius-Tasse geschenkt. Die wollte sie unbedingt haben. Und ich konnte sie gerade noch daran hindern, auch noch Leo und Gregor mitzunehmen.«

Im Café wird gemurmelt. Und bald bin ich als papstverrückte Kleptomanin verschrien? Die das arme Hölmchen in seinem Kinderzimmerschrein zu haarsträubenden Sexpraktiken mit Weihrauch und Barbiepuppen zwingt und sowieso zur Gruppe der neu zugezogenen »Falschparkerinnen« gehört? Was immer noch besser ist als die frigide Fraktion.

Ach was, ich werde den Gerüchtesamen wieder ausbuddeln und den Menschen zeigen, wie ich wirklich bin.

Nur … wie bin ich denn eigentlich?

Frau Punke, etwas mehr Kreativität, wenn ich bitten darf. Niemand hier kennt dich. Dadurch hast du die einmalige Chance, dich völlig neu zu erfinden. Die Frage lautet also nicht: »Wie bin ich?«, sondern: »Wie will ich sein?«

Ach, und das ist einfacher?

In der Tat. Du hast alle Möglichkeiten und bist endlich nicht mehr an deinen bisherigen beschränkten Horizont gebunden.

Danke, das ist sehr freundlich.

Mach dir einfach mal im Kopf eine Liste mit ein paar interessanten Charaktereigenschaften, und wenn du nur fest daran glaubst, dann klappt's mit der Umsetzung von ganz allein.

Da bin ich skeptisch. Aber gut, ich versuch's. Die neue Caro Punke, die, die in ihrem neuen Leben ohne Simon glücklich ist …

Weiter!

Die neue Caro ist, wie bereits erwähnt, unerschrocken, sie sagt niemals Ja, wenn sie eigentlich Nein meint, sie ist – lass mich überlegen – enthusiastisch, aber nicht unkontrolliert impulsiv …

»Hallo!«, schießt es überraschend aus meinem Mund, und mein Fuß macht einen Ausfallschritt über die Türschwelle.

»Moin, Carolin!«, ruft Holm.

»Moin«, kommt es von rechts.

Ich zucke zusammen. Die Hundertjährige.

»Kindchen! Komm, komm, setz dich zu mir.« Mit dem gebogenen Knauf ihres Gehstocks zieht sie das Bein des Stuhls neben ihr ein Stück zurück.

»Na ja, eigentlich bin ich … Gerne.« Ich setze mich.

»Wilma Pepke. Dorfälteste. Werde nächsten Monat einundneunzig.« Sie tätschelt meine Hand. »Nelly, bringst du uns bitte zwei von Adelheids Holunderblütenschnitten? Und zwei Kännchen Kaffee, ja?«

Die neue Caro ist entspannt, das hatte ich noch vergessen zu erwähnen, und offen für alles. Obwohl, ich muss schon sagen, der Schokokuchen da vorn auf der Theke sieht ausgesprochen saftig aus.

Die alte Dame schiebt einen Block mit etwas Gezeichnetem zur Seite, ihr Gesicht hat noch mehr Runzeln als gedacht. Dass ein Mensch überhaupt so viele und so tiefe Falten bekommen kann. Ein einziges Linienmeer, dabei ist sie braun gebrannt. Wenn ich die Augen zugehabt und nur ihre Stimme gehört hätte, wäre vor meinem inneren Auge das Bild einer großen, drahtigen Sechzigjährigen aufgetaucht, vielleicht hätte ich ihr sogar eine Bundeswehruniform angedichtet. Die Frau vor mir trägt weiße Krusellocken, und auf ihren Zähnen, von denen heute deutlich mehr vorhanden sind als gestern, blitzt roter Lippenstift. Ihr Kopf befindet sich ein ganzes Stück weiter unten als meiner, zwischen Kinn und Tischplatte bleibt nicht viel Platz. Vielleicht sollte ich ihr anbieten, Ockes Stuhl aus Raum eins rüberzuholen?

»Sie zeichnen?«, frage ich.

Die neue Caro fragt nur noch nach, wenn sie etwas wirklich interessiert.

Die Dame lacht. »Nein. Nelly ist unsere Künstlerin.«

»Das ist doch nur …« Nelly stellt zwei zierliche Porzellanteller vor uns auf den Tisch. Über den Blechkuchen sind winzige champagnerfarbene Blüten gestreut. »Eine Rohrammer. Die saß vorhin so herrlich friedlich im Froschlöffel.«

Wenn man mir Nelly beschreiben und sagen würde: über eins siebzig groß, schmales Becken, kleine Brüste, weit auseinanderstehende Augen, hüftlange Haare mit einseitig geflochtenem Bauernzopf, weißes Maxikleid, nackte sonnengebräunte Füße – die sie auch hier im Café hat –, würde in meinem Kopf ein völlig falsches Bild von ihr entstehen, wie bei Wilmas Stimme vorhin. Ich sähe jemanden wie Kate Moss vor mir, vielleicht eine etwas jüngere Version von ihr, ein langes flatteriges Vintage-Kleid, strähnige Haare, um den Hals ein dünnes Wildlederband, jemanden, der in einem Kreuzberg-Friedrichshain-Mitte-Café sitzt und so beneidenswert beiläufig gestylt ist, dass es schon wieder anstrengt.

Nelly trägt ein regenbogenfarbenes Samthaarband, eine Swatchuhr mit rosa Blumen und eine rot gemusterte Unterhose, die sich unter ihrem Kleid abzeichnet.

»Ein Calippo Cola!«, brüllt es von der Terrassentür herüber.

»Das ist zu stark für dich!«, brüllt Holm zurück.

Der kleine Junge sieht ihn erstaunt an und tritt von einem nackten Fuß auf den anderen.

»Alles gut, Lasse.« Nelly greift in die Eistruhe, die an der Wand neben dem Tresen steht. »Ich schreib's auf. Wie geht's deiner Oma?«

»Papa sagt, sie wird's überleben.« Schon flitzt Lasse davon.

Ich sehe ihm hinterher, wie er über die halbrunde Steinterrasse hüpft, die breiten Stufen hinunter und auf der großen Rasenfläche wie in einem Wimmelbild verschwindet. Das Gras ist über und über mit Handtüchern und Decken bedeckt, mit Kindern in Badehosen, Hunden und in der Sonne bratenden Erwachsenen. Stimmt, es sind ja Sommerferien. Von Laubbäumen flankiert zieht sich die Wiese hinunter zum Ufer. Ich glaube, mit seinem Steg und dem vielen Schilf könnte der See ziemlich hübsch aussehen – wenn wenigstens etwas von dem Wasser zu erkennen wäre. Stattdessen sind da nur bunte Badekappenhubbel. Und ein ziemliches Gekreische. Jede Menge Freibadgeräusche, die ein angenehmes Hintergrundrauschen bilden. Ich sollte mich häufiger hier aufhalten.

Es ist wirklich wunderschön hier. Tische und Stühle sind aus Holz, die Sitzflächen, Rückenlehnen und Tischplatten ungleichmäßig weiß lackiert, türkisfarbene Sitzkissen, unterschiedlich geformte antike Porzellanvasen in Weiß, gefüllt mit den zarten lila Blumen, die Nelly vorhin in der Hand hatte. Zwei der Wände sind weiß verputzt, zwei haben eine Tapete, türkis mit goldenen Emblemen, in der Mitte des Raums hängt ein goldener Lüster. Die Theke ist aus weißen Brettern gezimmert, darauf stehen Kuchen unter gläsernen grünstichigen Hauben, davor schwarze Schildchen mit Kreideschrift: Elbwellen, Büttelsbüttler Butterkuchen – ich lehne mich ein Stück nach hinten, um an den Leuten am Tisch neben mir vorbeisehen zu können –, Adelheids Holunderblütenschnitten, Schokoladenkuchen mit Weißkohl.

Igitt, Schoki mit Kohl! Dafür ist meine Holunderschnitte sogar noch ein bisschen warm. Ich hätte zwar niemals erraten, welche Blüten da drin sind, aber etwas zart Blumiges schmecke sogar ich heraus. Schiebe gleich noch eine Gabel hinterher und halte inne. Drei Tische weiter rutscht Holms Stuhl quietschend über den Boden, er springt auf. Kerzengerade verharrt er neben seinem Tisch.

»Holm?« Wilma drückt sich hoch und klopft mit ihrem Gehstock gegen sein Schienbein.

Holm reagiert nicht. Hat was von einem Zinnsoldaten, wie er da so reglos in seinem Jackett mit der vorgewölbten Brust und den angelegten Armen steht. Wieder fangen die Leute an den Tischen an zu murmeln.

Sein Mund klappt auf: »Die Granate.«

Ich drehe mich um und folge seinem erstarrten Blick zur Flügeltür. Augenblicklich wird mir ganz anders. Es hat nichts geholfen, dass ich heute Morgen das Fenster meines Schlafzimmers sperrangelweit aufgerissen habe und mit der Bettdecke auch den Traum abschütteln wollte. Kräftig habe ich die Decke gegen die Hauswand unter mir geklatscht, um die Bilder loszuwerden, die sich über Nacht in meinem Kopf festgesetzt haben. Bilder von Saranya und Simon, die so plastisch waren, dass ich beim Aufwachen dachte, ich stünde wieder vor Onnos Hof. Allerdings stand ich nicht einfach nur da, sondern presste mein tränennasses Gesicht an die Fahrerscheibe des Smart. Als mein Wecker klingelte, schenkte mir Simon aus dem Wageninneren ein zufriedenes Lachen, während sein Penis vollständig in Saranyas Mund verschwand.

Ich möchte verschwinden.

»Carolin Punke?« Saranya sieht über Holm und Wilma hinweg, bleibt kurz an Nelly hängen und fixiert dann mich.

Ich nicke stumm. Der weiße Hosenanzug, die kleine pinkfarbene Tasche, die unter ihrer Achsel klemmt, die schulterlangen blonden Haare, die zu bombenfesten Wellen frisiert sind – ihre ganze Erscheinung wirkt vollkommen fehl am Platz.

»Gut, als Erstes bräuchte ich ein stilles Mineralwasser. Und wären Sie wohl so nett, das Fenster zu schließen? Dieser Gestank ist ja kaum auszuhalten.«

In aller Seelenruhe geht Nelly hinüber zum Tresen. Saranya sieht erneut von mir zum Fenster und wieder zu mir.

Nein, die neue Caro springt jetzt nicht auf. Ich umfasse die Sitzfläche meines Stuhls. Schon gar nicht für jemanden, der mir so schreckliche Träume beschert. Die neue Caro hat auch gar nichts mehr gerochen, seit sie das Museum betreten hat. Obwohl – ich atme einmal bewusst durch die Nase ein –, da liegt unverkennbar Kuhdung in der Luft.

Vielleicht wäre es in Ordnung, wenn ich in meinem eigenen Interesse aufstehen und die Terrassentür schließen würde?

Carolin Punke …

Ja, ja, schon gut. Ich tue also so, als wäre ich nicht gemeint. Überhaupt kein Problem. Die neue Caro Punke fühlt sich nämlich nur noch für Dinge verantwortlich, für die sie auch verantwortlich ist. Mein rechtes Fußgelenk dreht und klammert sich ums Stuhlbein.

Saranya muss die Bewegung wahrgenommen haben, denn ihr Blick fällt auf meinen Fuß, den ich augenblicklich entklammere und unter den Tisch schiebe. Sie stutzt. Und identifiziert meine taubenblauen Sandalen mit den roten Sohlen ganz offensichtlich als das, was sie sind: Louboutins. Ich sehe, wie sie kaum glauben kann, was sie da sieht. Und ich selbst weiß ja auch nicht, was … Trägt die neue Caro auch Designerschuhe mit hohen Hacken? Die sich auf den Feldwegen bei jedem Schritt in die Erde bohren? Oder trägt die neue Caro Turnschuhe wie die alte, alte, längst nicht mehr vorhandene Caro? Gummistiefel vielleicht?

Es klackt, als Holm seinen Körper gegen die Terrassentür wirft, und noch einmal, bis der Rahmen einrastet, dann trottet er zurück an seinen Platz.

»Damit wären wir also vollzählig!«, ruft Wilma. »Setzt euch!«

Keine Ahnung, wen sie meint, ich jedenfalls springe auf. »Es war nett, mit Ihnen zu plaudern. Aber jetzt ist meine Verabredung da.«

»Seh ich doch. Also, kommt, kommt!« Sie winkt mit beiden Händen.

Nelly stellt Saranyas Wasserglas auf Wilmas Tisch und setzt sich. Nach einigem Zögern nimmt auch Saranya Platz. Gut, setze ich mich also auch wieder.

»Lass dich mal ansehen.« Wilmas Zeigefinger schiebt sich unter Saranyas Kinn.

»Pfoten weg!«

»Na, na. Ich will doch nur gucken.« In Wilmas trüben Augen blitzt es. »So sieht also unsere Sirene von Nahem aus. Auch nicht mehr die Jüngste. Wie alt?«

»Was zum Teufel …«

»Ich bin neunzig, und du bist?«

Saranya stöhnt. »Neununddreißig. Sonst noch was?«

»Du musst wissen, früher war ich die Sirene. Da haben die jungen Männer bei mir Schlange gestanden. Aber ich gebe den Staffelstab gerne weiter. Hat lang genug gedauert, bis sich eine Nachfolgerin gefunden hat. Meine Damen«, feierlich sieht sie in die Runde, »willkommen im Club.«

Club? Ich möchte in keinem Club mit Saranya sein. Ich möchte mein Interview führen, und zwar schnellstmöglich, und dann weg von ihr.

»Meine Damen«, setzt Wilma wieder an, »liebe Nelly« – ihr Gesicht bekommt einen warmherzigen Ausdruck –, »nun bist du also nicht mehr die einzige Büttelsbüttler Deern über dreißig, die noch nicht unter der Haube ist. Mit Irmela Fuchs …«

»Saranya.« Es klingt wie ein Zischen.

»Saranya? Ich dachte …«

Nellys Stimme verebbt, als Saranya ein weiteres Mal laut vernehmbar stöhnt. Sie presst Zeige- und Mittelfinger an ihre Nasenwurzel, schließt die Augen und sagt in monotonem Tonfall: »Saranya ist der Name, den mir mein Yogameister Velayudhan, der Speerträger, in München gegeben hat. Sanskrit. Er bedeutet ›Göttin der Morgendämmerung und der Wolken‹.«

»Ach so.« Nelly beißt sich auf den Daumennagel. »Morgendämmerung und Wolken, weil du, äh, weil Sie gerne früh aufstehen und … Wolken mögen?«

Saranya öffnet die Augen. Nelly blickt ehrlich interessiert zurück. Eine Weile sagt keine etwas.

»Genau.« Saranya lächelt. Dabei spannen sich ihre Halsmuskeln an. »Ich stehe gerne früh auf und mag Wolken.«

Kaum merklich zieht Wilma eine Augenbraue hoch. Dann klopft sie auf den Tisch. »Nun. Mit Saranya und Carolin Punke hast du, Nelly, also zwei Schwestern im Geiste gefunden.«

Schwestern im Geiste?

Mit einem Mal leuchten Wilmas Augen. »Wie ihr seht, habe ich Erkundigungen eingezogen. Ihr müsst wissen«, sie streckt den Kopf ein wenig vor, »ich selbst habe Herrn Pepke, Gott hab ihn selig, auch erst dingfest machen können – machen wollen! –, als ich schon stramm auf die vierzig zuging. Davor …« Sie macht eine Pause und sieht durch Saranya hindurch. »Darüber breite ich den Mantel des Schweigens. Der gute Herr Pepke und ich, wir waren noch fünfundvierzig Jahre glücklich verheiratet. Und mehr als fünfzig Jahre hat es gebraucht, bis sich drei junge Damen fanden«, sie nickt uns zu, »die meinem Beispiel folgen und sich nicht so früh an den Herd ketten lassen. Richtig so!« Sie klatscht in die Hände. »Nelly, segg, heff ick gestern meinen Tabak hier vergessen?«

Nelly springt auf, kramt hinter der Theke ein blaues Päckchen hervor und reicht es Wilma. »Eine«, flüstert sie. »Ausnahmsweise.«

Die alte Dame dreht sich in Windeseile eine Zigarette,

fährt mit der Zunge über das Blättchen und lässt ein Plastikfeuerzeug aufflammen. Dann lehnt sie sich zurück und bläst Rauch in die Luft.

»Wilma! Mach die Fluppe aus!«, kommt es postwendend vom Nebentisch.

Wilma nimmt einen weiteren Zug. »Also, erst mal zum Geschäftlichen. Ich nehme an, Carolin, du willst Irm… Saranya in deiner Funktion als Pressevertreterin zum gestrigen Gerammele befragen. Denn man to!«

»Wilma!«, ruft Nelly und läuft rot an.

»Was denn? Wie willst du das denn sonst nennen? Wir haben doch alle das ruckelnde und rammelnde Auto gesehen. Was für ein Tempo!«

Ich weiß, spätestens jetzt wäre mein Einsatz gefragt. Aber statt loszulegen, bin ich vollends damit beschäftigt, eine weitere Hiobsbotschaft zu verdauen: Diese beiden Grazien sind die einzigen weiblichen Geschöpfe über dreißig, die noch nicht verheiratet sind? An wem soll ich mich denn dann orientieren? Mein neues Ich braucht doch Vorbilder! Frauen, die mir durch ihren Lebensstil zeigen, dass es okay ist, mit sechsunddreißig ohne Mann dazustehen. Dass die Zeit nicht eilt, dass die Uhr nicht tickt, oder die mir zumindest ein paar Tricks verraten, mit denen sich das Ticken eine Zeitlang ignorieren lässt. Die mit mir die Dorfdiscos rocken und nicht um zehn Uhr abends schlappmachen, weil sie in der Nacht fünf Mal rausmüssen und nach Schnullern tasten und morgens um sechs Kinderlieder singend Stullen schmieren. Die nicht wie Nelly beim Gedanken an Sex rote Flecken im Gesicht bekommen, und erst recht brauche ich niemanden, der mich bis in meine Träume daran erinnert, wie einfallslos ich im Bett bin.

Und jetzt sehen mich alle an und erwarten, dass ich das Feuer eröffne?

Also gut. »Wilma hat es ja bereits beim Namen genannt. Saranya, Sie haben mit Ihrem Wagen vor Onno Sudhops Hofeinfahrt geparkt«, ich sehe Simons schweißnasse Haare an der Autoscheibe kleben, »um ihn … um mich … um zu …« Na los!

Saranya sieht mich mit spöttisch hochgezogener Augenbraue an.

»Um zu rammeln«, stoße ich hervor. Viel lauter als geplant. Überhaupt war das nicht das, was ich sagen wollte.

»Korrekt«, antwortet sie.

Wilma kichert. Nelly sieht entsetzt aus. Und Saranya hat noch immer den spöttischen Ausdruck im Gesicht. Du willst Krieg, du Flittchen? Kannst du haben!

»Sie sind …«

»Du«, sagt Wilma, »wir duzen uns hier alle.«

Jetzt bloß nicht aus dem Konzept bringen lassen.

»Ich bleibe lieber beim Sie. Also, Irmela, 'tschuldigung, Saranya, sprechen wir zunächst mal über Ihren Werdegang. Sie kommen aus München, haben da in einer großen Agentur mit internationalen Kunden gearbeitet« – das habe ich recherchiert –, »haben weltweite Pressereisen und exklusive Partys für namhafte Unternehmen aus der Mode- und Lifestylebranche organisiert und sind jetzt hier in Büttelsbüttel bei *Heikes Klönschnack* angestellt. Und da machen Sie aktuell PR für die Hundeschule *Tapsidapsi*, richtig?« Eins zu null, würde ich sagen.

Saranya kneift die Augen zusammen und fixiert mich. Das kann sie wirklich gut. Und ich noch viel besser! Meine Augen sind Schlitze! Keine Sekunde wende ich meinen Blick ab, obwohl ich spüre, dass Nelly und Wilma uns von der Seite beäugen. Dieser Kampf wird ausgefochten. Und diesen Kampf gewinne ich.

»Und Sie«, sagt sie mit leiser, scharfer Stimme, »Sie arbeiten beim *Büttelsbüttler Boten* und schreiben über Falschparker? Verkehrsthemen?« Sie lacht. »Und Sex, das ist auch nicht so Ihr Ding, oder?«

In meinen Augenschlitzen sind plötzlich Tränen. Und ich kann nichts dagegen tun.

»Oh, da hab ich wohl einen wunden Punkt getroffen.« Sie lacht noch immer.

Ich wende mich ab.

Meine Schultern sacken nach vorn, ich schlucke gegen den Klumpen in meiner Kehle an. Das ist gemein. Und noch viel gemeiner ist es, dass Simon mich mit nur einem Satz zu diesem sexuell verkrampften Wesen gemacht hat. Eine Dreizehnjährige nach dem ersten verunglückten Zungenkuss, die Angst hat, dass alle anderen es besser können. Alle Leichtigkeit, alle Unbeschwertheit dahin. Alles, was ich jemals für guten Sex gehalten habe, steht mit einem Mal unter Verdacht, in Wirklichkeit mieser Sex gewesen zu sein. Unzureichend. Für jeden ersichtlich, nur nicht für mich. Wahrscheinlich lachen alle Männer, mit denen ich jemals im Bett war, noch heute über mich, was weiß denn ich?

Dabei dachte ich immer, ich kann mich auf meinen Bauch verlassen. Wenn ihm etwas komisch vorkam, hat er so lange auf mich eingeredet, mich gekniffen, gegrummelt, bis ich auf ihn gehört habe. Jetzt bleibt er stumm. Und ich trau mir selbst nicht mehr über den Weg.

Ich weiß, es ist so eine Sache mit der Selbsteinschätzung und der Fremdeinschätzung. Nur bin ich bislang davon ausgegangen, dass andere mich in der Regel besser beurteilen als ich mich selbst. Dass ich eher dazu neige, mich kleinerzumachen, als ich es bin. Und jetzt soll es plötzlich andersherum sein? Jetzt bin ich es, die sich jahrelang überschätzt hat?

Woher soll ich denn nun die Gewissheit nehmen, dass ich wirklich die gute Zuhörerin bin, für die ich mich immer gehalten habe, der gern gesehene Partygast, der nicht nur aus Mitleid eingeladen wird? Und nicht nur meine Intuition hat Simon zerstört, nein, irgendwie hat er mich meiner kompletten Identität beraubt. Woher soll ich denn wissen, wer bin ich?

Das ist in etwa so, als würde ich mit der Axt hingehen und Simon den Schwanz abschlagen. Und sagen: Der konnte eh nix. Und der, der daran hängt, kann noch weniger und möge verbluten.

Meine Hände zittern. Ich spüre, wie sich meine Finger um den hölzernen Griff der Axt schließen. Unterm Tisch berührt mich eine Hand. Eine warme Hand. Nelly reicht mir ein Taschentuch, ich behalte es eine Weile reglos zwischen den Fingern, bis sie aufhören zu zittern. Dann muss ich zwinkern, und ein paar Tränen schwappen über. Saranya greift nach ihrer Tasche.

Als sie aufstehen will, brüllt die betagte Obergefreite von links: »Sitzen bleiben!«

Ich zucke zusammen. Und auch Saranya sinkt wieder auf ihren Stuhl zurück.

Wilma nimmt einen letzten Zug von ihrem winzigen Zigarettenstummel und drückt ihn dann auf dem leeren Kuchenteller aus. »Nase putzen!«

Gehorsam schnäuze ich mich.

»So, ihr Weibsbilder. Ich weiß ja nicht, was mit euch los ist. Aber wir fangen jetzt noch mal schön von vorn an.« Sie legt Saranya und mir jeweils eine Hand auf den Unterarm. Ihr Griff ist fest und duldet keinen Widerspruch. »Saranya, bitte erzähl uns, was dich in unser schönes Dorf gebracht hat.«

Die stöhnt. »Wenn Sie so nett wären, mich loszulassen? – Danke.« Saranya schüttelt ihr Handgelenk mit dem dicken goldenen Armband. »Also gut, die Kurzfassung.« Ihre Stimme nimmt wieder den monotonen Klang an. »Ich hatte jahrelang starke Migräne und dann, vor zwei Monaten, einen ernsten Zusammenbruch. Ich konnte nicht mehr geradeaus gucken und hing tagelang am Tropf. Mein Arzt war der festen Überzeugung, dass meine Siebzig-Stunden-Wochen dafür verantwortlich wären. Und er hat mir ehrlich gesagt ziemliche Angst gemacht. Wenn ich nicht sofort Job und Großstadt hinter mir lassen würde, könnte man mich bald mit dem Leichenwagen abtransportieren. Da war ich längst nur noch ein Schatten meiner selbst. Der Norden wäre seiner Meinung nach am besten für mich, nah am Meer. Es musste schnell gehen, und Heike«, sie verzieht das Gesicht, als hätte sie in etwas Saures gebissen, »von *Heikes Klönschnack* ist seine Cousine. Dritten Grades. Ein Jahr müsste ich mir geben, um meinen Gesundheitszustand zu verbessern und zu stabilisieren. Vorausgesetzt, ich halte es so lange hier aus. Zumal ich mir nicht sicher bin«, sie lässt ihre Tasche, die auch gut zu einer Abendgarderobe passen würde, auf- und wieder zuklappen, »ob die Luft hier mit der ganzen Kuhkacke – sorry –, ich glaube nicht, dass die für mich besser ist als der bayerische Föhn. Wie könnt ihr diesen Gestank bloß aushalten?« Sie sieht von Nelly zu Wilma.

»Also, ich rieche nichts«, sagt Nelly.

»Ich schon«, sagt Wilma. »Aber das ist doch betörend!«

Saranya und ich wechseln einen schnellen Blick. Der reicht mir, um den Faden wieder aufzunehmen.

»Die Leserinnen und Leser des *Boten* würde es bestimmt noch interessieren, wie es zum *Gerammel* gestern Mittag kam?«

»Na ja«, sagt Saranya, »irgendwie muss man sich ja ablenken von all dem Mist hier.«

Nelly sieht sie mit großen Augen an.

»Darf ich das zitieren?« Ich zücke meinen Kugelschreiber.

»Ich bitte darum.«

»Und, wenn ich fragen darf, wie haben Sie hier, *in all dem Mist*, so einen knackigen Typen aufgetan? Nicht dass ich persönliches Interesse hätte.« Ich beiße mir auf die Unterlippe.

»Sehr gut, die Damen!«, ruft Wilma und klopft mit den Fingerknöcheln auf den Tisch. »Weiter so!«

»Ich sag nur: Baustellen. Wenn sonst nichts mehr geht. Und hier geht ja sonst nicht besonders viel.«

»Alles klar, das werde ich mir merken.«

Verschwesterung im Dienste des Journalismus ist erlaubt.

»Und wieso in einer Hofeinfahrt?«

»Sah aus wie 'ne Parkbucht.«

»Planen Sie weitere Rammeleien dieser Art?«

»Eindeutig: ja. Wie sonst soll ich hier überleben?«

»Darf ich schreiben: *Saranya droht an: ›Männer, zieht euch warm an. Das ist erst der Anfang.‹*?«

Das wäre der Hit, dann bräuchte ich das Platzhalterzitat in meiner Artikelrohfassung nicht einmal zu ersetzen. Geert-Helge wäre entzückt.

»Bitte nicht«, flüstert Nelly.

Jetzt legt Wilma ihr die Hand auf den Unterarm.

Saranya zuckt mit den Schultern. »Wenn's dich glücklich macht.«

Hm, glücklich würde ich diesen Zustand nicht nennen. Glücklich, das ist auch ein viel zu großes Wort für so etwas Kleines wie eine Zeile in einem Zeitungsartikel. Glück muss sich im Herzen festsetzen und darf nicht nach ein paar Tagen im Papiermüll landen. Oder im Altglascontainer wie die Proseccoflasche, mit der ich ins Wohnzimmer gestürmt kam, weil ich es kaum erwarten konnte, Simon von dem Auftrag für die *Brigitte* zu erzählen. Ich glaube, in diesem kurzen Moment, bevor alles zerplatzte, war ich zum letzten Mal so richtig glücklich.

Damals, als ich noch dachte, wir würden irgendwann *gemeinsam* rausziehen, um unseren Kindern ein glückliches Aufwachsen zu ermöglichen. Mit Ballspielen mitten auf der Straße, lustigen Treckerfahrten, Schnitzeljagden durchs Unterholz, mit Gemüsebeeten und Bohnen, denen die Kinder beim Klettern zusehen, mit Tannenzapfen und Kastanien zum Basteln und Weizen vom Feld zum Schroten und Backen. Ich sah mich den noch warmen, duftenden Hefezopf, bestrichen mit leuchtend roter Marmelade aus selbst gepflückten Erdbeeren, vorsichtig in einen gepunkteten Blecheimer stellen. Ich würde den Drahthenkel im Karabiner verhaken, und auf ein Signal von mir – ein Bimmeln an einer kleinen Glocke – zögen die Kinder den Eimer unter allerlei Gekicher und Gebrüll hoch in ihr lauschiges Baumhaus. Simon und ich, wir stünden am Fenster, sähen die Köpfe unserer Kinder zwischen den Zweigen und Blättern hervorlugen und wären ziemlich glücklich. Und, ja, denke ich: Naiv, das bin ich wohl auch ziemlich.

Als ich aufsehe, merke ich, dass Wilma mich beobachtet. Ihre Stirn ist noch ein bisschen runzliger als vorhin. Komisch, es fühlt sich nicht einmal unangenehm an, dieser feste Blick, eher wie eine Hand, die meine Schulter drückt. Ich bekomme eine Gänsehaut – und fahre zusammen, als Nelly mit einem heftigen Ruck vom Tisch aufspringt. Und Holm, der die ganze Zeit zu Stein erstarrt gewesen ist, sprintet an uns vorbei aus dem Café.

»Paul«, sagt Wilma. »Welch eine Freude!«

Durch die Flügeltür tritt ein Mann mit auffällig großer und breiter Statur. Er hat sein Jackett über den Unterarm gelegt, und auf seinem Gesicht erscheint ein fröhliches Lächeln.

»Die Freude ist ganz meinerseits.« Seine Stimme hat einen angenehm dunklen Klang. Er blickt sich im Café um und nickt in alle Richtungen.

Manche der Gäste heben den Arm und rufen: »Moin, Paul!«

Er reicht Wilma die Hand, hält ihre einen Augenblick fest und sieht dann von Saranya zu mir. »Also, sagt schon, wer ist wer?« Eine Riesenpranke schließt sich um meine Hand, sanft, als wäre ihr Inhaber in der Lage, seine Kräfte wohl zu dosieren. »GHHs neue Mitarbeiterin? Freut mich! Ich bin Paul Paul, der Ortsbeirat von Büttelsbüttel. Wie ihr vielleicht schon gehört habt, ist unser Dorf zu klein für einen eigenen Bürgermeister. Deshalb gibt es mich, das Sprachrohr für alle Büttelsbüttler. Wendet euch also vertrauensvoll an mich, bei Fragen, oder wenn euch etwas auf der Seele liegt.« Er tritt an die Terrassentür und blickt hinunter zum Seeufer. »Bei diesem Wetter zeigt sich Büttelsbüttel ja von seiner schönsten Seite.«

»Ach ja?«

Irritiert sieht der Mann zu Saranya und lächelt einen Moment später schon wieder. »Und Sie sind demzufolge …«

»Saranya«, unterbricht Wilma ihn.

»Eine Saranya hab ich zwar nicht auf meiner Liste. Aber sei's drum. Herzlich willkommen.« Er streckt ihr die Hand entgegen, sie reicht ihm ihre mit ausgestrecktem Arm.

»Ihr findet mich übrigens freitagmittags hier im Heimatmuseum, ansonsten meistens in meinem Büro neben Dempewolf. Dem Schlachter.«

»I wanna die«, flüstert Saranya.

»Na, na«, macht Wilma, »immer schön hinten anstellen.«

»Noch ein kleiner Tipp«, sagt Paul und fächert sich

mit einer der türkisfarbenen Pappkarten, auf denen die Getränke aufgelistet sind, Luft zu. »Bei Dempewolf gibt's einen hervorragenden Mittagstisch. Heute hat Karl Labskaus gemacht. Morgen gibt's Linseneintopf mit Blutwurst, Donnerstag Holsteiner Sauerfleisch und am Freitag, wenn ich das richtig in Erinnerung habe, Schlachtplatte.«

Saranya wimmert. Und mir wird auch schon ganz schlecht.

Hinter der Theke rumpelt und scheppert es, dann taucht Nellys Kopf aus der Versenkung auf.

»Da ist ja auch unsere Nelly!«, ruft Paul. »Hab mich schon gefragt, wo du abgeblieben bist.«

Nelly läuft rot an. »Paul.« Ihre Stimme klingt belegt. »Hallo.«

»Ich hole nur flugs ein paar Unterlagen. Will euer Kaffeekränzchen gar nicht lange stören.«

»Aber«, haucht sie, »aber das tust du doch gar nicht.«

Saranya stößt ein lautloses Lachen aus.

»Wie auch immer, jetzt wisst ihr ja, wo ihr mich findet. Es hat mich gefreut. Bis zum nächsten Mal.« Er klopft ein paarmal auf den Tisch. »Ach so, Nelly, ist das eigentlich heute Abend, das mit den Soldaten?«

Nelly nickt und sieht dabei ziemlich paralysiert aus.

»Na, dann mach doch gerne etwas früher Schluss. Deine Mutter kann sicher jede Hand brauchen.«

Wieder nickt Nelly, ohne ein Wort zu sagen. Und als Paul mit einem neuerlichen Gruß das Café verlässt, sehe ich genau, dass Nellys Ausdruck etwas Träumerisches bekommt. Und dass Wilma ihm auf den Po guckt.

Ich sollte mich auch langsam aufmachen. Bestimmt wartet Geert-Helge schon auf mich. Allerdings muss ich vorher noch etwas hinter mich bringen.

»Saranya«, sage ich mit fester Stimme. »Tut mir leid, dass ich vorhin aus dem Nichts so losgeschossen habe. Ich glaube, ich bin … Ich hab da ein bisschen was verwechselt. Danke, dass wir trotzdem noch sprechen konnten.« Ich stecke meinen Notizblock und den Kugelschreiber in die Tasche und stehe auf. »Wilma, Nelly, es war schön, euch kennenzulernen.«

Wilma hebt eine Hand. »Nun man nicht so schnell, mien Leev. Zuerst müssen wir einen Termin für unser nächstes Treffen ausmachen. Es gibt einiges zu besprechen. Ihr werdet sehen«, wieder fixiert sie mich mit einem ruhigen, warmen Ausdruck in den Augen, »Adelheids Holunderblütenschnitten haben auf Dauer noch jeden glücklich gemacht.«

≈ 9 ≈

Es muss schrecklich sein, keinen zu kennen«, hat Nelly gesagt, als ich das kühle Foyer des Museums fast durchquert habe. »Komm doch nachher vorbei. Die Soldaten haben eine Truppenübung auf unseren Weiden. Meine Mutter und ich kochen für sie.«

Als ich mich später tatsächlich in der Kiefernholzküche des Bente-Hofs wiederfinde und jede Menge Teig zwischen den Fingern kleben habe, denke ich: Alles klar, da stehe ich nun und knete Stockbrot für Soldaten.

Heidrun, Nellys Mutter, ist inzwischen dabei, übergroße Kartoffeln in Alufolie einzuschlagen, Nelly schmilzt Zucker mit etwas Wasser in einer Pfanne. Es ist warm hier drinnen und riecht nach Sommer und komischerweise auch nach Nelken und Bratäpfeln, obwohl ich die nirgends entdecken kann.

»Die Soldaten kommen jedes Jahr um diese Zeit. Bestimmt vor allem wegen der Trappermilch. Die gibt's nach getaner Arbeit«, sagt Nelly und leert Glasflasche um Glasflasche in einen großen Topf. Als die Milch anfängt zu blubbern und die Zuckerbläschen in der Pfanne einen goldenen Farbton annehmen, schiebt sie beides vom Herd und öffnet eine Flasche Rum. »Ist ein Rezept meiner Urgroßmutter.« Sie gießt den Rum und den karamellisierten Zucker in die Milch und rührt um. »Fehlt nur noch der Zimt.«

Wenig später ist das Gebräu in Thermoskannen und der Hefeteig zum Aufgehen unter einem fleckigen Geschirrtuch verstaut. Wir sitzen zu dritt mit Bechern voll dampfender Trappermilch am runden Küchentisch und machen eine Pause.

Und ich hab noch mit mir gerungen und schließlich gedacht, was soll's, schaden kann's ja nicht, besser, als einen weiteren Abend mit den Umzugskartons zu verbringen. Dass mir so heimelig ums Herz würde, hab ich nicht erwartet.

Die Küche der Bentes verdient unbedingt ein Lageplankreuz für einen besonders schönen Ort. Apropos …

»Sagt mal, gibt es eigentlich so etwas wie einen Stadtplan von Büttelsbüttel? Und wenn ja, wo könnte ich den herbekommen?«

Die beiden sehen mich an, als hätte ich sie gefragt, ob ihr Dorf einen internationalen Flughafen hat.

»Okay, Stadtplan ist vielleicht das falsche Wort. Aber eine Karte, in der alle Straßen eingezeichnet sind, muss es doch geben. Oder?«

Der Ausdruck auf ihren Gesichtern wird nicht besser.

»Straßen?« Heidrun fährt sich mit der Hand durch die Dauerwelle. »Aber wir haben doch nur eine.«

»Na ja, ich meine Straßen und Wege und Trampelpfade. Überall, wo man entlanglaufen kann. Ich hätte gern mal eine Übersicht.«

Bevor Heidrun etwas erwidern kann, zieht Nelly ein Blatt Papier und einen Bleistift aus der Küchentischschublade. Dreißig Sekunden später habe ich genau das vor mir liegen, was ich wollte. Allerdings mit deutlich weniger Linien, als ich dachte. Um genau zu sein, ist da nur eine dicke lange Linie, und rechts und links von der langen gehen je zwei kürzere Seitenlinien ab.

»Hier kann man ja sogar mal was drauf erkennen im Gegensatz zu deinen sonstigen Klecksereien«, sagt Heidrun.

Nelly schaut nicht auf. »Also, hier wohnst du.« Links unten an die Hauptstraße malt sie ein Kreuz.

Ein Kreuz für meine hübsche Wohnung und den Ausblick in Knuts Garten.

»Und hier ist unser Hof.«

Ein Kreuz an der Linie, die links oben von der Hauptstraße abgeht – für die Küche, die nach Holz und Rum und netten Menschen riecht.

»Hier ist das Heimatmuseum.«

Ein Kreuzchen am oberen Ende der langen Linie. Moment! Ocke und die Maurerkellen verdienen kein Kreuz. Aber Nelly ist schon einen Schritt weiter und zeichnet die Schwimmteich-Ellipse. Okay, das Museumskreuz ist für das hübsche Café und seine Aussicht auf den See.

»Und hier arbeitest du.«

Kreuz.

»Nein!«, rufe ich und ziehe das Blatt weg. »Ich meine, wer soll denn da noch den Überblick behalten bei den vielen Kreuzen!«

Nelly und Heidrun wechseln einen irritierten Blick.

»Entschuldige«, sagt Nelly, und ihre Stimme klingt noch sanfter als sonst. »Weißt du, ich kenne das hier alles so gut. Da hab ich ganz vergessen, dass das für dich ja alles neu ist. Und total viel sein muss. Soll ich zu den Kreuzen die einzelnen Orte dazuschreiben?«

»Ja, das wäre nett.«

Und morgen fange ich an, ein Schild um den Hals zu tragen, auf dem steht: »Ich hab studiert. Ja, wirklich.«

Ein paar Minuten später ist das Papier voll von Nellys Siebte-Klasse-Mädchenhandschrift. Kaufmann und Schlachter (Hauptstraße rechts Mitte), Kirche und Friedhof (Hauptstraße rechts oben), Schützenhof und Mehrzweck-/Turnhalle (Feldweg rechts unten), *Heikes Klönschnack* (Hauptstraße links Mitte, neben dem Kreuz für den *Büttelsbüttler Boten*). Das wird zu Hause sofort ausradiert.

»Wo ich gerade Turnhalle lese«, sage ich und schiebe meinen Becher vor, als Heidrun eine der Thermoskannen aufschraubt. »Ich würde gerne ein wenig Sport machen. Und überhaupt mir ein neues Hobby zulegen. Ihr habt doch sicherlich ein paar Vereine hier.« Vielleicht versteckt sich da ja doch noch die eine oder andere interessante Frau.

»Na klar!«, ruft Heidrun und gießt einen Schwall Milch neben meine Tasse. »Huch.« Sie wischt mit ihrer Schürze über die Tischplatte. »Lass mich überlegen, wir haben den Schützenverein, die Modelleisenbahner, den Bund der Kriegsblinden, aber der kommt vermutlich nicht in Frage …« Sie läuft in den Flur und kommt einen Moment später mit einem hellgrünen Flyer zurück. Strickende Strichmännchen auf der Vorderseite. »Hier sind alle Vereine aufgelistet. Und der ist vom BBTV.« Sie hält ein zweites hellblaues Faltblatt hoch. »Fangen wir mal mit den anderen Vereinen an. Da wären: der Amateurradioclub, die Briefmarkensammlergilde, Verein für Bürgervogelschießen, Heimatverein, Feuerbestattungsverein, Fischereiverein, die Freiwillige Feuerwehr hatten wir schon, Jagdbläsercorps, Kniffelclub, der Bund der Kriegsblinden. Das ist wirklich Quatsch.« Sie lacht. »Du warst nicht im Krieg und bist auch nicht blind. Die Landfrauen – da kann ich dich mal mit hinnehmen –, Landjugend, Männergesangsverein, Orgelbauverein, Opelclub«, sie dreht den Flyer um, »Papstfanclub, Verein der Rassevögelzüchter, Schützenverein, Sellerieverein, Seniorentreff, Shantychor, die Strickomis und die Trachtengruppe. Oje, da hast du wohl die Qual der Wahl.« Sie trinkt ihren zweiten Becher in einem Zug leer. »Wenn ich dir einen Tipp geben darf. Ich an deiner Stelle würde es mal mit dem Papstfanclub versuchen.«

»Na klar!«, ruft Nelly, ehe ich reagieren kann. »Caro ist eh Papstfan! Sie hat schon mit Holm Tassen getauscht.«

»Ehrlich? Na, das ist ja ein Zufall. Der Club hat nämlich bislang nur ein Mitglied, und Holm ist so ein toller Mann. Immer da, wenn man ihn braucht. Oft sogar schon dann, wenn man selbst noch gar nichts davon weiß. Vorletzten Herbst, da hatten wir einen Regen. Unglaublich. Halb Büttelsbüttel war überschwemmt. Eines Morgens stand er plötzlich bei uns auf der Matte, ist wortlos an mir vorbei die Treppe runtergelaufen und hat Eimer um Eimer Wasser aus unserem Keller geschöpft. Ohne Unterbrechung hat er geackert, bis der Boden wieder zu sehen war. Und weißt du, was das Beste an Holm ist?« Sie beugt sich vor, sodass ihr Busen auf dem Tisch zum Liegen kommt. »Er ist noch frei.«

Ich bin ein Papstfan, der sich keine vier Kreuze auf einem Plan mit genau einer Straße merken kann. Ich bin fast vierzig, eine Niete im Bett, bin schwer vermittelbar und soll mit einem anderen schwer Vermittelbaren verkuppelt werden. Wie konnte es so weit kommen?

Als Heidrun den zweiten Flyer zur Hand nimmt, rechne ich mit dem Schlimmsten. »Und hier hätten wir noch Behindertensport, Faustball, Fußball, Nordic Walking, Tischtennis und Seniorentanz.«

Ich möchte meinen Kopf auf die Tischplatte legen und einen langen biegsamen Strohhalm in die Thermoskanne stecken.

Vielleicht hätte ich doch in Hamburg bleiben sollen. Da hätte ich wenigstens meinen Körper auf Vordermann bringen und spielend neue Sportfreunde finden können. Wenn ich gewollt hätte.

»Wenn du Lust hast, komm doch mal mit zum Faustball. Das macht echt Laune.«

Gute Laune? Bei meiner mangelnden Begabung für alles, was mit Bällen zu tun hat, kann ich mir das schwer vorstellen. Blaue Handgelenke vom Baggern und ein abgeknickter Finger vom Pritschen sind nur zwei der schulischen Ballsportnachwehen, an die ich ungern zurückdenke. Und so weit, dass ich mit zwei Wanderstöcken übers flache Land spaziere, bin ich dann doch noch nicht.

»Wollte Maria nicht auch Yoga anbieten?« Heidrun wendet den Flyer. »Ich bin mir ganz sicher, dass Hedda neulich so was erwähnt hat.«

»Stimmt! Was meinst du, Caro, wollen wir das mal gemeinsam ausprobieren?«

Ich nicke, wie ein Kind nickt, wenn es von einer Fremden gefragt wird, ob es auch mal schaukeln möchte.

Yoga ist gar nicht mal so schlecht. Yogamenschen haben schlanke, drahtige Körper, ernähren sich bewusst und sind durch die tägliche Meditation einen Schritt weiter auf dem Weg zur Erleuchtung. Mir würde es ja schon reichen, wenn ich ein paar Lichtstrahlen ins Dunkel meiner Persönlichkeit bringen könnte. Und wieder ein Gefühl für mich bekäme.

»So, Mädels, wir sollten mal wieder loslegen.« Heidrun springt auf. »Nelly, du richtest das Fleisch an, ich bring schon mal die Milch rüber zu den Männern. Caro, kümmerst du dich weiter ums Stockbrot? Der Teig müsste gut aufgegangen sein, da unten liegen die Stöcke.« Sie zeigt auf eine Obstkiste.

Als ich aufstehe, spüre ich den Rum. Meine Beine sind Yogamenschengummibeine, mein warmer Körper hebt beinahe ab und lässt mich hinüberschweben zur Teigschüssel. Ich lüfte das Geschirrtuch und denke: Wow. Und dass ich einen besonders dicken Stock für die Masse an Teig brauche. Die Stöcke in der Kiste sind, wie ich beim Kramen erkenne, allesamt Zweiglein, viel zu dünn, als dass sie einen gigantischen Brotlaib halten könnten. Davon abgesehen, wie soll denn so ein Teigklops über dem Feuer jemals durchbacken?

Als ich jeden einzelnen Stock fachmännisch untersucht und dabei, dank meiner Trappermilchkraft, ein paar der Ästlein zerbrochen habe, stoße ich am Kistenboden auf ein Holzscheit. Nicht zu kurz, nicht zu lang, perfekt für das Soldatenstockbrot. Kurzerhand stecke ich das Scheit in die Teigschüssel. Jetzt muss ich das Ganze nur noch vorsichtig umdrehen und ein bisschen in Form bringen, dann …

»Caro!« Heidrun hält sich am Türrahmen fest und sieht aus, als bekäme sie keine Luft. Einen Augenblick später realisiere ich, dass sie lacht. Sie zeigt auf meinen Stock im Teig. Jetzt bricht auch Nelly in Lachen aus. Ein so hysterisches Lachen, wie ich es ihr gar nicht zugetraut hätte. Die beiden können sich kaum mehr halten und gehen synchron runter in die Hocke, bevor Heidrun schnappatmend auf den Po plumpst.

Und all das nur, weil mein Bauch nicht mehr mit mir spricht. Dem wäre so ein Riesenstockbrot gleich komisch vorgekommen. Und selbst wenn ich zu ihm gesagt hätte: »Ach, das wird schon seine Richtigkeit haben« – wie es so meine ungünstige Art ist –, hätte er so lange auf mich eingeredet, im schlimmsten Fall hätte er Krämpfe simuliert, bis ich auf ihn gehört und Nelly und Heidrun gefragt hätte, ob sie wirklich ein Brot oder nicht doch eher Stockbrötchen meinen.

Normalerweise bin eine große Freundin davon, mich zum Affen zu machen und dann gemeinschaftlich über den Affen zu lachen. Aber heute ist mir nicht danach. Heute denke ich an all die Situationen mit Simon zurück, wo mein Bauch »Frag nach!« geschrien und gekrampft hat und ich so getan habe, als würde ich die Schreie nicht hören und die Krämpfe nicht spüren, um vor Simon nur ja nicht den Eindruck zu erwecken, als wüsste ich nicht, was ich tue. Etwa damals, als er mich bat, wichtige Unterlagen für den Dermatologenkongress noch schnell zur Post zu bringen, damit sie auf jeden Fall am nächsten Morgen ankämen. Ich weiß noch, dass mir mein Daumendrücken schon am Vorabend des Verspätungsdramas nicht als die wirkungsvollste Lösung für mögliche postalische Probleme erschien, aber eine Expresssendung mit garantierter Zustellung vor neun Uhr morgens war mir nicht in den Sinn gekommen.

Manchmal frage ich mich, was zuerst da war: dass ich aus falschem Stolz nicht nachfrage, wenn ich mir bei einer Sache unsicher bin, und deshalb am Ende nicht nur als unwissend, sondern auch noch als unfähig dastehe? Oder andersherum, dass Simon mich per se für unwissend und unfähig hält und ich deshalb lieber die Klappe halte, statt nachzufragen und seiner Meinung Futter zu geben?

Ich ziehe das Holzscheit aus dem Teig. Die Kugel sackt in sich zusammen. Simon weiß immer genau, was zu tun ist. Und das hat mir imponiert.

»Mach dir nichts draus.« Mit dem Zipfel ihrer Schürze tupft sich Heidrun eine Träne aus dem Augenwinkel.

Als wir kurze Zeit später alle Stöcke mit Teig umwickelt haben und Nelly Unmengen an Fleisch und Würstchen auf die Weide getragen hat, stehen wir gemeinsam am Küchenfenster und sehen hinaus in die klare Nacht.

Heidrun wischt sich die feuchten Hände am Bauch ab, ihre Wangen glühen. »Schön«, sagt sie, »hat doch alles gut geklappt.«

Auf der Wiese brennen zwei Lagerfeuer, über einem der beiden hängt ein großer runder Grill, und in der Glut garen die Kartoffeln. Die Männer halten die Stockbrötchen in die Flammen, die Decken auf ihren Schultern lassen ihre Silhouetten zu einer Hügelkette zusammenwachsen.

Ich werde ein bisschen wehmütig und muss, wie immer beim Anblick von knisterndem Feuer, an Weihnachten denken. Wenn alle anderen schon im Bett waren, saßen Simon und ich oft noch vorm prasselnden Kamin meiner Eltern, aneinandergekuschelt unter dem altrosa Wollplaid, im Hintergrund *Stille Nacht, heilige Nacht, alles schläft, einsam wacht, nur das traute* … Simon, wie er aufspringt und die Terrassentür aufreißt. Wie ein Erstickender stürzt er hinaus. Ich schlinge die Arme um meine Knie und höre ihn draußen immer wieder laut ein- und ausatmen.

»Weißt du, ob dein Vater noch auf dem Heuboden ist?«, fragt Heidrun.

Nelly schüttelt den Kopf. »Der ist im Bett.«

»Dann hat er vergessen, das Licht auszumachen. Könntest du kurz rübergehen?«

»Kommst du mit, Caro?« Nelly schnappt sich eine Karotte aus dem roten Plastikeimer unter der Anrichte.

Ich löse meinen Blick vom Feuer und nicke.

»Lass uns noch kurz bei Schnippchen vorbeigehen.« Sie zieht die Terrassentür hinter uns zu und zeigt nach rechts. »Mein Shetlandpony. Ist fast auf den Tag so alt wie ich. Sehr alt für'n Shetty. Mein Opa hat sie mir zur Taufe geschenkt. Frag mal Birk, unseren Pfarrer, der redet noch heute davon, wie Opa sie damals in die Kirche geführt hat, wie sie mit ihrer roten Schleife, die einmal um den ganzen Körper rumgebunden war, aussah wie ein Paket auf Beinen. Und ich hab offenbar vor Begeisterung gequietscht, als sie direkt vor den Altar geäppelt hat.«

Ich kichere und verscheuche die »Fröhliche Weihnacht« und das Bild von Glut und Asche.

Schnippchen hat es sich in ihrem Unterstand im Stroh gemütlich gemacht, sie schnaubt leise, als sie uns kommen hört. Dann wirft sie sich hin und her und setzt die Vorderhufe auf.

»Bleib liegen«, flüstert Nelly und beugt sich zu ihrem Pony hinunter. Mit dem Pferdeschwanz und ihrer glatten Haut könnte Nelly in diesem schummrigen Moment glatt für dreizehn durchgehen.

Schnippchen rollt sich wieder zusammen und sieht dabei aus wie eine riesige Katze. Nelly hält ihr die Karotte hin, die die Stute mit der Nase anstupst und dann in ihr Maul zieht.

»Schlaf schön, mein Liebling.« Sie gibt Schnippchen einen Kuss auf die Stirn und streicht ihr ein paarmal über den Hals.

Vielleicht sollte ich mir eine Katze zulegen?

Durch ein Loch in der Decke – die Heuluke, nehme ich an – fällt ein schwacher Lichtstrahl auf den Boden des Stalls. Die Kühe, schwankende Schemen, stehen oder liegen hinter ihrer Absperrung, vereinzelt ruckelt eine am Gitter, ansonsten einträchtiges Kauen, hier und da ein Blöken. An der Luke lehnt eine lange Eisenleiter.

»Wartest du hier? Ich kletter kurz hoch und lösch das Licht.«

Wie ich so allein mitten im Stall stehe, umgeben von dampfenden Fladen, die ich zwar nicht sehen, aber durchaus riechen kann, kommt es mir vor, als würden alle Tiere nur auf mich gucken. Wann war ich jemals in einem Raum mit so vielen Lebewesen, die keine Menschen, aber größer und stärker als Menschen sind? Ein besorgniserregender Gedanke. Als würden sie sich im Dunkeln Botschaften zuraunen, ohne mich dabei aus den Augen zu lassen, als warteten sie nur auf ein Zeichen des Bullen, um gemeinschaftlich vorzupreschen, die Ketten zu sprengen und mich in die Mangel zu nehmen.

Hinter, neben, über mir brüllt und schnauft es mit einem Mal wirklich, ich schlage die Hände über den Kopf, mein Körper krümmt sich nach vorn, ich erstarre. Alles ist still. Und gleich öffnen sich über mir riesige Münder, lecken meterlange nasse Zungen über mein Gesicht und ziehen mich durch vier Mägen. Mein Bauch sagt mir, dass das nicht stimmt.

Ich weiß nicht, worüber ich mich in diesem Augenblick mehr freue: dass keine reale Gefahr besteht oder dass mein Bauch wieder mit mir spricht.

»Caro«, kommt ein Flüstern von oben. »Was war das?«

»Eine Kuh?«

Wer von uns beiden ist denn die Expertin für Tierlaute? Wobei, wenn ich mir das Brüllen noch einmal vergegenwärtige, das klang tatsächlich nicht nach Kuh. Eigentlich überhaupt nicht nach Tier.

»Vielleicht vom Feld?«, flüstere ich zurück. »Eine Nachtübung? Auf sie mit Gebrüll, oder so?«

Nellys Gesicht im Lichtstrahl wirkt nicht überzeugt.

Sie klettert weiter. Ein ohrenbetäubender Schrei gellt durch den Stall. Ich werfe mich auf den Boden, mein Herz hämmert. Was zum Teufel war das? Das klang, als würde ein Tier geschlachtet!

Wieder schreit und kreischt es. Das kam eindeutig vom Heuboden. Ich luge hoch zu Nelly, die sich an der Leiter festklammert und aussieht wie der Mensch gewordene *Schrei* von Edvard Munch. Die Kühe drücken sich scheppernd an die Metallgitter, ich nehme all meinen Mut zusammen und beginne, ebenfalls die Leiter hochzuklettern. Über uns kracht es.

Als Nelly schon bis zur Schulter durch die Luke ist, bremst sie abrupt ab. Mein Kopf, noch im Kletterschwung, kollidiert mit ihrem Po, ich trete eine Sprosse zurück, warte, aber nichts tut sich. Sie bewegt sich keinen Zentimeter von der Stelle.

»Was ist denn?«, flüstere ich. So langsam werde ich doch neugierig, was da oben vor sich geht.

Als Nelly noch immer nicht reagiert, quetsche ich mich an ihr vorbei, bis unsere Köpfe auf gleicher Höhe sind. Vor mir befindet sich ein nackter Po.

Der Po gehört zu einem Mann. Die tarnfarbene Hose des Mannes staucht sich knapp über dem Boden, kraftvoll rammt er die Hüfte nach vorn. Über zwei aufeinandergestapelten Strohballen liegt bäuchlings eine Frau, ihr Becken hält er von hinten gepackt. Er keucht.

Die Frau schreit: »Oh, oh Scheiße!«

Sie stöhnt, er stöhnt, sie schreit, er stößt zu, sie bäumt sich auf, er greift ihr in den Nacken und drückt sie nach unten. Ich kann meinen Blick nicht abwenden von ihren auseinandergespreizten Pobacken, ihrem Becken, das unter dem festen Griff seiner Hände kreist. Meine Augen brennen, und ich weiß nicht, warum.

Ich weiß nur, dass Simon und ich nie solchen Sex gehabt haben. Oder doch, ganz am Anfang, als wir es einmal auf einer fremden Waschmaschine getrieben haben. Allerdings war zumindest ich dabei nicht ganz so fernab von Raum und Zeit wie dieses Paar hier. Ich erinnere mich noch, dass ich zwischendurch »Aua« geschrien habe, weil mein Kopf gegen die Wandfliesen geknallt ist. Ansonsten habe ich nicht geschrien und auch nicht gestöhnt, weil an der Tür zur Waschküche Partygäste lehnten.

Der Mann ächzt, die Frau stößt einen letzten lauten Schrei aus. Nelly, deren Körper sich auf der Leiter gegen meinen drückt, schluchzt. Sie schluchzt? Eine Welle der Sympathie durchflutet mich.

Reglos hängt die Frau über dem Ballen. Noch immer bewegt der Mann seine Lenden nach vorn, langsamer jetzt, als würde er nach einem Sprint noch ein paar Meter auslaufen.

Plötzlich drängt Nelly sich an mir vorbei. Eine Sekunde später steht sie über mir auf der Bodenplatte. »Aufhören!«, schreit sie. »Sofort aufhören!«

Der Mann dreht sich um, sein Oberkörper ist schweißnass, er zuckt zusammen, als er uns sieht. Nelly weicht ein Stück zurück. Jetzt bewegt sich auch die Frau. Sie rollt sich auf die Seite und kommt zum Sitzen. An ihrem nackten Körper klebt Stroh, sie ... Saranya?

»Oh Gott, Saranya, geht's dir gut?« Nelly läuft zu ihr hinüber. »Ich dachte, du bist ... tot! Komm, schnell!«

Saranya lacht. »Oh ja, meinen Todesstoß habe ich gerade empfangen.«

Der Mann zieht schweigend seine Hose hoch.

Nelly fasst nach einem Balken. Sie starrt Saranya an. »Das war also gar nicht … Das war …«

»Sex. Täte euch beiden auch mal ganz gut.«

Ich taumele. Wie gern würde ich Nelly jetzt beistehen, sie bei der Hand nehmen. Aber ich muss mich selbst festhalten, muss versuchen, das Beben in meinem Körper unter Kontrolle zu halten. Um nicht von der Leiter zu fallen, erschüttert von Saranyas Wolkenkratzer-Ego, das mein angeschlagenes Selbstbewusstsein noch weiter, bis auf Einzellergröße schrumpfen lässt. Und ich kann sie nur angucken, wie sie in aller Seelenruhe Strohhalm um Strohhalm von ihrem Oberkörper zupft.

Während sie ihre Brustwarzen einer besonders ausgiebigen Behandlung unterzieht, wandert ihr Blick zur Hose ihres Begleiters. Ihre Lippen sind leicht geöffnet. Im kühlen Licht der Energiesparleuchte funkelt ihr Goldarmband, ihre Hand macht sich an seinem Reißverschluss zu schaffen. Plötzlich sieht sie mir direkt in die Augen. »Halt mal«, sagt sie und lacht, als meine Hand am Boden tatsächlich nach vorn zuckt.

Der Mann macht sich los und greift nach seiner Jacke.

Nelly wendet den Blick ab. »Du bist so …« Sie presst die Lippen zusammen. »Was … Was würde wohl deine Mutter dazu sagen, wenn sie dich so sähe?«

»Meine Mutter?« Saranya stößt ein Lachen aus. »Ich habe keine Mutter. Und übrigens auch keinen Vater.«

»Das … Ich …« Nellys Stimme versagt. Ohne ein weiteres Wort knipst sie das Licht aus, setzt einen Fuß auf die oberste Sprosse und gibt mir zu verstehen, dass es an der Zeit ist, den Rückzug anzutreten.

In dieser Nacht kann ich nicht schlafen. Saranyas Stöhnen ist überall. Ich wälze mich von einer Seite auf die andere, presse mir das Kissen auf die Ohren, um die Schreie nicht hören zu müssen, und kann doch immer nur denken: Sex mit mir ist langweilig, weil ich dabei nicht aussehe und stöhne wie eine Pornodarstellerin. Sex mit mir ist langweilig, weil ich nicht loslassen kann, wenn ich weiß, dass Nachbarn oder Hotelgäste unser knarrendes Bett hören. Sex mit mir ist langweilig, weil ich manchmal sage: »Ich kann mich jetzt irgendwie nicht richtig darauf einlassen.« Sex mit mir ist langweilig, weil ich ihn am liebsten im Bett mache. Und weil ich niemandem meinen delligen Po entgegenstrecke. Sex mit mir ist langweilig, weil er mir ein- bis zweimal die Woche reicht, manchmal auch alle zwei Wochen. Und weil es mir dabei meistens um Nähe geht. Sex mit mir ist langweilig, weil ich kein Sperma schlucke. Sex mit mir ist langweilig, weil ich die Missionarsstellung besonders gerne mag. Und was ich noch lieber mag, ist, dass Simon mir dabei ungefragt ein Kissen unter den Po schiebt.

Ob er das bei Alexa auch macht? Eher nicht. Wahrscheinlich lässt sie sich von ihm beim Sex auf die Fensterbank heben, und es ist ihr egal, dass ihr Hintern so für alle Passanten zu sehen ist. Oder sie zeigt ihm nackt ihre Lieblingsyogastellungen, und entweder hängen ihre Brüste und ihr Bauch im Vierfüßlerstand nicht, oder es macht ihr nichts aus. Das soll Männern ja auch reichlich egal sein. Hauptsache, die Frau ist mit sich im Reinen und bewegt sich so selbstbewusst und ungezwungen, dass jede Pore ihres Körpers verströmt: *Ich finde mich schön.* Am besten frühstückt sie auch noch mit nacktem Oberkörper und lässt sich Nutella von den Nippeln lecken. Ich beiße ins Kissen.

Als der Tag schon graut und die Vögel mit ihrem irren Gezwitscher loslegen, schleicht sich eine Frage wie ein Lichtpunkt in meinen Kopf. Hätte mich Simon nicht auch mal von selbst auf den Küchentisch heben können, wenn er so was braucht? Hätte er nicht abends im Bett sein Buch zur Seite legen können, statt darauf zu warten, dass ich es ihm aus der Hand nehme? Und beim *Tatort*-Gucken, hätte er da nicht seine Hand unter mein T-Shirt schieben können statt in die Chipstüte? Nein, Simon ist nicht so. Zumindest nicht der Simon, den ich kenne.

Oder – ich krame in meinem Gedächtnis – hat er es womöglich immer wieder versucht, hat er mir beim Autofahren die Hand zwischen die Beine gelegt und beim Zähneputzen den Slip runtergezogen, und ich habe gesagt: Jetzt nicht, hier nicht, so nicht, leiser, sanfter, langweiliger?

Ist es denn nicht normal, dass man in einer längeren Beziehung auf lieb gewonnene Gewohnheiten zurückgreift? Das Kissen unterm Hintern, die ineinander verknoteten Beine, und dass man sich lieber selbst auszieht, statt Erregung zu heucheln, wenn der andere einem die Socken von den Füßen streift? Sind es nicht gerade diese Gewohnheiten, diese passgenauen, über Jahre gereiften und verfeinerten Rituale, die sich so gut anfühlen, so vertraut? Und hat nicht Vertrauen seinen ganz eigenen Reiz? Dass man weiß, wie der andere tickt und wie man selbst mit dem anderen tickt? Gewohnheiten, die einem zeigen: Wir kennen uns. Ist dieses Wiedererkennen nicht auch sexy?

Oder ist das alles nur bequem?

Irgendwann, als die Vögel genug gelärmt haben, schlafe ich dann doch ein.

≈ 10 ≈

Die erste Woche ist beinahe geschafft. Ich öffne auf dem Redaktionscomputer die Zeitungsseite mit dem Veranstaltungskalender. Die Zeilen sind noch leer, Geert-Helge hat mir einen Stapel Zettel in die Hand gedrückt, Briefe, ausgedruckte E-Mails, Faxe auf dünnem Papier – Ankündigungen für den Kalender, die ich eintippen soll. Noch gut zwei Stunden, dann ist Wochenende.

Ein Teil von mir würde gern nach Hamburg fahren und so tun, als lebte er noch immer da. Er würde ein paar Kaffeeverabredungen mit Bekannten anleiern, an einer befahrenen Straße auf kippeligen Stühlen zusammengefaltet zwischen Menschen in der Sonne schwitzen, die sich ebenfalls an befahrenen Straßen auf kippeligen Stühlen zusammenfalten wollen. Er würde sich am Elbstrand den letzten freien Quadratmeter Sand erobern, die Klamotten vom Leib reißen und die Grillluft loben. Dann würde er warten und ein bisschen betrunken werden und sich weit nach Mitternacht auf den Weg machen, um zwischen viel zu jungen Menschen bei guter Musik (die er nicht kennt) eine halbe Stunde am Tresen zu lehnen, den Kopf zu schütteln und zu denken, dass Studenten auch nicht mehr das sind, was sie früher einmal waren. Er würde sich dann sehr alt fühlen und schnell ins Bett wollen. Oder er würde losziehen, um zwischen gleichaltrigen oder älteren Menschen bei schlechter Musik (die er sehr gut kennt) mit einem angedeuteten Spagat von den Boxen zu springen und sich von den erhobenen Händen seiner Zuschauer auf dem Rücken liegend über die Tanzfläche tragen zu lassen. In dieser komfortablen Position würde er die freien Arme und Beine für seine schwerelose Tanzdarbietung nutzen und sich dabei sehr jung und sehr insektenhaft vorkommen.

Ein anderer Teil von mir, der größere, kann nicht nach Hamburg zurück. Nicht jetzt und auch nicht allzu bald.

Und trotzdem bin ich froh, wenn das hier gleich vorbei ist. Dieser Job hat einfach keinen Inhalt. Und das Schlimmste daran ist, dass es meine Aufgabe ist, dieses Nichts aufzublähen und eine Nachricht daraus zu basteln. Die Büttelsbüttler Fußballer haben beim Match gegen die Mannschaft des Nachbardorfes ein Tor geschossen. Hurra. Die sieben Gegentore, hat Geert-Helge gesagt, könne man am Ende des Artikels platzieren. Oder weglassen. Foto: ein dick eingepackter Holm Fiete im Tor, der bei jedem heranfliegenden Ball den Kopf wie eine Schildkröte einzieht.

Und was hier erst alles eine Ankündigung wert ist! Sommerliches Kerzenziehen mit Basar (freiwillige Kuchenbäcker bitte melden), Dritter Sonntag nach Trinitatis (Chor/kein Abendmahl), Gesund und aktiv: Dauerlauf mit Wilma Pepke … Wilma?, Platt im Watt: Wir entdecken die Scholle, Offizielle Krönung der Sellerieregentin. Igitt, Sellerie, gut, dass Geert-Helge da morgen Abend selbst hingeht. Ich lege das Blatt zur Seite, der Termin war bereits diese Woche im *Boten*.

»Was will ich bei einer großen Zeitung?«, poltert Geert-Helge plötzlich ohne Vorwarnung los und schleudert Zeitungsseiten vor sich auf den Boden. Das *Hamburger Abendblatt*, erkenne ich. »Weißt du«, sagt er, »wenn ich da arbeiten würde, müsste ich mich doch für ein Ressort entscheiden. Immer dasselbe – wie langweilig wäre das denn?! Hier kann ich über jedes Thema schreiben, das gerade ansteht, Wirtschaft, Politik, Kultur, Sport. Im Kleinen zwar, aber die Probleme sind doch überall gleich.« Er streicht sich über den dicken Schnauzer. »Nee, nee, die Headhunter sollen mal schön Leine ziehen.«

Es klingelt. Das werden sicher die Kopfgeldjäger sein.

»Machst du auf?« Geert-Helge hievt die Beine auf den Tisch.

Geh doch selbst, möchte ich sagen und wate dann doch durch das Meer aus zerknüllten Blättern durch den Flur, der ebenfalls mit Zeitungen übersät ist, und drücke den Türöffner.

»Ah, Carolin«, sagt Paul, »freut mich, dass wir uns so schnell wiedersehen.« Er reicht mir die Hand, die tatsächlich riesig ist, und drückt sich an dem Kopierermonster vorbei in den Flur.

Hinter ihm erscheint ein zweiter Mann, deutlich schlanker und auch nicht so übergroß. »Hallo«, sagt er. »Johan.«

»Caro.«

»Hier hat sich ja auch nichts verändert.« Er kickt ein zusammengeknülltes Blatt zur Seite.

Automatisch hebe ich ein paar Zeitungen auf und packe sie auf einen Stapel an der Wand.

»Verlorene Liebesmüh.« Johan grinst.

Ich muss Geert-Helge unbedingt dazu bringen, hier mal aufzuräumen. So kann man doch keinen Besuch empfangen. Und er sollte sich auch mal ein anderes Archivsystem zulegen. Es kann ja nicht sein, dass man, wenn man einen Artikel sucht, immer alle Zeitungen durchblättern muss. Zumal die mittlerweile völlig durcheinandergewirbelt sind, weil Geert-Helge sie nach so einer Suchaktion einfach aufgeschlagen auf dem Boden liegen lässt. Dafür muss es doch selbst hier eine digitale Lösung geben.

»Nach dir«, sagt Johan und folgt mir ins Redaktionsbüro.

Geert-Helge schwingt lachend die Beine vom Tisch. »Jungs!«, ruft er. »So jung kommen wir nicht mehr zusammen! Schön, dass es endlich geklappt hat.«

»An mir lag's nicht«, sagt Paul.

Johan greift nach einem Exemplar des *Boten*. »Ich hatte viel um die Ohren.«

»Oh, ich vergaß, der Stararchitekt hat Besseres zu tun.«

Hui, was werden denn hier für Pfeile abgeschossen?

»Setzt euch.« Geert-Helge deutet auf den kleinen grauen Tisch mit den Kaffeerändern. »Caro, das ist Paul, unser Ortsbeirat, und das Johan, unser Haus-und-Hof-Architekt. Wir wollen über die Mehrzweckhalle schnacken. Die ist wohl nicht mehr ganz so gut in Schuss. – Caro, meine Neue.« Er kichert, dann hustet er.

»Paul hab ich schon kennengelernt. Im Heimatmuseum.« Ich versuche, einigermaßen verbindlich zu lächeln, und setze mich wieder auf meinen Schreibtischstuhl.

Nachdem die Männer Platz genommen haben und Geert-Helge ihnen Kaffee angeboten hat, den sie dankend ablehnen – vermutlich kennen sie die schwarzen Innenwände der Tassen –, wende ich mich wieder dem Veranstaltungskalender zu. Erwähnte ich, dass ich es hasse, wenn mir jemand bei der Arbeit über die Schulter guckt? Und hier können gleich drei Männer meinen Bildschirm einsehen. Dazu ein Chef, der in meinem Rücken lautstark Witze reißt. Ich bemühe mich, das unangenehme Gefühl in meinem Nacken zu ignorieren, und studiere die nächsten Ankündigungen. Muschelkränze selbst gestalten, Großes Feuerwehrfest mit Akkordeonmusik von Klaas & Klaas, Käpt'n-Büttel-Club und De Tüdelband – was auch immer das ist.

Hinter mir knurrt es. Klingt wie ein Hund. Schon bricht Geert-Helge erneut in Lachen aus. Als er sich wieder beruhigt hat, fragt er: »Also, was sind deine Pläne?«

Nicht ablenken lassen, weiter im Text. Wir misten aus: Hofflohmarkt bei Onno & Adelheid Sudhop, Kniffelturnier im Schützenhof, Triathlontraining mit Holm Fiete …

»Schon klar, und das hat natürlich *rein gar nichts* mit Selbstverwirklichung zu tun.« Das ist Pauls Stimme.

»Vielleicht doch einen Kaffee?« Geert-Helges Stimme.

»Paul.« Johan. »Natürlich können wir das Dach provisorisch reparieren, aber dann stehen wir in ein paar Jahren wieder vor demselben Problem. Die Substanz ist marode, im Gebälk haben wir Hausschwamm. Früher oder später muss da was Neues hin.«

»Na, dann entscheiden wir uns doch für später.« Paul.

»Es nützt keinem was, etwas Verrottetes immer wieder zu kitten.« Johan.

»Jetzt ist es zu teuer.« Paul.

»Wenn man von teuer spricht, könnte man auch mal aufs Museum gucken. Da gäb es sicherlich auch bessere Nutzungsstrategien.« Johan.

»Mach du deine Arbeit und lass mich meine machen, klar?!« Paul.

Schweigen. Am liebsten würde ich mich umdrehen, zwischen die beiden gehen und sagen: *So, und jetzt fassen wir uns alle an den Händen und haben uns wieder lieb. Piep, piep.* Mein Harmoniebedürfnis nimmt zuweilen unschöne Auswüchse an.

»Oder planst du eine Wiederholung vom letzten Mal?« Wieder Paul. »Und dann machst du dich vom Acker und lebst dein schickes Leben sonst wo. Mit unserem Geld!«

»Ho-ho-ho, Männer. Ich hätte auch noch Bier im Angebot. Hilft, die erhitzten Gemüter zu kühlen. Na, wie schaut's?«

Irgendjemand – Geert-Helge vermutlich – klopft mit den Fingern auf den Tisch.

»Du weißt genau, was damals gelaufen ist.« Johan.

»Ich weiß genau, was du uns erzählt hast, was damals gelaufen ist. Das macht einen himmelweiten Unterschied.« Paul.

Wieder Schweigen. Ich ziehe meinen Kopf zwischen die Schultern.

»Das ist doch lächerlich.« Johan.

»Sag du mir nicht, dass ich lächerlich bin.« Paul.

»Na, ich guck wohl doch mal nach dem Bier.« Stühlerücken. Geert-Helge verlässt den Raum.

Hey, du kannst mich doch jetzt nicht in dieser Stimmung mit den beiden allein lassen!

Hinter mir ist es mit einem Mal still. Ginge man nur nach den fehlenden Geräuschen, könnte man meinen, da sei niemand. Aber die Atmosphäre, die ist so drückend und voller Spannung wie Smog, der bleiern in der Luft hängt. Ich starre auf den Bildschirm und verspüre den starken Drang, etwas zu tun. Ich kann doch nicht einfach hier rumsitzen, während sich hinter mir womöglich eine Katastrophe zusammenbraut. Während die beiden sich wie Kampfhunde gegenübersitzen und … um Gottes willen, sie werden übereinander herfallen!

»Pscht«, mache ich plötzlich wie von allein und schicke sofort einen unglaubwürdigen Huster hinterher. Ich wage nicht, mich umzudrehen. Das Schlimmste ist, dass ich weiß, dass das »Pscht« kein Ausrutscher war. Es ist einer der besonders widerwärtigen Elternreste in mir, mit denen ich zu kämpfen habe, hartnäckiger als Vaginalpilz.

So weit ich zurückdenken kann, versucht meine Mutter, mit genau so einem nervösen »Pscht« jeden Anflug von Disharmonie aufzulösen. Jeder Missklang, jedes Poltern meines Vaters macht ihr Angst, sein raketenhaftes Hochfahren, wenn er sich über irgendetwas aufregt, das einen Moment später schon wieder in seinem Lachen verglimmt.

Mehr noch als ein lautstarkes Aufbrausen fürchte ich selbst allerdings Spannungen, die sich unter einem Mantel eisigen Schweigens verbergen. Die so schnell wachsen, dass sich der Mantel bläht wie ein Ballon kurz vor dem Platzen. Simon konnte das besonders gut, schweigen, wenn ihm etwas missfiel.

Im Grunde ging es dabei um Kleinigkeiten, etwa wenn

ich in Gesellschaft für seinen Geschmack zu laut sprach, dann drehte er sich auf seinem Stuhl kaum merklich von mir weg. Oder wenn er abends von der Klinik nach Hause kam und ich noch immer die Jogginghose und die Wollpantoffeln anhatte, die mit den Löchern an der Sohle. Dann sagte er nichts, sondern zog sich nach dem Begrüßungskuss, den er auch dann nicht ausließ, mit Kopfhörern hinter seinen Computer zurück. Das Schlimme war, dass er nie platzte, sondern irgendwann einfach so tat, als sei nichts gewesen. Dabei konnte ich genau spüren, dass von jeder seiner Unzufriedenheiten ein Rest zurückblieb und dass diese Reste immer weiter anwuchsen.

Anfänglich habe ich ihn noch darauf angesprochen, auf sein Schweigen und den sich auftürmenden Unmut, aber seine Versicherung, dass da nichts sei, fiel von Mal zu Mal genervter aus. Eigentlich wusste ich schon damals, dass das nicht sonderlich glaubhaft war, aber ich wollte es so gerne: glauben, dass alles gut ist.

Ich gebe es ungern zu, aber im Laufe der Zeit bin ich ziemlich gut darin geworden, Simons Vorlieben und Abneigungen frühzeitig zu erkennen und mich entsprechend zu verhalten. Ich habe die Häkchen, an denen er hängenbleiben konnte, nach und nach abgeschliffen.

Natürlich weiß ich, dass kaum etwas einen Menschen unattraktiver macht, als wenn er sich endlich in den verwandelt, den man sich vorgestellt hat. Die eigene Vorstellung kann einen nicht überraschen. Ich selbst habe schon Männer dressiert – unnötig zu erwähnen, dass ich nicht stolz darauf bin – und aus Wodka trinkenden Cowboys, denen schon beim Betreten des Saloons Zettelchen mit

Telefonnummern zuflogen, handzahme Hagebuttenteeköche gemacht, die von Frauen nicht wahrgenommen wurden. Von mir auch nicht. Aus lässigen Rauchern nägelkauende Abstinenzler, die plötzlich als Einzige drinnen hockten, während draußen die Party tobte, und aus struppigen, verwegenen Bärten Westerwelle-Haut.

Dass ich selbst in die Dressurfalle getappt bin, kann ich mir nur so erklären, dass mir ein bisschen Durch-den-Reifen-Gespringe hier und etwas Apportieren da weniger bedrohlich erschienen, als Simons stummen Ärger auf mich zu ziehen. Ich habe mich der Illusion hingegeben, etwas für die Beziehung zu tun, bin auf einem Bein gehüpft, habe »Sitz« gemacht und hätte sicherlich auch mit dem Schwanz gewedelt, wenn ich einen gehabt hätte. Ich habe Ärger vermieden und Gleichgültigkeit gewonnen.

Musste ich am Ende »Platz« machen, weil ich langweilig geworden war? War das unser eigentliches Problem – die pure Angst vor Konfrontation? Und hatte nur ich diese Angst?

Im Erkennen war ich schon immer ganz gut, im Verändern leider überhaupt nicht. Meine Mutter in mir ist weiterhin schwer damit beschäftigt, auf jeden brodelnden Topf einen Deckel zu setzen und ihn mit gehäkelten Topflappen gut festzuhalten, damit bloß kein Tröpfchen über den Rand schwappt.

Im Büro wird es immer stickiger, und ich habe keinen Deckel zur Hand, um die dicke Luft davon abzuhalten, sich weiter auszubreiten. Vielleicht sollte ich das Fenster öffnen, denn jetzt, wo Geert-Helge aus dem Raum ist, bin doch ich so etwas wie die Ersatzgastgeberin. Oder? Also bin ich auch dafür verantwortlich, dass sich meine Gäste wohlfühlen!

Abrupt fahre ich mit meinem Drehstuhl herum. Mit so viel Schwung, dass ich noch eine halbe Zusatzrunde einlegen muss, bevor ich in zwei erstaunte Gesichter blicke. Dann schieße und deckele ich los: »Das klingt doch ganz vernünftig, was Johan da gerade gesagt hat. Also dass man was Marodes nicht immer wieder kitten sollte. Und das andere, das von früher, das … das ist doch bestimmt ein großes Missverständnis?«

Paul lacht auf. »Von wegen.«

Ich umfasse die Armlehnen meines Drehstuhls. Diese Spur führt zwar nirgendwohin, aber halten will ich sie trotzdem. Einen Abzweig sehe ich auf die Schnelle nicht. »Wie wär's, wenn ihr noch mal ganz in Ruhe darüber sprecht? Ich kann auch gerne dabeisitzen und protokollieren und versuchen, die Fakten zu sortieren. Ich verspreche, dass ich vollkommen unparteiisch bin. Und …« Mir ist entsetzlich heiß. »Wie wäre es vielleicht wirklich mit einem Bier?«

Wie aufs Stichwort kommt Geert-Helge mit drei Flaschen *Dithmarscher* zurück und stellt sie mit einem Knall auf den Tisch. »Und, Männer, was macht die Kunst?«

Paul stößt hörbar Luft aus.

»Ah, Caro, auch 'ne Buddel? Für dich lauf ich gerne noch mal.« Er lacht. »Nein? Die Dame möchte lieber ein Likörchen?« Er öffnet seine Flasche mit einem lauten Plopp. »Oh, là, là, meine Neue hat Ansprüche.«

Johan sieht mich an. Seine Miene ist ausdruckslos. »Deine Neue«, sagt er, »ist in Wirklichkeit Mediatorin.«

»Redakteurin, Mediatorin, Sekretärin. Alles, was mit -in endet, ist mir recht.« Geert-Helge lacht einmal laut auf, dann öffnet er das Fenster und lehnt sich in seinem Stuhl zurück. »Mitten am Tag ein Bierchen mit alten Freunden. Herrlich!«

Stöpsel in die Ohren, Antennen einfahren, weiterarbeiten. Oder gleich den Raum verlassen. Doch dieser Johan guckt mich noch immer an. Und zwar so, dass ich nicht einfach den Blick abwenden kann. Seine Augen haben etwas Undurchdringliches. Macht der sich über mich lustig? Warum musste ich mich auch einmischen, sollen doch alle selbst ihre Stimmungen reparieren.

Als ich mit meinem Stuhl einen Halbkreis zurück zum Schreibtisch beschreibe, sehe ich im Drehen doch noch einmal zu Johan hinüber. Ganz kurz nur, und trotzdem entgeht es mir nicht: das kleine Zucken, das seine Mundwinkel umspielt und drauf und dran ist, ein richtiges Grinsen zu werden.

»Die beiden konnten sich noch nie leiden«, erklärt Geert-Helge, als Paul und Johan die Redaktion verlassen haben. »Sollen sich erst mal einigen, was ich schreiben darf.« Er gießt Kaffee in den Becher mit der Aufschrift »Wo Gott ist, da ist Zukunft. Papstbesuch 2011« und reicht ihn mir. »Diese Unstimmigkeiten – am besten einfach ignorieren.«

»Hm.« Ich tippe: Oberförstertag, Anekdotenrundgang mit Wilma Pepke. Schon wieder Wilma.

»Du musst wissen, wir drei waren früher in einer Klasse.«

Ich blicke auf. Okay, das hätte ich jetzt nicht gedacht. Mein Chef mit seinem Schnauzbart und den bunt bedruckten Kurzarmhemden, der bärige Paul in Anzug und Krawatte und Johan mit Jeans und Dreitagebart – auf ein Alter hätte ich die drei eigentlich nicht geschätzt.

»Wir hatten damals nicht sonderlich viel miteinander zu tun. Meine Clique, das waren …«, er räuspert sich, »wir waren die Coolen. Paul war in einer anderen Gruppe. Und Johan, der hat so sein Ding gemacht.« Die Hände hinter dem Rücken verschränkt, wirft er einen Blick hinaus und verharrt einen Moment so, dann schließt er das Fenster mit einem Ruck. »Also, trink man schnell aus. Dann ist hier Ende im Gelände.«

≈ 11 ≈

Was fängt man mit so einem Abend an? Mit drei Abenden, um genau zu sein. Sosehr ich noch vor Kurzem die Wochenenden genossen habe, die ausgedehnten Frühstücke im Bett, das wohlige Nichtstun und Seriengucken, die Spaziergänge an der Elbe mit frischen Waffeln von der *Strandperle*, eine Ausstellung in der Kunsthalle, wenn ich mich dazu aufraffen konnte, so sehr ängstigen sie mich jetzt, die beiden arbeitsfreien Tage. Ich drücke die Haustür auf und stehe Knut gegenüber.

»Moin«, sagt er und bückt sich, um unter dem blechernen Spülbecken etwas hervorzukramen. Eine Heckenschere und Arbeitshandschuhe, passend zu dem grünen Overall, den er trägt. »Der Efeu wuchert mir alles zu. Irgendwas ist immer zu tun. Und, Mädchen, wie geit di dat?«

»Gut. So weit.«

Er zieht eine braune Kappe von der Ablage über den Jacken und hält eine Hand an die Tür, sodass ich loslassen kann. »Wenn du nachher nichts vorhast, komm runter zum Essen.«

»Oh, okay. Das ist …« – als hätte Knut meine trüben Gedanken gelesen. Dankbar lächle ich ihn an. »Gerne.«

Als ich zwei Stunden später die knarrenden Holzstufen hinabsteige, bin ich seltsamerweise aufgeregt. Über was redet man mit einem pensionierten Landwirt? Oder ist es für Knut vielleicht ganz normal, zusammen zu essen und – außer einem gelegentlichen Brummen – nichts von sich zu geben? Und werde ich das aushalten, neben einem fremden Menschen zu sitzen und zu schweigen?

Die Hand schon an der Klinke der Milchglastür, halte ich inne. Was für Stimmen sind das eigentlich, die da aus Knuts Wohnbereich in die Diele plätschern? Ich lausche. Lachen und wieder Stimmen. Ich ziehe mein Shirt glatt und klopfe.

»Komm rein!« Knuts Stimme klingt entfernt.

Durch die offenen Türen hindurch sehe ich ihn mit einem Weinglas in der Hand auf der Terrasse stehen. Hinter ihm die weite Gartenfläche und die langen Schatten der Bäume, die über den Garten hinaus aufs freie Feld weisen. Knut winkt und strahlt. Der hintere Teil des Rasens, eher eine Wiese, badet im weichen Flimmern der letzten Sonnenstrahlen, Blütenblätter und Gräserspitzen leuchten rötlich, es riecht nach gegrilltem Fleisch. Ein Mann mit dunkelbraunen strubbeligen Haaren hantiert mit einer Zange am Grill. Und wieder ist da das kleine Zucken, das seine Mundwinkel umspielt.

»Da ist ja die Streitschlichterin.«

»Ja … Hallo.« Ich sollte aufhören, so zu starren.

Knut legt ihm den Arm um die Schulter. »Dat is' Johan. Mien Jong. Is' aus Hamburg zu Besuch.« Der alte Mann sieht stolz aus, und mir fallen zum ersten Mal die vielen Lachfältchen in seinem Gesicht auf.

Dieser Johan ist Knuts Sohn? Ich blicke von einem zum anderen. Beide haben denselben drahtigen Körperbau, Knut ist nur unwesentlich kleiner als sein Sohn, und beide haben ähnliche Wirbel in den Haaren, die sich offenbar nicht so leicht bändigen lassen. Und jetzt, wo sie einvernehmlich grinsen, kriegen ihre Augen etwas Funkelndes, und die kleine Zahnlücke zwischen ihren oberen Schneidezähnen ist wohl der endgültige Verwandtschaftsbeweis. Eindeutig: Vater und Sohn.

»Was möchtest du trinken? Johan hat Weißwein mitgebracht. Guter Tropfen, sagt er. Ich versteh davon nichts. Wir haben auch Bier oder Apfelsaft von den Obstwiesen.«

»Gerne einen Wein.« Ich setze mich auf einen der Plastikstühle mit den ausgeblichenen Bezügen. Ich denke, ich brauche noch einen Augenblick, bis ich entschieden habe, ob ich es gut oder schlecht finde, dass Johan da ist. Vielleicht macht es die Unterhaltung beim Essen einfacher. Vielleicht ist aber auch das Gegenteil der Fall.

»Wir waren gerade bei der Mehrzweckhalle«, sagt Knut und nimmt ebenfalls am Tisch Platz. Er drückt eine der Plastikklemmen fest, die das karierte Wachstuch am Wegrutschen hindern sollen.

Johan schenkt mir Wein ein und hebt sein Glas. Mmh, süffig. Ich meine natürlich: leicht und frisch und trotzdem nicht zu flach im Abgang.

»Ich bin ja der Meinung«, brummt Knut, »dass er das lassen soll mit dem neuen Dach. Um des lieben Friedens willen. Wenn das alte in ein paar Jahren zusammenbricht, kommen die eh an. Wie seinerzeit beim Kirchturm.«

»Und genau *so* soll es diesmal nicht sein. Hast du vergessen, dass Holm damals fast von der Glocke erschlagen wurde?« Er wendet ein riesiges Fleischstück. »Diesmal muss sofort etwas passieren. Ich habe schließlich eine Verantwortung gegenüber meinen Leuten hier. – Caro, bereit für das erste Steak?«

»Äh, ja.« Ein halbes Kilo Kuh landet vor meiner Nase.

»So, und ich würde sagen, wir wechseln jetzt mal das Thema. Nicht dass unser Gast auch noch zwischen uns beiden vermitteln muss.«

»Ganz kurz noch eine Frage.« Die Journalistin in mir erwacht aus ihrem Winterschlaf. »Du hast vorhin in der Redaktion noch etwas übers Museum gesagt, dass das teuer sei. Was meintest du damit?« Die besten Informationen erhält man in der Regel nach Feierabend.

»Na ja, ich hab natürlich keinen genauen Überblick über die Finanzen. Da kennt Paul sich tatsächlich besser aus«, Johan greift nach Knuts Teller, »aber ich kann mir nicht vorstellen, dass sich ein Museum bei zwei, drei Besuchern im Monat rentiert. Das Gebäude gehört der Gemeinde, und manchmal denke ich, die haben es vergessen.«

»Ich hab mich auch schon gewundert, dass die Hälfte der Räume leer steht.« Ich nehme Knuts aufgefüllten Teller in Empfang und reiche ihn weiter.

»Und in der anderen Hälfte modern Bügeleisen und Knochen vor sich hin. Kartoffelsalat?« Ohne eine Antwort abzuwarten, tut Knut mir eine ordentliche Schippe auf. »Ihr Hamburger«, er blickt zwischen Johan und mir hin und her, »ihr habt nix auf den Rippen.«

Als alle mit Fleisch, Salat und Barbecuesoße versorgt sind, herrscht für einen Moment zufriedene Stille. Aus der Ferne ziehen leise Geräusche herüber, die geschäftig, aber nicht hektisch klingen, ein Rasenmäher und wieder die Grillen, die am Gartenende in der flimmernden Wiese zu hocken scheinen. Irgendwo hab ich gelesen, dass nur männliche Grillen zirpen. Damit markieren sie ihr Revier und locken paarungswillige Weibchen an. Ich schiebe mir ein Stück Fleisch in den Mund. Das Steak ist köstlich, butterzart und gerade so blutig, dass es nicht eklig ist.

»Und, was hat dich nach Büttelsbüttel verschlagen?« Johan öffnet eine zweite Flasche Wein. Knut und er haben offenbar schon ganz gut zugelangt. »Nur der Job?«

Im Nachhinein hätte ich nicht mehr sagen können, warum ich in diesem Moment von Simon erzählte. Vielleicht wegen des Steaks, das so perfekt war und sich so deutlich von dem staubtrockenen Fleisch abhob, das ich damals für Simons Kollegen fabriziert hatte. Womöglich war es der kurze Augenkontakt zwischen Johan und mir, der wie eine Versicherung war, dass es in Ordnung wäre, darüber zu sprechen, oder Knuts völlig unpassendes »Passt schon«. Vielleicht aber war es auch einfach die Stimmung dieses lauen Sommerabends, das Sirrende und Flirrende, das für einen Augenblick alles von mir abfallen ließ.

»Der Job ist das eine.« Schnell schlucke ich einen Bissen Kartoffelsalat hinunter. »In Hamburg hätte ich nie eine Festanstellung als Redakteurin bekommen. Da krebsen alle als Freie rum, das ist auf Dauer nichts für mich. Und dann kam das Angebot vom *Boten*. Außerdem musste ich weg.«

»Passt schon«, sagt Knut.

Ich sehe ihn an und füge mit fester Stimme hinzu: »Zu Hause hat mich zu viel an Simon erinnert.«

»Okay, du bist frisch getrennt.« Das war mehr eine Feststellung als eine Frage. Johan zeigt auf die Weinflasche, ich nicke.

»Manchmal muss man weg«, sagt Knut und zieht die Plastikklammer wieder von der Tischkante.

»Manchmal muss man aber auch wiederkommen«, sagt Johan und fixiert seinen Vater. Dann wendet er sich an mich: »Meine Mutter ist vor drei Jahren gestorben. Brustkrebs. Knut hat sich daraufhin ins Flugzeug gesetzt – zum allerersten Mal in seinem Leben – und ist nach London geflogen. Warum, darüber schweigt er sich bis heute aus. Ich hatte nicht die geringste Ahnung, wo er war. Keiner im Dorf wusste was. Bis ich einen Anruf von einem Londoner Krankenhaus bekam, dass mein Vater mit einem Herzinfarkt auf der Intensivstation läge. Als ich ankam, war er zum Glück außer Lebensgefahr und ein paar Tage später transportfähig. Aber er wollte nicht mit zurück.« Johan sieht Knut an, so lange, bis der seinen Blick erwidert. »Irgendwann konnte ich ihn davon überzeugen, dass er zu Hause trotz allem am besten aufgehoben ist. Seitdem«, behutsam nimmt er seinem Vater die Klemme aus der Hand und drückt das Metall zwischen seinen Fingern zusammen, »seitdem bin ich immer gleich in Sorge, wenn ich ihn mal einen Tag nicht erreiche. Oder wenn er auf dem Hof schuftet, als wäre er noch jung und sein Herz stark.«

»Mein Herz ist kaputtgegangen, als ich Luise mit all den Schläuchen gesehen habe.«

Die Sonne schafft es nicht mehr über das Haus, der Garten und auch die Felder weiter hinten liegen jetzt im Schatten. Ich fröstle.

»Meine Strickjacke hängt am Haken«, sagt Knut.

Johan steht auf und kommt kurz darauf mit einer dunkelblauen Kapuzenjacke zurück. Die ist sicher nicht von Knut.

Er zieht den Reißverschluss auf und hält mir die Jacke so hin, dass ich nur noch hineinschlüpfen muss. Außerdem hat er eine dicke Wolldecke mitgebracht, die er aufschlägt und mir über die Beine legt. Das ist fast mehr, als ich ertragen kann.

»Besser?«

Ich nicke.

»Bitte entschuldige meinen kleinen Ausbruch in die Vergangenheit. Ich wollte nicht ablenken, ich habe nur ... als du gesagt hast, du musstest weg von zu Hause ...« Er sieht zerknirscht aus. Und auch seinem Vater wirft er einen entschuldigenden Blick zu.

»Mach dir keine Gedanken«, sage ich. Eigentlich bin ich ganz froh, dass wir das Thema Simon nicht weiter vertiefen. Eigentlich finde ich es nämlich gerade viel zu schön hier, als dass ich daran denken möchte, dass es ein anderes Leben vor dem jetzigen gab, eins, das unschön geendet hat.

Der Pulli ist kuschelig warm, und unter der Decke tauen meine Beine, deren Steifheit ich erst jetzt so richtig bemerke, langsam wieder auf. Knut schaltet eine Lampe ein, die an einem Haken vom schmalen Vordach baumelt und dieselbe Fischernetzummantelung hat wie die

Lampe oben in meiner Wohnung. Sofort kreisen Mücken surrend unter dem Lichtschein. Mückenweibchen sollen tiefer summen als Mückenmännchen, was die Männlein offenbar völlig verrückt macht. Sex mal wieder.

»Wie geht es eigentlich meiner Enkelin?«

Enkelin? Ich merke, dass ich drauf und dran war wegzudösen.

»Ada hat ihren ersten Freund.«

»Jetzt schon?«

»Na ja, sie ist dreizehn. Olivia war letzte Woche mit ihr beim Frauenarzt. Das geht heute alles etwas schneller.«

Das geht wirklich ausgesprochen schnell, denke ich.

»Hauptsache, der Bursche ist gut für sie.«

Wie soll man das denn so schnell entscheiden? Ich ziehe mir die Kapuze des Pullis über den Kopf.

»Bestimmt.«

Knut sieht seinen Sohn lange an. Und ich drifte wieder ein Stück davon und sehe die kleine Familie vor mir, Johan, Olivia und Ada, die vielleicht auch so eine bezaubernde Zahnlücke hat wie ihr Vater und ihr Opa. Dann muss sie bestimmt eine Spange tragen. So wie ich früher.

Verstohlen taste ich nach meiner Apfeldose, als würde sie noch immer an einer Kordel um meinen Hals hängen. Manchmal, wenn ich die Klammer lange getragen hatte, fühlten sich meine Zähne ohne Spange wie verschoben an. Ein unangenehmes Gefühl war das, als wäre da ein heilloses Durcheinander in meinem Mund. Im schlimmsten Fall fühlte es sich an, als wären meine Zähne allesamt locker und würden, wenn ich nur die Lippen öffnete, herausfallen.

»Hast du morgen Abend schon was vor?«, fragt mich der pickelige Junge aus der 7b. Der hat dieselbe Stimme wie Johan. Diskret lasse ich meine Zahnspange in die grüne Dose gleiten.

»Nein«, grinse ich.

»Schön«, sagt Johan.

Mit einem Mal bin ich hellwach. Haben wir uns gerade verabredet? Oder was?

Johan sieht amüsiert aus. Und dort, wo es vorhin an seiner Wange gezuckt hat, ist jetzt ein tiefes Grübchen.

Carolin Punke – ich ziehe mir die Kapuze vom Kopf –, *manchmal hat deine Fantasie doch etwas zutiefst Besorgniserregendes.*

≈ 12 ≈

Das ist kein Date, und das ist auch gut so.

Früher habe ich das ein paarmal ausprobiert, um nach einer Trennung auf andere Gedanken zu kommen, aber festgestellt: Das funktioniert bei mir nicht. Wenn ich mit einem Fremden schlafe, werde ich dadurch erst wieder richtig an den Sex mit dem, der nicht mehr da ist, erinnert, an die Nähe und Vertrautheit, die es bei dem Neuen nicht gibt. Und am nächsten Morgen, wenn ich mit bröckliger Wimperntusche aufwache, sind die Gedanken an all das, was nicht mehr ist, plötzlich wieder viel lebendiger. Die Finger, die meine Locken zusammenhalten, die Hand, die im Halbschlaf nach meiner tastet. Dann muss die Zeit wieder neu anfangen, die Wunden zu heilen.

Das ist das eine. Das andere ist, dass mein Bauch allein beim Gedanken an Sex kleine, spitze Schreie von sich gibt. Schon wenn's ums Küssen geht, zieht er sich zusammen wie eine Assel bei Gefahr. Simon hat ja nicht so genau spezifiziert, was ihn beim Sex mit mir gelangweilt hat. Kann doch sein, dass er bereits beim Küssen ein Gähnen unterdrücken musste. Überhaupt haben wir, wenn ich es recht überlege, sehr wenig geküsst in den letzten Jahren. Also so richtig geknutscht-geküsst, mit Zunge und feuchter Mundpartie und anschließendem Tiefin-die-Augen-Gucken. Vielleicht war das ja doch keine normale Entwicklung, wie sie in längeren Beziehungen nun mal stattfindet, sondern eine von ihm bewusst herbeigeführte Reduzierung möglicher Langeweilefaktoren. Weil Küssen mit mir so öde ist, wie im Wartezimmer zu sitzen und die falschen Zeitschriften vor sich zu haben. Im Bürgeramt in Hamburg-Altona hatten sie bei meinem letzten Besuch nur Auto- und Sportzeitschriften, aber keine einzige Frauenzeitschrift, nicht mal den *SPIEGEL*. Vielleicht ist Küssen mit mir wie Nummernziehen im Einwohnermeldeamt.

Und Sex? Wie ein Termin beim Jobcenter?

Ich stütze meine Stirn auf die Hände. Ich kann mir momentan einfach nicht vorstellen, dass der Projektschritt *»Neuer Mann/Sex«* mein Selbstbewusstsein hebt. Dass ich in meine Schokozigarette danach beiße und denke: Mann, war ich gut. Was bestimmt die falsche Herangehensweise ist, aber zugleich die einzige, die mir in den Sinn kommt: dass der Sex gut werden muss. Dass *ich* gut sein muss. Dabei weiß ich noch nicht einmal mehr, was das überhaupt heißt, gut zu sein. Dass man als Frau das macht, wovon man sich vorstellt, dass Männer es gut finden? Oder dass man macht, was man selbst gut findet, weil gute Männer genau das mögen? Und was finde ich selbst eigentlich gut?

Vielleicht bedeutet guter Sex auch, dass man überhaupt nicht darüber nachdenkt, wer was gut findet, sondern einfach nur macht. Nur wie, bitte schön, soll das gehen, dass ich nicht denke, sondern einfach nur mache? Ich presse mir die Handflächen an die Schläfen.

Und warum ausgerechnet Sellerie?

Nicht einmal Schmorgurken, Okraschoten und Austernpilze können Sellerie den ersten Platz der widerlichsten Gemüsesorten streitig machen, und das, obwohl die Knollen und Stangen nicht einmal glibberig sind.

Nachdem ich gestern Abend auf Knuts Terrasse endlich aufgehört habe, wie eine Irre nach meiner Zahnspange zu tasten – die ich, nebenbei bemerkt, das letzte Mal mit vierzehn getragen habe –, und nachdem Knut mir wortlos ein Schnapsglas mit Kirschlikör in die Hand gedrückt hat, ließ Johan die stinkende Katze aus dem Sack: »Du hast es vielleicht gehört, morgen wird unsere diesjährige Selleriekönigin gekürt. Und im Anschluss feiern Würdenträger und Ortsvertreter die neue Regentin bei einem großen Sellerieessen im Schützenhof. Der ungeliebte Architekt ist auch eingeladen. Hättest du Lust, ihn zu begleiten?«

Vermutlich war ich einfach so begeistert von der Möglichkeit, endlich richtig in mein Projekt einsteigen zu können, auszugehen und Spaß zu haben, dass ich die Tragweite dieser Einladung nicht begriff. Ich sah mich bereits gemeinsam mit Johan die Polonaise sprengen und mit dem attraktiven Teil der anwesenden Männer Brüderschaft trinken, doch keine zehn Sekunden nach meinem euphorisierten »Na klar! Sehr gerne!« sickerte die Erkenntnis zu mir durch: Eins ist sicher: Ich werde dort Sellerie essen müssen!

»Man darf gespannt sein«, sagte Johan, als ich mich kurz darauf von Knut und ihm verabschiedete, »fünf Gänge, alle mit Sellerie. Ich glaube, da gibt's sogar Sellerieeis.«

»Erde an Caro.« Wilma klopft mit ihrem Gehstock gegen das Tischbein. »Wo bist du nur mit deinen Gedanken, Liebes?« Sie drückt ihre Zigarette in der Kaffeetasse aus. »Auch eine?« Schon feuchtet sie mit der Zunge ein Blättchen an – und hält inne, als sie Nellys Miene bemerkt. »Jede eine, ja?« Sie imitiert ein Augenklimpern.

»Ich rauche nicht.«

Vielleicht *sollte* ich das tun. Wie andere sich vornehmen, mit dem Rauchen aufzuhören, könnte die neue Caro sich doch entschließen, damit anzufangen. Vielleicht hätte das was Geheimnisvolles: Zigarette, leicht überstreckter Hals, eingefallenes Raucherinnengesicht. Ich verwerfe den Gedanken.

Wilma beugt sich zu mir herüber. »Kannst du nicht wenigstens paffen? Dann könnte ich noch ein bisschen passiv mitrauchen.« Als ich nicht reagiere, murmelt sie: »Spielverderberinnen, alle miteinander.« Sie gibt einen teerigen Husten von sich, dann wischt sie sich mit einem Stofftaschentuch über den Mund.

Ich bin dankbar für dieses kleine Wilma-Kinoprogramm, denn so kann ich sie ganz ungeniert ansehen und versuchen, alles, was rechts von mir passiert, auszublenden. Da sitzt nämlich Saranya, die sich, dem Schmirgelgeräusch nach zu urteilen, schon seit zehn Minuten die Nägel feilt. Wäre Wilma nicht, hätten mich keine zehn Pferde erneut an einen Tisch mit ihr bekommen. Jeden Morgen, noch bevor ich die Augen aufschlage, habe ich ihr Stöhnen im Ohr und ein Zischeln: *Hör genau hin*. Erst wenn ich dann lange und laut genug gesungen habe: *»It's a new dawn, it's a new day, it's a new life for me. And I'm* *feeling good«*, fühle ich mich – wenn auch nicht blendend – immerhin so gut, dass ich dem Tag ins Gesicht sehen kann. Glauben kann ich es trotzdem nicht, wie fies sie zu Nelly und mir war.

Wilma jedenfalls hat nicht lockergelassen und ist ein paarmal in der Redaktion aufgekreuzt, um mich persönlich zu einem erneuten Treffen der »unverheirateten Frauen über dreißig« zu bewegen. Was nicht gerade anheimelnd klang. Mit ihrem Gehstock schob sie zerknülltes Zeitungspapier wie einen Hockeyball vor sich her, und bei ihrem letzten Besuch – gestern – hatte sie als Köder ein Schälchen mit Dosenmandarinen dabei, die noch im Zuckerwasser schwammen. Ich musste lachen und willigte schließlich ein. Ehrlich gesagt hätte ich nicht damit gerechnet, dass Saranya kommen würde.

»Schätzchen, könnte ich mir mal deinen Lippenstift borgen?« Wilmas Hand greift in Saranyas offene Handtasche.

Die schweigt.

»Was ist das denn?« Zusammen mit dem Lippenstift zieht Wilma zwei tamponartige Gebilde heraus, etwas kürzer, ohne Plastikhülle und ohne den Faden.

Saranya schnappt sie ihr weg. »Nasopax. Meinst du, ich lauf ungeschützt durch diesen Mief?«

Wilma spitzt die Lippen, wodurch sich ihre Falten rund um den Mund zu einem Knäuel verdichten, und trägt das Pink großzügig auf. Mit so viel Druck, dass es aussieht, als würde der Stift gleich abbrechen. Dann gibt sie ihn zurück an Saranya.

Die feilt weiter ihre Nägel. »Kannst du behalten.«

»Ach was, Liebchen, den kannst du doch abwischen. Ich bring dir das nächste Mal ein Päckchen Erfrischungstücher mit.« Wilma schiebt den Lippenstift zurück in die Tasche, dann streckt sie den Arm aus und zieht Nelly, die gerade mit einer Ladung dreckiger Teller an unserem Tisch vorbeiläuft, auf den freien Stuhl neben sich. »So!« Wilma klatscht in die Hände. »Hiermit erkläre ich unsere kleine Versammlung offiziell für eröffnet.« Sie mustert uns nacheinander. »Ihr fragt euch, was ihr hier sollt? Erstens: Nelly braucht eure Unterstützung. Verflossene Sandkastenliebe, Mama, Papa, Pony – schön und gut. Aber so langsam muss was Neues her.«

Nelly stellt die Teller auf den Tisch.

»Zweitens: Wie sehr hätte ich mir seinerzeit Gleichgesinnte gewünscht! Was, leeve Lüd, spricht denn dagegen, sich unter Freundinnen auch mal eine Bettbekanntschaft zu teilen? Nur wenn jede von euch weiß, wo die andere steht, könnt ihr das Beste aus eurem beneidenswerten Zustand herausholen. Was gäbe ich darum, selbst noch mal ledig und in den besten Jahren zu sein!« Sie drückt sich zwei Finger an den Mund, als hielte sie eine Zigarette, dann sieht sie zwischen Nelly, Saranya und mir hin und her. »Also gut, Fründinnen der Nacht, jetz' mal Butter bei die Fische. Was ist das Problem?«

Für den Bruchteil einer Sekunde spüre ich Saranyas Blick auf mir.

»Ich möchte etwas loswerden«, sagt sie plötzlich.

Und mit einem Mal fällt es mir überhaupt nicht mehr schwer, sie direkt anzusehen und ruhig darauf zu warten, dass sie weiterspricht.

Sie räuspert sich und dreht die Nagelfeile zwischen ihren Fingern. »Es tut mir leid, dass ihr mich neulich abends so sehen musstet. Und dass ich euch dann auch noch diesen blöden Spruch reingedrückt habe. Das war vollkommen daneben. Es war … Ich bin … Dieses Leben hier …« Sie bricht ab. Ihr Blick bekommt etwas Flackerndes. »Was soll man denn hier sonst anfangen?«

Wie aufs Stichwort muss ich schlucken.

Saranya räuspert sich wieder. »Was ich eigentlich sagen will, ist: Entschuldigung.« Sie sieht uns an.

»Okay«, sagt Nelly. »Entschuldigung angenommen.«

Ich starre Nelly an. Sie sieht so aufrichtig aus, so ernsthaft willens, zu vergeben und zu vergessen. Davor kann ich nun wirklich nur den Hut ziehen.

»Okay«, sage auch ich und komme mir dabei sehr heroisch vor.

Von draußen ziehen Vogelgezwitscher, Stimmengewirr und Kindergeschrei herein. Dieses Leben hier, denke ich und weiß nicht weiter. Nellys Gabel pikt in den Schoko-Kohl-Kuchen. Eine Frau mit nassen Haaren – auberginefarbener Pony, schwarze Spitzen – zieht die Terrassentür auf, sagt »Moin!« und gießt sich aus einer Thermoskanne Kaffee in einen Becher.

»Moin, Moni«, kommt es von Wilma zurück.

Und ich denke: Wie gut es doch ist, dass sie mit den Zuckerwassermandarinen vorbeigekommen ist.

»Ich muss mich auch bei dir entschuldigen.« Nelly legt die Gabel zur Seite und sieht Saranya an.

Bitte, was?

»Es tut mir ehrlich leid. Ich hatte ja keine Ahnung, dass

deine Eltern … dass sie nicht mehr leben. Wahrscheinlich wärst du glücklich, wenn deine Mutter dich beim … so sehen … wenn sie dich überhaupt sehen könnte. Wobei, sie sieht dich ganz bestimmt, Saranya. Vom Himmel aus. Da musst du fest dran glauben.« Nelly drückt die Handflächen aneinander. »Du fühlst dich sicher einsam, so ganz ohne Eltern. Wahrscheinlich suchst du deshalb … Und dann sag ich auch noch so was Dummes, Unüberlegtes. Ich hätte … Es tut mir so, so leid.« Sie sackt in sich zusammen, als hätte jemand an einer aufgestellten Luftmatratze den Stöpsel gezogen.

Ich brauche einen Moment, bis ich ihre Worte verarbeitet habe.

»Du denkst, meine Eltern wären tot? Und ich eine arme Vollwaise?« Saranya lacht auf.

Nelly sieht sie unsicher an. »Na ja. Aber du hast doch gesagt …«

»Oh, okay. Was ich meinte, war: Ich habe keinen Kontakt mehr zu meinen Eltern.«

»Ach so«, flüstert Nelly. Ihr Blick heftet sich an die Blumenvase.

»Warum? Ich meine, warum habt ihr keinen Kontakt?«, schalte ich mich ein.

Saranya holt tief Luft. »Ich möchte nicht darüber sprechen.«

Nelly neben mir nickt. »Übrigens, ich habe euch was mitgebracht. Also Caro und dir.«

In Sachen Themenwechsel ist sie kaum zu überbieten.

Nelly läuft hinter den Tresen und hievt zwei kinnhohe, in Zeitungspapier eingewickelte Platten durchs Café. Vorsichtig lehnt sie die Tafeln gegen den Nachbartisch und setzt sich wieder. »Das sind Bilder. Von mir selbst gemalt.«

Auch wenn es unromantisch ist, ich kann Geschenke, die den Zusatz »selbst« enthalten, nicht ausstehen. Und ganz besonders nicht, wenn sie groß sind. Schuld daran ist Simons Mutter Annegret, die mir bei jedem Besuch ein anderes »selbst« aufgezwungen hat. Die beiden hüfthohen selbst getöpferten Vasen, die vier selbst geflochtenen Wäsche- und Einkaufskörbe, die tomatenrote selbst gestrickte Mütze mit Bommel und dem Hinweis, ich könne ein bisschen Farbe vertragen, der Gipsabdruck ihres Gesichts mit integriertem Teelichthalter für die Wand.

Vor jedem ihrer sehr regelmäßigen Besuche bin ich auf den Dachboden gerannt und habe Vasen, Körbe, Bommelmütze, Seidenmalereikissen und die Schale aus Speckstein in Form ihrer Hände zusammengesammelt und an den von Annegret dafür vorgesehenen Orten in unserer Wohnung oder an meinem Körper drapiert. Was mir jetzt in diesem Augenblick einigermaßen absurd vorkommt. Wenn sie sich dann suchend umblickte, konnte ich mir sicher sein, dass ich etwas vergessen hatte. »Dir hat wohl mein Kreuzstichbild nicht gefallen.« Manchmal, fand ich, sah sie bei so einem Satz weniger enttäuscht als triumphierend aus. Und selbst wenn ich an alles gedacht hatte, sagte sie Sachen wie: »Lustig, beim letzten Mal stand die graue Stele *vor* der rostroten.« Simon konnte mich gerade noch stoppen, die Sachen dauerhaft in unserer Wohnung aufzustellen, aus Angst vor einem Überraschungsbesuch.

»Komm, lass uns alles wegschmeißen«, sagte Simon

und zog an meiner von Annegret selbst zurechtgeschnittenen und mit Nylongarn durchstochenen Korkkette. »Dann kapiert meine Mutter endlich, dass du das Zeug nicht magst. So muss sie doch denken, du stehst auf den Schrott.«

Gestern am späten Abend, als ich vom Grillen zurück in meine Wohnung stolperte, hat es mich plötzlich überkommen. Ich habe alle einundzwanzig Umzugskartons ausgepackt und all die Dinge zur Seite gestellt, die mich an Simon erinnern. Und dazu gehörten auch die seiner Mutter, die ich beim Packen der Kisten in einem besonders heimtückischen Anfall von Melancholie und Nostalgie an mich gerissen und mit nach Büttelsbüttel geschleppt hatte. In der Nacht dann ballte sich meine Faust wie von selbst und landete zielsicher in Annegrets Gipsfratze. Annegret-ohne-Nase wurde daraufhin entsorgt, während ich die restlichen Simon-Sachen in sechs Kisten füllte und hinter meinem Kleiderschrank platzierte. Der steht jetzt nicht mehr platt an der Wand, sondern modisch über Eck und zwingt mich dazu, übers Bett zu steigen, wenn ich das Fenster öffnen will. Dafür sind die Dinge fürs Erste aus meinem Sichtfeld. Alle, außer den Schuhen.

Ich betrachte meine Füße in den schwarzen T-Strap-Pumps von Tory Burch. Es ist völlig irrsinnig, hier im Dorf auf hohen Hacken rumzulaufen. Wo überall Erde und Schotter ist und ich die meiste Zeit auf Zehenspitzen gehen muss, um nicht einzusinken oder zu straucheln. Wenn ich mich selbst von außen sähe, wie ich hier über Feldwege stelze und stolpere, als hätte ich rohe Eier unter den Füßen, würde ich ganz sicher denken: Was ist das denn für eine? Oder Schlimmeres. Und trotzdem, ich kann mir nicht einfach Turnschuhe bestellen und die Pumps in Kartons stecken oder sogar verkaufen. Wenn ich nur daran denke, fühlt es sich an, als würde ich hintenüberkippen. Als würde ich mir selbst den Boden unter den Füßen wegziehen.

»Ihr müsst es auch nicht aufhängen, wenn es euch nicht gefällt.«

Ich sehe Nelly an und brauche einen Moment, bis ich weiß, wovon sie spricht.

»Ich dachte nur, ihr seid bestimmt noch nicht dazu gekommen, euch einzurichten. Und mit Bildern ist es doch gleich viel wohnlicher.« Sie lächelt. »Es sind Hunde.«

»Was?« Unisono sind Saranyas und meine Stimmen ziemlich laut.

»Ich habe euch Hunde gemalt. Ich hätte euch auch eine Sau malen können. Oder ein Zicklein. Aber ich dachte, ich gehe lieber auf Nummer sicher. Weil wir uns noch nicht so gut kennen. Und Hunde mögen ja die meisten Menschen. Wollt ihr sie vielleicht auspacken?«

Nein! Wollen wir nicht! Ich will, dass dieses Ding augenblicklich aus meinem Gesichtskreis verschwindet.

»Weißt du«, sagt Saranya und lächelt Nelly an, »ich sehe es mir später zu Hause an. Wenn ich mehr Ruhe habe. Dazu lege ich mir schöne Musik auf, mache es mir mit einer Tasse Tee auf dem Sofa gemütlich und kann das dann auch viel mehr genießen.«

Rrrrrr … Die Frau hat's echt raus. So hätte ich meiner Exschwiegermutter in spe mal kommen sollen. Am besten hätte ich noch hinzugefügt: »Ich stell's mir auf den Dachboden. Da freu ich mich immer, wenn ich die Balkonliege runterhole.«

»Schön«, sagt Wilma und wartet, bis wir alle zu ihr hinsehen. »Du fängst an.« Ihr ausgestreckter Zeigefinger tippt an Saranyas Arm. »Dann du.« Ihr Finger wandert weiter zu mir. »Und dann Nelly.«

»Was willst du wissen?«, fragt Saranya.

»Alles, was für die anderen interessant sein könnte. Zum Beispiel: Bist du in einer festen Bindung? Kann ja sein, dass ihr eine offene Beziehung führt so wie Herr Pepke und ich zwischen 66 und 71.«

Büttelsbüttel, Schmelztiegel sexueller Revolution, oder was?

»Oder bist du noch in der Testphase, auf der Suche nach Mista Reit?« Sie leckt ihren Kaffeelöffel ab, und obwohl sie aussieht wie Inge Meysel in späten Jahren, hat diese Geste bei ihr etwas Frivoles.

»Weder noch. Feste Beziehungen sind ja wohl für den … Alle paar Wochen Sex nach Schema F? Nachdem die Küche aufgeräumt ist? Grandios.« Saranya rückt ihren Stuhl ein Stück vom Tisch ab.

Und ich versuche mit aller Kraft, nicht daran zu denken, dass ich wirklich das eine oder andere Mal gesagt habe: »Lass mich noch kurz klar Schiff machen.« Ist das denn so schlimm?

»Du brauchst also einfach regelmäßig einen Kerl zwischen den Schenkeln.« Wilma drückt sich den Handballen in den Schoß.

Nelly gibt ein hektisches Lachen von sich. Und auch

ich bin etwas irritiert und kann meinen Blick kaum von Wilmas Hand nehmen, auf deren pergamentenem Rücken sich dicke blaue Adern wie ineinander verknotete Regenwürmer verzweigen. Ob alte Menschen noch masturbieren – können? Ich meine: *so* alte Menschen?

»Gut.« Wilma zieht ihre Hand vom Schoß. »Nach dem Nümmerchen im Auto ist wohl klar: Saranya benötigt erst mal keine Unterstützung. Schauen wir mal, was die Zukunft bringt.« Ihr Zeigefinger deutet auf mich. »Und du? Verliebt, verlobt, verlassen?«

Ist das so offensichtlich?

Allerdings, Carolin Punke. Meinst du, man sieht es dir nicht an, dein stummes Leiden?

»Mach dir nichts draus«, sagt Wilma. »Dafür sind wir da.«

Ach ja, und wie soll das funktionieren?

»Ihr werdet's schon noch merken«, antwortet Wilma, als hätte sie meine Gedanken gelesen. Nacheinander sieht sie erst mir und dann den anderen beiden in die Augen. »Wichtig ist, dass ihr an euch glaubt. An eure Stärke. Gemeinsam könnt ihr alles schaffen!« Unvermittelt reißt sie ihren Stock in die Höhe und sieht dabei wesentlich motivierter aus als die Freiheitsstatue mit ihrer Fackel. Eine Weile verharrt sie so, dann blickt sie ihren Arm hinauf und murmelt: »Ihr wisst schon.«

»Wie lange wart ihr zusammen?« Ungefragt stellt Nelly mir ein Glas Wasser hin.

»Acht Jahre.«

»Oha.« Wilma lässt den Stock sinken.

»Und nach acht Jahren hatte er plötzlich keine Lust

mehr auf den Pärchenquatsch? Auch nicht gerade der Schnellste.« Saranya lehnt sich in ihrem Stuhl zurück.

»Simon … ich …«

Selbst wenn ich es wirklich wollte, erklären, was ihn und mich auseinandergebracht hat, ich weiß nicht, ob ich es könnte. Und das liegt nicht daran, dass ich meine Augen vor etwas verschließe. Ich schaue hin und sehe und erinnere mich immer nur an das eine. Dass Sex mit mir langweilig ist und dass Simon dadurch – also durch mich – für eine erfolgreiche wie befriedigende Triebabfuhr gezwungen war, sich eine neue, nicht langweilige Partnerin zu suchen. Okay, ganz so hat er es nicht ausgedrückt. Er hat das, was er gesagt hat, zwischen welken Blumen versteckt, deren Köpfe schon beim allerersten Wort abfielen. Wie bei einem Strauß Tulpen in der Vase, der noch halbwegs gut aussieht, von dem aber bei der leisesten Berührung nur die Stängel samt klebrigen Narben und ein Chaos aus welken Blättern und Blütenstaub übrig bleiben.

Würde ich vor den anderen wiederholen, was Simon gesagt hat, wären das nicht mehr als ein paar hingeworfene Brocken, von denen ich ziemlich viel Oberfläche abkratzen müsste, um zu erkennen, was sich darunter verbirgt. Was ich wahrscheinlich endlich mal tun sollte. Sex eignet sich offenbar bestens zur Vereinfachung. Eine Schublade, in die Simon mich und – ohne es zu wollen – auch sich selbst gesteckt hat, für die wir viel zu groß sind. Dann hat er nachgedrückt, bis es gepasst hat, und mir am Ende das verkümmerte Etwas präsentiert, dem in der Enge bereits die Luft ausgegangen war. Wie ein

Häufchen Wurmkot lag es in der winzigen Lade, und ich habe geglaubt, dass allein ich es bin, die da vertrocknet.

Und dass das einfach ein Haufen Dreck ist.

»War's ihm vielleicht zu langweilig, und er hat sich eine andere gesucht?«

Meine Muskeln werden starr. Woher …

Saranyas Hand legt sich warm auf meinen Unterarm. Langsam, ganz langsam öffnen sich meine Fäuste.

»Ein Mini Milk Erdbeer!«, plärrt es in meinen Ohren wie ein lauter Weckruf nach einer schlechten Nacht. Ich hole tief Luft. In der Terrassentür steht ein vielleicht fünfjähriges Mädchen in rosa Badeanzug, mit rosa Halskette und vielen rosa Haarspangen.

Nelly will gerade aufstehen, als Wilma sie festhält. »Und unsere Nelly«, sagt sie mit lauter Stimme, »braucht dringend eine Ablenkung von …«

Nelly erstarrt.

»Paul«, sagt Wilma.

Mit ihren angewinkelten Armen sieht Nelly aus wie eine Schaufensterpuppe, eingefroren in der Bewegung, wobei ihr Gesichtsausdruck wenig verkaufsfördernd wäre. Ihre Augen huschen ängstlich umher, ich habe schon wieder das Bedürfnis, ihr übers Haar zu streichen und etwas Beruhigendes zu sagen wie: Alles gut, keiner hat's gehört, hier sind nur wir und das rosa Mädchen.

»Guten Tag, die Damen!«

Ich zucke zusammen. Und drehe mich um. Hinter mir steht Paul in seinem schlecht sitzenden Anzug und lacht in die Runde. Nelly sieht starr zu Boden, das rosa Mädchen ruft: »Papa!«

»Rosi, na, das ist ja ein Zufall.« Paul öffnet die Arme, und rosa Rosi fliegt hinein.

»Ich will ein Mini Milk Erdbeer!«, kreischt sie und macht sich los.

»Kommt sofort.« Er schiebt die Eistruhe auf. »Aber verdirb dir nicht den Appetit fürs Abendbrot.«

Rosa Rosi zieht ihm das Eis aus der Hand und sagt: »Papa zahlt.« Dann rennt sie davon.

Paul schüttelt den Kopf.

»Jetzt aber«, sagt Wilma und zupft ihm eine Fluse vom Jackett. »Schön, dich zu sehen.«

Er lächelt. »Ich will gar nicht lange stören. Nelly«, freundlich nickt er ihr zu, »hättest du Lust auf eine kleine Ablenkung?«

Nelly sieht aus, als hätte sie in einem unbeobachteten Augenblick zu Saranyas Lippenstift gegriffen und sich wilde Flecken ins Gesicht gemalt. Ich rücke mit dem Stuhl ein wenig vom Tisch ab und greife unauffällig nach ihrer Hand. Eiskalt ist die.

»Hast du heute Abend schon etwas vor?«

Wilma und ich sehen ruckartig auf. Sogar Saranya setzt sich gerade hin. Kaum merklich schüttelt Nelly den Kopf.

»Nicht? Das trifft sich gut. Würdest du mich zum Selleriefest begleiten? Lina kann heute nicht babysitten, deshalb muss Svenja bei Rosi und Polly bleiben.«

»Ich?«, fragt Nelly leise.

Paul lacht. »Heißt hier sonst noch jemand Nelly?« Er tut so, als ob er sich umsähe.

»Nein«, flüstert Nelly.

Ich schließe die Augen. Das ist ja nicht mit anzusehen.

Da verabschiedet sich sogar mein weiblicher Beschützerinstinkt. Nelly soll sich doch freuen.

»Ich geh da heute Abend auch hin. Mit Johan«, sage ich und drücke ihre Hand noch einmal, bevor ich sie loslasse. »Komm, sag Ja, ich würde dir auch meine Portion Eis vermachen.«

»Sellerieeis.« Wilma fährt sich mit der Zunge über die pinkfarbene Oberlippe. »Darauf freue ich mich schon seit Wochen. Genauso wie auf das panierte Sellerieschnitzel mit Selleriebrei.«

Saranya lässt den Magnetverschluss ihrer Tasche laut zuschnappen. »Ach ja? Und wofür arbeite ich bei dieser verfluchten PR-Klitsche, wenn nicht mal eine Einladung zu einem beschissenen Selleriefest für mich abfällt?« Sie steht auf.

»Vielleicht … hätte ja Saranya Lust, dich zu begleiten?«, sagt Nelly und schaut zu Boden.

»Ich? Quatsch!« Saranya beugt sich zu Nelly hinunter und senkt ihre Stimme zu einem Flüstern: »Das ist verdammt noch mal *dein* Date.«

»Kommt doch alle beide mit. Nelly, Saranya, es wäre mir eine Ehre, von zwei so hinreißenden Damen begleitet zu werden.« Auffordernd sieht Paul von einer zur anderen.

Saranyas Miene ist ausdruckslos. Ich könnte nicht sagen, was sie gerade denkt. Ob sie das Angebot so dermaßen unter ihrer Würde findet, dass sie beschlossen hat, einfach nicht darauf einzugehen. Oder ob sie sich tief in ihrem Herzen genau dasselbe wünscht wie ich: Freundinnen zu haben. Anzukommen.

Ihre Finger spielen mit dem Verschluss ihrer Handtasche. »Also, wenn das ginge?«

»Kein Problem«, antwortet Paul.

»Dann, also …«, sie hebt ihren Blick, »gern.«

≈ 13 ≈

An meiner Wohnungstür klopft es. Mein Bauch macht einen kleinen Hopser. Was soll das denn jetzt?

Für ein Date mit einem netten Mann steig ich gerne mal aufs Trampolin.

Hallo!?! Wir sind mit dem halben Dorf zum Sellerieessen verabredet! Das ist so ziemlich das Letzte, was ich unter dem Begriff … Und jetzt lass mich in Ruhe mit so was!

Gut siehst du aus.

Was? Ich gucke an mir hinunter. An meinem dunkelblauen Sommerkleid mit den weißen Punkten, das über den Knien endet und um die Taille herum auch schon mal luftiger saß. Mein lieber Bauch, das Kompliment kann ich leider nicht zurückgeben.

Nicht meine Schuld.

Es hat unbestritten auch Vorteile, wenn der Bauch nicht mit einem spricht. Garstiger Geselle. Ich öffne die Tür. Vor mir steht Knut.

»Oh, hallo. Ich dachte, du wärst …«

»So ein Kleid hatte Luise auch.« Knut macht einen Schritt zurück und mustert mich wie ein Ausstellungsbesucher ein Bild, dessen Original er selbst unterm Bett liegen hat. »Das hatte sie bei unserer ersten Verabredung an.«

Mir ist plötzlich ganz heiß in dem dünnen Fifties-Polyester. Und Knut sieht aus, als wäre er in Trance.

»Ach«, sage ich, und prompt fällt mir nichts mehr ein.

Knut schüttelt den Kopf, sein Blick ist jetzt wieder klar. »Johan is' bei der Arbeit aufgehalten worden. Ich soll dir sagen, er kommt später nach.«

Überhaupt kein Problem. Dann hefte ich mich eben erst mal an Nellys Fersen.

»Hab GHH schon Bescheid gesagt. Der wird sich um dich kümmern.«

»Nein! Ich meine, das ist doch nicht nötig. Ich kenn doch Paul und Wilma und …«

»Mach dir keine Gedanken, Geert-Helge mokt dat geern.«

Ich aber nicht! Sellerie und mein Chef – das ist so ziemlich die schlechteste Kombination für einen gelungenen Abend. Und schon gar nicht im Sinne meines Projektplans, der für heute *Spaß haben* vorsieht. Was bitte schön soll daran spaßig sein: ein eklig-bitterer Geschmack im Mund samt Aussicht auf einen Schnauzer, der zu mindestens zwanzig Prozent aus ungeschnittenen Nasenhaaren besteht. Unter dieser Prämisse hätte ich mich niemals darauf eingelassen.

»Und jetzt man fix. Sonst verpasst du noch den Auftritt der neuen Regentin.« Knut hat ja auch so ein Grübchen wie sein Sohn. »Übrigens, das Kleid … steht dir gut.« Noch einmal verfängt sich sein Blick in den Punkten, dann wendet er sich zum Gehen.

Als ich endlich an der langen Tafel Platz genommen habe, weiß ich nicht mehr, wie viele Hände ich geschüttelt habe. Geert-Helge hat mich von einem Grüppchen zum nächsten gelotst und mich in ein Gespräch nach dem anderen hineingleiten lassen. Ja, er hat das ganz gut gemacht, wie er mich den Leuten vorgestellt und Small Talk angeleiert hat. Small Gegröle sollte ich sagen. So laut und ohne jeden Übergang, alles eine große Unterhaltung – was vielleicht auch an dem grünen Zeug in den Schnapsgläsern lag. Tablettweise wurden die herumgereicht, und immer wieder landete eines in meiner Hand.

Statt einer Begrüßung riefen ein paar Leute: »Hipp, hipp«, und sahen mich erwartungsvoll an.

»Äh … Hurra?«, flüsterte ich meinem Chef zu.

»Hurra.« Er nickte.

»Hurra!«, rief ich.

Die Leute sahen zufrieden aus.

Holm stellte sich beim Händeschütteln auf die Zehenspitzen und versuchte, irgendetwas oder jemanden hinter mir zu erspähen. Die Sellerieregentin, die am Kopfende der Tafel thronte, schenkte mir eine kleine Selleriestange aus Marzipan. »Büttelsbüttler Sellerieregentin Monika I.« stand auf ihrer leuchtend grünen Schärpe.

»Moni von *Haar-Moni*«, sagte sie, hievte einen Korb mit Sellerieknollen wie einen Gettoblaster auf ihre Schulter und lächelte in Geert-Helges Kamera.

Im selben Augenblick sprang Holm auf ein Höckerchen und arrangierte die Knollen in Monis Korb wie beiläufig neu.

»Holm!«, rief ich. »Komm doch mal her.« Mit meinem

Ehrgeiz ist das so eine Sache. Mal stülpt er die Boxhandschuhe über und tritt für die absurdesten Herausforderungen schnaubend in den Ring – in diesem Fall für ein Foto ohne Küsterkomparsen –, doch wenn ich ihn wirklich brauche, legt er sich gähnend auf die Matte und dämmert mir davon.

Misstrauisch wanderte Holms Blick zwischen mir und der Kamera hin und her. Dann baute er einen Knollenturm, den er mit beiden Händen festhalten musste. »Ich hab zu tun.«

Meine Mission war bereits zum Scheitern verurteilt, als Saranya in einem Jumpsuit mit Zebraprint zur Tür des Schützenhofs hereinschwebte – was meiner bislang eher geringen Überzeugungskraft einen deutlichen Schub verlieh. Holm sprang vom Hocker. Die übrigen Gäste verstummten und verfolgten Saranyas Ankunft, als wäre sie mindestens b-prominent.

Geert-Helge rief »Cheese« und schoss ein holmfreies Foto der Sellerieregentin. »Ich sag's doch«, raunte er mir zu. »Wir zwei Hübschen, wir sind das ultimative Dream-Team.«

Jetzt sitze ich also. Zwischen meinem Traummannschaftskollegen und Nelly. Einen Platz weiter hat Paul Stellung bezogen und mich mit einem kräftigen Händedruck begrüßt. Nelly gegenüber sitzt Saranya, und Wilma winkt mir vom anderen Tischende zu. Obwohl ich die meisten der Menschen, die zwischen Tresen, blinkenden Flipperautomaten und den hufeisenförmig angeordneten Tischen hin und her wuseln, gerade zum ersten Mal sehe, fühlt es sich ein wenig an wie zwischen alten Bekannten. Wie unglaublich es erst sein muss, wenn man einander wirklich kennt, wenn man sich alle paar Wochen, vielleicht sogar noch häufiger, in voller Besetzung wiedersieht und sich auch noch im Alltag über den Weg läuft. Geradezu … beängstigend ist das.

Mit Nelly habe ich ein paar Worte gewechselt, aber die scheint mit ihren Gedanken ganz woanders zu sein. Die Arme sah auch schon mal entspannter aus.

»Noch ein Gedeck!«, ruft Geert-Helge einer der Bedienungen in weißer Kittelschürze zu. »Was möchtest du, Partnerin? Korn, Cola, Grünen?«

»Weißwein«, sagt Saranya.

Paul beugt sich an Nelly vorbei zu mir herüber. »Hat Johan es nicht geschafft?«

»Nee, er hat noch irgendwas bei der Arbeit zu tun.«

»Ganz was Neues.« Paul lächelt mich an, steht auf und klopft mit einem Löffel an sein Glas. Dann wartet er, bis auch der Letzte im Raum seinen Platz eingenommen hat. *»Ehre sei der Sellerie«*, ruft er, *»gebenedeit* – was so viel heißt wie: gepriesen – *unter den Köchen*. So dichtete einst der große Hans Magnus Enzen…, äh, Enzian. Recht hat der alte Junge!«

An den Tischen wird geklatscht.

»Liebe Büttelsbüttlerinnen, liebe Büttelsbüttler, heute Nachmittag an den Beeten habt ihr gewählt. Moni«, er deutet eine Verbeugung an, »hat uns gezeigt, dass sie mehr über Sellerie weiß als jeder Gemüsebauer. Sie ist charmant, sie ist witzig, sie ist … unsere neue Sellerieregentin!«

Der Applaus schwillt an.

»Das Programm rund um Knolle und Stange«, ruft Paul laut, dann senkt er seine Stimme wieder, »das Programm sieht vor, dass wir heute Abend kräftig feiern. Und zwar mit massenhaft Frühsellerie, mindestens genauso vielen kühlen Getränken und mit Klaas & Klaas und ihrem legendären Sellerieboogie.«

Wie aufs Stichwort springen die Frauen auf, stemmen ihre Hände in die Hüften und lassen ihre Becken kreisen, als wären sie bei der *Rocky Horror Show* und tanzten den »Time Warp« – ohne musikalische Begleitung. Ein paar Männer pfeifen, irgendjemand brüllt vollkommen zusammenhangslos: »YMCA«, woraufhin die Frauen ihre Arme in die Höhe reißen und ihren Tanz nahtlos anpassen.

»Moni, möchtest du ein paar Worte sagen?« Paul sieht die amtierende Regentin freundlich an. Die formt gerade das A von YMCA, einhändig, weil sie mit der anderen Hand die Krone auf ihrer schwarz-auberginefarbenen Frisur festhalten muss.

»Ich …«, japst Moni. »Das ist ja so … So etwas Schönes hab ich noch nie erlebt!«

Klatschen, Gejohle. Ich wage einen Seitenblick zu Geert-Helge. Der setzt gerade zu einem Pfiff auf zwei Fingern an.

Paul überreicht Moni einen Stapel Autogrammkarten, mit denen sie sich bei den vielen Festen in ihrer Amtszeit immer wieder in Erinnerung bringen könne, auch bei den Kohltagen, und eine übergroße Gabel. »Eine kupferne Grabgabel mit einem Stiel aus Eschenholz. Für deine nächste Sellerieernte.«

Mit einem Jauchzen fällt Moni ihm um den Hals, und der Applaus will nun überhaupt nicht mehr enden.

»Genug der Worte«, lacht Paul und zieht seine Krawatte gerade. »Jetzt wird geschlemmt.«

»Ran an die Buletten«, ruft Geert-Helge.

Was folgt, ist der Albtraum in Knollengestalt. Johan hat nicht zu viel versprochen: fünf Gänge, alle mit Sellerie. Vorneweg: Apfel-Sellerie-Suppe – mit einem ordentlichen Schuss Maggi, praktischerweise in XL-Flaschen auf den Tischen verteilt, gerade eben zu ertragen. Zweiter Gang: mit irgendetwas Fischigem umwickelte Selleriestangen. Mein Schluckreflex streikt. Stattdessen muss ich würgen.

Verdammte Axt! Warum hab ich nicht einfach gesagt: Sorry, ich kann Sellerie nicht ausstehen? Dann könnte ich jetzt gemütlich auf dem Sofa liegen, *Wetten, dass..?* gucken, ein Glas Wein in der Hand statt dieses abgestandenen Biers vor mir, und mir im Wechsel *Pringles Sour Cream & Onion*, *Milka Brezel Time* und *Haribo Color-Rado* in den Mund schieben. Und ich wäre niemandem Rechenschaft schuldig, warum ich die komischen dreieckigen Schaumzuckerdragees links liegen lasse. Ich stutze. Hm, fühlt sich gar nicht so schlecht an, Single zu sein.

Mir gegenüber lehnt sich Saranya in ihrem Stuhl zurück und ignoriert, bemerkenswert unbeteiligt, den vollen Teller vor ihr. »Ich bin Veganerin«, sagt sie zu Geert-Helge, dessen Schlips beim Rüberbeugen den fettigen Fisch touchiert. Sie nippt an ihrem Wein.

Nur du, Carolin Punke, sagst natürlich »Mmh, lecker« und spachtelst bis zum Erbrechen. Könnte ja jemand denken, dir schmeckt's nicht!

»Du isst meinem Essen das Essen weg!« Der Mann neben Saranya lacht dröhnend.

»Dein Essen wird mit Östrogen und Antibiotika gefüttert – nicht mit Gemüse.«

Wie alle anderen starre auch ich Saranya an – und würge.

»Alles in Ordnung?«, fragt Nelly leise.

Ich presse die Lippen aufeinander.

»Magst du keinen Matjes?«

»Keinen Sellerie.« Schon zieht sich erneut alles in mir zusammen. Noch einmal versuche ich das Stück, das schon in meinem Mund gelandet ist, in Richtung Magen zu befördern, aber in meinem Rachen ist eine Sperre. Und auch mein Bauch macht sich rumpelnd bemerkbar. Ich halte mir eine Serviette vor den Mund.

»Guck mal«, sagt Nelly und wurschtelt in ihrer Handtasche herum, »ich hab eine Plastiktüte mit. Wir könnten sie zwischen unsere Stühle hängen, dann kannst du da unauffällig was reinfallen lassen.«

Ich sehe Nelly an, diese Arglosigkeit in Person, und spüre, wie sich mein Körper augenblicklich entkrampft. Bevor ich etwas sagen kann, rutscht Nelly ein Stück näher an mich heran, spannt die Tüte mit ein paar Knoten von einem Stuhlbein zum anderen und hängt ihre lange Strickjacke so über beide Lehnen, dass die Tütenkonstruktion einigermaßen vor fremden Blicken geschützt ist.

»Das ist perfekt.« Ich sehe sie an. »Danke.«

Nelly lächelt und lässt eine Stange Sellerie von ihrem Teller in die Tüte gleiten. »Auch nicht gerade mein Leibgericht.«

»Was wird hier geflüstert?« Paul lacht und legt seinen Arm auf Nellys Stuhllehne ab.

Als der Teller mit Kassler und Klößen, garniert mit einer dicken, triefenden Haube aus Selleriekraut, vor mir abgestellt wird, klatsche auch ich für Schlachter Karl Dempewolf. Ein erstaunlich schlanker Mann erhebt sich. Stück für Stück, in einem Tempo, das meiner Essgeschwindigkeit nachempfunden ist, geht's damit ab in die Tüte!

»Pinkelpause!«, ruft Geert-Helge und springt auf.

Einen Moment später sitzt Saranya neben mir. »Also, wo liegt deine Altersgrenze?« Sie stellt ein Glas Weißwein vor mir ab.

»Meine bitte was?« Noch während ich spreche, ahne ich, worauf sie hinauswill. Nein! Ich habe nicht die geringste Lust, Fragen zu meinem Männertyp zu erörtern.

Andererseits, überlege ich – es könnte auch lustig sein mit ihr und ihrer skurrilen Sicht auf die Dinge. Und wenn sie ordentlich Weinnachschub besorgt und ich nicht alles bierernst nehme, was sie so von sich gibt …

»Lass dich einfach mal darauf ein. Allemal besser als dieses fetttriefende Gemüseschnitzel, oder?« Sie schiebt den Teller, der gerade vor ihr abgestellt wird, mit angewiderter Miene in Richtung Tischmitte. Paniertes Sellerieschnitzel mit Selleriepüree.

Ich greife zum Weinglas.

Saranya zieht eine Augenbraue hoch. »Also, wo setzt du alterstechnisch einen Cut? Oben und unten.«

Damit Nelly auch etwas mitbekommt, rücke ich vorsichtig, um den Sellerieauffangbeutel nicht in Gefahr zu bringen, ein Stück vom Tisch ab. Na gut.

»Ich würde sagen, er dürfte maximal fünfzig sein. Kommt natürlich darauf an, wie er aussieht. Bei einem George Clooney seh ich das nicht so eng.« Also rein theoretisch. »Und dann gibt's ja auch Typen, die mit fünfundvierzig schon Opas sind, im Kopf, wobei, die gibt es auch in jünger. Aber wenn einer so schlaff und verbraucht ist, mit Bierbauch und …«

»Zum BMI kommen wir später. Fünfzig ist also deine Obergrenze, plus/minus. Wie weit gehst du nach unten?«

»Dreißig. Obwohl, so ein knackiger Endzwanziger …« Wann habe ich das letzte Mal so gesprochen? »Sagen wir dreißig plus/minus.«

»Gut, damit fallen schon mal fünfunddreißig der zweiundfünfzig anwesenden Männer raus. Bleiben siebzehn.«

Wie jetzt? Wir sprechen von den Männern hier?

»Oder würdest du den noch mit reinnehmen?« Saranya weist auf einen Mann um die fünfzig mit Halbglatze und roter Knubbelnase.

Hey, das ist mir viel zu konkret!

Nelly stupst mich an. »Das ist Ed. Wir haben zusammen überlegt, wie das Café im Museum aussehen soll. Und er hat's dann gebaut. Der ist nett.«

Hallo? Bin ich hier auf dem Viehmarkt?

Hilf meinem Gedächtnis kurz auf die Sprünge: Wer hat gerade eben gesagt, er würde das alles nicht so ernst nehmen? Lass mich nachdenken. Ich glaube … warte, gleich hab ich's … Richtig! Carolin Punke war's!

Ich nehme einen großen Schluck Wein. Ihr habt euch doch alle abgesprochen.

»Also?« Saranya gibt der Bedienung ein Zeichen, die

prompt herbeieilt und mein Glas bis knapp unter den Rand auffüllt. Die steckt also auch mit unter der Decke.

Was soll's, spiele ich das Spiel eben mit. »Halbglatzen kann man abrasieren, Rosazea ist ein No-Go.«

»Rosa… was?«, fragt Nelly.

»Rote Knollennasen.« Saranya scannt den Raum. »Minus drei macht vierzehn. Kommen wir zum BMI.«

»Ist euch die Automarke so wichtig?«

Saranya verdreht die Augen. Und auch ich kann eine ähnliche Reaktion nur schwer unterdrücken. Wie kann jemand einerseits so ein ausgefuchstes Sellerieeliminierungssystem aus dem Ärmel schütteln und andererseits so hinterm Mond leben?

Ich drehe mich zu Nelly. »BMI heißt Body-Mass-Index. Da wird das Gewicht ins Verhältnis zur Körpergröße gesetzt. Und dann bekommt man eine Zahl, die aussagt, ob jemand Unter-, Normal- oder Übergewicht hat.«

»Ach so.«

»Können wir jetzt weitermachen?« Saranya sieht aus wie eine strenge Lehrerin im Zebrakostüm.

Simon hätte darüber gelacht.

»Was hältst du von achtzehn bis vierundzwanzig?«, fragt sie.

»Achtzehn ist aber *sehr* dünn. Von mir aus kann ein Mann gerne ein bisschen mehr auf den Rippen haben. Einundzwanzig bis sechsundzwanzig?«

Eigentlich halte ich ja nichts von diesem BMI-Quatsch. Da würde ja meine ganze Knochendichteargumentation in sich zusammenbrechen. Ich habe nämlich ausgesprochen schwere Knochen.

Ganz genau – am Bauch, am Po …

Verräter!

»Okay, der kompakte Typ also. Wenn du meinst.« Saranya lässt ihren offensichtlich BMI-geschulten Blick ein weiteres Mal durch die Gaststätte schweifen. »Wie es aussieht, liegen von den vierzehn acht drüber und zwei drunter. Bleiben vier. Damit fällt übrigens auch Paul raus. Glück gehabt, Nelly.« Sie grinst.

»Aber Paul ist doch nicht dick!« Nelly wird rot, als sie merkt, wie laut sie gesprochen hat, und wirft einen schnellen Blick auf ihren Sitznachbarn, der sich gerade eine Gabel mit grauem Püree in den Mund schiebt.

»Adipös ist er nicht, aber auch nicht weit davon entfernt. Ich schätze, sein BMI liegt bei neunundzwanzig.«

»Wer sind die vier?«, frage ich. Jetzt bin ich doch neugierig, wer dieses knallharte Auswahlverfahren überstanden hat.

Allerdings sollte ich einräumen, dass ich in der Vergangenheit, wenn ich mich verliebt habe, oft überrascht war, wie wenig dieser Mensch das verkörperte, was ich bis dahin für »meinen Typ« gehalten habe. Irgendwann habe ich auf die Frage »Auf welchen Typ Mann stehst du?« nur noch mit den Achseln gezuckt. Und im Moment weiß ich es weniger denn je.

Ich trinke noch einen Schluck Wein. Quatsch, wer spricht hier überhaupt von Verlieben? Ich nicht, und Saranya erst recht nicht. Wovon spricht die eigentlich?

Sie nickt in Richtung Hufeisenmitte. »Einmal die beiden, die sich auf zwölf Uhr unterhalten.«

Zwei Männer, die aussehen, als kämen sie frisch vom

Feld. Runde, rotwangige Gesichter über Karohemden. Der eine hat Karabinerhaken am Hosenbund, der andere eine Handytasche. Aus dem Ausschnitt des Karabinerhakenmannes sprießen überraschend lange graue Haare.

»Äh … Er sollte vielleicht auch nicht aussehen wie ein Bauer.«

»Tja, dann bleibt nur noch einer.«

Na, da bin ich ja jetzt mal gespannt.

»Alles senkrecht?« Geert-Helge klopft mir von hinten mit so viel Schwung auf den Rücken, dass ich unwillkürlich den Kopf einziehe. »Ah, CP, schon neue Freundinnen gefunden? Wenn die Stuten sich beschnuppern, will der Hengst nicht stören.« Er lacht und mustert mit unverhohlenem Interesse Saranyas Jumpsuit. »Abraham fragt Bebraham: Kann ich mal dein Zebraham?« Mit dem nächsten Lacher spuckt er seine Lunge aus, ganz sicher. »Bin da drüben. See you later, alligator.«

Ich wende mich wieder an Saranya. »Also, sag schon, wer ist es?«

»Der.«

»Wer?«

»Na, der gerade, mit der feuchten Aussprache.«

»Geert-Helge?«

»Wenn er so heißt.«

Ich fasse es nicht! »Willst du mir sagen, dass von allen Männern in diesem Raum nur Geert-Helge für mich in Frage kommt? Dass alle anderen mehr Dinge an sich haben, die mich stören könnten, als mein Chef?«

»Scheint so.«

»Scheint so?!« Wenn die Essenstüte nicht wäre, würde

ich den Stuhl zurückschleudern und auf der Stelle das Lokal verlassen. Ich brodle, und wenn sich nicht augenblicklich ein Ventil öffnet, verdampfe ich.

Keine Ahnung, was genau mich in diesem Moment so aggressiv macht. Das Fratzenhafte des Ergebnisses oder einfach, dass es niemanden für mich gibt.

»Er ist verheiratet«, flüstert Nelly.

»Na und? Das muss Caro doch nicht daran hindern, sich mit ihm zu vergnügen. Weißt du, wie viele verheiratete Männer ich schon …«

»Geht's noch? Ich werde mich ganz bestimmt nicht mit Geert-Helge vergnügen!« Mehr, ich muss mehr Dampf ablassen.

Jetzt ist es an Saranya, mit den Achseln zu zucken. »Weißt du was, Caro? Du solltest deine Ansprüche mal etwas herunterschrauben. Du suchst doch keinen Heiratskandidaten. Es geht um Ablenkung. Um Sex!«

Der Dampf kondensiert zu kühlen Tropfen. Und ich, ich will nach Hause, unter die Bettdecke …

Carolin Punke!, kommt eine harsche Stimme aus einer anderen Ecke meines Bewusstseins. Ich zucke zusammen. *Du willst doch nicht etwa schon wieder den Schwanz einziehen? Nur weil jemand das Wörtchen »Sex« in den Mund nimmt?*

Ich …

Sex – Sex – Sex – Sex – Sex – Sex – Sex – Sex – Sex – Sex – Sex – Sex – Sex – Sex – Sex – Sex – Sex – Sex – Sex … Soll ich weitermachen? Oder wirst du endlich für dich einstehen und der Bussi-Tussi die Stirn bieten?

Ich atme tief ein und wieder aus.

»Du hast recht«, sage ich laut und sehe Saranya an. »Ich suche niemanden zum Heiraten. Aber auch wenn's für dich offenbar schwer zu verstehen ist – ich hab gerade nicht den geringsten Bedarf an Sex.«

»Ah ja.« Saranya klappt einen bronzefarbenen Taschenspiegel auf und wieder zu und sieht mich direkt an. »Und warum hast du dann überhaupt bei meiner kleinen Fragerunde mitgemacht?«

Guter Punkt.

»Nur … nur so! Weil ich meinen Geschmacksnerven etwas entgegensetzen wollte. Weil ich dachte, es könnte Spaß bringen.« Ich merke, dass ich ihrem Blick ausweiche.

»Das glaube ich nicht.«

Ich auch nicht. Zumindest glaube ich nicht, dass das die alleinige Wahrheit ist. Das wäre doch zu einfach, oder? Und wieso dann die Enttäuschung darüber, dass es niemanden für dich gibt? Wofür, wenn ich fragen darf, wofür gibt es keinen? Für dein Ego? Zum Wärmen in der Fremde, und sei es nur in Gedanken? Für später, wenn du bereit bist, dich neu zu verlieben, oder für davor später, wenn du es dir beweisen willst? Und wem willst du eigentlich was beweisen?

»Hm, vielleicht von allem ein bisschen?«

»Führst du Selbstgespräche?«

Auf Saranyas Teller saugt sich ein Kosmetiktuch, auf dem ein roter Kussmund klebt, mit Fett voll. Ich erwidere ihren Blick ruhig und ohne den Rest eines schlechten Gefühls. Ich bin ganz bei mir.

»Vielleicht stimmt es, was du neulich nachts auf dem Heuschober gesagt hast: dass es mir auch mal ganz guttäte, Sex zu haben, mit jemandem, dessen eingewachsene Zehennägel ich nicht über Jahre inspizieren musste. Aber so einfach ist das nicht. Für mich. Nicht alle sind so wie du. Ich behaupte doch auch nicht: Was du bräuchtest, wäre eine richtige Beziehung.« Ich ignoriere Saranyas gequälten Ausdruck. »Und ehrlich gesagt möchte ich auch gar nicht so sein wie du: meinen, die Welt müsse mir zu Füßen liegen. Da bleibe ich lieber die alte Caro Punke mit ihrem angeknacksten Selbstbewusstsein und ihrer Harmoniesucht und tue wenigstens keinem weh. Dass das nicht optimal ist, weiß ich selbst, aber im Vergleich kann ich doch ziemlich zufrieden sein.«

Ich kippe meinen kompletten Tellerinhalt in die Tüte, lehne mich zurück, und es ist mir egal, dass Saranya so tut, als ginge sie das alles nichts an. Mein Herz klopft zwar etwas schneller als sonst, aber ich kann bereits spüren, dass es den Ritt gut überstanden hat und dabei ist, sich zu beruhigen.

»Ist Johan noch immer nicht aufgetaucht?« Paul lallt ein bisschen, als er sich an Nelly vorbei zu mir herüberbeugt. Schon wieder landet sein Arm auf ihrer Stuhllehne.

Eigentlich sieht das ganz beiläufig aus, wie eine Umarmung der Lehne des Beifahrersitzes beim Rückwärts-Einparken, nicht wie ein »Huch, was macht meine Hand denn auf deinem Schenkel?«. Würde Nelly nicht plötzlich kerzengerade dasitzen, ihren Oberkörper exakt mittig zwischen Pauls Arm hinten und seinem Kopf vor ihr ausbalanciert, hätte ich niemals über diese Geste nachgedacht.

Trommelwirbel von der Bühne, Funken sprühende Eisbomben, die durch den Raum getragen werden, und ein Riesenstück, das dafür vorgesehen ist, in meinem Schälchen zu landen.

»Danke, für mich nicht«, sage ich und muss für einen Moment die Augen schließen, um das Hochgefühl so richtig auskosten zu können.

»Ich mag dein Kleid.« War das Pauls Stimme? Die klang viel rauer als sonst.

Ich öffne die Augen und sehe gerade noch, wie sich seine Hand von Nellys zurückzieht. Die sitzt da, als wäre sie schockgefroren.

»Ich weiß«, flüstert er mit etwas zu viel Ton, »es steht mir nicht zu, dir Komplimente zu machen. Aber Herrgott, immer wenn ich dich sehe …«

»Bitte«, sagt Nelly. Sie sitzt mittlerweile so weit vorn auf der Kante ihres Stuhls, dass ihr Oberkörper nahezu am Tisch klebt.

»Dein Lachen, du bist immer so fröhlich, so unbeschwert. Ganz anders als Svenja. Wenn ich mir vorstelle, wie du«, er räuspert sich, »Kuchen backst, dann möchte ich dich am liebsten … in den Arm nehmen und nie wieder loslassen.«

Wie sie Kuchen backt?

Ich schiele zu Nelly hinüber, deren Muskeln an Schulter und Armen und im Gesicht auf groteske Weise angespannt sind. Sie erinnert mich an ein angeschossenes Tier, bei dem man nicht weiß, ob es sich gleich noch einmal aufbäumt und mit letzter Kraft auf seinen Gegner stürzt oder ob es jeden Moment in sich zusammensackt, noch kurz zuckt und dann mit heraushängender Zunge liegen bleibt. Dass sie sich Paul an die Brust wirft, möchte ich ebenfalls nicht vollständig ausschließen.

Sie springt auf.

»Nelly!« Paul schnellt ebenfalls hoch.

Stühle fallen um, und eine Tüte mit reichlich Sellerie in jedweder Form ergießt sich auf den Boden.

Sekunden später ist der Schützenhof wie verwandelt. Ein Standbild, auf dem alle Nellys wehendem Kleid hinterher in Richtung Ausgang starren. Auf der Bühne quietscht Klaas' Akkordeon, während der andere Klaas in seinem Stangenselleriekostüm mit offenem Mund danebensteht. Nur Holms Hüften kreisen unbeirrt weiter.

Ein lautes Fluchen, ein Rums. Pauls Körper kippt über die Kneipentürschwelle und landet in den Armen eines Mannes, der just in diesem Augenblick … Johan? Menschen springen auf, ich sehe gerade noch, wie Wilma ihren Gehstock zurückzieht und sich mit einem zufriedenen Lächeln einen Riesenlöffel Sellerieeis in den Mund schiebt.

»Finger weg.« Pauls Stimme ist ein Zischen.

Stirn an Stirn sehen er und Johan aus wie Ringer, dann stößt sich Paul mit einem Schnauben ab und greift nach der Tischkante.

»Sechstes Gebot: Du sollst nicht ehebrechen«, ruft Holm laut dazwischen.

Wie auch immer, diesen perfekten wuseligen Moment sollte ich unbedingt nutzen, um den Selleriematsch unauffällig verschwinden zu lassen.

Aus meiner Handtasche ziehe ich eine Packung Taschentücher und beginne Schnitzel, Kraut und geschmolzenes Eis von den braun melierten Fliesen zurück in die

Tüte zu wischen. Als ich gerade eine mit Matjes umwickelte Selleriestange aufhebe, sehe ich Beine mit elefantenartigen Fesseln in raschem Tempo auf mich zustampfen, ich schaue hoch und sehe, wie die dazugehörige Frau wild mit den Armen wedelt. Ohne nachzudenken, drücke ich die klebrige Stange direkt in meine Handtasche.

»Oh Gott, du armes Ding!«, kreischt die Frau. »Musst doch nicht heimlich die Reste vom Boden klauben! Warte, ich hab noch was vom Kassler übrig, Helmut auch, das war eigentlich für unseren Stinky gedacht, das pack ich dir ein. Adelheid! Hedda!« Ihre Stimme schrillt durch den Raum.

»Pscht, pscht«, mache ich und würde am liebsten untertauchen, unter dem Tisch und zwischen den Beinpaaren verschwinden. »Bitte! Es ist nicht …«

»Schon gut«, sagt die Frau und streicht mir über den Kopf. »Für Armut braucht sich keiner zu schämen.«

Mehrere ältere Damen kommen herbeigelaufen. Sie bilden um mich herum eine Traube, ihre Stimmen sind aufgeregt: »Das ist ja kein Zustand!« – »… müssen unbedingt mit GHH sprechen!« – »Am besten, wir gehen zur Kindernothilfe.« – »Dafür ist die Lütte zu alt.« – »Brot für die Welt?«

Ich richte mich auf. »Ruhe!«

Die Frau mit den Elefantenbeinen sieht erschrocken aus, dann schaut sie in die Runde und legt einen Finger an die Lippen. Sie blickt sich um, streckt schließlich ihren Kopf vor und sagt leise und verschwörerisch: »Sie hat recht. Lasst uns das Ganze diskret behandeln.«

Die anderen Frauen nicken.

»Das Mädchen hat's schon schwer genug. Adelheid, du übernimmst die Montage, Hedda, du kochst Dienstag, Gerlinde, kannst du mittwochs?«

»Donnerstags passt es mir besser«, sagt eine Frau im Kittelkleid.

»Aufhören!«, rufe ich. »Ich bin weder arm noch Hunger leidend!«

Die Köpfe der Frauen fahren auseinander.

Nach einer Weile fragt die Elefantenfrau: »Nicht?«

Sofort schwellen die Stimmen wieder an: »Sie hat nur so getan!« – »Simulattin, oder wie das heißt.« – »Hab ich neulich im Fernsehen gesehen: Bettler, die sich das Bein hochbinden. Von wegen Krüppel. Alles Lügner!«

»Hören Sie. Ich hab einfach nur Dreck aufgesammelt. Das ist alles. Damit nicht noch jemand ausrutscht.« Ich deute auf Paul, der inzwischen neben Wilma sitzt.

»Wenn das so ist … Dann werden wir hier wohl nicht gebraucht.« Die Anführerin dreht ab. Und so schnell, wie sich die Frauentraube gebildet hat, löst sie sich auch wieder auf.

Ich ziehe den siffenden Sellerie aus meiner Handtasche und lasse ihn in die Tüte fallen und mich auf meinen Stuhl. Und jetzt brauche ich dringend einen Schnaps.

»Auf der Baustelle war die Hölle los. Entschuldige!« Johan setzt sich neben mich. »Hab ich was verpasst?«

Mit einem Mal muss ich grinsen und kann gar nicht mehr damit aufhören.

Johan mustert mich. »Wenn wir uns länger kennen würden, wüsste ich, was dieses Blitzen in deinen Augen zu bedeuten hat. Punke, ich kriege das noch raus.«

Er greift nach einer Flasche mit durchsichtigem Inhalt. »Auch einen Köm?«

»Was auch immer das ist: unbedingt!«

»Hau wech das Zeug«, ruft Geert-Helge zu mir herüber. Neben ihm steht Saranya.

Ich huste, als Johan und ich unsere Gläser zeitgleich wieder absetzen. »Nicht viel besser als diese Waldmeistergeschichte.« Ich zeige auf die grüne Flasche.

»Du hast Geschmack.« Er grinst.

Die Aufregung um mich herum ist verebbt, und auch ich komme so langsam wieder zur Ruhe. Mit einem kurzen Nicken lasse ich Johan mein Glas erneut füllen und mich selbst von den singenden Selleriestangen auf der Bühne berieseln. Für die Zugabe haben die beiden Klaase Ukulelen ausgepackt, auf denen sie jetzt mit übergroß wirkenden Händen »Country Roads« schrammeln.

»Was arbeitest du eigentlich genau?«, frage ich Johan.

Der schiebt sich gerade eine Marzipanselleriestange in den Mund. »Ich hab in Hamburg ein kleines Architekturbüro. Seit Jahren sind wir an der Sanierung des Alten Elbtunnels beteiligt. Ein Endlosprojekt. Was daran liegt, dass wir andauernd mit Problemen konfrontiert sind, die so nicht vorherzusehen waren. Einmal ist der alte Beton viel härter als gedacht, dann gibt es Bleistaub. Jedes Mal wird die gesamte Bauplanung auf den Kopf gestellt.« Er nimmt sich ein Bier vom Tablett, das die Bedienung in die Tischmitte gestellt hat. »Ziemlich viel Zeit geht auch für Diskussionen mit der Politik drauf.«

»Das klingt nicht gerade nach einem *kleinen* Büro. Wie viele Mitarbeiter hast du?«

»Sechzehn feste.«

»Puh, eine ganz schöne Verantwortung, oder?«

»Schon. Auch eine?« Er deutet auf die Schale vor uns.

Ich schüttle den Kopf. So gern ich Marzipan esse – nicht in dieser Form.

»Wenn ich damals den Hof übernommen hätte, könnte ich heute vermutlich ruhiger schlafen.«

»Aber das wolltest du nicht.«

Johan spießt den Miniatursellerie mit einer liegen gebliebenen Gabel auf und beißt ab. »Ich wollte das machen, was mich wirklich interessiert. Architektur studieren, eine Weile im Ausland arbeiten, meine Ideen umsetzen. Jetzt denke ich, dass es vielleicht besser gewesen wäre hierzubleiben. Wegen Knut. Er ist zu oft allein.« Er nimmt einen großen Schluck, der fast nur aus weißem Schaum besteht. »Und er musste seinen Hof von heute auf morgen dichtmachen. Sein Lebenswerk – und das seines Vaters und seines Großvaters. Ich hätte ihn fortführen können, den Hof.« Er wischt die Marzipanbrösel von der Papiertischdecke.

Ein Mann klopft ihm auf die Schulter und brüllt etwas, das ich nicht verstehe. Johan prostet ihm zu.

»Hey«, sagt er zu mir, »eigentlich sind wir ja hier, um zu feiern. Die trüben Themen verschieben wir auf wann anders, okay?« Er hakt sich bei mir unter, und gemeinsam mit Klaas und Klaas und der restlichen Tischgesellschaft schunkeln wir zu »An der Nordseeküste«.

Ich spüre, wie sich eine schlanke Hand unter meinen linken, noch freien Arm schiebt und mich schunkelnd in die falsche Richtung zieht. Ich halte gegen, bis Saranya mit mir und allen anderen im Gleichtakt schwingt.

Sie flüstert: »Anfang vierzig, BMI einundzwanzig, keine Rosazea, und wie ein Bauer sieht er auch nicht aus. Eurer Hochzeit steht nichts mehr im Wege.«

Komischerweise brechen wir beide in Lachen aus. Und als Johan und ich uns kurz darauf gemeinsam auf den Heimweg machen, reckt sie unauffällig einen Daumen.

Ich kann nicht anders, ich muss einfach hüpfen, als ich später neben Johan über den Feldweg laufe. Dieser Köm, der war doch gar nicht so schlecht. Das Männergetränk, wie mir Pastor Birk Fiete bei meinem dritten und letzten Glas mit einem Zwinkern erklärt hat.

Inzwischen hat es geregnet, der Boden ist matschig, und ich habe mal wieder die falschen Schuhe an. Und obwohl meine Füße ziemlich nass sind und ich die Pumps im Anschluss an diesen kleinen Nachtspaziergang vermutlich entsorgen kann, habe ich ausnehmend gute Laune. Was für ein ekliger, nervenaufreibender und zugleich lustiger Abend!

»Und, Punke, was ist das für eine Geschichte mit Simon?« Johan nimmt mir die Tasche aus der Hand, die ich offenbar etwas übermotiviert hin und her geschwungen habe.

Abrupt bleibe ich stehen.

Er sieht mich an. »Wir müssen auch nicht darüber sprechen.«

»Doch, schon gut. Es ist nur …« Ich bücke mich und hebe einen Stock auf. Nass und glitschig liegt er in meiner Hand. »Ich weiß gar nicht, wie ich das so schnell erklären soll.«

Zumal, denke ich, wenn ich den Teil mit dem Sex ausspare. Denn davon erzähle ich auf keinen Fall.

»Ich muss erst in … lass mal sehen«, Johan zieht sein Telefon aus der Jackentasche, »in sechseinhalb Stunden wieder in Hamburg sein. Du kannst dir also Zeit lassen.«

Ich spieße einen Erdklumpen auf. »Simon hat sich nach acht Jahren von mir getrennt. Aus heiterem Himmel. Zumindest dachte ich bis dahin, dass der Himmel heiter gewesen wäre.«

»War er aber nicht.«

»Hm, nein, wohl nicht. Er hatte …«, ich peitsche den Klumpen auf den Boden, Matsch spritzt an meine Schienbeine, »eine andere.«

»Also ist er der Arsch.«

Das hat Simon auch gesagt.

»So einfach ist das nicht. Es gab … Wir hatten wohl Probleme.« Ich drücke den Stock in einen Erdwall.

»Klar, so einfach ist das nie. Dem geht immer irgendwas voraus. Und dann kommt die Neue, und, oh Wunder, plötzlich ist alles viel leichter als mit der ollen Alten. Sorry, ich mein nicht dich persönlich.« Johan zieht meinen Stock aus der Erde und schleudert ihn übers Feld wie einen Speer. »Wie du schon sagtest, *ihr* hattet Probleme. Dann hättet *ihr* sie auch gemeinsam lösen müssen. Nicht er im Alleingang. Und schon gar nicht auf eine Art, die dich mit all der Scheiße zurücklässt. Das nenn ich arschig.« Er klingt so, als ob er die ganze Geschichte kennen würde. Oder eine ähnliche.

»Komm«, sagt er und beschleunigt seinen Schritt.

Ich stolpere hinterher und bin zu betrunken, um das,

was er gesagt hat, sortiert zu kriegen. Dabei klang das gar nicht so kompliziert, sondern wie etwas, das ich vor langer Zeit selbst schon zu Freundinnen in ähnlichen Situationen gesagt habe. Aber hier und jetzt bin ich zu so einem Perspektivwechsel nicht in der Lage.

Als der Groß'sche Hof mit der Backsteinscheune im Licht der Straßenlaterne vor uns auftaucht, bremst Johan ab. »Darf ich?« Er öffnet den Reißverschluss meiner Handtasche und zieht eine wabbelige Plastiktüte heraus. »Nicht dass sich der Geruch noch festsetzt.«

»Ich …«

Mit wenigen Schritten ist er bei einer der Mülltonnen, die am Straßenrand stehen, und lässt die Tüte hineinfallen.

»Es ist nicht, was du glaubst.«

»Ist es nicht?« Er dreht sich zu mir um, seine Miene ist ausdruckslos.

»Nein, ich …«

»Beim nächsten Mal«, unterbricht Johan mich, und mit einem Mal grinst er so breit, dass ich die kleine Zahnlücke zwischen seinen Schneidezähnen deutlich sehen kann, »solltest du mich im Vorfeld in so einen Trick einweihen.«

≈ 14 ≈

Auf die schönsten Sommertage folgen die größten Wetter«, hat Knut gesagt. Und damit hat er recht behalten. Der Juli und auch der August waren bis auf wenige Tage komplett verregnet. Büttelsbüttel war nass – und trostloser denn je. Bei jeder Gelegenheit zog Saranya ihr Telefon aus der Handtasche und verkündete: »Achtzehn Grad in Büttelsbüttel, einunddreißig in München.« Einmal sogar: »Neununddreißig in München.«

Für mich war das nichts Neues. Hamburg war im Sommer auch oft nass und ziemlich grau dabei. Am Büttelsbüttler Himmel hingegen ging es wilder zu. Selten war da einfach eine dreckig weiße Fläche, stattdessen Wolken in allen Weiß-, Grau- und Schwarzschattierungen und Himmelsflecken, die mal in kräftigem Blau hervorlugten, dann wieder an Lavendel oder hellen Flieder erinnerten. Oft lag ich nach der Arbeit auf meinem Bett und schaute aus dem Fenster. Manchmal fand ich, dass es aussah, als sei über mir nicht der Himmel, sondern das Meer. Als wären die Wolken Schaumkronen, das Himmelsblau, das nach einem Gewitter algengrün schimmerte, Wasser und der Regen die Gischt. Wenn ich bei Nelly im Café war und mit einer Tasse Tee in der Hand auf die Spiegelung im See blickte, war das Meer gleichzeitig oben und unten.

»Er stellt sich vor, wie du *Kuchen backst*?« Es war der Montag nach dem Selleriefest, und Saranya starrte Nelly an, die passenderweise gerade dabei war, perfekt geformte Himbeertörtchen auf einer Servierplatte anzuordnen. »Ah, ich verstehe, Kuchen backen heißt bei euch so viel wie: einen Braten in die Röhre schieben.« Sie drehte ihre blonden Haare zu einem Dutt, ließ sie aber sogleich wieder fallen. »Oder sagen wir: nageln, hobeln, bügeln, ledern, schnackseln …«

Nelly stöhnte. »Ich hätte es dir nicht erzählen sollen.«

»Quatsch«, beeilte ich mich zu sagen und warf Saranya einen Blick zu, der warnend sein sollte und den sie natürlich ignorierte.

»Und warum, bitte schön, habt ihr dann nicht zusammen« – Saranya malte Anführungszeichen in die Luft – »Kuchen gebacken?«

Nelly zog einen dünnen Kreidestift unter der Theke hervor und schrieb damit etwas auf ein schwarzes Schildchen. Dann klemmte sie das Papier in eine kleine silberne Halterung und platzierte es vor der Kuchenplatte. Himbeer-Mandel-Törtchen.

»Ich fass es nicht! Der Typ, auf den du scharf bist, präsentiert sich dir auf dem Silbertablett, und du greifst nicht zu. Bist du krank, Nele Bente?«

Mit einer bemerkenswerten Ruhe rückte Nelly die Platten zurecht und begutachtete die Anordnung von beiden Seiten des Tresens aus.

»Herrgott noch mal, das wäre doch *die* Chance gewesen! Endlich zeigt sich dir mal so was wie ein Lichtstreif am Horizont, eine winzige Öffnung, durch die du hättest hindurchschlüpfen können. Vielleicht hättest du dann erkannt, dass es noch mehr gibt als«, Saranya machte eine unbestimmte Handbewegung, »diesen Mief hier. Du hättest ausbrechen können aus dem Gefängnis! Du hättest das alles hinter dir lassen können! Und was tust du? Du lässt den Zug in die Freiheit vorbeifahren, obwohl er extra für dich hält. Obwohl der Schaffner ruft: Nelly, spring auf, los geht's, lass uns KUCHEN BACKEN!«

Mit offenem Mund sahen wir Saranya an. Wovon sprach sie? Was hatten Paul und der Zug in die Freiheit miteinander zu tun? Immerhin war Paul hier in Büttelsbüttel aufgewachsen und, wenn man so will, hängengeblieben. Einen Moment lang schloss ich nicht aus, dass Saranya Drogen konsumiert hatte.

Im Café war es still. Nur der Regen war zu hören. Unerbittlich trommelte er gegen die Fensterscheiben und schien von Sekunde zu Sekunde anzuschwellen.

Plötzlich sah Nelly Saranya direkt an. Ihre Miene war unergründlich, und sie wartete so lange, bis Saranya ihren Blick erwiderte. »Du hast keine Ahnung, wie sich mein Leben anfühlt.«

Saranya richtete sich auf, nicht ruckartig, eher so wie jemand, der zu lange in der falschen Position gesessen hat und seine Muskeln und Gelenke wieder auf Trab bringen muss. Dann sagte sie mit einer Stimme, die über die Maßen erschöpft klang: »Glaub mir, Nelly, ich weiß es.«

Ein paar Tage später, wieder im Café des Heimatmuseums, war von der Auseinandersetzung nichts mehr zu spüren. Dabei hatte man nicht den Eindruck, dass sich keine von beiden etwas anmerken ließ, vielmehr war es, als wären die Worte des anderen Tages ausradiert worden. Da lag keine Spannung in der Luft, keine aufgesetzte Freundlichkeit, niemand war betont locker. Beide, sowohl Nelly als auch Saranya, waren einfach nur nett und entspannt.

Ich brauchte eine Weile, um auf der Welle der beiden mitzuschwimmen. Während Nelly mit einer Kanne von Tisch zu Tisch lief und allen Kaffee nachschenkte und Saranya heißes Wasser für ihren mitgebrachten ayurvedischen Tee eingoss, blickte ich hinüber zu Holm. Er redete mit Thies, dem Bootsbauer, hatte eine Spezi vor sich auf dem Tisch stehen und biss gerade in ein dick mit Mett und Zwiebeln belegtes Brötchen. Selbst der Geruch, der von ihm ausströmte, schien Saranya heute nicht aus der Ruhe bringen zu können.

»Was ich dich schon länger mal fragen wollte«, wandte sie sich an Nelly. »Welche Creme benutzt du eigentlich?« Mit unverhohlenem Interesse musterte sie Nellys babypopozarte Haut.

»Melkfett.«

»Und fürs Gesicht?«

»Körper und Gesicht.« Und als Nelly Saranyas fassungslosen Blick wahrnahm, fügte sie erklärend hinzu: »Davon haben wir immer genug im Stall. Also kein Grund zu sparen.«

Später am selben Tag steckte Paul seinen Kopf zur Tür herein. Es war nicht das erste Mal, dass er nach dem Selleriefest im Museum vorbeischaute. Ziemlich schnell hatte er sich mit einem Strauß Kornblumen und Margeriten bei Nelly für sein Verhalten entschuldigt. Nelly behauptete, sie könne sich schon gar nicht mehr richtig daran erinnern.

»Wir haben ein Problem.« Paul zog die nasse Kapuze vom Kopf. Seine Wangen waren feucht, und an seiner Nasenspitze hing ein Regentropfen. Mit einem Stofftaschentuch wischte er sich übers Gesicht. »Rosi ist so begeistert von deinem Bild, dass sie Polly nicht erlaubt, es anzugucken. Polly muss nur einen Fuß in ihr Zimmer setzen, schon schreit sie und wirft ihre Prinzessinnendecke über das Bild. Tja, und jetzt will Polly auch eins.« Er probierte einen Hundeblick. »Würdest du uns vielleicht noch ein Schwein malen? Wieder in Gelb?« Als Nelly nickte, zog er sein Portemonnaie aus der Tasche und legte einen Fünfzig-Euro-Schein auf den Tisch. »Keine Widerrede.«

Fast täglich war ich nun im Café des Heimatmuseums. Jeden Mittag servierte Nelly einen selbst zubereiteten, äußerst geschmackvollen Snack, mit dem sie halb Büttelsbüttel anlockte. Tische wurden zusammengerückt, Klappstühle aus dem Kabuff geholt, und für eine Stunde ging es in dem kleinen Raum vor der Seekulisse so hoch her, als befände man sich nicht in einem verstaubten Museum, sondern beim wuseligen Italiener an der Ecke. Nach dem Essen drehten Adelheid, Thies und ein paar andere noch eine Runde im Schwimmteich, bevor der Tag uns alle wiederhatte. Auch Saranya tauchte regelmäßig auf, aß aber nur dann etwas von Nellys Gebrutzel, wenn es vegan, fett- und kohlenhydratarm war. Also fast nie.

Es war eine Woche nach dem Selleriefest, als ich das erste Mal in die Verlegenheit kam, für mich selbst zu kochen. Das Wochenende hatte ich gedanklich mit dem Projektschritt *»Mir selbst etwas Gutes tun«* überschrieben. Am Samstagvormittag wollte ich einkaufen gehen, an reifen Tomaten riechen und mir anschließend mit ganz viel Ruhe selbst ein kleines gesundes Menü brutzeln. Im Internet hatte ich mir dafür einen wilden Mix an Rezepten zusammengesucht: Tom-Kha-Gai-Suppe, Taboulé mit extra viel Minze und Hummus und eine Anleitung zum Sushi-Machen. Eine Rollmatte aus Bambus und ein extrascharfes Messer mit asiatischen Schriftzeichen hatte ich zum letzten Geburtstag bekommen. Am späten Nachmittag war ich mit Nelly zum Yoga im Turnverein verabredet. Vielleicht fand sich da ja doch noch die eine oder andere potenzielle Freundin. Und am Sonntag wollte ich ausschlafen, spazieren gehen, meine Wohnung aufhübschen und mir abends einen von Almodóvars frühen Filmen angucken – *High Heels* oder *Frauen am Rande des Nervenzusammenbruchs*.

Arbeitsschritt: Einkaufen mit Muße.

Pünktlich um zehn stand ich am Samstagmorgen mit meiner Einkaufsliste in der Hand im winzigen Supermarkt und betete dem Mann hinterm Tresen jeden Artikel einzeln vor. Kil, so heißt er, guckte mich an, als spräche ich Suaheli. Zugegeben, es war nicht besonders schlau von mir, überhaupt von Kokosmilch, Couscous, Kreuzkümmel und Sesampaste anzufangen.

»Heff ick nich'«, sagte Kil. Dafür aber Sesam- und Kümmelbrot, »geit dat ook?«. Und wegen der Algenblätter solle ich mal zum Heini gehen, der angelt.

Arbeitsschritt: Gesund kochen.

Ich wollte filetierten Lachs, bekommen hatte ich eine ganze Scholle. Was sollte ich mit dem Kopf mit seinem leicht geöffneten Maul und den feucht glänzenden Augen tun? Was mit den Flossen und dem Innenleben, von dem ich ahnte, dass es wulstig und glibberig sein würde? Ich hatte noch nie eigenhändig Fisch ausgenommen und war, um ehrlich zu sein, auch nicht sonderlich scharf darauf. Ratlos stand ich in der Küchennische und stocherte eine halbe Stunde später enttäuscht in meiner Nullachtfünfzehn-Reis-Gemüse-Pfanne. Der Fisch lag im Kühlschrank.

Arbeitsschritt: Yoga – Körper und Geist in Form bringen.

Es roch, wie es in Turnhallen riecht. Nach abgestandener Luft, Schweiß und Schule. Wie tote Käfer lagen die sieben Frauen auf ihren Rücken, zwischen ihnen Wilma und Nelly, die beide aussahen, als würden sie im Schlaf lächeln. Leise legte ich mich auf eine freie Matte, hörte lautes Atmen links und rechts von mir und etwas, das wie Schnarchen klang. Und jetzt: entspannen!

Einen Moment später ratterte es in mir los: *Nächste Woche, Geburtstag meiner Mutter ... Bambusmatte noch nie benutzt ... Einfach den Kopf abhacken? ... Mit oder ohne Haut? ... Dann stinkt die ganze Wohnung nach Fett und ... Huch, muss mich ja noch ummelden ... Paul fragen ...*

»Langsam kommt wieder Bewegung in unsere Hände und Füße«, unterbrach mich eine säuselnde Stimme, »wir recken und strecken uns so, wie es uns in diesem Augenblick guttut, öffnen die Augen und kommen über die Seite zum Sitzen.«

Ich saß als Erste. Was folgte, war der reinste Bauernhof: Hund, Katze, Kuh, Pflug – nach jeder Übung sanken wir erneut auf den Rücken und spürten minutenlang der Bewegung nach. Mir war kalt.

»Wer es schafft, legt seine Hände auf die Kniescheiben.«

Kniescheiben? Okay, Klappmesser suchte man im Büttelsbüttler Turnverein offenbar vergeblich. Ich umfasste meine Schienbeine, die Frau neben mir rief: »Oha, du kommst ja weit runter! Maria, guck mal!«

Maria, die mit ihren weißen Locken und der Leggins mit dem in die Breite gezogenen Rosenmuster ganz anders aussah als die unter der Oberfläche vibrierenden, in cremefarbene Wickeltops gewickelten Yogalehrerinnen in Hamburg, sagte: »Klasse! Du bist echt beweglich.«

Über manche Komplimente kann man sich einfach nicht richtig freuen. Während sich in Hamburg andere bei der Vorbeuge zusammenklappten wie Messer und ihre Handflächen, ach was, ihre Unterarme auf dem Boden ablegten, kam ich mit den Fingerspitzen gerade mal an meine Fesseln. An guten Tagen.

Arbeitsschritt: Sonntägliches Ausschlafen.

It's a new dawn, it's a new day, it's ... – ich tastete nach meinem Handy – vier Uhr fünfunddreißig! Was zum ...

»Kikerikiii!«

Ich zog mir die Decke über den Kopf. Der war doch krank, der Hahn.

»Aaaa-uf!«, dann ein Rattern, ein Rumpeln und Scheppern, ein Blöken, mehrstimmig, ohrenbetäubend.

Ich sprang auf, grelles Sonnenlicht traf meine müden Augen, ich schloss das Fenster und meine Lider.

Aber sosehr ich es auch wollte, ich konnte nicht mehr

einschlafen. Nach mindestens fünfzig Positionswechseln in immer kürzeren Abständen schlug ich um fünf Uhr dreißig ergeben die Decke zurück und stand auf. Auf steifen Beinen taperte ich zur Kaffeemaschine und wartete, während die Maschine röchelte und die Glaskanne mit Tropfen füllte. Ich zog die Kühlschranktür auf, sah in ein totes Schollenauge und stellte fest, dass ich vergessen hatte, Milch zu kaufen.

Arbeitsschritt: Spazieren gehen.

Von wegen, früh am Morgen ist die Luft noch frisch und unverbraucht. Es war sechs Uhr fünfzehn und stank wie Hulle. Als wären über Nacht sämtliche Jauchegruben im Dorf geöffnet worden. Nachdem ich drei Minuten im Schwefeldampf die Hauptstraße entlanggewankt war, machte ich kehrt und verbarrikadierte mich in meiner Bleibe.

Arbeitsschritt: Wohnung verschönern.

Um acht Uhr morgens war ich bereits saft- und kraftlos wie nach einem Langstreckenflug. Mir fehlten mein Kaffee und mein Schlaf, und als ich mich kurz hinlegen wollte, riefen gleich mehrere Stimmen in mir: *Carpe diem!*

Na gut, dachte ich, hänge ich zumindest schon mal die zwei großen Bilder auf. Das schwarz gerahmte Plakat, das ich vor Jahren bei einem Besuch der Berliner Schaubühne gekauft hatte, würde gut an die freie Wand im Badezimmer passen. Darauf steht: »Ich weigere mich zu lachen.« Und die Schwarz-Weiß-Fotografie mit der leicht verschwommenen Frauenfigur am Fenster schien mir perfekt fürs Schlafzimmer. Auf die bin ich übrigens besonders stolz, weil das echte Kunst ist, die ich bei meinem ersten und einzigen Besuch der *Affordable Art Fair* in Hamburg erstanden habe.

Mit neuer Motivation hielt ich die Bilder an die Wand, ging, soweit es die Länge meines Arms erlaubte, auf Abstand, malte Bleistiftkreuzchen und fand auf Anhieb Hammer und Nägel. Dann hämmerte ich, schlug mit aller Kraft auf den Nagel ein – nichts passierte. Nach zwei weiteren Versuchen schmiss ich das ganze Zeug aufs Bett und mich dazu.

Carolin Punke, deine Frustrationsschwelle war auch schon mal höher.

Kein Wunder, knurrte ich.

In eurem Altbau hast du doch auch alles selbst angebracht.

Da hatte ich auch Simons Schlagbohrer. Und jetzt lass mich in Ruhe.

Ich presste mein Gesicht ins Kissen. Und zog es einen Moment später mit einem Ruck unter meiner Nase weg. Schrecklich fremd roch das. Nicht nach unserem Waschmittel, nicht nach unserer Wohnung und erst recht nicht nach Simon, der morgens oft auf zwei Kissen lag, während sich meine Wange flach ins Laken drückte. Ich wollte nach Hause.

Heimweh kannte ich bislang nur, wenn ich als Kind im fremden Schullandheimbett gelegen hatte und nicht einschlafen konnte, weil die Matratze ganz anders, viel dünner war als zu Hause und niemand mir richtig Gute Nacht gesagt hatte. Oder als Simon vor ein paar Jahren mal für vier Monate in einer Klinik in Zürich gearbeitet hatte, da gewöhnte ich mir an, nach meinem Nudeln-mit-

Pesto-Abendessen immer noch eine Tafel Schokolade hinterherzuschieben. Manchmal reichte das nicht, und ich lief in der Wohnung auf und ab und wusste nichts mit mir anzufangen. Ich nannte das Heimweh damals, weil Heimat ja auch Struktur ist und Simons Abwesenheit mich schwimmen ließ.

Ich setzte mich auf, mein Körper fühlte sich taub an. Ich sah aus dem Fenster, ohne wirklich etwas zu sehen. Früher, dachte ich, waren Orte und Menschen immer nur vorübergehend von mir entfernt gewesen. Wie viel schlimmer war Heimweh, wenn man wusste, dass die vertrauten Gerüche nie wiederkämen? Dass es sie nicht mehr gab und dass das Heimweh ins Leere lief.

Mit einem Mal überwältigte mich ein nie gekannter Fremdheitskummer. Wie ich so dasaß und alles um mich herum milchig wurde, das Treibholzbett und der Weichholzschrank, und ich mich nichts und niemandem zugehörig fühlte. Schmerz durchzuckte meinen Körper. Ich schlang die Arme um meine Knie und wartete darauf, dass es aufhörte.

Viel später rutschte ich an den Rand meines Bettes und ließ einen Fuß auf den Boden gleiten. Stellte ihn auf den Grund wie einen Anker und hoffte, dass dieser Grund fest wäre.

Es klopfte. Ich stand auf und öffnete.

»Betonnägel«, sagte Knut und hielt die Hand auf. »Gehen butterweich rein und breiten sich in der Wand aus wie Dübel.« Er zeigte auf den gerillten Schaft. »Und eine Wasserwaage, falls du die brauchst.«

Ich hätte den alten Mann am liebsten umarmt. Stattdessen schnappte ich mir die Handwerksutensilien und bat ihn, mir zu folgen.

Vorsichtig, als wollte er nichts schmutzig machen, kniete er sich auf mein Bett und hielt die Schwarz-Weiß-Fotografie für mich an die Wand. Er schaute von der Frau auf dem Bild zu mir und sagte: »Ganz schön blass, de Fru. Sollte mal öfter vor die Tür.«

Nach einigen »Höher«, »Vielleicht ein kleines Stück nach rechts«, »Ach nee, doch ein bisschen runter« hatten die Bilder den perfekten Platz. Außerdem hingen sie vollkommen gerade.

»Was ist damit?«, fragte Knut und zeigte auf den quer stehenden Kleiderschrank, hinter dem die Simon-Erinnerungsstücke lagerten. Der zitronengelbe Cocktailsessel, den Simon vor ein paar Jahren selbst bezogen hatte, nahm besonders viel Raum ein. »Ich konnte das auch nicht, Luises Sachen einfach weggeben. Und trotzdem, um mich haben kann ich sie auch nicht immer.« Er zog den Schrank ein Stück vor. »Wenn du willst, stellen wir das alles in die Scheune. Da is' es trocken, und du kriegst mal den Kopp frei.«

Mein Bauch ließ sich einen Moment bitten, bis er sich zu einem knappen *»Gut«* bequemte.

Gemeinsam schafften Knut und ich Karton um Karton über den Hof in das leer stehende Gebäude, das fast nur aus Holzbalken bestand. Sonnenlicht fiel durch zwei Fenster weit oben im Dach auf die lange Leiter, die an einem der Pfeiler lehnte, und auf die Strohreste am Boden. In den Lichtsäulen flimmerte der Staub. Mein altes Leben wird kleiner, dachte ich, als ich noch einen Blick zurückwarf auf das winzige Häufchen im Dunkel der riesigen Halle.

»Gibt's sonst noch was zu tun?«, fragte Knut und hielt mir die Haustür auf.

Als ich verneinte, konnte ich sehen, dass er enttäuscht war.

»Oder warte, vielleicht doch. Kannst du Fisch ausnehmen?«

»Im Kühlschrank?« Schon stapfte er wieder die Treppe hoch zu meiner Wohnung. »Ah, Scholle!«

Routiniert setzte er mit dem Asiamesser einen Schnitt vom Nacken bis zur Schwanzflosse, packte den Fischkopf, drehte und zog, so wie es aussah, alles auf einmal heraus. Gräten und Eingeweide. Dann schnitt er mit einer Küchenschere die Flossen ab und hielt die Scholle unter fließendes Wasser. »Fertig.«

Wenig später standen wir gemeinsam am Herd. Knut briet die Filets mit Speck und Zwiebeln, ich schrubbte Kartoffeln. In Hamburg war mir das immer überflüssig vorgekommen, schließlich gab es die Knollen ja auch ohne Erdreste zu kaufen. Hier fühlte es sich gut an.

Nach einem himmlischen Mahl werkelten wir bis in den Abend weiter, brachten Regalbretter und ein paar kleinere Bilder an, hefteten Nellys mittlerweile etwas knitterigen Büttelsbüttelplan mit den Schöne-Orte-Kreuzchen neben die Eingangstür und schoben ihr selbst gemaltes, noch immer in Zeitungspapier eingewickeltes Bild hinter den Schrank, der jetzt wieder platt an der Wand stand. Wir mischten weiße, blaue und rote Farbe, die Knut noch im Keller gefunden hatte, und strichen die Wand hinter dem Esstisch in einem hellen Beerenton. Danach guckten wir unten auf seiner braunen Couch *Tatort*, vor uns zwei Gläser mit Apfelsaft und Schälchen mit Chips, Weingummi und Schokolade.

Als ich Saranya am nächsten Tag über einem Teller hellgrüner Erbsensuppe von meinem Yogaerlebnis erzählte und davon, dass die meisten Teilnehmerinnen im Liegen meditiert hatten, um ihren Knien keinen Schneidersitz zuzumuten, mussten wir beide plötzlich wie verrückt loskichern. Nelly sagte: »Aber du bist auch echt weit runtergekommen. Bis zu den Schienbeinen«, woraufhin unser Kichern geradezu hysterische Ausmaße annahm. Irgendwann prustete Saranya: »Das bringt doch nichts!«, und rief augenblicklich eine private Yogagruppe ins Leben. »Ab jetzt seid ihr meine Schülerinnen.«

Nelly und ich wechselten einen Blick, willigten dann aber ein. Auch weil Saranya als Ort für die Marter das Museumscafé vorschlug, was mir deutlich angenehmer erschien, als immer wieder allein durch die Umgebung an meine wenig rühmlichen schulischen Hallensporterfahrungen erinnert zu werden.

Von nun an sahen wir uns zusätzlich zum »Büttelsbüttler Mittagssnack« noch an zwei Abenden in der Woche. Weil das Museum bereits geschlossen hatte, mussten wir den schmiedeeisernen Ring an der großen Holztür betätigen. Nelly sperrte auf und hinter uns wieder zu. Im Abendlicht, das das Eichenparkett wie eine leuchtende Decke überzog, rollten wir die von Saranya mitgebrachten Matten aus, und Nelly drapierte in ausreichendem Sicherheitsabstand zu jeder Unterlage eine kleine Vase mit frischen Blumen. Bereits bei unserer ersten Zusammenkunft dieser Art hatte Saranya eine helle Holzkiste, in der drei Paar Stiefel Platz gefunden hätten, hinter der Theke deponiert – das gesamte Yogi-Tee-Sortiment. Zur Einstimmung tranken wir eine Tasse »Himalaya« oder »Ginseng« und warteten im halben Lotussitz, bis Saranya in ihrem goldenen Catsuit die Klangschalen arrangiert hatte und eine sphärische Musik ertönte.

In diesen neunzig Minuten war sie ein anderer Mensch. Ruhig, gelassen, ganz bei sich und ganz bei uns. Wenn sie Nelly und mich bei den Übungen korrigierte, zog und drückte sie so behutsam an unseren Körpern, wie ich es ihr niemals zugetraut hätte. Und während wir am Ende mit geschlossenen Augen entspannten, legten sich ihre Hände auf unsere Schultern und massierten sanft unsere Nacken.

Was Saranya allerdings niemals erfahren durfte: Nelly und ich gingen weiterhin zum Yoga im Turnverein. Im Grunde war das nämlich gar kein so schlechtes Programm für einen verregneten Samstagnachmittag: Die ausgebeulte graue Jogginghose, die ich am Wochenende, wenn ich nichts vorhatte, im Wechsel mit meiner Pyjamahose trug, behielt ich einfach an, dazu das uralte, an den Bündchen angefressene *Diesel*-Sweatshirt, das Simon gehasst hatte – *»Only the Brave«* steht darauf –, eine Stunde den Gedankenschalter auf Aus und reingeglitten in ein paar leichte Dehnübungen ohne Anspruch und Ziel. Beim letzten Mal hatten wir, statt uns zu dehnen, Wilmas einundneunzigsten Geburtstag mit Eierlikör aus Plastikpinnchen gefeiert und dazu selbst gebackenen Kuchen gegessen. Und ich muss sagen, die dicken Streusel auf dem Kirschkuchen ließen mein Projektziel *»Glücklich sein«* für einen Moment ganz deutlich am Horizont aufleuchten.

Sonst war in Büttelsbüttel nicht viel los. Das Sommerloch hatte mit voller Wucht zugeschlagen. Und Geert-Helge gab sich alle Mühe, es mit wöchentlich wechselnden Themenschwerpunkten zu stopfen: Im Juli erschienen die *Büttelsbüttler-Bote*-Ausgaben *Gerste, Hafer* und *Weizen,* im August bekam der Lokalteil einen Roggen-, Raps- und Mais-Anstrich. Auf allen Seiten platzierte ich mittig große Abbildungen von Ähren, Blüten oder Kolben, drum herum flatterten die Texte. Die Artikel waren kurz, das Blatt dünn.

»Man muss nur pfiffig sein«, sagte Geert-Helge, legte die Beine hoch und schickte mich raus aufs Feld. Täglich, damit ich den Erntefortschritt lückenlos protokollieren könne.

Ich stand im Sommerregen, der sich wie ein Herbstregen anfühlte, sah die Mähdrescher kommen und unverrichteter Dinge wieder abziehen und wusste nicht viel dazu zu schreiben. Einmal, als ich so dastand mit durchweichten Klamotten und an den verpassten *Brigitte*-Auftrag dachte und an das »Wie wollen wir leben?«, kamen mir die Tränen. In diesem Moment wusste ich nur eins: so nicht.

Plötzlich stampfte ich mit voller Wucht auf, Matschmassen spritzten. Im Sprühregen rannte ich durch die Ackerfurchen, schoss schlammige Brocken wie Fußbälle vor mir her, trat so fest zu, wie ich konnte, und dachte dabei an Simon. Der hier, du Scheißkerl – mit der Hand packte ich einen Erdklumpen –, ist dafür, dass du mich in diese verfluchte Situation gebracht hast – und pfefferte ihn gegen einen Pfahl. Deinetwegen steck ich in der Scheiße – ich bückte mich nach einem Kuhfladen, den der Regen noch nicht zersetzt hatte, und schleuderte ihn übers Feld. Mit der Gummistiefelspitze katapultierte ich nasse Erdbrocken in die Höhe – für jeden anklagenden Blick einen, für jedes Verziehen deines Sackgesichts, wenn ich wieder mal irgendwas falsch gemacht habe und du dein beschissenes Maul nicht aufbekommen hast. Mit beiden Händen riss ich Ähren heraus und schlug die Wurzeln peitschend gegen einen Baumstamm – wart's nur ab, eines Tages werde ich dich kastrieren! Die Peitsche klatschte und riss ein Stück Borke herunter – dann weißt du, was langweiliger Sex ist!

Ich trat gegen den Stamm, drehte mich um, schlitterte und rannte. Ich lief, bis ich Knuts Hof erreicht hatte, schoss übers Kopfsteinpflaster an der Kastanie vorbei und fiel fast über die Schwelle, als die Tür von innen aufgezogen wurde.

»Ho, ho, ho«, machte Knut und fing mich auf. Dann drückte er mich auf die unterste Treppenstufe und wartete, bis ich mich beruhigt hatte. »Willst du die behalten?« Er deutete auf meine Fäuste. Büschelweise hingen darin zerfledderte Ähren.

Meine Fingerknöchel waren weiß und wollten sich kaum strecken. Behutsam nahm mir Knut die triefenden Halme aus der Hand. Ich schüttelte meine Arme. Die

Gummistiefel gaben einen satten Schmatzer von sich, als ich sie von meinen Füßen zog. Über einem der beiden blechernen Spülbecken wrang ich meine nassen Socken aus und sah in den Spiegel. Beinahe wäre ich zurückgewichen. Schlammspritzer bedeckten mein Gesicht, Wimperntuscheschlieren, die sich von den Augen bis zum Hals zogen, die Locken in wilden Strähnen. Ich sah aus wie eine verschreckte Eingeborene, die ungläubig ihr Spiegelbild anstarrte.

»Teetied, mien Deern«, sagte Knut und verschwand hinter der Verbindungstür.

Schnell zog ich mir oben in meiner Wohnung die Jogginghose, den *Diesel*-Pulli und dicke Strümpfe über und schlüpfte in die warmen Wollpantoffeln. Beim Rausgehen fiel mein Blick auf den Büttelsbüttelplan. Es wurde höchste Zeit, dass ich das elende Redaktionskreuz ausradierte.

»Kluntje?«, fragte Knut, als ich mich aufs Sofa fallen ließ.

Der Kandis knisterte im dampfenden Tee, es klang, als würde das dünne Porzellan durch die Hitze Risse bekommen. Wir tranken schweigend, ab und an lächelte Knut mir zu, dann wieder rührten wir beide gedankenverloren in unseren Tassen.

»Also, was willst du wissen?«, fragte er plötzlich. Ich muss ihn ziemlich verständnislos angesehen haben, denn er fügte hinzu: »Hab dich gesehen, im Regen aufm Feld. Dachte, du hättest vielleicht ein paar Fragen.«

In den nächsten anderthalb Stunden lernte ich so ziemlich alles über Landwirtschaft, was ich für meinen Artikel wissen musste.

»Das Getreide ist reif, aber zu nass. So kann man nicht ernten.« Knut gab einen Tropfen Sahne in meine Tasse, der sich weiß wie eine Wolke vom dunklen Tee absetzte. »Ein kräftiger Schauer, und der Tag ist kaputt.«

Es gab viele solcher kaputter Tage in diesem Sommer.

»Wir brauchen längere Regenpausen. Die Ähren sind schwer von all dem Wasser, und wenn die Halme abknicken, ist es ganz vorbei.« Totreif sei das Getreide am besten zu dreschen, wenn der Wassergehalt so weit abgenommen hat, dass die Körner nicht mehr mit dem Fingernagel eingedrückt werden können, notreif hingegen dürfe es nicht sein.

»Teetied!«, rief der alte Herr von nun an jeden Nachmittag, wenn er die Haustür ins Schloss fallen hörte. »Und, was brauchst du heute?«

Ich war so dankbar, dass Knut mich nicht im Regen stehen ließ.

Manchmal verlor er sich in Gedanken an die Zeit, als er selbst noch auf dem Feld stand. Sein Blick bekam dann etwas Sehnsuchtsvolles, aber wenn ich ihn darauf ansprach, schüttelte er den Kopf und sagte, das sollen mal lieber die Jüngeren machen.

Bevor ich vollgestopft mit Informationen, Tee und Heidesand zurück in die Redaktion ging, schoss ich jedes Mal ein Foto von Knut. Knut mit dem Sahnelöffel in der Hand, die Stirn in konzentrierte Falten gelegt, Knut an der Kurbel der Markise, im Hintergrund Wiesen bis zum Horizont, Knut auf der Bank unter der Kastanie, Knut, der eine kleine Grimasse zog oder die Zunge herausstreckte. Oder einfach nur Knut, wenn er gerade sprach und gar nicht mitbekam, dass ich ihn fotografierte. Die Hauptsache war, dass er auf den Bildern glücklich aussah.

Johan war mir nach dem Selleriefest noch zwei-, dreimal über den Weg gelaufen, ein paarmal noch hatte ich seinen alten Ford Mustang auf dem Hof stehen sehen oder seine elektrische Zahnbürste hinter meiner Schlafzimmerwand surren hören. Wir hatten ausgemacht, dass er sich bei mir melden könne, wenn er seinen Vater nicht erreichte – wie damals, als der nach dem Tod seiner Frau ohne ein Wort nach London geflogen war. Als Johans erste vorsichtige Nachfrage auf meinem Telefon aufblinkte und ich zwischen den Zeilen seine Sorge herauslas, beschloss ich, ihm einfach jeden Tag ein Bild von Knut zu schicken. An manchen Tagen musste ich mehrere Fotos schießen, bis ich eins hatte, auf dem der alte Mann leichtherzig genug aussah.

Wenn der Regen nachließ und die Luft noch feucht und schwer war, drehte ich manchmal nach der Arbeit eine Runde um den See. Der Weg war kaum mehr als ein Trampelpfad und voller Pfützen, und ich war froh, dass ich Knuts Gummistiefel hatte.

Es war schon komisch, jedes Mal, wenn ich in die Stiefel glitt, blendete sich im selben Moment alles um mich herum aus. Sogar der Güllegeruch schien an Schärfe zu verlieren. Mein Kopf, gerade noch voller Gedanken, war mit einem Mal leer, als wäre ich in der Lage, von jetzt auf gleich in einen meditativen Zustand zu wechseln. Was mir sonst nicht einmal gelang, wenn ich auf dem Bett saß und in den Himmel guckte und meine Gedanken wie Wolken vorbeizogen, geschweige denn beim Yoga.

Die Stiefel schmiegten sich an meine Füße, sie fühlten sich flauschig an, obwohl innen kein Futter, nur Gummi war. Sie waren so etwas wie mein Umhang, in dem ich für einen Moment zu einem anderen Menschen wurde.

Der Wind wehte mir um den Kopf, und in meiner Jackentasche vibrierte das Handy. Eine Nachricht von Johan.

»Wie geht's dir?«

Mein Blick verfing sich im zersausten Schilf. Hey, eigentlich könntest du mich das auch mal fragen, Simon. Immerhin sind wir doch Freun… Selbst in Gedanken weigerte sich mein Sprachzentrum, das fiese Wort zu bilden.

Zwei Monate hatten Simon und ich schon nicht mehr miteinander gesprochen. Als wäre mit meinem Umzug nach Büttelsbüttel auch die Telefonleitung gekappt worden. Manchmal ertappte ich mich bei der Vorstellung, dass er zu Hause saß, auf den dreckigen Fünfzigerjahrebau gegenüber starrte und auf mich wartete, während ich mir hier eine Auszeit nahm.

Der Wind blies feine Wellen in die Oberfläche des Wassers, ich zog ein Haargummi vom Handgelenk und band meine Locken zu einem wirren Zopf. Dann tippte ich: »Gut.«

Mit Anlauf nahm ich drei Pfützen auf einmal, landete sanft und lief mit großen Schritten weiter. In meinen Stiefeln war ich unbesiegbar.

Mit dem September kam die Sonne zurück. Das Licht lag warm auf den stoppeligen Feldern, die Bäume begannen sich rot und gelb und orange zu färben, und wenn ich über den See blickte, dachte ich an Kanada und den Indian Summer, obschon es dafür noch etwas zu früh im Jahr war. Na ja, und Büttelsbüttel war auch nicht gerade Kanada.

Die Nächte waren bereits kühl, und morgens lag über allem eine dünne Tauschicht, in die ich mit dem Zeigefinger Striche malte. Spinnweben glitzerten im Sonnenlicht wie lange silberne Haare, sie umspannten Gräser und Zäune und trockneten im Laufe des Vormittags. Alles war umhüllt von einem sanften Glanz, selbst die Erinnerungen, und immer häufiger spürte ich eine tiefe Ruhe in mir aufsteigen.

Und dann – dann kamen die Schützen.

≈ 15 ≈

Moin!«, ruft Geert-Helge und knallt wie jeden Vormittag um halb elf seine Aktentasche auf den Schreibtisch. Dann reißt er das Fenster auf, streckt seinen Kopf raus und macht »Aaah«.

Und wie jeden Vormittag halte ich die Papiere auf meinem Schreibtisch fest und warte, bis mein Chef entweder das Fenster oder die Bürotür geschlossen hat.

»Heute arbeiten wir bei Durchzug. Ich hab Schädel. Das letzte Bier gestern war schlecht.« Er stülpt seine Jackentaschen um, eine nach der anderen, zahllose Zettel und Bons segeln auf den Boden. Fällt gar nicht auf, der Teppich ist eh eine einzige Müllhalde. Schließlich zieht er aus der Innentasche seines Anoraks einen großen, unförmigen Stein. »Von Pellworm. Damit die Blätter nicht wegfliegen. Und falls dir kalt wird …« Er reicht mir eine schwarze Fleecejacke, an der so viele kurze graue Haare hängen, dass Geert-Helge eigentlich kahl sein müsste.

Ich lege die Jacke über das graue Computer-Etwas unter meinem Tisch, platziere den Stein auf meinen flatternden Unterlagen und denke: Na toll.

Warum wehrst du dich nicht, Carolin Punke?

Indem ich Geert-Helge das Fenster vor der Nase zuschlage?

Zum Beispiel.

Unten auf der Straße ertönt ein Heulen.

Geert-Helge beugt sich vor und brüllt: »Na, Heini, alles fit? – Aua.« Seine Stimme hickst, er fasst sich in den Stoppelschnitt. »Heute lassen wir's mal etwas gemütlicher angehen. Übrigens«, er lässt sich auf seinen Stuhl fallen, »Kompliment. Hätte ja nicht gedacht, dass sich eine aus'er Stadt so gut mit der Getreideernte auskennt.«

Wie gesagt, über manche Komplimente kann man sich nicht so recht freuen.

»Dagegen ist das, was ich heute mit dir vorhabe, Pillepalle.« Er stützt sein Kinn auf die Handfläche und schiebt mit seinem kleinen Finger die Haare über seiner Oberlippe hin und her. »Wie du weißt, laufen die Vorbereitungen fürs Schützenfest auf Hochtouren, und heute wird das Grün für die Pforten geholt. Das ist doch mal ein Thema!«

»Was? Ich meine, was wird da geholt?«

Geert-Helge guckt mich einen Moment lang an, dann bricht er in Lachen aus: »Der war nicht schlecht!« Sein rechtes Auge will gar nicht mehr aufhören zu zwinkern. »Klingel einfach bei allen. Die Pfähle lagern bei Onno.«

Unschlüssig sitze ich am Schreibtisch und presse den grauen Knetradiergummi auf die Platte.

»Hör dich um, frag nach, und wenn du schon mal dabei bist, kannst du auch gleich alle noch mal ans Grün erinnern. Am besten wird's wohl sein, du koordinierst den Ablauf.« Er zieht seine Schuhe aus. »Nee, was hab ich für'n Glück, eine so gut organisierte Mitarbeiterin zu haben.«

Geh doch selbst! Das sollte ich sagen und dabei auf den Tisch hauen. Ich sollte verdammt noch mal in der Lage sein, dieser Witzfigur von einem Chef Paroli zu bieten. Böse funkele ich ihn an. Geert-Helge hat den Kopf in den Nacken gelegt und die Augen geschlossen.

Jetzt malträtiere ich den Radiergummi mit meinen Fingernägeln. Ha, den nehme ich mit und vernichte endlich das blöde Redaktionskreuz auf meinem Büttelsbüttelplan. Das hier ist definitiv kein schöner Ort!

»Tja, aufm Dorf«, sagt Geert-Helge, und seine Augen sind noch immer zu, »sind die Einsatzgebiete einer Redakteurin eben vielfältiger als bei den Sesselpupsern in der Stadt. Wir sind nicht nur Schreiberlinge, wir sind auch Eventmanager! Wenn das man nicht Personalentwicklung pur ist.« Er öffnet ein Auge. »Und jetzt ab mit dir. Und viel Spaß. Ich mach mir erst mal 'nen Kaffee.«

Als ich den Radierer einstecken will, zögere ich. Ergibt das einen Sinn, das Redaktionskreuz mit einem Redaktionsradiergummi zu tilgen? Ich meine, das ist doch wie in dem Spruch, den ich in der Mittelstufe mit Edding auf meine Jeansjacke geschrieben habe: *Fighting for peace is like fucking for virginity.*

Der Vergleich hinkt.

Pedant!

Ich ziehe mir die Jacke über. Heute Abend werde ich Knut nach einem Radierer fragen. Und dann mach ich kurzen Prozess, zumindest auf dem Papier, und für den kleinen Korinthenkacker in mir werde ich mir auch noch etwas überlegen.

Eine Minute später lässt ein Mann neben mir eine Elektrosäge aufheulen. Er lacht.

Nicht nachdenken, einfach machen! Auch wenn ich keine Ahnung habe, was genau meine Mission ist.

An der erstbesten Tür klingle ich. Rechts und links vor den Glasbausteinen liegen Strohballen, dekoriert mit Sonnenblumen und warzigen Zierkürbissen.

»Guten Tag, mein Name ist …«

»Weiß ich doch.« Die Frau, die den Kopf voller Lockenwickler hat, sieht mich misstrauisch an.

»Ich wollte Sie an das Grün für die, äh, Pforten erinnern.«

»Siehst doch, dass Heini gerade die Buchsbaumhecke schneidet.« Sie schüttelt den Kopf und schließt die Tür.

Ich sehe mich um: Die Hauptstraße ist bevölkert von Menschen mit Gartenscheren, die sich über Jägerzäune hinweg unterhalten, aufbrausenden Heckenschneidern und drei Treckern in Folge, auf deren Anhängern sich Tannenzweige und Eichenlaub stapeln. Alle scheinen genau Bescheid zu wissen, was sie zu tun haben, und ich, Caro Punke, Schützenfest-Greenhorn, soll die Profis ans Grünholen erinnern. Das ist doch … die reinste Beschäftigungstherapie!

»He, Eike!«, ruft der Fahrer des zweiten Traktors dem des ersten hinterher. Der ist gerade aus seiner Treckerkabine gesprungen und im Gebüsch verschwunden. »Hast wohl ein Geschäft zu erledigen, was?!«

Die Menschen auf der Straße lachen. Jemand hupt, sofort stimmt die ganze Autokolonne, die sich hinter den Traktoren gebildet hat, mit ein.

»He!«, ruft der Fahrer des zweiten Treckers erneut. Und winkt. In meine Richtung.

Ich sehe mich um.

»Mädchen«, er nickt mir zu. »Ja, du. Fahr den doch mal eben an den Rand. Wenn Eike die Kartoffeln düngt, kann das dauern.«

Wenn Eike … Ich soll was? Mich einfach auf den Trecker setzen und losfahren?

»Ich hab gar keinen Führerschein dafür«, rufe ich zurück.

»Ach was, das is' wie Autofahren. Mach einfach!« Er hupt. Und schon schwillt erneut ein Hupkonzert an.

Augenblicklich fühle ich mich unter Zugzwang. Die ganze Straße steht voller Wagen, Köpfe strecken sich aus den Fahrerfenstern, es wird gebrüllt und gelacht, und alle gucken mich an. Zumindest glaube ich, dass alle mich angucken.

Okay, das krieg ich hin. Wäre doch gelacht! Auf die Schnelle versuche ich mir vom Boden aus einen Überblick zu verschaffen. Bislang waren das ja einfach nur Trecker, Fahrzeuge, die nicht sonderlich viel mit mir zu tun hatten. Jetzt stehe ich neben einem Reifen, der mich um mindestens einen halben Kopf überragt. Ziemlich einschüchternd mit dem fetten Profil. Über drei schmale Eisensprossen geht es hoch zum Führerhäuschen, die Tür steht offen.

Vorsichtig setze ich einen Fuß auf die unterste Sprosse und muss mich erst ein Stück am Boden der Kabine hochziehen, bis ich den Metallgriff – mit einem kleinen Sprung – zu fassen kriege und die weiteren Stufen erklimmen kann. Was für ein Akt, bis man endlich oben auf dem speckigen Sitz hockt. Der ehemals rote Plastikbezug hat Risse, aus denen gelber Schaumstoff hervorquillt. Der Schlüssel steckt, ich drehe ihn um. Röhrend macht der Traktor einen Satz nach vorn. Ich hüpfe auf dem Sitz hoch. Der Wagen steht. So hatte ich mir meine erste Treckerfahrt eigentlich nicht vorgestellt. Eigentlich wollte ich doch bloß mitgenommen werden, das Schaukeln unterm Hintern spüren und ein bisschen von Bullerbü träumen.

Was soll's, zweiter Versuch: Gang raus – ich ramme den langen schwarzen Knüppel vor und zurück, bis ich ihn in einer Mittelposition habe –, Zündschlüssel drehen. Diesmal springt das Riesenteil zurück, ich abermals in die Höhe. Hinter mir legt jemand die Hand auf die Hupe.

»Pass man up, Mädchen!«

Langsam wird mir heiß. Kann man den Sitz vielleicht etwas nach vorn ziehen? Ich komme ja gar nicht an die Pedale. Aufgeregt tastet meine Hand an der Sitzunterseite entlang. Nichts, kein Hebel, kein Rädchen zum Drehen, ich rutsche nach vorn und liege beinahe. Dann trete ich mit ausgestrecktem Bein die Kupplung durch, mein Gesicht auf Lenkradhöhe, zünde, der Trecker springt an und bleibt, wo er ist. Ich atme aus. So, jetzt noch den ersten Gang rein und ein Stück nach rechts gelenkt, den abgesenkten Bordstein hoch – fertig.

Ich haue den Knüppel nach vorn, lasse die Kupplung kommen, gebe Gas und hüpfe los. Traktor und ich hoppeln Meter um Meter vorwärts, ich weiß überhaupt nicht, was ich tun soll. Panisch reiße ich den Lenker nach rechts und wieder nach links, höre von unten Schreie und federe in meinem Sitz auf und ab. »Hilfe! HILFE!«

Mein Lenken wird immer hektischer, das Gefährt schlägt einen Haken nach dem anderen und hüpft in Schlangenlinien die Straße entlang.

Plötzlich greift eine schmale Hand an mir vorbei ins Lenkrad. Mit Kraft werde ich zur Seite gedrängt. Ich klemme zwischen Sitz und Glaswand, als der Traktor zu einem letzten Hopser ansetzt und dann zum Stehen kommt.

Mein Herz klopft wie wild in meiner Brust. Oh Gott, was, wenn irgendwem etwas passiert ist! Wenn ich über jemanden drübergefahren bin! Vor meinem inneren Auge tauchen über die Fahrbahn verstreute Dreiradteile auf und ein winziger, zerfurchter Körper, der reglos unter dem riesigen Reifen hervorlugt. Ich muss sofort raus hier!

Als ich zur offenen Glastür hechte, bemerke ich den Jungen, der breitbeinig auf dem Fahrersitz hockt. Ich liege förmlich auf ihm.

»He!« Er drückt meinen Körper in Richtung Kabinenboden. Er ist maximal acht und sieht verächtlich auf mich herab. »Mädchen«, sagt er und klingt genauso wie der Mann vorhin. »Treckerfahren ist doch Baby.« Dann startet er den Wagen erneut, legt den Rückwärtsgang ein und rangiert das Monstrum einhändig an den Straßenrand.

Als ich mit zitternden Beinen die Hühnerleiter hinuntersteige und der Asphalt unter mir noch wankt, legt sich eine warme Pranke auf meine Schulter. »Alles gut. Nix passiert.« Birk hält mir ein Schnapsglas hin.

Ich reiße es an mich, stürze das Zeug hinunter und deute auf die Flasche. Nach dem zweiten Schnaps höre ich auf zu zittern und sehe mich um. Niemand rennt panisch hin und her, nirgendwo ein verbogenes Pedal, eine einsame bunte Klingel. Vor Erleichterung kommen mir die Tränen.

Um mich herum setzen sich die Autos hupend in Bewegung, fahren im Schritttempo an mir vorbei, vereinzelte Rufe aus den Beifahrerfenstern, die ich nicht verstehe. Ich halte meinen Kopf in den kühlen Wind und lasse mich durchpusten. Langsam spüre ich, wie mein Geist wieder erwacht. Und plötzlich erkenne ich glasklar, was ich schon längst hätte erkennen sollen.

Mit großen Schritten überquere ich die Straße und reiße die Tür zur Redaktion auf. Schnurstracks laufe ich ins Büro, kicke einen Haufen Papier aus dem Weg und schlage das Fenster mit einem Knall zu. Geert-Helge schreckt von der Tischplatte auf, sein Blick ist schläfrig. Ich gucke ihn an, wie der Junge auf dem Traktor mich angesehen hat, aus verengten Augen, und feure ihm in Gedanken entgegen: So, Chef, das war das letzte, das *aller*letzte Mal, dass ich deinen sinnlosen Anweisungen gefolgt bin. Ab jetzt mach ich mich nicht mehr zum Horst für dich. Ab jetzt, mein Freund, werden andere Seiten aufgezogen. Jawohl!

≈ 16 ≈

Ja, wir sind die Büttelsbüttler, hallihallo, das weiß jedes Kind, hallihallo, wir reißen Bäume aus, hallihallo, wo keine sind, jawohl, das stimmt, jawohl, das stimmt, jawohl, das stimmt, stimmt, stimmt!« Die Leute an den langen Tischen haken sich ein und beginnen zu schunkeln. »Wir schlafen nicht in Betten, wir schlafen nicht auf Stroh, wir schlafen auf Toiletten, das war schon immer so, hallihallo, hallihallo, hallihallo …«

In der großen Mehrzweckhalle, in der samstags auch das Yoga stattfindet, riecht es zwar nicht mehr nach Schule, aber ein gewisses Turnhallenbukett lässt sich auch am heutigen Abend nicht verleugnen. An rund zwanzig Zehnertischen mit weißen Papiertischdecken sitzen die Mitglieder des Schützenvereins, also alle Büttelsbüttler, die nicht schon im Bett liegen, über ihren Köpfen grün-weiße Wimpelketten, bunte Papiergirlanden und abgehangene Neonröhren. Von den Uniformen des Nachmittags, als es hieß: »Schützenschwestern und Schützenbrüder, stillgestanden! Rechts um! Im Gleichschritt Marsch!«, sind nur mehr Reste geblieben, Westen und Wappen. Vor allem die Frauen haben das Thema mit kurzen Röcken und hohen Hacken deutlich abgewandelt.

Wilma springt auf und schreit: »Und da sprach die

Alte!« Sie schwingt ihren Gehstock wie einen Dirigentenstab.

Ihr Chor wiederholt grölend: »Und da sprach die Alte: Weg von meiner Spalte. Weg von meiner Hängebrust. Ich hab heute keine Lust.«

Alles klar, gegen die Schützen war der Sellerie gar nichts. Sogar Nelly singt mit!

Als Johan mich vor gut einer Woche fragte, ob ich ihn nicht zum Schützenball begleiten wolle, zum »Tanz aufm Saal«, wo ich sowieso vorhatte hinzugehen, wenn auch mit Nelly und Saranya, da stieg mein Bauch wieder aufs Trampolin und federte mit betont unbeteiligter Miene ein bisschen auf und ab. Ja, mein Bauch kann nicht nur sprechen und turnen, er kann auch die eine oder andere Grimasse schneiden.

Am frühen Abend streifte ich mir also mein langes graues Chiffonkleid über, das viel luftiger sitzt, als ich es in Erinnerung hatte, und klickte mich durch Unmengen von YouTube-Videos, bis ich eine vielversprechende Anleitung zum Haarehochstecken gefunden hatte. Kurze Zeit später fand ich mich mit einem wüsten Nest auf dem Kopf wieder, aus dem zahllose Haarnadeln wie kleine Antennen hervorragten. Von wegen kinderleicht. Ich löste den Klammersalat, band mir einen Zopf und verzwirbelte das Ende. So wie ich das immer mache. Heute allerdings zog ich noch ein paar Strähnen an der Stirn heraus, was ich für einen Moment auf eine mädchenhafte Art verführerisch fand, im nächsten schob ich mir den albernen Lockenrahmen hinter die Ohren. Zum Glück fallen solche kleinen Pfuschereien bei meinen wirren Haaren kaum auf. Dann glitt ich in die silbern geflochtenen Charlotte-Olympia-Sandalenstilettos, drehte mich vor dem Badezimmerspiegel hin und her und fand mich ganz schön … – *spuck's schon aus, Carolin Punke!* – sexy.

Vor Begeisterung machte mein Bauch drei hohe Grätschsprünge gefolgt von einem Salto, der von meinem piepsenden Telefon jäh unterbrochen wurde.

»Komme später. Land unter. Fang schon mal an. Johan.«

Er landete unsanft auf dem Rücken. Mein Bauch.

Nach einem kurzen Moment der Enttäuschung fand ich den Gedanken allerdings gar nicht so schlecht, erst einmal mit den Mädels allein in den Abend zu starten.

»Alle Buben haben, alle Buben haben, einen kleinen Zinnsoldaten …«

Nelly zeigt auf ein Glas mit Münzen. »Könnt ihr auch was reintun. Ist fürs Gedeck.« Dann stimmt sie wieder mit ein: »Alle Mädchen haben, alle Mädchen haben, einen kleinen Schützengraben.« Aus vollem Halse schmettert sie: »Alle Zinnsoldaten, alle Zinnsoldaten, müssen in den Schützengraben«, während Saranya im metallicvioletten, bis zum Bauchnabel ausgeschnittenen Kleid mit versteinerter Miene dasitzt und sich an ihrer Handtasche festhält. Einen BH sieht man nicht, wahrscheinlich gehört sie zu den Frauen, die ihre Brüste mit Klebestreifen fixieren.

»Hey«, rufe ich gegen das Gegröle an, »mach dich mal locker.« Ich muss grinsen.

Saranya wirft mir einen gequälten Blick zu, dann kramt sie in ihrer Tasche und fördert nacheinander vier Flaschen hervor – Prosecco, noch mal Prosecco, Holunderblütensirup und *Perrier* –, dazu etwas in Alufolie Gewickeltes, das sich als mehrere Stängel Minze entpuppt, und drei pinkfarbene Strohhalme. Sie gibt dem Kellner ein Zeichen, der kurz darauf drei mit Eiswürfeln gefüllte Weingläser vor uns abstellt. Und in die Tischmitte zwei Flaschen Cola, eine Flasche Korn und eine Flasche Grünen.

»Caro, Nelly – Hugo?« Mit dem Strohhalm drückt Saranya die Minzeblätter am Glasboden etwas an.

»Wer?«, fragt Nelly zurück.

Saranya verdreht die Augen, mixt das Getränk und reicht Nelly und mir jeweils eines der Gläser. Dann hält sie ihres in die Höhe. »Heute Abend haben wir Spaß!«

Ganz in meinem Sinne!

Wir stoßen an, Nelly nippt und ruft: »Lecker!«, und wenig später: »Kann ich noch einen bekommen?«

»Oh Susanna, du hast am Arsch 'nen Leberfleck. Oh Susanna, den lutsch ich dir gleich weg. Zwo, drei, vier …«

Ich bin versucht mitzusingen. Tief in meinem Innern hatte ich nämlich immer schon eine gewisse Affinität zu Schlagern, wenn auch nicht zu den modernen. Aber wenn Nena singt: *Ich geh mit dir, wohin du willst*, oder Matthias Reim: *Ich hab geträumt von dir*, dann kann ich nur sehr schwer an mich halten. Manchmal, wenn Simon nicht zu Hause war, habe ich den Schlagersender eingestellt, das Radio voll aufgedreht, mir in Ermangelung eines Mikros Annegrets rostrote Stele gepackt und gebrüllt: *Wahnsinn! Warum schickst du mich in die Hölle? Hölle, Hölle, Hölle, Hölle.* Mein Zeigefinger peitschte, während ich über unseren Dielenboden schwofte.

Plötzlich verstummte die Musik. Und ich sah gerade noch, wie sich die Tür zum Arbeitszimmer schloss. Langsam ließ ich die Stele sinken, während Wolle leise in mir weitersang: *Und mein Stolz liegt längst schon auf dem Müll, doch noch weiß ich, was ich will – ich will dich*. Nie wieder habe ich seitdem SchlagerRadio.FM gehört.

Könnte ich jetzt eigentlich mal wieder machen.

Nelly stürzt ihren dritten Hugo hinunter und lässt sich von einem Mann auf die Tanzfläche ziehen. Sie und er tragen beide die olivgrünen Westen mit dem Vereinswappen, weiße Hemden, Nelly einen knielangen schwarzen Rock. Ein weiterer Uniformierter scharwenzelt um unseren Tisch herum, wird aber einen Moment später von einer Frau am Arm gepackt und unsanft weggezogen. Kurz darauf sehe ich die Frau in einer Gruppe von Schützenschwestern stehen, die alle zu uns herübersehen und synchron weggucken, als ich hinschaue.

»Wollte dieser Johan nicht mitkommen?«, fragt Saranya und gießt mir Prosecco nach.

»Doch, kommt noch.«

Wahrscheinlich hat er den langweiligen Teil bewusst ausgespart. Über zwei Stunden hat es gedauert, bis endlich alle Majestäten proklamiert waren. Den neuen Schützenköniginnen und -königen wurden Schärpen umgehängt, Orden angesteckt und mit viel Tamtam die Hände geschüttelt, Geert-Helge kam aus dem Knipsen gar nicht mehr raus. Dann tanzte das Alterskönigspaar einen Walzer, alle anderen standen drum herum und klatschten mehr oder weniger im Takt – außer Saranya, die weigerte sich. Schließlich hievten ein paar kräftige Burschen das Paar auf den Tresen, von wo aus es Kurze für alle bestellte. Ein netter Brauch, wie ich finde.

Verzögert wurde der Ablauf übrigens dadurch, dass der neue Schützenkönig erst noch aus dem Bett geholt werden musste, wo er seinen Rausch vom Tag ausschlief. Zum Glück war die Königin kräftig gebaut und konnte seinen schlaffen Körper beim Ehrentanz übers Linoleum wuchten. Einen Tisch weiter hängt er jetzt über seinem ich-weiß-nicht-wie-vielten Konter-Köm.

Saranya klappt ihren Taschenspiegel auf. »Wenn du Johan nicht willst, nehm ich ihn nämlich.«

»Kannst du haben.«

Von innen klopft es gegen meine Bauchdecke.

»Sicher?«, fragt Saranya und hält im Lippenstiftauftragen inne. »Ich würde dir den Vortritt lassen.«

Das Klopfen schwillt an.

»Na ja, er hat eine Frau. Und eine Tochter.«

Ich horche, aber unter meiner Bauchdecke ist es still. Verdächtig still. Keine Ahnung, was mir mein Bauch damit sagen will, aber *dass* er mir mit seinem abrupten Verstummen etwas sagen will, ist so klar wie der Schnaps, der gerade vor mir abgestellt wird.

»Ihr steht euch wirklich in nichts nach, Nelly und du.« Saranya zieht die Augenbraue hoch, während sie mit einer Nadel vor dem Spiegel ihre Wimpern trennt.

Als ich gerade protestieren will, lässt sich Nelly mit erhitzten Wangen auf ihren Platz fallen. »Puh, bei mir dreht sich alles.« Sie greift nach der Cola- und der Kornflasche, schüttet sich beides in ein Nulldreier-Glas – etwa zu gleichen Anteilen – und stürzt das Getränk in einem

Zug hinunter. Danach füllt sie ihr Glas erneut mit einer ähnlichen Mischung und trinkt es wieder zur Hälfte leer. Saranya und ich starren sie an.

»Was?«

Saranya schüttelt den Kopf. »Sag mal, wie kommt es eigentlich, dass du andauernd aufgefordert wirst und wir von der Männerwelt konsequent ignoriert werden?«

Genau, ich hätte nämlich auch mal Lust zu tanzen. Hey, und jetzt läuft auch noch mein alter Tanzschulen-Discofox-Hit. *Er gehört zu mir, wie mein Name an der Tür …*

Nelly zuckt mit den Schultern. »Ihr seid Zugezogene. Utländer. Mit denen will keiner was zu tun haben.«

»Ach ja«, Saranyas Ton wird merklich schärfer, »und wie kommt es dann, dass *du* dich mit uns abgibst?«

Steht es in den Sternen, uhuhuuu, was die Zukunft briiingt, uhuhuuu, oder muss ich lernen, dass alles zerriiinnt? Tut richtig gut, mal wieder laut zu singen.

»Heimatlosen muss man doch helfen!« Sie lallt schon ein bisschen.

»Das ist ausgesprochen nett von dir.« Jetzt klingt Saranya süß. Etwa wie Chili-Schokolade.

»Ihr seid doch auch nur Menschen.« Nelly hört sich geradezu mitleidig an.

»Wer hat Lust zu tanzen?«, grätsche ich kreischend dazwischen. »Ob mit oder ohne Mann, völlig egal!« Ich fasse Nelly und Saranya bei den Händen und zerre sie von ihren Sitzen hoch.

Saranya macht sich los, schüttelt ihr Goldarmband und zupft die Meerjungfrauensilhouette ihres Kleides zurecht. Aber sie kommt mit auf die Tanzfläche.

Und ich flieg, flieg, flieg wie ein Flieger …

Nelly breitet die Arme aus und rennt auf der Tanzfläche imaginäre Achten ab. Mit ausholenden Bewegungen schließen sich die anderen Tänzer an.

»Bin so stark, stark, stark wie ein Tiger …« Laut singend segele ich hinterher. Und fliege! Vorbei an Saranya, die am Rand mit dem Fuß wippt, den pinkfarbenen Strohhalm lasziv zwischen den Lippen.

Jetzt wirft sich Nelly auf den Boden, liegt auf dem Rücken, die Unterschenkel seitlich abgespreizt, und drischt auf ihre Luftgitarre ein, was mittelmäßig zum Fliegerlied passt, aber trotzdem: Was für eine Energie! Ich gehe in die Hocke und zupfe ihren Rock ein Stück runter, muss ja nicht jeder hier im Saal ihren Slip sehen. Dann segele ich mit den anderen weiter.

Als das Lied vorbei ist, rappelt Nelly sich auf und kommt schwankend auf uns zu.

»Ich hab mich noch nie, nie, nie«, brüllt sie, »so gut, gut, gut gefühlt!« Sie zieht Saranya das Weinglas aus der Hand, sticht sich den Strohhalm zuerst gegen das Kinn und schlürft, als sie die richtige Öffnung gefunden hat, mit eingezogenen Wangen das Glas leer. Dann reibt sie sich mit den Eiswürfeln übers Gesicht und lässt einen nach dem anderen in ihren Ausschnitt gleiten.

Ich fasse nach einem Pfeiler. Nelly tut das auf eine so unschuldige Art und Weise, ich meine, sie denkt sich wirklich nichts dabei! Dafür lege ich meine Hand ins Feuer. Schon gar nicht zieht sie in Betracht, dass das den einen oder anderen Mann in dieser Halle – inklusive Paul, der zu uns herübersieht – rattenscharf machen könnte.

Und diese Unbefangenheit, diese natürliche Absichtslosigkeit, das ist so was von SEXY!

Als ich zu Saranya hinübersehe, weiß ich, dass sie dasselbe denkt. Wie sie die Schultern nach hinten zieht und ihre Hand ans Dekolleté legt, wie um sich zu versichern, dass es doch einiges für sich hat, sich seiner Wirkung auf Männer bewusst zu sein.

Und ich? Wo finde ich mich da wieder? Ich setze mich.

Es gab mal eine Zeit, da wusste ich genau, wie ich auf Männer wirke. Ich hatte lange sonnengebleichte Locken, Kurven und Turnschuhe, habe mich nicht in Jeans gezwängt, die mir nicht passen, war weder Kumpeltyp noch ein einziger greller Schlüsselreiz. Natürlich wusste ich immer genau, dass mein Träger gerade rutscht, dass meine Nippel sich unter dem dünnen Stoff abzeichnen, dass ich aussehe, als könnte ich eine Jacke brauchen, dass der jeweilige Er mich beobachtet, während ich mir gedankenverloren eine Erdbeere in den Mund schiebe. Ich wusste, wer ich bin, und vermutlich war allein das sexy.

Wahllos greife ich nach den Flaschen.

Und wie bin ich heute? Verkrampft? Verklemmt?

Ich schüttle mich. Prosecco und Rum – keine gute Mischung. Trotzdem fülle ich das Glas auf.

Wie kann das sein, dass das, was Simon zu mir gesagt hat, mein ganzes Selbstverständnis aus den Angeln hebt? Dass ich gar nicht mehr weiß, wer ich bin, und mich ständig auf die Suche begebe nach einem neuen Kurs, einer neuen Identität? Warum muss die Wirkung seiner Aussage denn so umfassend sein? Es ging doch nur um Sex!

Und wann genau hat das aufgehört, dass ich wusste,

wer ich bin? Dass ich absichtlich absichtslos Haarsträhnen um meinen Finger gewickelt und Hände auf halbfremden Unterarmen abgelegt habe? Hat sich das alles schlagartig geändert? Vor nunmehr knapp fünf Monaten? Oder habe ich mich schon viel früher aus den Augen verloren?

Mir wird schwindelig, und ich nehme noch einen Schluck.

Und wie kam es eigentlich dazu? Wie geht man sich selbst verloren?

Dieser Prosecco-Rum, der hat eine ganz seltsame Wirkung. Er macht mich klar und benebelt zugleich. Ich versuche, mich auf die nebelfreien Areale in meinem Kopf zu konzentrieren. War das das eigentlich Langweilige an mir, mein vernebeltes, verlorenes Selbst?

Mit einem Mal ist da ein Reißen und Ziehen in meiner Brust. Heimweh, denke ich mit trunkener Nüchternheit. Allerdings brauche ich einen Moment, bis ich begreife, welches Heim da an mir zerrt. Sind das … meine Turnschuhe?

Plötzlich kommen mir meine Füße eingequetscht vor in den eng gekreuzten Stilettoriemen. Mein ganzes Ich kommt mir eingezwängt vor.

Erst schnürt er dich ein, macht ein ordentliches Paket aus dir, ganz nach seinem Geschmack, und schon bist du ihm – eingeklemmt und luftleer – zu langweilig. Dann fehlt sie ihm, die Frau, die nicht in sein Packset passt. Die, in die er sich verliebt hat.

Ich krame in meiner Handtasche. Ich muss Simon anrufen. Jetzt sofort! Muss ihm sagen, dass es seine Schuld ist, dass ich verkrampft, verklemmt, verloren, dass ich langweilig geworden bin.

Als ich das Handy aus meiner Handtasche ziehe, sehe ich, dass eine Nachricht eingegangen ist. Vor einer guten Stunde.

»Caro, es tut mir total leid, aber ich kann hier nicht weg. Trink einen für mich mit. Wir sehen uns. Zerknirscht, Johan.«

Noch ein Mann, der mir einen Stempel aufdrückt: *Caro Punke – wartend und enttäuscht*.

Von wegen! Nicht eine Sekunde habe ich an dich gedacht, Johan Groß. Ich hatte einen Riesenspaß heute Abend und bin weit entfernt davon, enttäuscht zu sein. Und dein albernes »zerknirscht« kannst du dir sonst wohin schieben. Hallo? Schön die Füße still halten da drinnen – ich drücke gegen meine Bauchdecke. Verstanden?!

Nebel, nichts als Nebel in meinem Kopf. Suchend irre ich umher, fahnde nach einem gedanklichen Anker, an dem ich mich festhalten kann. Ich spüre die Enge, das Ziehen in meiner Brust, stärker noch als vor ein paar Minuten, zugleich ist es schwammig und ohne Bezugspunkt. Am liebsten möchte ich mir den Brustkorb mit beiden Händen aufreißen wie ein Hemd, dessen Knöpfe ich sprenge. Ich will, dass das aufhört, dieses Heimweh, das mich überschwemmt, von dem ich nicht weiß, womit ich es stillen soll.

Noch immer habe ich das Telefon in der Hand. Nur kurz, denke ich, nur einmal kurz seine Stimme hören. Ich tippe auf seinen Kontakt. Simon, ohne Nachnamen. Es gab nur den einen.

Ich zittere, mein Finger schwebt über dem Anrufbutton.

»Die Gefühle haben Schweigepflicht – was ich für dich fühle, zeig ich nicht …«

Ist ja schon gut, ich will ihn doch einfach nur *hören*.

Eine Hand legt sich über meine wie eine Abdeckung, dann zieht sie mir das Telefon weg.

»Keine gute Idee.« Saranya setzt sich neben mich. Sie legt mein Handy vor uns auf den Tisch.

Eine Weile starren wir beide schweigend aufs schwarze Display.

»So schlimm?«

Ich zucke mit den Schultern.

Sie drückt aufs Telefon, das Display leuchtet. Und ehe ich michs versehe, schiebt sich ihr Finger mit dem Acrylnagel in Richtung »Kontakt löschen«.

»Sag mal, spinnst du?« Ich reiße das Gerät an mich. Wie wild tippe ich darauf herum. Schmidt, Seeliger … Spira. Sie hat es wirklich getan! Simon ist weg!

»Einer muss dich ja vor dir selbst schützen.«

»Ach ja?!« Ich will sie anfunkeln, wenn ich ihr schon nicht in die Hand beißen kann, aber der neblige Schleier ist nun auch über meine Augen gerutscht.

0171 – und dann? 99, irgendwo in der Mitte, davor eine 7. Oder dahinter? Was mach ich denn jetzt? Warum hab ich mir seine Nummer denn nirgendwo notiert? Bislang war Simon weit weg, jetzt ist er unerreichbar.

»Marschwalzer!«, ruft Nelly und packt Saranya und mich am Arm.

Diesmal bin ich es, die sich wehrt, aber Nelly hat einen erstaunlich festen Griff. Und ich bin das Gegenteil von fest, mürbe bis ins Mark. Willenlos lasse ich mich von ihr auf die Tanzfläche schleifen. Caro Punke, für jeden Spaß zu haben – mit roter Clownsnase und Papiertröte, die schlaff wie eine tote Zunge aus meinem Mund hängt. Nelly schiebt mich in eine Polonaise, ihre Hände legen sich auf meine Schultern. Marschmusik erfüllt den Saal.

Schlurfend marschiere ich im Kreis, einem rein weiblichen Polonaisetrupp, die Männerpolonaise kreist in entgegengesetzter Richtung um uns herum. Die Musik stoppt, die Marschierenden auch.

»So, und jetzt fassen wir der Gitte von hinten an die … Schnappt euch den Partner, der euch geeenau jetzt gegenübersteht!«, brüllt der DJ ins übersteuerte Mikro.

Ein Walzer ertönt, und ich werde vor einen Mann geschoben, der meine Taille umfasst und meine Hand in seine nimmt. Mit sanftem Druck bedeutet er mir rückwärtszugehen, und einen Moment später drehen wir uns leichtfüßig über die Tanzfläche. Ich merke, wie sich etwas in mir aufrichtet, wie meine Körperspannung zurückkommt. Ich sehe ihn an.

Er lächelt. »Till.«

»Caro.«

»Hab dich hier noch nie gesehen.«

»Hm, ich wohne auch noch nicht lange hier.«

Geschickt dirigiert er mich durch die Lücken zwischen den anderen Tanzpaaren hindurch.

»Ich auch nicht. Also ich wohne überhaupt nicht hier, sondern in Husum. Bin vom Spielmannszug.« Seine Augen sind irre blau, seine Haare hellblond, fast weiß. Er riecht wie frisch geduscht.

Schon drängt sich Marschmusik vor den Walzer, die Paare fahren auseinander und gehen zurück in Polonaisestellung.

»Bis später«, sagt Till und guckt mich ziemlich intensiv an.

Der Nebel in meinem Kopf ist verflogen, mein Geist ist mit frischer Energie gespritzt, ich bin hellwach. Beschwingt trabe ich voran. Dabei versuche ich, die vorbeikreisende Männerschlange nicht mit allzu interessierten Blicken zu streifen. Ich ahne es, gleich wird die Musik ein weiteres Mal wechseln, und ich würde gerne wieder mit diesem Till …

Walzer. Erneut greift eine Hand nach meiner. Es ist wie ein Wiederfinden.

»Hallo, Caro.«

»Hallo«, ich sehe den Arm entlang zum Kopf meines Gegenübers, »Holm.«

Das war's dann wohl.

Holm strahlt. Ich dagegen bringe nicht einmal ein Höflichkeitslächeln zustande. Als sein Händchen auf mein Schulterblatt patscht, versteife ich mich. Niemals im Leben hätte ich mich auf so ein Partytanzspiel einlassen dürfen! Ich beiße die Zähne zusammen.

Holms Arme sind fest, sein ganzer Körper ist fest, als er mich über die Fläche führt. Als wären da versteckte Drahtseile unter seinem Hemd. Schlösse man die Augen, könnte man sich glatt in der Vorstellung wiegen, von einem muskulösen, breitschultrigen Mann gehalten zu werden. Ich schließe die Augen. Und öffne sie sogleich wieder. Nein, heute Abend bin ich nicht mehr in der Stimmung für Abstraktionen dieser Art.

Obwohl er so schmal ist, strahlt Holm in diesem Augenblick eine fast unheimliche Präsenz aus. Er scheint genau zu wissen, was er tut, und das mit einer solchen Geschmeidigkeit, dass ich für einen Moment sogar das Turnhallenlinoleum unter meinen Füßen vergesse und an seiner Seite über ein imaginäres Parkett fliege. Er schafft einen Raum, der uns von allen anderen in diesem Saal abgrenzt. Als wären sie nur da, um uns einen Rahmen zu geben.

Er tanzt gut. Richtig gut. Viel besser als der Typ gerade eben.

Marschmusik. Holm deutet eine kleine Verbeugung an, wir lächeln uns zu, dann fasse ich Saranya von hinten an die Schulter.

Ich bin noch immer ganz benommen, als die Musik erneut wechselt. Kein Walzer diesmal.

»Quak, quak, quak!«, macht der DJ. »Schützenschwestern und Schützenbrüder, rechts um! ENTENTANZ!«

Bevor ich weiß, wie mir geschieht, stehe ich wieder vor Till.

»Na denn«, sagt er.

Nein! Ich will doch … Ich möchte doch meine Wange auf seiner Brust ablegen und kurz, nur ganz kurz das Gefühl haben, dass mich jemand in den Arm nimmt. Stattdessen soll ich vor ihm mit den Ellbogen schlagen wie mit Flügeln und meinen Hintern rausstrecken wie einen … Entenarsch?!

Till plustert sich auf wie ein Erpel und lacht. Dann flattert er mit den Armen, und plötzlich, wie wir so voreinander in die Hocke gehen und im Takt dieser Schrottmusik in die Hände klatschen, muss auch ich lachen. Wie Farbe aus einem Farbbeutel platzt es aus mir heraus, ich pruste und huste und lache einfach immer weiter. Eingehakt hopsen und springen wir im Kreis, schleudern uns herum und mein Lachen durch den Saal. Es ist wie eine Explosion, alles Aufgestaute muss raus, mein ganzes eingeklemmtes Ich wird ausgespuckt.

Ich weiß nicht, warum, aber während ich das nächste Mal in die Hocke wackle und dabei die Knie zusammendrücke, als müsste ich dringend aufs Klo, nimmt ein Gedanke in mir Gestalt an. Anfänglich ist es nur eine vage Idee, aber schon eine Ententanzrunde später sehe ich es klar und deutlich vor mir: Heute Abend habe ich Sex.

≈ 17 ≈

Gib's zu, du hast irgendwo die »Das mag Carolin Punke am liebsten«-Anleitung gefunden und auswendig gelernt! Anders kann ich mir nicht erklären, warum dieser Mann genau das Richtige tut. Till hat mich langsam ausgezogen, mich am ganzen Körper berührt und geküsst, aber – und das meine ich mit *das Richtige* – er hat bislang weder meine Brüste angefasst noch sich zwischen meinen Beinen zu schaffen gemacht. Als ich schon innerlich wimmerte: Jetzt, jetzt, bitte, JETZT!, sind seine Hände und sein Mund abermals abgedreht und meine Wirbelsäule entlanggefahren. Oder er hat meinen Nacken massiert, als hätte er alle Zeit der Welt, während ich mich vor Lust krümme. Einmal hat er mich angegrinst, und ich habe in seinen Augen gesehen, wie sehr ihn diese kleine Folter anturnt. Jetzt streifen auch noch seine Zähne mein Ohrläppchen. Ich stöhne auf.

»Oh ja«, haucht Till. Sein heißer Atem bläst in meine Ohrmuschel.

Gänsehaut überall, am Hals, an der Brust, den Armen, den Beinen. Mmh, das fühlt sich so gut an! Unwillkürlich stöhne ich noch einmal, viel lauter diesmal. Tills Atem geht schneller, sein harter Penis drückt sich gegen meinen Oberschenkel.

Keine Dreiviertelstunde ist es her, dass wir unsere Finger wie Entenschnäbel bewegt haben und ich mir ein bisschen wie Babys unsäglich tanzende Schwester in *Dirty Dancing* vorkam. Jetzt liegen wir hier, nackt, in meinem Bett.

Mit den Zähnen spielt Till weiter an meinem Ohrläppchen. Er knabbert und beißt und trifft genau den Punkt, an dem es anfängt wehzutun, aber noch nicht wirklich schmerzhaft ist. Wie ich das liebe! Wohlig winde ich mich. Das hat Simon auch immer gemacht. Wenn er wie Till nur mit den Zähnen, nicht mit der Zunge ... Augenblicklich schrillt etwas in mir. Sekunden später schaltet mein Bauch die Alarmanlage ab und legt sich steif wie ein Stock in seine Höhle. Auch ich liege da wie ein Brett.

Tills Hand wandert meinen Bauch hinunter. »Stöhn weiter«, flüstert er. »Das macht mich unglaublich an.«

Am liebsten möchte ich ihn wegstoßen. Ich möchte rufen: Schluss, aus, Ende! Aufstehen und ihm die Hand schütteln und sofort die Tür hinter ihm abschließen. Aber ich kann nicht. Da läuft ein Programm in mir ab, das sagt: *Komm schon, es hat so gut begonnen, du hattest Spaß. Und außerdem bist du, Carolin Punke, in der Lage, einen Mann so richtig scharfzumachen. Sieh ihn dir doch an! Sex mit dir ist* nicht *langweilig!*

Mit zusammengebissenen Zähnen gebe ich ein Stöhnen von mir. So klingt das mehr wie ein Knurren. Oder Fauchen.

»Du Tier«, raunt Till, wirft mich auf den Rücken und setzt sich rittlings auf mich.

Ich drehe meinen Kopf zur Seite und schließe die Augen.

»Sieh mich an.«

Widerwillig öffne ich die Augen. Er beugt sich vor und küsst mich. Sanft verharrt seine Zunge an meinen Lippen, bevor sie sich weiter vortastet. Ein Kuss wie eine Frage, als hätte er gespürt, dass ich nicht mehr ganz bei der Sache bin.

Plötzlich komme ich mir mies vor. Entweder muss ich versuchen, mich wieder einzulassen, oder aber klar sagen: Stopp, ich möchte aufhören. Das Problem ist, beides erscheint mir unmöglich. Ich bin eine absolute Niete, wenn es darum geht, den Gedankenschalter einfach umzulegen, und erst recht kann ich Till nicht erst heißmachen und ihn dann mit einem Ständer aus der Wohnung werfen.

Ein Mensch hat das Recht, sich in jedem Augenblick neu zu entscheiden. Auch wenn diese Entscheidung irrational ist.

Ich weiß nicht. Außerdem trau ich mich das nicht, einfach zu sagen: Sorry, hab mich vertan, will doch nicht.

Carolin Punke, werde erwachsen!

Morgen. Jetzt gebe ich mir erst mal Mühe …

Mühe!

Ruhe da drinnen!

Till hat meine Unterlippe zwischen seinen Zähnen und saugt daran. Ich versuche zu ignorieren, dass mich das stört, und stöhne an seinem geöffneten Mund vorbei. Huch, war das laut. Till saugt fester. Aua.

»Ich will dich. Jetzt! SOFORT!«, rufe ich und küsse seinen Hals.

»Und ich dich erst!« Er beugt sich über die Bettkante und fummelt aus der Tasche seiner Hose ein Kondom.

Routiniert streift er sich das Ding über, und schon dringt er langsam in mich ein. Automatisch schiebe ich mir ein Kissen unter den Po.

»Was ist deine Lieblingsstellung?«, flüstere ich. In Lieblingsstellungen kommen Männer am schnellsten.

»Wenn du auf mir sitzt.«

Ich drücke ihn zur Seite und mich nach oben. Sofort greifen Tills Hände nach meinen Brüsten, und ich wippe mit durchgebogenem Rücken auf und ab. So wie ich mich niemals bewegen würde, wenn es um mich ginge. Oder darum, die gemeinsame Lust genussvoll zu steigern. Wie mit … Nein! Ich erhöhe mein Tempo.

Till umfasst meinen Hals und zieht meinen Kopf zu sich herunter. Ich will jetzt nicht küssen. Übersprungartig stöhne ich, und zwar so übertrieben laut, dass ich fürchte, dass Knut das unten hört.

»Du machst mich fertig.« Jetzt stöhnt auch Till, umfasst mein Becken mit festem Griff und bewegt mich mit einer solchen Geschwindigkeit auf und ab, dass ich mich kurz frage, wie es wohl aussieht, wenn er sich selbst einen runterholt.

Nicht nachdenken, einfach im Rhythmus bleiben.

Als er kommt und ich mein Stöhnen zeitgleich in einem letzten überlauten Schlussakkord verklingen lasse, rolle ich mich noch im selben Augenblick von ihm herunter und greife nach meiner Bettdecke. Wahrlich keine Glanzleistung.

Wie benommen liegt Till neben mir und atmet schwer. Das klingt wie … Der schläft mir doch jetzt nicht etwa ein!

Notfalls zerre ich ihn an den Füßen aus dem Bett und raus auf den Flur, denn aufwachen will ich in ein paar Stunden definitiv allein. Als ich mich gerade frage, wie ich ihn möglichst freundlich zum Gehen animieren kann, vernehme ich das surrende Geräusch einer elektrischen Zahnbürste. Augenblicklich sitze ich aufrecht im Bett. Das kommt von hinter meiner Zimmerwand, da liegt das Badezimmer von … Johan!

Neben mir stöhnt Till, laut und genüsslich.

»Pscht!«, mache ich.

Er gibt einen Schmatzlaut von sich. Der schläft wirklich!

Ich springe auf, mache einen großen Schritt über Tills Körper und laufe ins Wohnzimmer. Als ich aus dem Fenster sehe, bleibt mir beinahe das Herz stehen. Mitten auf dem Hof, unter den Blättern der Kastanie, direkt neben dem roten Bürgerbus parkt Johans Mustang.

Ich sinke auf einen Stuhl. Er muss uns gehört haben! Mich! Mein peinliches, unechtes Pornodarstellerinnengestöhne!

Mit einem Mal fühle ich mich schrecklich leer. Mein Kopf ist so schwer, dass ich ihn auf der Tischplatte ablegen muss. Ich bin nackt, und mir ist kalt. Mein Bauch liegt beschämt in seiner Höhle, hat sich zusammengezogen wie eine verkochte, schrumpelige Erbse. Und auch ich möchte vor Scham versinken.

Nie wieder verlasse ich diese Wohnung! Nie wieder werde ich Johan unter die Augen treten! Ich kann mir nämlich genau vorstellen, wie unser nächstes zufälliges Aufeinandertreffen abläuft. Entweder grüßen wir einander freundlich distanziert und sind beide froh, dass der andere kein überflüssiges Wort verliert, oder wir tun gleich so, als hätten wir einander nicht gesehen. Was ich einfach nicht ertragen könnte. Keines von beidem.

Aus meinem Schlafzimmer kommt ein leises Schnorcheln, der Kunststoff unter meinem Po ist kalt, der Mond eine schmale, kaum sichtbare Sichel, und ich bin der einsamste Mensch der Welt.

Johan und ich, wir sind doch ... Ja, was sind wir eigentlich? Ein verheirateter Mann mit Kind, der eine sexuell hochgradig verunsicherte Frau ein ums andere Mal versetzt? Klingt wie ein absolutes Traumpaar.

Ruckartig setze ich mich auf. Was denke ich hier eigentlich?! Hier geht's doch gar nicht um Johan! Hier geht es um ... Simon und maximal um den schnarchenden Typen in meinem Bett. Schließlich ist Till es, mit dem ich just den Projektschritt *»Neuer Mann/Sex«* vollzogen habe – nicht Johan. Was sich irgendwie merkwürdig anfühlt.

Das ist doch Quatsch, das ganze Projektzeug! Ich laufe ins Schlafzimmer hinüber, packe meine Bettdecke am Zipfel und ziehe sie von dem nackten Männerkörper. Dann wickle ich mich darin ein und setze mich wieder auf den Stuhl.

Eine Weile hocke ich einfach da, lausche dem fernen Lachen heimwärts strebender Grüppchen und spüre es in mir wabern und ziehen. Wieder dieses Heimweh. Was gäbe ich darum, etwas in mir zu haben, womit es sich lindern ließe. Wenn ich könnte, würde ich ihm sogar die Brust geben, Hauptsache, es ist gestillt und satt und schmerzt nicht mehr. Aber da ist nichts. Ich schlinge die

Decke fester um mich und reibe meine kalten Füße aneinander. Dabei muss es doch auch so etwas wie eine innere Heimat geben, etwas, worauf ich vertrauen kann, das mich leitet und mich ruhig und zuversichtlich sein lässt. Eine Zuflucht, die nicht von einem anderen Menschen abhängig ist. Vielleicht habe ich auch so einen Heimatort in mir, erkenne ihn aber nicht?

Plötzlich springe ich auf und trete nach dem Stuhl. Du verdammter Scheißkerl! Hast mir alles kaputtgemacht! Ich trete noch mal nach, der Stuhl kracht zu Boden. Mein Ego, mein Zuhause! Und jetzt auch noch den Sex mit Till! Dazu hast du verdammt noch mal kein Recht, Simon!

Ich schnappe mir die Decke und stapfe rüber ins Schlafzimmer. Vor dem Bett bleibe ich stehen. Till liegt noch genauso da, wie ich ihn zurückgelassen habe, eingerollt und nackt. Sein Atem ist jetzt so fein, dass ich ihn kaum höre. Ich zittere und verscheuche den Anflug eines schlechten Gewissens. Er war ... Es hätte ... so gut sein können.

Ich fasse ihn an der Schulter. »Till.«

Er dreht sich auf den Rücken, ich sehe sein schlaffes Glied und die hellblonden Haare auf seiner Brust.

»Till«, sage ich wieder.

Er öffnet die Augen, muss sich kurz zurechtfinden. »Hm.«

»Sei mir nicht böse«, flüstere ich, »aber mir wäre es lieb, wenn du jetzt gehst.«

»Wie spät ist es?«

»Kurz vor sechs.«

Er fasst nach meiner Taille und zieht mich zu sich herunter. »Mmh, können wir davor nicht noch mal ...«

»Nein!« Ohne dass ich es will, macht mein Arm einen Schlag nach vorn. »Ich habe langsam echt keinen Bock mehr, euch Männer zu bedienen! Und weißt du was?« Ich funkle ihn an. »Ihr seid doch selbst schuld, dass man euch was vorspielt! Du meinst doch nicht etwa, der Orgasmus vorhin war echt? Ha!«

Till starrt mich einen Moment an, dann greift er mit versteinerter Miene nach seinen Boxershorts.

»Aha, der Herr kann die Wahrheit nicht ertragen!« Ich beuge mich übers Bett und grapsche nach dem Kondom. »Mitnehmen!«

Till zieht den Reißverschluss seiner Jacke hoch. »Du hast sie doch nicht mehr alle.«

Scheppernd knallt der Deckel des Mülleimers unter meinem Pedaltritt gegen die Wand, ich pfeffere das Kondom hinein, der Deckel schnappt zu. Als ich gerade die Tür mit viel zu viel Kraft aufziehen will, fällt eine andere nicht weit entfernt ins Schloss. Schritte, dann das vertraute Knarren der Holzstufen. Ich glaube, ich löse mich auf.

Mit einem Mal weiß ich gar nichts mehr. Nicht, wie ich mich bewegen, wie ich gucken oder was ich sagen soll. »Noch einen Kaffee?«

»Du bist doch völlig durchgeschallert.« Till greift nach der Klinke.

»Oder einen Tee?« Hektisch drücke ich mich gegen die Tür, die bereits einen Spaltbreit geöffnet war und nun viel zu laut zuschlägt. Ich zucke zusammen.

Till drückt mich zur Seite.

»Warte!«, rufe ich und halte gegen. »Warte … doch noch kurz den Schauer ab.«

Tatenlos sehe ich zu, wie er die Wohnungstür öffnet und aus der Deckung heraustritt.

Mein Bauch ist ein fester Knoten, als ich mich seitlich zum gekippten Fenster stelle, um unauffällig einen Blick auf den Hof zu erhaschen. Der Mustang steht noch genauso da wie vor ein paar Stunden, quer auf dem Kopfsteinpflaster, als wäre sein Fahrer mit fliegenden Fahnen angebraust und, ohne einen Gedanken an die Parkposition zu verschwenden, aus dem Wagen gesprungen. Wahrscheinlich ist Johan noch bei Knut. Vielleicht frühstücken die beiden zusammen. Bitte, um Himmels willen, lasst euch alle Zeit der Welt!

Jetzt tritt Till auf den Plan. Schnell! Mach schon! Mit großen Schritten überquert er den Hof. Gut so! Als er schon fast an der Straße ist, wird er langsamer. Los, weiter! Er zögert. Und dreht sich noch einmal um. Automatisch weiche ich zurück. Was ich nicht hätte tun müssen, denn natürlich würdigt er mein Fenster keines Blickes, sondern fixiert den Wagen, dessen schwarzer Lack in der frühen Morgensonne glänzt. Jetzt kommt er zurück. Was zum Teufel will er denn? Er läuft einmal um den Mustang herum, bückt sich ein paarmal und klopft auf die Motorhaube.

»Moin!«, ruft er und klingt dabei viel zu gut gelaunt. »Schicke Karre!«

Pscht!

»Is' das 'n Shelby? Siebenundsechziger? Acht'n'sechzig?« Seine Stimme schallt über den Platz.

PSCHT!!!

Ich gerate ins Straucheln. Fasse nach den hochgeschobenen Alulamellen des Rollos, reiße sie rasselnd herunter. Und bin im nächsten Augenblick wie gelähmt.

Da ist Johan. Mein Herz setzt einen Schlag aus. Mit finsterer Miene öffnet er die Beifahrertür, schiebt seine lederne Reisetasche auf den Sitz und läuft einmal ums Auto herum, ohne ein Wort zu sagen. Dann zieht er die Fahrertür hinter sich zu, startet den Wagen, und eine Sekunde später hängt nur noch das Abgas wie ein Schleier über dem Boden.

Ich lasse mich auf den Stuhl fallen. Ich weiß, was kommt. Ich schließe die Augen, drücke mein Kinn in die Handflächen und denke: Los, gib's mir, ich hab's verdient.

Aber da kommt nichts. Meine Augen öffnen sich wieder, und ehe ich weiß, was ich tue, springe ich auf und durchschreite den Raum.

Ich hab die Schnauze gestrichen voll von euch Männern! Und, Johan Groß, weißt du was? Für deine miese Laune bist ganz allein du selbst verantwortlich! Wer hat denn hier wen versetzt? Na? Oder bist du sauer, weil ich den Abend nicht wartend und enttäuscht in einer Ecke hockend verbracht habe? Wenn ich's mir recht überlege, bist du sogar schuld daran, dass ich mit diesem Till im Bett gelandet bin. Jawohl! Wenn du da gewesen wärst, wie verabredet, und mich nach Hause gebracht hättest, wäre all das nicht passiert. Dann hättest du nicht versuchen müssen, mit dem mickrigen Geräusch deiner Elektrozahnbürste gegen meine Lust anzusurren.

Zum x-ten Male laufe ich von einer Wand zur anderen, stoße mich ab wie eine Schwimmerin vom Beckenrand. Ich bin nackt, und mir ist heiß.

Und weißt du, was du noch bist, Johan? Egozentrisch! Kommst immer nur auf Stippvisite vorbei und erwartest dann, dass alle Mann Gewehr bei Fuß stehen. Und deinem Vater enthältst du die Enkelin vor, so sieht's nämlich aus, sonst wäre mir deine Ada bestimmt schon mal über den Weg gelaufen. Die Welt funktioniert nicht allein nach dem Lustprinzip, du hast auch Verpflichtungen. Die sind vielleicht nicht so spannend wie dein Architektenkram, aber es gibt Menschen, die brauchen dich. Und damit meine ich nicht mich!

Mich kannst du mal!

Ich reiße die Tür zum Badezimmer auf. Und während kurz darauf das Duschwasser auf meinen Rücken prasselt und meinen Kopf kalt umspült, fühle ich mich das erste Mal seit Langem frei.

Ganze elf Minuten. Dann bekomme ich Bauchschmerzen.

≈ 18 ≈

Ob es einen Zusammenhang gibt zwischen der Art, wie ein Mensch tanzt, und seinen Qualitäten als Liebhaber? Man sollte doch meinen, dass jemand, der in der Vertikalen weiß, was er tut, auch in der Horizontalen nicht gänzlich danebenliegen kann. Jemand, der einen sicher über die Tanzfläche führt, der einen wie schwerelos durch den Raum schweben lässt, der geschmeidig, leidenschaftlich und konzentriert zugleich ist, der die Musik fühlt und seinen Körper beherrscht und den seiner Partnerin gleich mit, bei dem jede Bewegung diese irre Mischung aus Leichtigkeit und Spannung enthält – so jemand kann doch nicht schlecht sein im Bett, oder?

Nach Saranyas Gesichtsausdruck zu urteilen, der zwischen irritiert und angewidert pendelt, muss ich der Gestalt in der Flügeltür des Cafés ein geradezu entrücktes Lächeln geschenkt haben.

»Du weißt aber schon, wer das ist?«

Klar doch. Wie könnte ich diesen Mann vergessen?

»Hey«, ich hebe die Hand, »setz dich doch zu uns.«

Unter seinen Augen liegen dunkle Schatten. Wie bei jemandem, der in der Nacht Besseres zu tun hatte als zu schlafen. Darf ich vorstellen: Holm Fiete, bester Tänzer am Ort. Ich strahle ihn an, er sieht an mir vorbei.

»Du hast die Spezi gestern nicht umgerührt.« Der Vorwurf gilt Nelly, die gerade mit drei Tellern beladen aus der kleinen Küche hinterm Tresen zurückkommt. Buttrige Ofenkartoffeln mit Kräuterquark und frischen Schnittlauchröllchen, dazu ein bunter Salat. Vor Saranya wartet bereits ein großer quark- und butterfreier Rohkostteller.

»Du hast mich gezwungen, pures Koffein zu trinken.« Holms Stimme klingt, als käme sie von unter der Erde, tonlos und gepresst. »Ich habe die ganze Nacht wach gelegen.«

Nelly stellt die Teller ab. »Oje, du Armer. Soll ich dir eine Cola machen? Damit du wieder auf die Beine kommst?«

»Ich hab's gewusst. Du willst mich umbringen.« Meine Einladung ignorierend schlurft Holm an uns vorbei zu dem Tisch, an dem er immer sitzt. »Eine Limo.«

Ich warte. Worauf, weiß ich auch nicht so genau. Vielleicht dass die Ringe unter seinen Augen zu Lachfältchen werden, dass er aufspringt und laut »Scherz!« ruft. Aber Holm ist nicht Geert-Helge. Ich schiebe mir eine Tomatenspalte in den Mund. Verdammt noch mal, wo sind sie denn hin, deine Drahtseilmuskeln, die deinen Körper beim Tanzen so aufrecht, so fest gemacht haben? Deine Souveränität? Jetzt sitzt du da wie eingefallen und erinnerst mich an Sascha Möller, den Stotterer in meiner Grundschulklasse, der eine Sperre im Hals zu haben schien, gegen die er angrimassieren musste, bis es ihm endlich gelang, die nächste Silbe auszuspeien. Und der nach Schulschluss im Knabenchor nachtigallengleich in vorderster Reihe sang.

Als Holm die Hälfte der Limo getrunken hat, stellt er sein braunes Köfferchen auf den Tisch und lässt mit seinen Daumen beide Verschlüsse gleichzeitig aufschnappen. Dann zieht er ein Stethoskop aus der Tasche und steckt sich die Bügel ins Ohr. Es folgt eine Manschette, die er sich um den Oberarm schnallt, er pumpt und horcht. Als er aufsieht, blickt er in mindestens zwei Dutzend entgeisterte Gesichter. Paul, der just zur Terrassentür hereinkommt, hat seine Augenbraue eindrucksvoll hochgezogen. Holm löst die Manschette mit einem Ratsch, wobei sich seine Wangenmuskeln kurz spannen. Dann faltet und rollt er alle Gerätschaften ordentlich zusammen und lässt sie wieder in seinem Aktenkoffer verschwinden.

»Vertrauen ist gut, Kontrolle ist besser«, murmelt er mit finsterem Blick auf sein Glas.

»Das ist reine Limo«, sagt Nelly und stellt weitere Teller auf den Tischen ab.

Schade, für einen Augenblick habe ich ihn mit anderen Augen gesehen. Jetzt ist er doch wieder das Hölmchen.

»Isst du mit?«, wendet sich Nelly an Paul.

»Nichts für ungut. Bei Dempewolf gab's heute Schweinebacke, da konnte ich nicht widerstehen. – Darf ich?«

Ich nicke, und Paul setzt sich zu Saranya und mir.

»Warum ich eigentlich hier bin. Nelly, du hattest uns, also Rosi und Polly, doch die zwei Schweinebilder gemalt.«

»Hm.«

Paul manövriert seinen bärigen Körper in eine andere Sitzposition. »Jetzt will Svenja plötzlich auch eins. Für die Küche. Sie meint, dass das Bananengelb perfekt zu den Blumen auf den Gardinen passen würde.«

Saranya gibt ein Schnauben von sich.

»Kein Problem.« Nelly füllt mein Wasserglas auf.

»Ah, super.« Paul atmet aus und zückt sein Portemonnaie. »Damit geht unser Haus bald als Schweinestall durch.«

Als er einen Fünfzig-Euro-Schein auf den Tisch legt, schnellt Saranyas Hand vor. »Hundert.«

»Quatsch«, sagt Nelly.

Saranya und Paul ignorieren sie und sehen sich an. Saranyas Augen sind starr, die Lider bewegungslos. Sie sieht aus wie eine Pokerspielerin, während Paul ein ums andere Mal zwinkert. Schließlich schüttelt er den Kopf und lacht. »Alles klar, hundert. Hast eine gute Agentin, Nelly.« Er zieht einen zweiten Schein hervor und legt ihn zum ersten.

»Aber das ist doch …«

Saranya schneidet Nelly das Wort mit einem undefinierbaren Zischen ab und stopft ihr das Geld in die Brusttasche ihrer Bluse. Es hat etwas Rührendes, wie Nelly die Hand an die Brust drückt, als trüge sie einen Schatz unterm Herzen, den es zu beschützen gilt.

»Du bist der Einzige, der sich für meine Kunst interessiert.« Sie sieht Paul offen an – was ein echter Fortschritt ist, wenn man bedenkt, wie verhuscht sie noch vor wenigen Wochen in seiner Gegenwart war. »Das bedeutet mir sehr viel. Weil … weil mir das Malen so wichtig ist.«

»In dir steckt eine Künstlerin, Nelly.«

Jetzt wird sie doch wieder rot.

»Übrigens«, wendet sie sich an Saranya und mich,

»wie haben euch eigentlich die Bilder gefallen, die ich euch gemalt habe?«

Der Blick, den Saranya und ich austauschen, dürfte für die anderen kaum bemerkbar sein. Eine Millisekunde Auge in Auge, und ich weiß, dass Saranya das Zeitungspapier, mit dem die Tafeln umwickelt waren, auch noch nicht entfernt hat.

Sie strahlt Nelly an. »Ich muss Paul recht geben. Atemberaubend.« Geradezu unheimlich, wie leicht ihr eine Lüge über die Lippen geht.

Und ohne es zu wollen, stimme ich mit ein: »Der Hund ist echt schön.«

Nelly starrt mich an.

Was jetzt? Das war doch ein Hund. Sie hat doch gesagt, sie hätte uns beiden einen Hund gemalt. – Oder?

»Du hast ihn also erkannt?« Nelly starrt mich noch immer an.

Was ist das denn für eine Frage? Wenn es so verwunderlich ist, dass jemand das, was auf ihrem Bild zu sehen ist, auch erkennt, dann muss dieses Ding ja wirklich schlecht sein. Grottenschlecht. Jedes Kind kann doch einen halbwegs erkennbaren Vierbeiner malen – besonders wenn man als Beschenkte vorher gesagt bekommt, dass es ein Hund ist.

»Klar.« Ich versuche meine Hände, die an irgendetwas herumfummeln wollen, im Zaum zu halten. »Das war eindeutig ein Hund.«

Wenig später gebe ich mich mit den anderen – wie jeden Mittag nach dem Essen – einem Moment gemeinschaftlichen Schweigens hin. Ich mag das sehr, wenn man beieinander ist und trotzdem seinen eigenen Gedanken nachhängen kann. Das ist das Besondere an diesen Menschen und diesem Ort.

Saranya blättert in der *BUNTEN*, Nelly hat sich auf dem Stuhl rechts von mir zurückgelehnt und die Augen geschlossen, Paul tippt auf seinem Telefon herum. Die beiden Männer mit der gelben Armbinde – die einzigen noch verbliebenen Mitglieder des Bundes der Kriegsblinden – trinken Schnaps, Wilma und ihre Mitstreiterinnen vom Feuerbestattungsverein Kaffee, die Leute vom Kniffelclub, deren Würfel für einen Moment ruhen, wie immer schwarzen Tee mit Kandis und Sahne.

Ich lasse meinen Blick treiben und weich werden, so wie es Saranya von uns beim Yoga verlangt. Bunte Farbpunkte sprenkeln vor meinen Augen, gelb, orange, rostrot, und hier und da Reste von Grün, die sich auf der Wasseroberfläche spiegeln – Bäume, die kopfüber wachsen. Menschen und Hunde und Stöcke, die fliegen, und riesige blasse Kürbisse, kniehoch, die rechts von der Terrasse wuchern. Im Hintergrund das leise Geklapper der Strickomis mit ihren Nadeln.

»Und, meine Damen, wie hat euch der Schützenball gefallen?« Paul lässt sein Telefon in die Tasche seines Jacketts gleiten und schaut in die Runde.

»Der Hugo war gut.« Saranya sieht nicht einmal von ihrer Zeitschrift auf.

»Wer?«

Nelly kichert.

»Ups, entschuldige«, wendet sich Paul an mich. »Du hast gewartet, oder? Auf Johan.«

Für einen winzigen Moment bin ich überrumpelt, fange mich aber sogleich wieder. »Nö, ich hatte meinen Spaß.«

»Na, dann ist ja gut. Es war nämlich mal wieder typisch, der Herr kam erst, als schon alles vorbei war. Hat sich einmal umgeschaut, und weg war er.«

Was?

»Ich segg mal so, kein Wunder, dass ihm die Frau abgehauen ist.«

WAS?

»Seine Frau hat ihn … verlassen?«

Von der Seite bohren sich Saranyas Augen in meine.

»Ist vor ein paar Jahren mit der Lütten nach Amerika geflohen. San Francisco, die Ecke. So weit wie möglich weg von dem Typen.« Bedeutungsschwer zieht er die Nase hoch. »Ich meine, was will eine Frau mit 'nem Kerl, der nie da ist?! Der nix anderes im Sinn hat als Arbeit und Geldscheffeln. So was braucht kein Mensch!«

Mein Bauch schlägt mit einer solchen Heftigkeit aufs Trampolin auf, dass das Sprungtuch für einen Moment den Boden touchiert.

Ha! Hast du gehört, Carolin Punke? Johan Groß ist frei!

Ja, aber … Mehr ist nicht drin in meinem Schneekugelhirn – durchgeschüttelt, ausgekippt, leer. Und um mich herum alles verschluckt. Kein Tisch, kein Mensch, kein Raum, nur ein leichtes Kribbeln überzieht meine Arme wie ein Zupfen an allen Härchen gleichzeitig. Von dem ich nicht weiß, wie ich es finden soll.

Ganz langsam, erst mal die Nachricht in Einzelteile zerlegen und sortieren. Das große Ganze kann ich gerade eh nicht erfassen. Also, da wäre zunächst die Info, dass Johan die Arbeit über alles stellt, was nichts Neues ist.

Genau, neu ist: Er ist frei. F-R-E-I! Alles andere ist EGAL!

Ja, aber … seine Frau ist vor ihm *geflohen*.

Mein Bauch setzt an, das Trampolin mit harten Sprüngen zu malträtieren, ein kleines rundes Gymnastikteil, das überhaupt nicht gemacht ist für so eine Wucht. In meinem Kopf schwirrt es: *Arbeit … geldgeil … kümmert sich nicht … weggerannt … keine Frau*. Immer wieder: *keine Frau, keine Frau, keine Frau*. Und dazu schreit mein Bauch bei jedem Sprung: *Frei!* – klatsch – *Frei!* – klatsch – *Frei!*.

Nelly fasst mich am Arm. »Er ist deinetwegen noch zum Ball gekommen.«

»Quatsch.«

»Das ist so sicher wie das Amen in der Kirche«, brummelt Holm. Er starrt zwei Tische weiter in sein leeres Glas und sieht dabei so aus, als hätte er schon seit Stunden den Mund nicht mehr aufgemacht.

»Oh Gott, du bist …«

»Nein!«, unterbreche ich Saranya scharf und schiele zu Paul hinüber, der mit ausgestrecktem Zeigefinger auf sein Telefon einhackt.

Im selben Augenblick erwischt es mich hart. Mein übertriebenes Stöhnen, Porno in Zerrform – was muss sich Johan gedacht haben? Und alles nur, weil Till … Simon … Bitte, ich will das nicht, dass er mich so gehört hat! Johan-ohne-Frau, der extra aus Hamburg gekommen ist, mitten in der Nacht, wegen … des Schützenfestes.

Der mich jetzt absolut indiskutabel finden muss. Was mir egal sein kann. Was es aber nicht ist! Mir ist danach, die Terrassentür aufzureißen wie Simon an Weihnachten, als er die Kaminluft nicht mehr ertragen konnte. Und wohl auch die Enge unserer Umarmung nicht.

Mir ist danach … Ich würde gern … Mann, Carolin Punke, tu's einfach!

Schnellen Schrittes schiebe ich mich an den Tischen vorbei, Stühle werden gerückt, ich drücke die Tür auf und springe über die Schwelle nach draußen. Ohne nachzudenken, laufe ich über die Wiese hinunter zum See, streife die Schuhe von meinen Füßen und schlittere den Weg zum Ufer hinab. Ich halte nicht an, als ich das Wasser erreiche, gehe einfach weiter mit den Knöcheln im Schlamm, unter meinen Fußsohlen eine Mischung aus Steinen, Morast und dünnen Wurzeln, unter die ich meine Zehen schiebe. Ein fester Ruck, und sie wären durchtrennt.

Ich bleibe stehen und atme. Minutenlang einfach nur atmen.

Irgendwann nehme ich den Wind wahr, der über mein Gesicht streicht. Der alles Wasser zu einer Seite treibt. Und meine Waden, die warm sind im Schlick. Ich denke an Johan. Und daran, dass er seine Tochter ganz sicher vermisst.

Irgendwann ziehe ich meine Zehen unter den Wurzeln hervor, atme noch einmal tief die klare Luft ein, bevor ich mich umdrehe und die Böschung hinauf zurück zum Museum gehe.

≈ 19 ≈

Seit geschlagenen zwanzig Minuten versuche ich, ein Foto von Knut zu schießen. Unten auf dem Hof schlurft er übers Kopfsteinpflaster, zieht einen Kreis nach dem anderen um die Kastanie und setzt sich auf die moosige Bank, berührt die Rinde, ein vorsichtiges, gedankenverlorenes Streichen, sieht hinauf in die Krone, steht wieder auf und kreist erneut. Ich habe das Fenster geöffnet und halte mein Telefon ins Licht. Einmal hat er den Kopf in den Nacken gelegt, in die gelben Blätter gesehen und mir das Gesicht im perfekten Winkel zugewandt. Ich hätte nur abdrücken müssen, doch ich zögere. Wenn ich Johan tatsächlich ein Foto seines alten Herrn schicken will, so wie jeden Tag, vor dem Schützenball, wenn ich anknüpfen will an unser Band, als wäre nichts geschehen, dann darf Knut auf dem Bild nicht wirken, als wäre doch etwas. Dann muss er fröhlich aussehen, unbekümmert, und nicht so sehnsüchtig, so schwermütig. Das ist ja kaum mit anzusehen, wie er die heruntergefallenen Früchte schlaff vor sich herkickt. Jeder Tritt ein Seufzer.

Unschlüssig stehe ich in meiner Wohnzimmerküche. Es ist Sonntag, es ist nichts zu tun. Dabei möchte ich so gerne etwas tun, habe jetzt endlich den Drang, in die Hände zu spucken und loszulegen.

Ich sollte Johan anrufen, aber das traue ich mich nicht. Was soll ich denn sagen? Du, ich hatte zwar Sex mit einem anderen, aber eigentlich – also vielleicht – interessiere ich mich für dich. Da trifft es sich doch ganz gut, dass sich deine Frau aus dem Staub gemacht hat. Apropos, warum eigentlich? Weil, wenn du nämlich ein Arschloch bist und sie mies behandelt hast, hab ich nichts gesagt. Dann leg ich jetzt auf.

Ein Foto wäre da schon weniger verfänglich. Weniger peinlich. Subtile Kontaktaufnahme. Nur Knut, die trübe Tasse, macht mir einen Strich durch die Rechnung.

Wie immer, wenn ich nichts mit mir anzufangen weiß, lege ich mich erst mal aufs Bett. Entweder kommen mir dann Ideen für den weiteren Tagesverlauf – oder auch nicht. Manchmal starre ich stundenlang an die Decke und gleite in diesen seltsamen Zustand zwischen Schlafen und Wachen, der sich anfühlt, als wäre man bekifft. Und wenn es dann abends ans Einschlafen geht, ist das geräderte Gefühl mit einem Mal weg, und ich wälze mich in den Laken, hellwach, und rechne immer wieder nach, wie viel Zeit mir noch bis zum Aufstehen bleibt. Bis ich ein Buch vor die Digitalanzeige meines Weckers stelle und das Fenster vor den Vögeln schließe, die um vier Uhr morgens am lautesten sind, und irgendwann völlig verschwitzt wegdämmere.

Zum Glück kommt mir heute sofort eine Idee. Kaum dass ich mich hingelegt habe, stehe ich auch schon wieder auf und ziehe, bevor ich es mir anders überlege, Nellys Bild hinter dem Kleiderschrank hervor. Die Tafel reicht mir bis zum Kinn, ich bugsiere sie auf meine Matratze, von der danach nicht mehr viel zu sehen ist. Wie kann man bloß etwas Selbstgemachtes in dieser Größe verschenken? Das man in keiner Schublade verschwinden lassen und ebenso wenig unauffällig entsorgen kann, schon gar nicht hier auf dem Dorf. Wenn ich es nicht besser wüsste, würde ich jemanden, der einen auf diese Weise zwingt, sein Geschenk auch noch beim nächsten Umzug mitzuschleppen, als reichlich egozentrisch einstufen.

Ich beginne, das Zeitungspapier zu lösen. Vierlagig, wie Luxusklopapier, Nelly hat es gut gemeint. Und gleich wird ein niedliches Hündchen in meinem Bett liegen, das ich da überhaupt nicht haben will.

Die erste Ecke ist freigelegt, Gold blitzt hervor, langsam werde ich doch neugierig. In großen Streifen reiße ich das restliche Papier ab, bis es in Fetzen auf dem Boden liegt. Unwillkürlich trete ich einen Schritt zurück, fege meine Klamotten vom Korbstuhl und steige hinauf. Wow. Minutenlang will mir nichts anderes einfallen.

Auf goldenem Untergrund finden sich dick gespachtelte Balken in Braun und puderigem Rosa und vereinzelte weiße Kleckse, die mich an Jackson Pollocks Pinselschütteltechnik erinnern. Das ist kein Bild, das ist ein Gemälde! Ein verdammtes Kunstwerk, wie man es bei modernen Ausstellungen zu sehen bekommt oder in Häusern reicher Menschen. Allerdings ohne die Spur eines Hundes.

Ich kneife die Augen zusammen und versuche, mir eine Linie zu denken, die von einem hellen Spritzer zum nächsten führt. Vielleicht ist das eine fortgeschrittene Version von Malen nach Zahlen, vielleicht muss man als Betrachter eine geistige Eigenleistung erbringen, bevor der Hund vor dem inneren Auge erscheint. Was ziemlich clever wäre – aber nicht so recht funktionieren will.

Ich beuge mich über die Matratze. Und dann sehe ich es. Dünne, leicht verwischte schwarze Linien, wahrscheinlich Kohle, die sich großflächig über die Ölfarbe ziehen. Ein durchscheinendes Netz aus eckigen Schwüngen und Schatten, oben links … ein Hund! Da hat er sich also versteckt. Jetzt verstehe ich auch, warum Nelly so entgeistert war, dass ich gerade das kleinste Element ihres Bildes lobend hervorgehoben habe. Unangenehm. Plötzlich entdecke ich in dem Geflecht einen weiteren Hund, und noch einen. Und da sind noch mehr, skizzenhaft gezeichnete Tiere von vorn, von hinten, von der Seite, in Bewegung, ineinander verschmolzen. Ein geradezu kubistisches Wimmelbild.

»Pack unbedingt Nellys Bild aus – du wirst es nicht bereuen!«, tippe ich in mein Telefon und drücke auf »Senden«.

Weiß würde sich mit dem Gold, dem Rosa und dem Braun zwar besser vertragen als der Beerenton, den Knut und ich der Wand hinter dem Esstisch verpasst haben, trotzdem ist der Platz optimal. Die größte freie Fläche in der Wohnung, gegenüber der Eingangstür, sodass man beim Reinkommen sofort aufs Bild schaut. Als ich den letzten Betonnagel in die Wand gehämmert habe, piept mein Telefon.

»Da haben wir die Kleine wohl unterschätzt.«

Ich schiebe die Drahtschnur über den Nagel, ruckele die Leinwand zurecht und postiere mich am Eingang. Ich kann es nicht anders sagen, ich bin geflasht.

»Nelly!«, rufe ich kurze Zeit später ins Telefon. »Das Bild ist großartig! Fantastisch!«

»Danke, aber das habt ihr doch neulich schon gesagt.«

»Ja, aber jetzt … Du bist eine Künstlerin!«

»Unsinn.«

»Doch, ehrlich. In Hamburg könntest du damit richtig Geld machen.«

Nelly lacht. »Das ist doch nur ein Hobby.«

»Bis jetzt! Sag schon, wieso kannst du das?«

»Na ja, ich hab's einfach ausprobiert.«

Klar, und ich streich ein bisschen auf der Geige rum und bin eine zweite Vanessa-Mae.

»Bist du Pollock-Fan?«

»Was?«

Die Autodidaktin vom Lande. Würde sich sicher gut als Überschrift in einer der Hamburger Tageszeitungen machen. Oder in einem Frauenmagazin. Ich sehe aus dem Fenster. Da sind Knuts Füße, und sie hängen in der Luft. Mit einem Aufschrei lasse ich das Telefon fallen und stürze zur Tür.

Zwischen Knuts Fußsohlen und dem Kopfsteinpflaster liegen mindestens drei Meter. Am ausgestreckten Arm hängt er an einem der Äste, sein Gesicht ist schneeweiß, sein Arm sehr lang, er sieht mich gar nicht. Ich renne an ihm vorbei in die Scheune, in einer Ecke weit hinten ein verschwindend kleiner Haufen aus Umzugskartons, in der Mitte an einem der Pfeiler die lange Leiter. Als ich sie quer legen will, fällt sie krachend um. Keine Sekunde später klatscht auch draußen etwas zu Boden.

»Ist das Ihr …?«

»Ja«, antworte ich. Dann wird mir klar, dass er vermutlich Vater meinte – nicht Vermieter.

Die Flasche mit der Infusion pendelt über unseren Köpfen, bei jeder Bodenwelle schwingt sie weit zu den Seiten. Seit seinem Sturz hat Knut kein Wort gesagt, nur geschrien hat er, ein kurzer, markerschütternder Wehruf, der zwischen den Backsteinwänden verhallte. Und ich war für einen Moment so erleichtert wie eine Mutter beim ersten Laut ihres neugeborenen Babys.

Knuts Arme liegen eng an den Seiten, über Brust und Unterschenkeln spannen Gurte, sein linkes Bein ist merkwürdig verdreht und sieht kürzer aus als das rechte.

»Ist es … was Schlimmes?«

»Bin nur Sani.«

Na, besten Dank auch. Mein erzürnter Blick prallt an seinem Rücken ab, auf dem »Rettungssanitäter in Ausbildung« steht. Er sitzt in Fahrtrichtung an einer Art Schreibtisch, hinter Knuts Kopf, und schreibt.

»Wie alt ist er?«

Äh … Zum Glück wirft der Fahrer genau in diesem Moment das Martinshorn an, ich bekomme fast einen Herzinfarkt, unfassbar laut ist das hier drinnen. Von meinem niedrigen Sitz aus kann ich zwar nichts sehen, aber wahrscheinlich brettern wir gerade über dieselbe holprige Piste, über die ich vor ein paar Monaten in entgegengesetzter Richtung hergekommen bin. Im Bürgerbus, mit Knut.

Das Horn verstummt, der Sanitätsschüler dreht sich zu mir um.

Bevor ich etwas sagen kann, womit ich unweigerlich meine töchterlichen Privilegien – die mir im Krankenhaus noch von Nutzen sein könnten – untergraben würde, kommt mir eine erstaunlich feste Stimme von unten zuvor: »Alt genug für die Kiste.«

Ich zucke zusammen. »Knut.« Und berühre seine Hand mit dem dünnen Infusionsschlauch.

Er zieht die Wangen ein und guckt an die Wand.

»Also, wie alt ist Ihr …?«

»Kannst auch mit mir direkt reden. Vierundsiebzig.«

»Gut, dann erzählen Sie mir doch mal, was Sie da oben auf dem Baum wollten?«

Knut schweigt.

Mit einem Mal kommt mir ein schlimmer Gedanke. Ich sehe seine Beine in der abgewetzten Cordhose vor mir, wie sie in der Luft baumeln, seinen in die Länge gezogenen Körper, über ihm der Ast wie ein Galgen.

»Wären Sie so nett, dies hier für Ihren Vater auszufüllen?« Die Dame in dem weißen Kittel mustert mich durch ihre dicken Brillengläser. »Großvater?«

Bis gerade eben habe ich noch nicht gelogen, zumindest nicht absichtlich, bei einer Entscheidungsfrage wie dieser hingegen muss ich passen. »Mein Ver…«

»Die Lütte is' meine Enkelin«, fährt Knut von der Trage aus dazwischen. Er kneift ein Auge zusammen, was wohl ein Zwinkern sein soll, aber irgendwie zu lange dauert. »Ada Groß.«

Das geht doch nicht! Er kann mich doch nicht als … Johans Tochter ausgeben! Allein die Nennung des Namens,

Ada, wirbelt ein Schneegestöber an Gefühlen in meinem Innern auf, die ich jetzt nicht brauchen kann. Ich kann nur möglichst stillhalten und hoffen, dass sich der Schnee schnell wieder am Boden setzt.

Um mich abzulenken, richte ich meine ganze Konzentration auf den Anmeldebogen. *Geburtsdatum*. Was weiß denn ich, wann Knut geboren ist? Ich blättere zur nächsten Seite. *Vorerkrankungen*.

Ich werde Johan anrufen müssen. Ich werde ihm sagen müssen, was mit seinem Vater passiert ist. Mein Blick fällt auf das Blatt mit dem durchgestrichenen Telefon im roten Kreis, das in einer Klarsichthülle über der Anmeldung hängt. Galgenfrist. Das Wort macht es nicht besser.

Kurz darauf nimmt mir die Schwester den Zettel aus der Hand. »Sie haben ja gar nichts ausgefüllt.«

»Ich … Ich bin einfach zu aufgeregt.« Was irgendwie ja auch stimmt.

Sie schüttelt den Kopf und zeigt auf eine lange Stuhlreihe voller Menschen. »Dann warten Sie bitte da vorn. Ihr Großvater wird jetzt untersucht. Wir geben Ihnen Bescheid.« Noch im Sprechen rauscht sie davon.

Der einzige freie Platz befindet sich zwischen einer Frau, die sich ein blutiges Taschentuch ans Auge drückt, und den nackten, hornhautig gelben Füßen eines Mannes, der bäuchlings über vier Stühlen liegt. Ich stelle mich an die Wand gegenüber.

Einen Moment durchatmen, einen Moment nichts tun, denn es ist Sonntag, und es gibt nichts zu tun. Und bloß nichts denken. Ich versuche, mich ganz dem Rattern des Kaffeeautomaten hinzugeben, der klingt, als würden Steine gemahlen, dem Schreien mehrerer Babys, dem Stimmengewirr. Dann richte ich meine Aufmerksamkeit nach innen, auf meinen Atem, lasse ihn fließen, wie er kommt, ohne ihn beeinflussen zu wollen, bei jeder Ausatmung gehe ich tiefer in die Entspannung. »Wann geht's denn endlich weiter?« Geräusche fliegen vorbei wie Wolken, ich kann sie nicht festhalten. »Ich verblute!«

Kann ich doch.

Ich öffne die Augen und blicke direkt auf den weit offen stehenden Hosenschlitz des Mannes, der jetzt auf dem Rücken liegt. Schnell gucke ich in eine andere Richtung, während meine Hand in der Tasche das Telefon umklammert. Bevor ich einen Rückzieher machen kann, hole ich es schnell hervor und tippe auf Johans Kontakt. Die Mailbox. Ich lege auf.

»Ada Groß?« Eine Schwester, die ich bisher noch nicht gesehen habe, kommt auf mich zu.

Ich versuche, so sparsam wie möglich zu nicken.

»Ihr Großvater hat einen Oberschenkelhalsbruch. Er wird jetzt operiert. Sollen wir Sie anrufen, wenn er auf Station ist?«

»Oh, das wäre nett. Wann wird das ungefähr sein?«

»Ich schätze, in drei bis vier Stunden. Wenn alles gut läuft.« Sie notiert sich meine Nummer.

Wenn alles gut läuft ... Einatmen, ausatmen – und wenn nicht? –, Gedanken kommen und gehen. Nichts ist jetzt wichtig – erst sieht er so resigniert aus, und dann hängt er am Baum –, nichts muss gedacht, nichts muss getan werden. Vielleicht sollte ich es doch noch mal bei Johan versuchen?

Wieder die Mailbox. Ich will schon auflegen, als ich mich umentscheide. »Johan, hier ist Caro. Es ist … ein Notfall. Bitte ruf mich so schnell wie möglich zurück … Danke.« Eine Weile halte ich mein feuchtes Telefon noch in der Hand, bevor ich es ganz plötzlich wie einen explosiven Gegenstand in meine Tasche fallen lasse.

Vielleicht hätte ich dazusagen sollen, dass das kein Ich-muss-jetzt-unbedingt-deine-Stimme-hören-sonst-sterbe-ich-Notfall ist, sondern ein echter. Und dass er nicht zurückrufen, sondern herkommen soll.

Ja, er soll kommen! Dann könnt ihr zusammen in der Cafeteria einen wässrigen Kaffee trinken und euch ein Schälchen Quarkspeise teilen.

Was soll das sein? Galgenhumor? Mir wird übel. Und ganz bestimmt nicht wegen der Aussicht auf Kaffee und Quark.

Wieder nehme ich mein Telefon in die Hand und zögere. Schließlich tippe ich noch einmal auf Johans Namen, warte die Mailboxansage ab und erkläre in sachlichem Ton: »Knut hatte einen Unfall. Wir sind im Krankenhaus, er wird gerade operiert.«

In den nächsten viereinviertel Stunden hat sich der Abstand meiner Anrufversuche immer weiter verkürzt. Ich hatte wirklich vor, jedes Mal mindestens eine halbe Stunde verstreichen zu lassen, bevor ich erneut Johans Nummer wählte. Aber je länger ich wartete, desto wütender wurde ich, darüber, dass er verdammt noch mal nicht einfach ins Auto stieg und seinen Arsch herbewegte. Und je mehr ich mich aufregte, desto weniger konnte ich meinen

Zeigefinger zurückhalten, auf dem Display in Johans Namen zu stechen.

Am Anfang habe ich es noch auf einunddreißig Minuten Abstand zwischen zwei Anrufen gebracht und mir zur Belohnung eine Tafel *Ritter Sport Olympia* gekauft. Da ist Traubenzucker drin. Danach ging es rapide bergab, siebzehn Minuten, zwölf, zehn, fünf – irgendwann verdrängte ich die Zahl der unbeantworteten Anrufe von Carolin Punke auf seinem Handy, stattdessen besorgte ich mir beim Kiosk eine zweite Tafel *Olympia*, diesmal zum Trost.

Als ich ihn schließlich erreichte, rammdösig auf einer Parkbank zwischen zwei Tropfständern, das Hirn schokoladenverklebt, plapperte ich über seine Stimme hinweg: »Sie sind verbunden mit der Mailbox …«

»Caro?«

Vor Schreck legte ich auf.

Kurz darauf klingelte mein Telefon. Ich rang mich dazu durch ranzugehen, auch wenn ich für einen kurzen Moment vergessen hatte, was ich eigentlich von ihm wollte.

»Du hast mich angerufen.«

»Hm.«

»Achtunddreißig Mal.«

»Wirklich?«

»Was gibt's? Ich muss gleich wieder ins Meeting.«

Das war das Stichwort, das mich aus meinem beduselten Zustand riss. Aus dem Schneematsch stachen Pauls Worte hervor: *Hat nix anderes im Sinn als Arbeit und Geldscheffeln*. Genau! Die Sache mit der Arbeit hatte ich Johan zwar auch schon vorgeworfen, wenn auch nur in Gedanken, aber jetzt wurde mir bewusst, dass irgendetwas in mir ihn immer noch verteidigte. Damit war jetzt ein für alle Mal Schluss! Da faselte er was von einem Meeting, während sein Vater aufgeschnitten auf dem Operationstisch lag.

Ich atmete einmal tief durch, dann legte ich los. »Ich habe es dir ja schon auf die Mailbox gesprochen, Knut ist …«

»Ich hab's noch nicht abhören können.«

Kurz war ich aus dem Konzept gebracht, doch schon redete ich einfach weiter: »Knut ist auf die Kastanie im Hof geklettert und von ziemlich weit oben runtergefallen. Er hat einen Oberschenkelhalsbruch und wird gerade operiert.«

»Verdammt noch mal, warum … Wie geht es ihm?«

»Vor der OP okay, aber da war er auch mit Schmerzmitteln vollgepumpt.«

Ich konnte hören, wie Johan auf und ab lief.

»Bist du da, wenn er aufwacht?«

»Ja. Aber …« Ich biss mir auf die Zunge. Ich würde ihn nicht bitten zu kommen.

»Gut. Das ist gut. Ich kann hier nämlich nicht weg.«

Ich war drauf und dran, gegen einen der beiden Infusionsständer zu treten. Stattdessen stieß ich meine Schuhspitze in den Kies. »Dein Vater liegt unterm Messer, wer weiß, vielleicht stirbt er, und du kannst nicht weg? So groß kann deine Sorge um Knut ja nicht sein. Du bist echt der letzte Egoist, Johan Groß! Hauptsache, du hast deine Schäfchen im Trockenen. Alles andere ist dir scheißegal!«

Aus den Augenwinkeln nahm ich wahr, dass meine Banknachbarn aufstanden und mit ihren Gestellen davonschlurften. Am anderen Ende der Leitung herrschte Schweigen.

»Dazu fällt dir nichts mehr ein, oder was?«

»Es geht nicht.«

»Geht nicht, gibt's nicht.« Was war ich doch für eine waschechte Punke. »So was ist immer eine Entscheidung.«

»Sex zu haben auch«, murmelte er.

»Was war das?«, schrie ich.

»Caro …«

Ich drückte ihn weg.

Knuts Augen sind geschlossen, hin und wieder gibt er ein Stöhnen von sich. In all dem Weiß wirkt sein Körper sehr klein und grau, seine ganze Bräune ist mit einem Mal verschwunden. Ein dicker Verband bedeckt seine linke Körperhälfte vom Bauchnabel abwärts, nur die Zehen gucken heraus. Am Bettrand hängen zwei kleine Flaschen, in denen sich Blut sammelt. Ich halte seine Hand, knorrige Gelenke und verhornte Schwielen, aber warm ist sie. Meine eigene ist deutlich kühler und hat mittlerweile aufgehört zu zittern, mein ganzer Körper hat vibriert nach dem Gespräch mit Johan, nach meinem Ausbruch. Ich wusste gar nicht, dass laut sein so guttun kann.

Als Knut die Augen aufschlägt, lächelt er mich an, bevor sich sein Gesicht schlagartig verzerrt. Er stöhnt.

»Schmerzen?«

Statt einer Antwort gibt er erneut ein Stöhnen von sich. Sein Körper krümmt sich wie ein Echo. Ich drücke den Knopf über seinem Bett.

Kurz darauf erscheint eine Schwester und spritzt etwas in die Kanüle auf Knuts Handrücken. Sie deutet auf seine Hüfte. »Gammanagel. Tut höllisch weh.«

»Wissen Sie, ob … Ist sein Herz in Ordnung? Er hatte vor ein paar Jahren einen Infarkt.«

»Wenn das EKG irgendwelche Unregelmäßigkeiten ergeben hätte, wüsste ich das.« Sie notiert sich etwas auf einem Block und klemmt den Stift an ihre Kitteltasche. »Seien Sie beruhigt, diesmal ist es nur ein Knochen. Der verheilt wieder.«

Knut schließt die Augen. Und kurz darauf sind wir allein. Während sich seine Wangenmuskeln nach und nach entspannen und sein Atem gleichmäßiger wird, sitze ich einfach da und schaue ihn an. Sein freundliches Gesicht, die feinen Züge, die trotz der tiefen Runzeln und der ledegen Haut noch deutlich zu erkennen sind. Die meisten Falten hat er um die Augen herum, die Mundpartie dagegen ist erstaunlich glatt. Seine weißen Haare, die voller sind als die von manchem Dreißigjährigen, stehen wie borstige Malerpinsel kreuz und quer von seinem Kopf ab. Wenn er lacht und man seine Zahnlücke sieht und seine Augen dieses spezielle Blitzen bekommen, dann hat er sogar etwas richtig Jungenhaftes. Und trotzdem, wie er hier liegt, nehme ich zum ersten Mal ganz deutlich wahr, dass er ein alter Mann ist.

»Alt genug für die Kiste.« Der Satz rauscht mir in den Ohren. Was wollte er bloß da oben auf dem Baum? Mir wird schwummerig, ich wende mich ab. Den Gedanken, dass Knut sich vielleicht etwas antun wollte, kann ich kaum ertragen.

Ich weiß nicht, wie viel Zeit vergangen ist, als seine Lider zu flattern beginnen. Draußen ist es stockdunkel, an der Kopfseite des Bettes brennt eine Neonleuchte. Er zuckt, dann bewegen sich seine Arme und sein gesundes Bein ein wenig.

»Knut«, flüstere ich.

»Hm«, macht er, ohne die Augen zu öffnen.

»Was wolltest du eigentlich damals in London?« Ich weiß nicht, woher die Frage plötzlich kommt. Auf einmal hatte ich dieses Bild im Kopf, Knut, wie er allein im Flugzeug sitzt, gebrochen, zu allem bereit.

Er sieht mich an und versucht sich aufzusetzen.

Ich berühre seine Schulter. »Lieber nicht.«

»Nicht London. Zu den Klippen wollt ich. Aber so weit bin ich ja nicht gekommen.« Sein Oberkörper fällt zurück aufs Bett.

»Und warum zu den Klippen?«

»Hat alles ausgeschnitten, Luise, aus ihren Zeitschriften, und immer diese Sendungen geguckt. Mit den tollen Häusern. Einmal im Leben, hat sie gesagt, einmal da oben stehen und runtergucken. Aber wir konnten ja nicht weg. Der Hof. Ich dachte, wenn ich …« Er schluckt und schweigt. Dann setzt er erneut an: »Ich dachte, ich finde sie dort wieder.«

Seine Miene ist bitter, sein Blick so verloren, dass ich mich nicht traue, etwas zu sagen. Was könnte das auch sein? Was könnte seinen Schmerz auch nur ein Stück weit lindern?

»Einmal da oben sitzen. Nur ein einziges Mal. Wie früher.«

»Wie früher?« Ich kann ihm nicht folgen.

»Als Johan klein war, hab ich das Baumhaus gebaut. Am Ende war ich es, der in der Kastanie saß. Luise hat immer gesagt: Knut muss wieder nachdenken. Irgendwann war das Holz morsch, und wir mussten die Hütte abreißen.« Er starrt an die Decke. »Ich weiß nicht … Wo soll man denn sonst nachdenken?«

In den Romanen von Murakami steigen die Helden in tiefe Brunnen hinab, bei mir selbst fließen die Gedanken am besten, wenn ich in den Himmel gucke. Geert-Helge geht aufs Klo.

Schnell verscheuche ich das Bild. »Wenn du wieder gesund bist, komm doch mal zu mir hoch in meine Wohnung, da kannst du dich ans Fenster setzen. Der Blick über den Hof ist wahrscheinlich gar nicht so anders als von der Kastanie aus.«

»Hm.«

Ich werde dich schon dazu bekommen … Ich werde das Sofa zum Fenster schieben, ihm ein nettes Plätzchen zum Beinehochlegen einrichten, von wo aus er in die Blätter der Kastanie gucken kann, ich werde Tee kochen und da sein, wenn er reden will. Wenn nicht, verkrümle ich mich in eine andere Ecke des Raums und lese und lasse ihn seinen Gedanken nachhängen.

Knut dämmert weg, von draußen vernehme ich Stimmen. Die Tür zum Flur steht einen Spalt weit offen.

»Seine Enkelin ist auch da.«

»Seine … Ada?«

Oh mein Gott!

»Ja, Ada Groß. Sie hat den Krankenwagen gerufen.«

»ADA?«

Ich muss hier raus. Bevor Johan mich sieht. Bevor ich ihm erklären muss, warum ich mich als …

»Meine Tochter?«

Lachen. »Die haben sie aber reichlich früh bekommen. Mit fünf?«

Im selben Moment wird die Tür aufgestoßen. Automatisch klappe ich meinen Oberkörper nach vorn, meine Brust liegt auf den Schenkeln auf, die falsche Ada verschwindet hinter Knuts Bett.

»Vorhin war sie noch da.«

Schritte im Raum. Die kommen doch nicht etwa ums Bett rum! Angestrengt blicke ich nach unten. Zwei runde weiße Clogs schieben sich in mein Blickfeld.

»Frau Groß?«

Pscht!

»Geht es Ihnen gut?«

Das ist es! Ich täusche eine Ohnmacht vor! Sofort verwerfe ich den Gedanken. Das krieg ich nicht hin. Das ist schwieriger als jeder gespielte Orgasmus!

Warum ist Knut auch gerade jetzt weggepennt? Im Grunde hat *er* mich doch in diese Situation gebracht. Ich versuche, so flach wie möglich zu atmen, aus jeder Pore meines Körpers strömt Schweiß.

Neben die Clogs treten braune Wildlederschuhe. Gleich kippe ich wirklich um.

»Frau Groß, können Sie mich hören?«

Ich schiele nach oben. Vier Augenpaare sehen auf mich herab. Noch während mein Mund sich zu einem schiefen Grinsen verzieht, weiß ich, wie dämlich das aussehen muss. Johans Miene ist ausdruckslos. Es kommt mir vor, als hätte ich sein Gesicht schon monatelang nicht mehr gesehen. Ich kann meinen Blick kaum von ihm lösen – zugleich will ich mich für immer vergraben.

Jetzt mach aber mal einen Punkt, Carolin Punke! Steh auf und kratz den letzten Rest deiner Würde zusammen.

Ich entklappe mich und komme auf meine wackligen Beine. »Danke, es geht wieder«, wende ich mich so selbstbewusst wie möglich an die Schwester und verfolge mit Erstaunen, dass dieser Satz seine angedachte Wirkung nicht verfehlt. Sie geht.

Johan lässt sich auf dem Bettrand nieder, ich stehe am Fußende, vor der Nase die Unterseite von Knuts nackten Zehen auf dem Keilkissen.

»Es tut mir leid.«

Die Würde zusammenkratzen, nicht in den Arsch kriechen!

Ruhe, da drinnen, ich mach das so, wie ich das will, verstanden?

Ich räuspere mich. »Ich hatte überhaupt nicht vor, mich als Ada auszugeben. Ich … Es wurde mir quasi in den Mund gelegt. Schon im Rettungswagen, und dann bei der Anmeldung, und …«

Er hört mir gar nicht zu. Sein Gesicht schwebt über dem seines Vaters, er geht mit dem Ohr ganz dicht an Knuts Nase heran. Dann streicht er ihm sacht über die Wange, über die Stirn und durchs Haar. »Was machst du denn für Sachen?«, flüstert er.

Genauso leise kommt es zurück: »Mien Jong. Du bist da.«

Mit einem Mal fühle ich mich wie ein Eindringling in dieser intimen Vater-Sohn-Szene. Lautlos ziehe ich meine Jacke vom Stuhl und schleiche zur Tür. Wahrscheinlich werden die beiden erst in ein paar Stunden bemerken, dass ich nicht mehr da bin.

»Caro.«

Ich drehe mich um.

»Danke.« Über Johans Gesicht huscht der Versuch eines Lächelns.

Als ich den Gang zu den Fahrstühlen hinunterlaufe, ist auf meinem Gesicht definitiv mehr los als so ein läppischer Versuch.

≈ 20 ≈

Seit anderthalb Wochen liegt Knut jetzt im Krankenhaus. Die Operation ist gut verlaufen, schon wenige Tage nach seinem Sturz ist er wieder aufgestanden und hat an der Hand seiner Physiotherapeutin die ersten wackligen Schritte unternommen. Die Frau scheint ihm gutzutun. Typ Wilma, allerdings rund fünfunddreißig Jahre jünger, mit einer energischen Heiterkeit, die mich vermutlich stressen würde. Knut dagegen scheint sie zu signalisieren: Die Welt dreht sich weiter, lasst uns frohen Mutes nach vorn schauen. Wäre die Krankengymnastin nicht, hätte ich meinen Vater vorbeischicken müssen.

Nach so einer Sitzung pfeift Knut manchmal noch Stunden später vor sich hin. Gestern, als ich kam, stand das Kopfteil seines Bettes senkrecht, und er pfiff und hackte dabei auf ein imaginäres Klavier ein, so lebhaft, dass ich ihn fragte, was er da tut.

»Mozart. Türkischer Marsch.«

Immer mehr Büttelsbüttler stehen jeden Abend pünktlich um halb sechs an der Einfahrt zu Knuts Hof und warten darauf, dass ich die Türen des roten Bürgerbusses öffne und sie auf meiner Fahrt zum Krankenhaus mit in den nächsten Ort nehme. Die letzten beiden Male musste ich sogar Leute abweisen, weil der Bus bereits voll war.

Johan habe ich nicht mehr getroffen. Obwohl er, wie Knut mir berichtet, jeden Vormittag gegen elf für eine Stunde bei ihm vorbeischaut. Also genau jetzt. Eine Stunde im Krankenhaus, zweieinhalb Stunden im Auto, und das jeden Tag. Ich setze das Photoshop-Stempelwerkzeug auf Holms Gesicht. Ich glaube, Knut blüht auch deshalb auf, weil er seinen Sohn nicht mehr vermissen muss.

Zum hundertsten Mal verwerfe ich die Idee, wie zufällig um elf Uhr vormittags auf der Krankenhausmatte zu stehen. Ein paarmal habe ich sogar schon vor dem Spiegel geprobt: »Huch, du bist ja auch hier! Wenn ich das gewusst hätte, wäre ich …« Aber ich bin einfach eine zu schlechte Schauspielerin. Und dass ich als falsche Ada vor Johan aufgeflogen bin, steckt mir auch noch in den Knochen. Dabei würde ich ihn so gerne sehen! Den neuen Johan, der seine Arbeit hintanstellt, der sich Zeit nimmt. Ich spüre ein leichtes Ziehen, als wäre um meinen Brustkorb ein Gummiband gespannt, an dem ein kleiner Finger zupft. Heute hätte ich sogar ohne Probleme blaumachen können: Geert-Helge ist den ganzen Tag außer Haus, und ich habe nichts zu tun, was ich nicht auch morgen machen könnte.

Trotzdem.

Ich wende mich wieder meiner Mission für ein holmfreies Foto zu, an meinem eigenen Laptop – der Redaktionscomputer hat natürlich kein vernünftiges Bildbearbeitungsprogramm. Als Küster war Holm gestern beim Erntedankfest voll in seinem Element und ordnete während des gesamten Gottesdienstes und davor und danach ohne Unterlass die Ähren und Sonnenblumen in dem großen Gemüsekorb vor dem Altar. Ich war drauf und dran, ihn an den Schulterpolstern durch den Mittelgang zu schleifen, als er nicht auf meine Zurufe reagierte. Und weil ich mich nicht sonderlich gut mit Photoshop auskenne, außer vielleicht mit der Retusche von Augenringen, Rötungen und Doppelkinnen durch unglückliche Kameraperspektiven, scheint es, als würde ich Holm auch jetzt nicht los. Ich klappe den Laptop zu. »Irgendwann krieg ich dich!«, funke ich ihm in Gedanken und mit gefletschten Zähnen zu – eine Lippenhaltung, die ich zum ersten Mal ausprobiere. Ist gar nicht mal so leicht.

Ich bücke mich und hebe eines von Geert-Helges zerknüllten Druckerpapieren auf. Offenbar habe ich irgendetwas an mir, das anderen die Sicherheit gibt: *Die kommt schon. Warte ein paar Tage, dann kratzt sie wieder an der Tür.* Warum sonst sollte Johan nach unserem Zusammentreffen im Krankenhaus so beharrlich schweigen? Obwohl, vielleicht meldet er sich auch einfach deshalb nicht, weil er nichts mehr mit mir zu tun haben will? Was ihm kaum zu verdenken wäre nach der Sexnummer, der Ada-Aktion und der Beschimpfung am Telefon. Ich lasse das Papier in den leeren Blecheimer fallen.

Auch ohne meinen Bauch oder eine der anderen Stimmen, die in mir ihr Unwesen treiben, weiß ich, dass das Quatsch ist. Dass ich wieder einmal dabei bin, mich kleinzumachen und den Mann groß. Johan Groß. Der Humor meines Chefs scheint auf mich abzufärben. Ich grapsche nach weiteren Zettelbällen und pfeffere sie in die Tonne. Da habe ich mich gerade einigermaßen von Simon losgeeist, schon kette ich mich an den nächsten Typen, oder was? Kreise um ihn, versuche zu erahnen, was er von mir denkt, mache mein Seelenheil von ihm abhängig? Oder ist es vielleicht sogar so, dass ich nur deshalb so wenig an Simon gedacht habe, weil meine Krakenarme bereits das nächste Objekt zum Festsaugen in Griffweite hatten? Das wäre ja entsetzlich!

Als Geert-Helge irgendwann, viel früher als erwartet, durch den Flur poltert und ruft: »Cheffe is' da!«, bin ich ganze acht Mal beim Altpapiercontainer an der Ecke gewesen und zwei Mal bei Kil, der mir mit seiner Schubkarre geholfen hat, das Leergut der letzten Jahre zu seinem Laden zu transportieren. Ich habe die Kaffeeränder auf den Tischen weggewischt, durchgesaugt und meinen Frieden mit dem noch immer nicht ausradierten Redaktionskreuzchen auf meinem Büttelsbüttelplan geschlossen.

»Na, wollte doch mal sehen, was meine Mitarbeiterin so während meiner Abwesenheit treibt.« Geert-Helge lässt seine Tasche, einen alten, tintenfleckigen Lederranzen, auf den Schreibtisch fallen. »Gib's zu, du hast dir einen lauen Lenz gemacht.« Er sieht sich um. »Irgendwas ist anders. Hast du gelüftet?«

Ich bin zu perplex, um zu antworten.

»Sag's nicht. Gleich hab ich's!« Seine Stimme hickst. Er lässt seinen Blick über die aufgeräumten Regale schweifen, die durchsichtigen Ablagekörbchen, die ich im Kabuff gefunden und entstaubt habe, den blanken Teppich, der überraschenderweise weinrot gemustert ist, bis er an mir hängenbleibt. »Haha, typisch Frau. Sagt nix und erwartet, dass der Mann es von allein bemerkt. Aber mich kannst du nicht foppen. GHH ist nämlich ein ausgewiesener Frauenversteher und weiß, was ihr wollt. *Fishing for compliments* und so.« Er lacht und wandert um mich herum. »CP«, er deutet eine Verbeugung an, »wunderschön, deine neue Frisur. Steht dir ganz ausgezeichnet.«

Meine … bitte, was?

»*Haar-Moni* ist super, oder?«

Ich lasse mich auf meinen Stuhl fallen. Nur mit Mühe unterdrücke ich ein Schreien. Und beiße, in Ermangelung einer Alternative, in meine Hand. Sofort möchte ich noch lauter schreien. Es kann doch nicht sein, dass ich hier stundenlang schufte, dass ich die Arbeit eines Entkernungsunternehmens erledige und dann einen warmen Händedruck für meine Frisur bekomme! Für Haare, in denen vermutlich Staub und Papierschnipsel und Spinnweben hängen.

Carolin Punke, darf ich vielleicht doch noch mal mit der Idee eines neuen Ichs an dich herantreten?

Schnauze!

Der neuen Caro Punke …

SCHNAUZE!

… könnte es nämlich schnuppe sein, ob ihr jemand übers Köpfchen streicht und sagt: Gut gemacht!

Geert-Helge nimmt seinen Ranzen vom Tisch und kippt ihn mitten im Raum aus. »Makulatur.«

Als ich das zerknüllte Papier verfolge, das sich sternförmig auf dem Boden verteilt, bin ich mit einem Mal seltsam ruhig. Ich greife nach dem Blecheimer und halte ihn Geert-Helge unter die Nase. Meine Stimme ist leise, so wie die eines Lehrers, dessen Autorität keine Frage der Lautstärke ist: »Aufheben.«

Ich sehe, dass er loslachen will, aber im letzten Moment mit geöffnetem Mund innehält. Dann bückt er sich, sammelt schweigend die Papiere auf und lässt sie in die Tonne fallen, die ich noch immer in der Hand halte. Mit etwas zu viel Kraft stelle ich den Eimer an seinen neuen Platz und vertiefe mich in einen angefangenen Artikel.

Wie schon nach meinem letzten Ausbruch vibriert es in mir, als hätte ich einen dreifachen Espresso getrunken. Und es ist mir völlig egal, dass die Wörter auf dem Bildschirm keinen Sinn ergeben, dass ich nur für mich selbst klar Schiff gemacht habe, und auch, dass Johan sich nicht bei mir meldet. Hauptsache ist doch, dass ich mit mir im Reinen bin.

Als kurz vor Feierabend mein Telefon klingelt, bin ich so entspannt wie schon lange nicht mehr.

»Ja?«

»Caro? Hallo, ich bin's. Simon.«

≈ 21 ≈

Die beiden machen mich ganz verrückt mit ihrem aufgescheuchten Hin-und-Her-Gerenne, ihrem »Warte, gleich!« und »Ich will alles hören!«. Saranya hat die Yogamatten ausgerollt und sofort wieder zusammengepackt, als ich Simons Anruf erwähnte. Wie eine Gehbehinderte hat sie mich zu einem Stuhl geführt und mir eine Tasse Yogi-Tee, Sorte »Männer-Tee«, in die Hand gedrückt. Auf meinen Hinweis, dass der doch sicher als Getränk für Männer gedacht sei, womöglich gegen Prostatabeschwerden, antwortete sie nur: »Auslegungssache.« Jetzt schiebt Nelly mir ein Kissen in den Rücken.

»Bereit?« Schon im Hinhocken nimmt Saranya den Lotussitz ein, verknotet sich auf ihrem runden Meditationskissen und schlägt ohne Vorwarnung gegen die Klangschale. Im Café gongt es, als stünden wir unmittelbar unter einer Kirchenglocke, Saranya schließt die Augen, wartet, bis wieder Stille eingekehrt ist. »Los, aber wortwörtlich.«

»Na ja, was soll ich sagen? Er hat angerufen und gefragt, ob wir …«

»Wortwörtlich!« Sie öffnet die Augen.

Ich verkneife mir ein Kichern. »Also gut. Er hat gesagt: Caro? Hallo, ich bin's. Simon. – Ich: Hallo. – Er: Wie geht's dir? – Ich: Sehr gut, danke. – Darauf er: Ah, okay. Du, ich wollte dir sagen … Alexa und ich, wir haben uns getrennt. – Aha.«

»Du hast wirklich nur ›Aha‹ gesagt?« Jetzt hat auch Nelly sich endlich gesetzt.

»Genau. Und dann hat er gefragt: Können wir uns …« Ich unterbreche mich, weil Saranya begonnen hat, die Klangschale mit einem Klöppel zu bearbeiten. Sie reibt am Rand entlang, als würde sie mit einem feuchten Finger gedankenverloren die Öffnung eines Weinglases umkreisen.

Ohne aufzusehen, sagt sie: »Sprich weiter.« Wie ein Priester im Beichtstuhl. Was mich irgendwie ärgert.

»Gut. Also, er hat gefragt: Können wir uns sehen?«

Der singende Ton wird lauter.

Ich hebe meine Stimme: »Darauf habe ich erst mal nichts gesagt. Es war dann auch ziemlich lange still in der Leitung. Irgendwann kam von Simon: Ich könnte übernächsten Samstag vorbei… Sag mal, könntest du das vielleicht mal lassen?«

Das Gequietsche stoppt. Saranya hebt die Bronzeschale mit beiden Händen wie ein zerbrechliches Objekt an und stellt sie ein Stück zur Seite, dann massiert sie ihre Stirn. »Er kommt also her.«

»Was? Zu uns? Nach Büttelsbüttel?«, fragt Nelly.

»Ja, tut er. Aber …«

Saranya springt auf. »Was bildet der Typ sich eigentlich ein? Serviert dich eiskalt ab und meldet sich monatelang nicht und erwartet dann, dass du immer noch bereitstehst?«

»Darum geht's doch gar nicht.« Ich stehe ebenfalls auf.

»Ach ja, und worum dann? Meinst du, der erzählt dir ohne Grund, dass er wieder Single ist? Wo lebst du eigentlich?«

So langsam habe ich ihre Attitüde echt satt.

»Ich will mir einfach anhören, was er zu sagen hat, okay? Auch als Abschluss für mich selbst.«

Saranya schnaubt. »Ich seh es schon kommen, du lässt dich von ihm einlullen. Das geht dann ein paar Monate gut, und wenn dein Selbstbewusstsein wieder so richtig schön im Keller ist, tritt er noch einmal nach, und weg ist er. Und alles geht wieder von vorn los.«

Saranya und ich stehen direkt voreinander. Ich weiß, dass sie versucht, auf mich herabzugucken – was ihr nicht gelingt. Und das nicht nur, weil meine Schuhe die höheren Hacken haben.

Schließlich ist sie es, die sich mit einem Schulterzucken abwendet. Und ich lasse die Ausläufer des Sturms über mich hinwegrauschen, drücke die Wirbelsäule durch und genieße das mittlerweile vertraute Vibrieren, das sich bis in die Spitzen meiner Finger zieht. So langsam bekomme ich Routine.

Ich zwinkere Nelly zu. Die nickt in Richtung meiner Tasse mit dem Männer-Tee, ich verziehe das Gesicht. Irgendwo klingelt ein Telefon, Saranya bückt sich nach ihrer Tasche.

»Ja, Lydia, Chérie.« Sie ist zum Fenster hinübergelaufen.

Nelly kippt den Tee in den Ausguss und flüstert: »Ich hoffe, das war in deinem Sinne, Chérie.«

Ich kichere.

»Genau, ich hatte angerufen. Wärst du so lieb, mir Nick ans Telefon zu holen? – Ah, verstehe, busy wie eh und je.« Sie gibt ein künstliches Lachen von sich. »Vielleicht kannst du ihm ausrichten, dass ich mit ihm über die Holy-Night-Party sprechen … – Klar, deshalb bitte ich dich ja auch, es ihm …« Sie läuft vor der Terrassentür auf und ab. »Ich wollte ihm nämlich vorschlagen, dass er und ich wieder zusammen die Gäste begrüßen könnten. Wie jedes Jahr.« Ihre Stimme klingt wie ein Singsang, unten drunter ist sie schrill. »Die anderen sind an Heiligabend ja bestimmt anderweitig eingebunden. Da ist es doch praktisch, wenn ich … – Ach so. – Verstehe. Ja, bye-b…« Sie lässt das Telefon sinken.

Nelly und ich wechseln einen Blick.

Saranya hat uns den Rücken zugewandt und gibt vor, aus dem Fenster zu sehen. Und wir überschreiten unterdessen den Punkt, an dem wir uns einfach normal hätten weiterunterhalten können. So als hätten wir nicht mitbekommen, dass Saranya gerade vor unseren Ohren eine Abfuhr erteilt bekommen hat, die ihr ganz offensichtlich ziemlich an die Nieren geht. Und obwohl ich sie manchmal auf den Mond schießen könnte, tut sie mir in diesem Moment aufrichtig leid.

Nach einer Weile strafft sie die Schultern und dreht sich zu uns um. Auf ihrem Gesicht liegt ein Lächeln, das so verspannt ist, dass ich weggucken muss und überlege, ihr einfach eine Tasse Yogi-Tee in die Hand zu drücken. »Positive Energie«. Oder »Frauen-Balance«.

Jetzt lacht sie auch noch. »Wer will schon an Weihnachten arbeiten?«

Nelly greift nach ihrer Hand und zieht sie vom Fenster weg. »Setz dich mal.«

»Ich bevorzuge zu stehen.« Mit schmalen Lippen sieht sie von Nelly zu mir, und als ich mich innerlich schon für einen Rundumschlag wappne, weicht plötzlich jegliche Spannung aus ihrem Gesicht. Ihre Züge werden schlaff, ihr Make-up, das immer ein Teil von ihr gewesen ist, scheint sich von ihrer Haut, ihren Augen und Lippen zu lösen. Als läge es nunmehr einfach obenauf und weigerte sich, eine Verbindung zu seiner Trägerin herzustellen. Als sie sich schließlich setzt, hat jegliche Künstlichkeit einem Ausdruck größter Erschöpfung Platz gemacht.

Und da sehe ich zum ersten Mal eine ganz normale Frau in ihr, eine wie Nelly und mich, mit Ängsten und Nöten und heruntergerissenem Schutzschild. Wie anstrengend muss es sein, Saranya zu sein.

Einen Moment später balanciert Nelly Schnapsgläser mit dem bekannten leuchtend grünen Inhalt an unseren Tisch. »Ich glaube, so einen können wir jetzt alle vertragen.«

»Für mich eine Spezi«, kommt es von der Tür.

Sogar Saranya hebt den Kopf. Und nach einem Moment der Stille brechen Nelly und ich, wie aus dem Nichts, in lautes Gelächter aus.

Sechs Tage später fällt der erste Schnee. Es ist Anfang November, und das Dorf ist weiß. So weiß, als hätte sich der Himmel nicht erst seit einer Nacht, sondern schon wochenlang entleert. Mülltonnen und Zaunpfähle tragen dicke Sahnehauben, der Schwimmteich sieht aus wie ein freies Stück Land inmitten von Bäumen, und wenn man hinaustritt auf die Terrasse des Museumscafés, wird man von einer Stille empfangen, die mir noch vor nicht allzu langer Zeit körperliche Schmerzen bereitet hätte. Die Luft klirrt vor Kälte und riecht nach nichts. Vor seinem Hof hat Nellys Vater Ilmar einen Stand für Streusand aufgebaut, bei Kil wird mit roten Wangen darüber diskutiert, ob letztes Jahr der erste Schnee Anfang oder Ende Oktober gefallen ist, Onno sucht seine Schafe, und ich verwachse von Stunde zu Stunde mehr mit meinen Gummistiefeln.

Im Schuppen neben der Scheune habe ich eine Schneeschaufel gefunden, mit der ich eine Gasse von der Hauptstraße zur Haustür freigeschippt habe, mit einer Kurve um die Kastanie herum. Und den Bürgersteig, der an Knuts Grundstück grenzt. Heute Morgen habe ich ihn aus dem Krankenhaus abgeholt, drei Stunden saßen wir zusammen in dem kleinen Bus, weil ich immer wieder anhalten musste, wenn es um uns herum plötzlich weiß wurde. Jetzt schläft Knut. Und während ich seine Wäsche in die Waschmaschine stopfe, fällt mir auf, dass ich nicht ein einziges Mal mehr an Simon gedacht habe seit seinem Anruf. Und auch jetzt hat die Vorstellung, dass er schon in einer Woche hier sein und als Fremder, dessen Gesicht sich in meinem Kopf auf wenige, immer gleiche Bilder reduziert hat, über die mir vertrauten Wege schlendern soll, etwas so Unwirkliches an sich, dass ich überhaupt nicht weiter darüber nachdenken kann. Johan ist da deutlich realer.

Ich drücke die Waschmaschinentür zu und lasse den

Schalter einrasten. Sofort strömt das Wasser, kurz darauf setzt sich die Trommel kreisend in Bewegung. Auch an Johan will ich jetzt nicht denken. Entweder er meldet sich bei mir oder er hat Pech gehabt.

Bravo, Carolin Punke!

Umgehend kommt es aus dem Bauchraum zurück: *Was soll denn daran »Bravo« sein? Sie soll sich ein Herz fassen* – ein Drücken nach links oben – *und den ersten Schritt machen.*

Ganz falscher Ansatz. Immer zuerst den Mann kommen lassen.

Caro! Hör auf deinen Bauch!

Ich schließe die Kellertür hinter mir und lasse die beiden Stimmen da unten weiterstreiten. Ich habe anderes zu tun. In sieben Minuten bin ich mit Nelly vor Saranyas Haustür verabredet. Krankenbesuch.

Unter meinen Stiefeln knirscht der Schnee. Die wenigen Fußspuren auf dem Gehweg sind bereits wieder zugeschneit und nur noch als weiche Dellen zu erkennen. Spuren von Spuren. Ein ums andere Mal muss ich ausweichen, weil die Äste mit ihren Schneemassen tiefer hängen als sonst. Die Straße, die sich lang und leer vor mir ausstreckt, sieht aus wie ein Acker, überall Sandkrümel und Abdrücke von Treckerreifen.

Ich erkenne Nelly trotz ihrer überdimensionierten violetten Schal-Mützen-Kombination schon von Weitem. Sie steht neben einem Schneehaufen und hält etwas Breites, in Alufolie Gewickeltes in der Hand. Ich gehe schwer davon aus, dass es sich um etwas Selbstgemachtes handelt.

Sie winkt. Beim Näherkommen entpuppt sich der Haufen neben ihr als Saranyas eingeschneiter Smart, nur ein Teil des Hecks guckt noch heraus, genauso weiß wie der Schnee. Das Ding in Nellys Händen ist eine Springform.

»Stachelbeer-Baiser-Torte. Die Beeren hatten wir noch vom Sommer eingefroren.«

Okay, denke ich, Butter im Teig, Eischaum obendrauf – vielleicht nicht die beste Wahl für eine Veganerin? Ich sage nichts und folge Nelly, die bereits zur Tür des einzigen Neubaus in der Hauptstraße gestapft ist. Wobei Neubau relativ ist. Das kastenförmige hellgraue Haus mit seinen mintgrünen Balkongittern stammt vermutlich aus den frühen Neunzigern und wirkt zwischen zwei Büttelsbüttler Altbauten – rote Hutzelhäuser mit winzigen Fenstern und Räumen im Zwergenformat – fast schon wie ein Hochhaus.

Nelly lässt ihren Zeigefinger über die sechs Namensschilder schweben. »Ich wollte schon immer wissen, wie es da drinnen aussieht.«

Eigentlich komisch, denke ich, dass wir noch nie bei Saranya waren. Und dass die beiden auch meine Wohnung nicht kennen. Andererseits: Es ist so schön in unserem Café. Und wenn wir uns da treffen, sind wir doch alle irgendwie zu Hause.

Nelly klingelt. Ach ja, Saranya heißt ja eigentlich Irmela Fuchs. Hätte ich das nicht auf dem Schildchen gelesen, wäre es mir spätestens dann wieder eingefallen, als sie uns die Wohnungstür öffnet. Daran ändern auch ihr schwarzer, knielanger Satinbademantel und die schmalen schwarzen Pantoffeln mit Absatz nichts.

Vor uns steht eine Frau mit platten strähnigen Haaren, fettig glänzendem Gesicht und dicken Augen, die sich nicht einmal mehr um ein verkrampftes Lächeln bemüht. Sie sieht aus, als wäre sie seit unserem letzten Treffen vor knapp einer Woche um mindestens fünf Jahre gealtert. Alles an ihr wirkt weich und kraftlos. Nelly und ich wechseln einen raschen Blick und folgen Saranya durch einen kahlen Flur in eine Küche mit hellgrauen Einbauschränken, dunkler Marmorplatte und Griffen aus gebürstetem Stahl. Nahtlos schließt sich ein beinahe unmöblierter Wohnbereich an, der Geruch von Raumspray hängt in der Luft. In der Leere kommt Nellys Bild, das bis auf die pinkfarbenen statt der weißen Kleckse so aussieht wie meins, ausgesprochen gut zur Geltung. Wie in einer großzügigen Galerie hat es eine ganze freie Wand für sich. Saranya lässt sich an einem quadratischen Tisch nieder, Nelly drückt sich die Kuchenform an den Bauch.

»Wasser?«, frage ich und öffne einen der Hängeschränke.

Nelly nickt, Saranya reagiert nicht, woraufhin ich drei Gläser mit Leitungswasser auf den Tisch stelle und mich ebenfalls setze.

»Sag schon, was ist los mit dir?«

Sie räuspert sich, ohne dabei aufzublicken. »Migräne.« Ihre Stimme klingt überhaupt nicht nach Saranya.

»Ist es … wegen dieses Telefonats neulich? Also auch deswegen?«

Saranya antwortet nicht.

»Möchtest du vielleicht mit uns Weihnachten feiern?«

Überrascht sehe ich Nelly an. Wie kommt sie denn jetzt

darauf? Ach so, stimmt, bei dem Telefongespräch ging es ja um eine Party an Heiligabend. Das ist aber nett von Nelly. Auch wenn ich Saranya weiß Gott nicht mit Heidrun und Ilmar unterm Tannenbaum *Alle Jahre wieder* singen sehe.

Als ich nach meinem Wasserglas greifen will, halte ich inne. Weint sie? Fast zeitgleich springen Nelly und ich auf und legen unsere Arme um ihre zuckenden Schultern. Ich bekomme eine Gänsehaut. Warum macht sie sich denn nicht los, wo ist denn all ihre Wut, ihre Unberechenbarkeit – die selbst immer so berechenbar war. Dieses Wesen, das sich unter unserer Umarmung in immer mehr Tränen auflöst, das ist doch nicht Saranya.

Eine Ewigkeit, so kommt es mir vor, verharren wir in dieser Position, dazu ein leises, vergrabenes Schluchzen. Irgendwann strafft Saranya ihre Schultern und fasst nach Nellys Hand auf ihrem Oberarm. Als sie spricht, ist es, als ob sie eine Schwelle überträte: »Wenn das möglich wäre?«

Ich starre sie an.

»Klar«, sagt Nelly. »Du bist herzlich willkommen. Meine Mutter wird sich wahnsinnig freuen. Sie macht den besten Braten im Dorf … Ach so. Na ja, es gibt natürlich auch Beilagen.«

Saranya lächelt und sieht mit ihren geröteten Augen und den feuchten Haarsträhnen, die ihr an Wange und Stirn kleben, so herzerweichend aus, dass ich sie am liebsten gar nicht mehr loslassen würde.

»Und«, sagt sie und drückt meine Hand, »was machen wir drei Hübschen mit dem angebrochenen Nachmittag?«

Ich muss lachen, und Nelly macht sich daran, die Alufolie von der Springform zu ziehen und den Ring zu lösen. »Ich würde sagen, wir essen jetzt erst mal ein Stück Kuchen.«

Vor uns steht die wohl schönste Torte, die jemals eine Privatperson hervorgebracht hat. Zumindest habe ich noch nie etwas so Formvollendetes gesehen, das nicht von einem professionellen Konditor hergestellt wurde. Die üppige Baiserhaube besteht aus vielen kleinen, perfekt geformten Rosetten, die an den Rändern leicht gebräunt sind.

»Ich liebe Stachelbeer-Baiser-Torte!«, ruft dann auch Saranya.

Tut sie das? Ich dachte, sie ist …

»Na dann.« Nelly öffnet die Türen mehrerer Küchenschränke. Sie stellt drei Teller auf den Tisch, kramt in der Besteckschublade und verteilt schließlich große Gabeln.

Wie selbstverständlich schneidet Saranya den Kuchen an und schiebt Nelly, mir und sich selbst jeweils ein Riesenstück auf den Teller. Ich bin doch etwas überrascht.

»Guten Appetit«, sagt Nelly und wartet, bis Saranya den ersten Bissen zu sich genommen hat.

Jetzt zögert sie doch. Als wäre die Erkenntnis, dass das, was vor ihr steht, absolut nicht vegan ist, erst gerade eben zu ihr durchgesickert. Mit einer gewissen Spannung verfolge ich, wie ihre Hand wie ferngesteuert nach der Gabel greift und das Metall unnötig fest umklammert, während sich in ihr, ganz sicher, zwei Stimmen heftige Wortgefechte liefern: *Du kannst das nicht essen! – Du willst es doch! Irmela, hör auf deinen Bauch!*

Ich finde ja, beim Thema Essen sollte man immer auf seinen Bauch hören.

Unaufhaltsam nähert sich ihre Gabel dem Objekt der Begierde, bohrt sich durch die Eiweißzuckermasse, durch die Beeren, den Teig, macht kehrt und nimmt Kurs auf ihren Mund. Sie schließt die Augen. Es sieht aus, als würde sie den Kuchen wie ein Bonbon lutschen. Aussaugen. Dann schnappt sie nach Luft.

»Alles klar?« Ich klopfe ihr auf den Rücken.

»Das ist einfach so … köstlich.« Schon hat sie die zweite Gabel im Mund, die dritte, die vierte. Und jetzt ist da nichts mehr mit Lutschen, da wird gekaut, geschluckt und hinterhergestopft. »Ich hab das früher auch gemacht«, sagt sie mit vollem Mund, »Kuchen gebacken. Sogar ganz ähnlichen. Hinten im Garten, versteckt unter den Zweigen der Kiefer, da standen die Stachelbeerbüsche.« Nächste Gabel. »Ich hatte einen kleinen Plastikeimer und bin damit unter die Äste gekrabbelt.«

Saranya?

»Erst wenn die Beeren rot und weich waren, durfte ich sie meiner Mutter in die Küche bringen.« Letzte Gabel. In einer fließenden Bewegung schneidet sie ein noch größeres Stück von der Torte ab, fast ein Viertel diesmal, und schiebt es sich auf den Teller. Sofort sticht ihre Gabel wieder zu. »Ich weiß noch, wie ich das Eiweiß geschlagen habe und wie ich irgendwann die Schüssel umgedreht habe, um allen zu zeigen, dass nichts mehr tropft.«

»Woher kommst du eigentlich ursprünglich?« Nelly fragt das so beiläufig, wie es mir nie möglich gewesen wäre.

Ich schiebe mir den ersten Bissen meines Tortenstücks

in den Mund. Oh, die ist aber wirklich *sehr* lecker. Dabei bin ich nicht einmal ein sonderlicher Freund von Stachelbeeren. Und auch wenn Saranyas Antwort noch aussteht, kann ich es genießen, dieses Essen und Schweigen, das etwas Einvernehmliches hat.

Als Saranya ihren Kuchenberg bezwungen hat, ohne dass sich ihr Tempo zum Ende hin nennenswert verlangsamt hätte, steht sie auf und geht durch den Raum. »Ich komme aus einem Dorf in Oberbayern. Seit ich dreizehn war, wollte ich weg. Immer nur weg.« Ihr Profil zeichnet sich scharf vor dem schneeweißen Fensterhintergrund ab. »Alles um mich herum kam mir gestrig, weltfremd und unglaublich hässlich vor. Und eng. Das vor allem. Ich bekam keine Luft mehr. Ich dachte, ich werde verrückt.« Sie atmet laut aus. »Irgendwann bin ich auf die Barrikaden gegangen. Ich habe meine Eltern beschimpft, bin nicht mehr zur Schule gegangen, habe geklaut und angefangen zu rauchen. Ich hab die Kragen meiner T-Shirts ausgeschnitten und mir mit heißen Sicherheitsnadeln die Ohrläppchen durchstochen. Ich wollte anders sein als die ganzen Spießer, die mich eh schon abgeschrieben hatten. Aber das reichte nicht. Ich wusste, dass ich im Dorf immer Irmela Fuchs bleiben würde – eine schlechte Kopie von dem, was ich sein könnte.« Sie drückt ihre Fingerspitzen aneinander. »Wie ich das alles hasste! Den Geruch von Brühe und Schmalz in den Haaren, meine Mutter in ihrer brandfleckigen Schürze, meinen Vater, der den Mund nicht aufbekam – am liebsten hätte ich auf all das gespuckt.« Sie schweigt. Wenn sie noch rauchen würde, wäre das der Moment für einen besonders tiefen Zug.

Ich selbst wage kaum, sie anzusehen, so fragil erscheint mir ihr Redefluss. Ihre Offenheit.

»An meinem achtzehnten Geburtstag habe ich meine Sachen gepackt und bin nach München gezogen. Meine Mutter weinte, mein Vater hackte Holz, und ich hatte so gute Laune wie noch nie. Ich weiß noch, wie ich mit hoch toupierten Haaren bei der Zimmervermittlung stand und beim Wort ›WG‹ ein Kribbeln in meinem Körper spürte und wusste: Jetzt, endlich, fängt mein Leben an. Jetzt bin ich da, wo ich hingehöre.« Mittlerweile hat sie uns den Rücken zugedreht. Bewegungslos verharrt sie vor dem Fenster. »Ich war nie wieder da.«

»Du warst nie wieder zu Hause? Auch nicht zu Besuch?« Nelly starrt sie mit offenem Mund an.

Saranya schüttelt einmal kurz den Kopf und guckt aus dem Fenster, wobei ich bezweifle, dass sie etwas wahrnimmt von dem Schneetreiben, das ihre Silhouette wie ein Störbild umflimmert. Als ich schon denke, das war's, spricht sie weiter: »Ich hab dann bei verschiedenen Veranstaltungsagenturen gejobbt, bis ich bei *Cos Communications* gelandet bin. Nick, mein Chef, hatte Irmela Fuchs, das rebellierende Landmädchen, nie gesehen. Er kennt nur Saranya, weltgewandt, kontrolliert bis in die Haarspitzen, die Frau, die niemals ruht. Die selbst an Feiertagen ins Büro kommt und nie auch nur einen Tag Urlaub macht. Er hat keine Ahnung, dass ich freie Zeit partout nicht ertragen kann.« Sie stößt ein bitteres Lachen aus. »Die Agentur, das war meine Heimat. Alles, was ich war, hatte ich *Cos* zu verdanken. Fiel das weg, war ich nichts.«

Fiel das weg, war ich nichts. Die Worte hallen in mir

nach. Wie eine Erinnerung, die gerade noch Gegenwart war. Über die ich beginne, den Kopf zu schütteln. Vielleicht haben Saranya und ich doch mehr gemein, als ich dachte.

»Irgendwann hat die viele Arbeit ihren Tribut gefordert. Das Nie-zur-Ruhe-Kommen. Selbst beim Yoga hab ich immer die Powervariante gewählt, und vor der Endentspannung bin ich gegangen. Ich war am Boden. Tja, und dann war ich hier. Die Rückkehr in die Hölle.« Ein Zucken geht durch ihren Körper. Ihre Hände umfassen die Kante der Fensterbank. Dann bewegt sich nichts mehr an ihr.

Nelly und ich wechseln einen raschen Blick. In dem Moment, als wir unsere Arme von rechts und links um ihren Rücken legen, verliert ihr Körper jedwede Festigkeit. Sie sackt in sich zusammen und zuckt, als würde ihre Hand an einem elektrischen Weidezaun festhängen. Immer tiefer drückt sie sich in unsere Arme, mittlerweile rinnen Tränen über ihr Gesicht. Sehr klein fühlt sie sich an.

Eine ganze Weile stehen wir so eng beieinander, ohne etwas zu sagen. Irgendwann richtet Saranya sich auf und lächelt uns an. »Ich glaube, für heute habe ich genug geweint.« Sie zieht das Fenster auf. »Das ist doch …«

Zu dritt halten wir unsere Gesichter in die dichten Flocken, Schmelzbäche auf unseren Wangen. Saranya zeigt nach unten. Da steht ein Traktor.

»Ja und?«

»Guckt doch mal, was an dem dranhängt.«

Nelly beugt sich vor. »Dein eingeschneiter Smart.«

Jetzt sehe ich es auch. Zumindest erkenne ich, dass sich Trecker und Schneehaufen in dieselbe Richtung bewegen. Das Seil kann ich nur erahnen.

»Und?«, fragt Nelly.

»Und … Ich habe überhaupt niemanden bestellt, der mir den Wagen rauszieht! Die machen das von allein!«

Nelly guckt Saranya an, als hätte die ihr gerade erklärt, dass sie eine Mutter gesehen hat, die ihrem Baby die Flasche gibt, obwohl das Kind gar nicht ausdrücklich darum gebeten hat.

»Was?« Saranya wischt sich eine Schneeflocke aus dem Auge.

»Das ist doch … völlig normal!« Selten habe ich Nelly so entgeistert gesehen.

Als ich später von der Toilette zurückkomme, kriege ich gerade noch mit, wie sich Saranya mit den Fingern ein Baiserröschen in den Mund schiebt. Ich grinse sie an. »Du hast doch sicherlich eine gute Erklärung für deinen Lebensvorrat an Melkfett.« Ich nicke in Richtung Badezimmer.

»Das ist, weil …« Dann unterbricht sie sich und grinst ebenfalls. »Nellys Tipp war Gold wert.« Sie tätschelt ihre Wangen.

»Sag ich doch!«, ruft Nelly. »Was die Zitzen unserer Kühe geschmeidig hält, kann für unsere Haut nicht schlecht sein.«

Ich könnte nicht mehr sagen, wer von uns beiden lauter »Iiih, sofort aufhören!« geschrien hat. Den Rekord im lautesten Lachen hält auf jeden Fall Saranya.

≈ 22 ≈

Komischerweise habe ich seit dem kurzen Moment in Knuts Waschkeller nicht ein einziges Mal mehr an Simon gedacht. An Johan dafür umso häufiger, aber das gehört jetzt nicht hierher. Heute treffe ich Simon. Zu einem Spaziergang am See. Bei Tauwetter.

Absurd, dass er schon in weniger als vier Stunden hier in Büttelsbüttel sein soll. Wenn ich jetzt daran denke, kann ich ihn mir immer nur als lebensgroße Simon-Pappfigur vorstellen, die an verschiedenen Stellen im Dorf platziert ist. Einmal steht er auf der Terrasse des Museumscafés und blickt wie ein Geist durchs Fenster, einmal mit ausgestreckten Armen als Vogelscheuche auf dem Feld, einmal hängt er an einem Ast der Kastanie. Dabei immer dasselbe eingefrorene Lächeln. Und dann plötzlich sehe ich mich, wie ich an einem Zweig ziehe, Simon und ich im Tropfenregen, lachend – wo kommt das denn jetzt her?

Schnell beschwöre ich wieder die Pappfigur herauf. Hospitalistisch wiegt sie sich im Wind. Beruhigend, dieses gleichförmige Schaukeln.

Jetzt passiert also genau das, was ich mir monatelang gewünscht habe. Simon kommt. Und zwar allein meinetwegen. Ich glaube, das begreife ich erst jetzt in diesem

Augenblick so richtig: dass er die Fahrt von Hamburg nicht auf sich nimmt, um bei einer Tasse Kaffee über alte Zeiten zu plaudern. Sondern dass er ein Ziel verfolgt. Dass er … mich zurückwill? Saranya hat recht: Niemand erzählt bei einem Zwei-Minuten-Telefonat grundlos, dass er wieder Single ist. Schon gar nicht Simon.

Womit sie allerdings falschliegt, ist, dass ich mich von ihm einlullen lasse. Ich werde mir anhören, was er zu sagen hat, seine Argumente, seine Entschuldigung. Und das war's.

Das glaubst du doch selbst nicht.

Was? War das jetzt mein Kopf oder der Bauch? – Hallo?

Dann halt nicht. – Wisst ihr, was? Ihr werdet euch noch umgucken! Alle beide!

Nachdem ich meine Haare vor dem großen Spiegel im Badezimmer dreimal zum Zopf gebunden und dreimal wieder aufgemacht habe, nehme ich unterhalb des Brustbeins ein leichtes Grummeln wahr. »Nur Reiterinnen tragen Pferdeschwanz«, hat Simon gesagt. Und dass ich immer so anders wäre, wenn ich mit meinen Freundinnen zusammen bin. Damals, als ich noch Freundinnen hatte. Meine Finger verhaken sich in den Locken. Mein Bauch drückt. Was Simon wohl sagen würde, wenn er mich mit Nelly und Saranya sähe?

Als die beiden zwanzig Minuten später an meine Wohnungstür klopfen, habe ich noch immer keine Idee, was ich mit meinen Haaren mache, dafür aber ausgewachsene Magenschmerzen.

Saranya hat darauf bestanden, dass wir uns vor meinem Treffen mit Simon zum gemeinsamen Meditieren treffen: »Das wird dich stärken und dir helfen, ganz bei dir zu bleiben.« Jetzt schiebt sie ohne Umschweife meinen Esstisch zur Seite, rollt die Matten aus und tropft Öl in eine kleine Duftlampe. »Sandelholz.«

»Mir ist schlecht.« Mittlerweile sind die Krämpfe in meinen Unterbauch gerutscht, ich halte ihn wie eine Schwangere.

»Das trifft sich gut. Wir widmen uns nämlich heute unserem Sakralchakra.« Saranya bläst das Streichholz aus. »Das befindet sich unterhalb des Bauchnabels und ist der Sitz der Emotionen. Und es steht für Lebenslust und Sexualität.«

»Wie passend«, sagt Nelly.

Kurz darauf sitzen wir mit geschlossenen Augen auf unseren Matten, umgeben vom schwingenden Ton einer Klangschale.

»Wir beginnen mit einer Übung aus der Rückbildungsgymnastik.«

Wie passend, denke jetzt auch ich.

»Stell dir vor, du würdest mit der Vagina Gänseblümchen pflücken.«

Ich schiele zu Nelly hinüber.

»Augen zu und pflücken!«, kommt es aus Saranyas Richtung.

Ich spanne meine Scheidenmuskeln an und frage mich, was ich hier tue.

»Gut. Lass nun beim Einatmen die Urkraft der Erde in deinen Beckenboden fließen.«

Was zum …

»Beim Ausatmen lass alle Anspannung in diesem Bereich los. Mit jedem Atemzug wächst das Licht in deinem Sakralchakra zu einer wunderschönen orangefarbenen Lichtwolke. Fühle, wie es sich mit immer mehr Licht auffüllt. Spüre das Leuchten!«

Die hat sie doch nicht mehr alle! Ich öffne die Augen. Nelly und Saranya halten ihre geschlossen und sehen aus, als würden nicht nur ihre Sakralchakren leuchten. Also gut, ich probier's. Ich atme ein, Licht strömt in meinen Unterleib, atme aus. Einatmen – ausatmen.

»Ich bin stark. Ich bin nicht auf Simon angewiesen.«

So ist das also! Hier soll einem was untergejubelt werden! Widerwillig lasse ich die Augen zu, atme ein, meine Blase füllt sich mit ... – ach nee, atme aus, Licht strömt ... Das war kein Licht! Ich renne zur Toilette.

»Das ist ein gutes Zeichen«, sagt Saranya, als ich mit neuer Unterhose wieder auf meiner Matte sitze. »Zwar nicht unbedingt für den Zustand deines Beckenbodens, aber zumindest bist du entspannt.«

Geht so.

»Zum Abschluss lege deine Hände in der Herzgegend ab, spüre deine eigene Herzensenergie und danke dem Universum.«

Ganz herzlichen Dank.

»Was ich mich schon lange frage«, sagt Saranya, als wir zu dritt wieder vollständig im Hier und Jetzt vor meinem Kleiderschrank stehen und beraten, was ich zu meinem Treffen mit Simon anziehe. Sie nimmt mir die Yogi-Tee-Tasse aus der Hand, Sorte »Aura-Tee«, damit ich ihr meinen kamelhaarfarbenen oversized Cardigan vorführen kann. »Wie kommt es eigentlich, dass du solche Schuhe trägst? Jimmy Choo, Louboutin, Manolo Blahnik und sogar Charlotte Olympia. Ich meine, diese Dinger mit den Herzchen«, sie deutet in Richtung Schrankboden, »die kosten über tausend Euro! Und ganz ehrlich, die passen überhaupt nicht zu dir.«

Was soll das heißen, passen nicht zu mir? Aber zu dir, ja? Noch bevor ich losschießen kann, kühle ich schon wieder ab. Sie hat ja recht.

»Simon hat mir die geschenkt.«

»Ach, und du hängst so sehr an dem Kerl, dass du nur Schuhe von ihm anziehst? Immer noch! Oder, warte, ich hab's! Er hat alle anderen Latschen weggeschmissen, damit du gezwungen bist, einen auf sexy zu machen?«

»Na ja, so ähnlich.«

»Wie jetzt?« Zwischen Saranyas Augenbrauen hat sich eine steile Falte gebildet. »Ich übersetze: Alle anderen Schuhe sind in der Tonne, und wegen Simon marschierst du mit Stilettos über den Acker? Wahrscheinlich hat ihn die Vorstellung angemacht, Pfennigabsätze im Matsch. Ein sumpfiges ›rein, raus‹.«

»Schnauze!«

Kam das von mir?

»Im Ernst, Caro, warum tust du das? Nicht dass ich deine Schuhe nicht absolut fantastisch fände. Aber ich vermute mal, du hast dich in flachen Schuhen weitaus wohler gefühlt. Das wäre ja so, als wenn ich für einen Typen plötzlich Adiletten tragen würde. Oder Trekkingsandalen. No way!«

»Christian Louboutin trägt privat Birkenstocks.«

Unsere Köpfe fliegen in Richtung Nelly.

Die zuckt mit den Schultern. »Hab ich neulich in einer Zeitschrift gelesen. Bei *Haar-Moni*.«

Nach einer kurzen Pause lachen wir alle drei.

»Also gut«, sagt Saranya, »lassen wir das mit den Schuhen. Ich bin für den Cardigan, darunter ein weißes Top. Und die dunkelblaue Röhre.« Sie zieht eine meiner Jeans aus dem Schrank und hält sie mir vor die Beine. »Nicht zu aufreizend, aber auch nicht so, als wärst du ganz im Büttelsbüttel-Style aufgegangen. Sorry, Nelly. Aber es kann nie schaden, gut auszusehen. Besonders dann nicht, wenn man jemanden abblitzen lassen will.«

Erst jetzt, wo mein Bauch wieder anfängt zu grummeln, fällt mir auf, dass meine Schmerzen seit diesem Sakral-Dingsbums komplett weg sind – trotz des schweren holzigen Geruchs, der vom Duftlämpchen aufsteigt und mir das Gefühl gibt, mein Kopf würde in einem Eimer mit Saunaaufguss stecken. Vielleicht sollte ich meine muffigen Haare doch zusammenbinden, auch wenn Simon Zopf nicht leiden kann? Allemal besser, als zu riechen wie frisch aus dem Forstbetrieb. Oder, noch schlimmer, als wäre ich auf 'nem Esotrip und würde Chakra-Meditation machen.

Was dir völlig egal sein kann, Carolin Punke.

Und in der Strickjacke sehe ich aus, als hätte ich mir ein Kamelkostüm übergestülpt. War die immer schon so weit? Ich bücke mich und ziehe aus dem hinteren Teil meines Kleiderschranks ein weinrotes Top. Die Farbe stand mir noch nie. Unschlüssig halte ich das Teil in der Hand. Simon mochte es.

»Was ziehst du am liebsten an?«, fragt Nelly. Sie öffnet mein Schlafzimmerfenster, das der Wind sofort sperrangelweit aufdrückt. Von der Unterkante des Rahmens tropft es auf mein Bett.

Ich starre in den Schrank. Das ist doch jämmerlich. Ich dachte, ich hätte das überwunden, dass ich mich selbst verliere, weil ich versuche zu erahnen, was jemand anders mag. Was Simon mag.

Kurzerhand schlüpfe ich in meine sehr bequeme Lieblings-Boyfriend-Jeans, ignoriere Saranyas hochgezogene Augenbraue und ziehe mir ein dünnes hellgraues Blusenhemd über, das am Rücken eine Knopfleiste hat. Dazu, in Ermangelung von Alternativen für einen Spaziergang im Schneematsch, Knuts Gummistiefel, die – ich weiß nicht, warum – meine Füße auch dieses Mal ummanteln, als hätten sie ein Fußbett aus warmem Badeschaum.

»Das ist nicht dein Ernst! Vergiss alles, was ich zum Thema Schuhe gesagt habe, und nimm die hier.« Saranya reicht mir die grauen Stiefeletten von Tabitha Simmons, mit denen ich spielend als hochgewachsen durchgehe.

Einen Moment zaudere ich. Gummistiefel sind vielleicht wirklich nicht das passende Schuhwerk für ein lang ersehntes Wiedersehen mit einem Schuhfetischisten. Kaum merklich schüttelt Nelly den Kopf. Und ich spüre den Badeschaum wohlig an meiner Fußsohle.

»Die Stiefel bleiben an.«

Saranya gibt einen Laut von sich, der mich an Simons nächtliches Zähneknirschen erinnert – wenn er seine Aufbissschiene vergessen hatte.

»Und was mach ich mit meinen Haaren?« Bereits hier im Raum verknoten sie sich im Luftzug. Ich streiche sie mir aus der Stirn. »Zopf ist immer so langweilig.« Im Schaum kreuzen sich meine Zehen.

»Weißt du was, ich mach dir schnell eine Hochsteckfrisur.« Schon wurschteln sich Nellys Finger behutsam durch meine Haare. »Die hält jedem Sturm stand.«

Eine halbe Stunde später stehe ich mit der besten Frisur, die ich je hatte, auf dem Hof. Meine Sorge, dass ich wie ein verhinderter Hochzeitsgast aussehen würde, war absolut unbegründet. Nelly hat meine Locken so lässig festgesteckt, dass mir der Out-of-bed-Look mit einem Mal nicht mehr wie ein Mysterium erscheint. Bislang sah ich bei solchen Selbstversuchen nämlich entweder aus wie nach einer einstündigen Badezimmerprozedur oder als käme ich wirklich gerade aus dem Bett. Beides nicht optimal.

Als Nelly fertig war, beugte ich mich vor und schüttelte mit heftigen Bewegungen meinen Kopf.

»Was tust du da?«

»Headbanging. Haltbarkeitsprüfung. Alles bestens.«

Saranya verstaut ihre Meditationsausrüstung im Smart, Nelly tritt von einem Fuß auf den anderen, und ich fühle mich rundherum stimmig und schön und unterleibsgestärkt. Mein Telefon klingelt. Als ich den Namen auf dem Display sehe, spannt sich mein Beckenboden an. Johan. Der hat aber auch ein Timing! Wochenlange Sendepause, und dann funkt er, fünf Minuten bevor ich Simon treffe, dazwischen. Schnell schalte ich den Ton aus und lasse mein Telefon zurück in die Tasche gleiten. Und schon macht sich meine Vagina daran, hektisch ein Gänseblümchen nach dem anderen zu köpfen.

≈ 23 ≈

Simon ist keine Pappfigur. Die Erkenntnis ist nicht überraschend, und trotzdem trifft sie mich unvorbereitet.

Als mir Nelly vor dem Heimatmuseum die Hand gedrückt und Saranya mir unerwartet einen Kuss auf die Stirn gehaucht hat, war ich ganz ruhig. Ich dachte nicht mehr ans Blumenpflücken, sondern umrundete das Gebäude mit leichten Schritten, sog die klare Luft ein und überlegte dabei sogar noch, was ich mir später kochen könnte. Reis mit Gemüse, Spaghetti mit Gemüse, ich sollte den Parmesan mal aufbrauchen. Und dann entdeckte ich ihn. Und, verdammt noch mal, er sah nicht einen Deut pappig aus!

Ich suchte Halt an einem Baumstamm. Meine Nägel drücken sich in die weiße Borke. Simon. Da vorn, keine hundert Meter entfernt, steht er, mit dem Rücken zu mir. Mir wird schwindelig.

Das ist so irreal. Simon am Schwimmteich in Büttelsbüttel – mein altes Leben im neuen. Mein Herz klopft bis weit über meinen Hals hinaus, ich bekomme das nicht zusammen. Als würde ich feststellen, dass das, was ich morgens nach dem Aufwachen noch für einen Traum gehalten habe, in Wahrheit die Realität ist. Als würde ich in meinen eigenen Film hineinkatapultiert.

Ich sehe ihn an und kann kaum mehr atmen. Betrachte seinen langen Rücken, seine Schultern, die immer ein wenig hochgezogen sind, den kleinen Hintern, die schlanken Beine, den rechten Fuß, der, wenn er steht, leicht nach innen zeigt. Ich kenne das alles so gut. Natürlich tue ich das – das ist doch Simon! Ich lache laut auf. Wie albern ist das denn!

Was genau?

Ich mache einen Ausfallschritt ins Gebüsch, ohne den Baum loszulassen. Mein Lachen stottert weiter wie ein kaputter Motor.

Ich weiß nicht, wie lange ich mir den Ärmel meiner Wolljacke vor den Mund gedrückt habe, als ich feststelle, dass ich weine. Ein abgehacktes, rhythmisches Schluchzen, das sich kaum von dem Lachen unterscheidet. Ich weiß nicht einmal, warum ich weine. Nur dass mir alles zu viel ist.

Ich will nach Hause, unter die Bettdecke, mich nicht mehr bewegen, bis alles wieder richtig ist.

Wenn ich nur wüsste, was das bedeutet: richtig.

Rasch wische ich die Tränen weg und drücke mich vom Stamm der Birke ab. Dann laufe ich über die nasse Wiese auf den durchgedrückten Rücken am Seeufer zu, der mit jedem Schritt mehr Raum einnimmt. Der immer vertrauter wird unter der schwarzen Jacke, die wir im letzten Winter gemeinsam gekauft haben.

Und dann, als ich nur noch wenige Meter von ihm entfernt bin, ist er mir fremd. Ganz plötzlich. Abrupt bleibe ich stehen. Natürlich ist das Simon – dieser Mann, der da aufs Wasser starrt. Aber … die in sich gekehrte Reglosigkeit, der gedankenverlorene Blick in die Ferne – das ist doch alles Pose! Der ist nicht in Gedanken versunken, er horcht, auf jedes noch so winzige Geräusch. Unwillkürlich halte ich den Atem an. Der will doch, dass ich ihn so sehe. Dass ich denke, er wäre aus der Welt gefallen.

Tonlos atme ich aus. Und mit einem Mal wird mir bewusst, dass ich ihn so kenne. So gekünstelt. So fremd.

Wie früher, wenn ich ihn angesprochen habe und er so getan hat, als würde er mich nicht hören, oder erst nach einer Ewigkeit reagiert hat. Oder als er bei der Beerdigung seiner Oma bereits alle Tränen am Tag ihres Todes geweint hatte und sich nicht mehr verbinden konnte mit dem Gefühl der Trauer, was vielleicht gar nicht so ungewöhnlich ist. Aber Simon stand minutenlang am Grab, die Erde noch in der Hand, seine Augen hinter einer Sonnenbrille verborgen, die er abnahm, um mit verlorenem Blick über die Köpfe der Trauergemeinde hinwegzusehen, als hätte er vergessen, wo er war. Da wusste ich genau, dass er nichts spürt. Und dass er alle das Gegenteil glauben lassen will.

Als ich schon mit dem Gedanken spiele, einfach wieder zu gehen, mich zu Nelly und Saranya ins Café zu setzen und von dort aus zu beobachten, wie lange er die Pose durchhält, dreht er sich um. Mir stockt das Herz. Und ich kann nichts dagegen tun, dass mein Körper sich augenblicklich und mit jeder Faser gegen seinen pressen will. Langsam gehe ich auf ihn zu.

»Simon.«

Er sieht mich an, so als hätte ich ihn von weit hergeholt. Und auch wenn ich mich darüber ärgere, dass er das so gut kann, so auszusehen, ändert das nichts daran, dass ich meinen Kopf so schnell wie möglich an seine Brust legen und seine Hände auf meinem Rücken und in meinem Nacken spüren will.

Als ich vor ihm stehe, streckt er die Arme nach mir aus und zieht mich an sich. Meine Wange drückt gegen den harten Stoff seiner Jacke, sein Atem streift meine Stirn.

»Caro«, flüstert er.

Dann sagt keiner von uns beiden mehr etwas. Wir stehen einfach nur da, voreinander, aneinander, und ich traue mich nicht, ihm den Schal abzunehmen, um seinen Geruch wieder in die Nase zu bekommen. Und auch nicht, meine Hände unter seine Kleidungsschichten zu schieben oder den Reißverschluss seiner Jacke aufzuziehen, damit ich seine Wärme fühlen kann.

Irgendwann fasst er mich an der Schulter, schiebt mich ein Stück von sich weg und sieht mich an. Und ich muss an unser erstes Date denken und an seinen Blick, der an meinen Turnschuhen hängengeblieben ist.

»Hey«, sagt er, »du hast abgenommen.« Seine Stimme ist sanft, er mustert mich. »Gummistiefel und Gretchenfrisur?« Auch sein Lachen klingt sanft. »Das bist doch nicht du.«

Im zarten Rauschen der Blätter wiege ich mich, schaue auf die Eisschollen im Wasser und fühle mich wie eine alte Kamera, die zeitverzögert auslöst. Was hat er da gerade gesagt?

»Komm, wir gehen ein Stück.« Er greift nach meiner Hand, wie selbstverständlich, und ich lasse sie da, auch wenn mein Arm steif wird.

Eine Weile laufen wir schweigend am Ufer entlang. Die Sonne hängt schon tief über dem See, unter den Bäumen mit ihren tropfenden Ästen ist es kalt. Ich starre auf meine Stiefelspitzen. Meine Hand liegt noch immer in seiner, die sich anfühlt, als hätte ich sie noch nie angefasst. Jetzt ist er doch ein Fremder.

Im Grunde kenne ich nur den Simon, der acht Jahre lang mit mir in einem Bett gelegen hat, dessen Hand immer warm war und weicher, als Männerhände es normalerweise sind. Nicht den, der mich hier und jetzt mit kühlem Druck um Pfützen und Furchen herumlotst, von dem ich gar nichts weiß, außer dass er an dem Tag geboren wurde, als wir zusammen gestorben sind. Wie zwei Bilder von ein und demselben Menschen, die nicht übereinanderpassen wollen, weil es zwischen ihnen kein Bindeglied gibt, keine verbindende Geschichte. Ich mache mich los. Plötzlich habe ich den starken Drang zu erfahren, was in der Zwischenzeit war. Und warum er jetzt anknüpfen will an das Ende der einen Geschichte.

»Was ist mit Alexa?«

Schweigen. Da! Genau das meinte ich! Nur diesmal laufe ich nicht in die Falle zu fragen, ob er mich gehört hat. Ich presse die Zähne aufeinander, so fest, dass es sich anfühlt, als ob sie gleich durchbrächen.

Nach endlosen Minuten räuspert er sich. »Ach Caro. Komm.«

Ich bleibe stehen und sehe ihn an.

Widerwillig stoppt auch Simon. »Was? Dazu gibt's echt nicht viel zu sagen. Irgendwie war das nichts mit uns. Lexa ist … Sie war ganz anders als du. Hatte ihren eigenen Kopf. War launisch und total starr in ihren Ansichten. Nicht ein bisschen anpass… kompromissbereit. Und davon abgesehen hat sie diese schrecklichen Leggins getragen.« Er grinst. »Du weißt, dass ich Leggins hasse?«

Ich nicke. Und ärgere mich sofort darüber.

»Ganz ehrlich, dass ich mich von dir getrennt habe, das war der größte Fehler meines Lebens. Ich weiß wirklich nicht, was in mich gefahren ist. Irgendwie hab ich Panik bekommen, vielleicht 'ne verfrühte Midlife-Crisis? Hab gedacht: Das soll alles gewesen sein? Was natürlich Quatsch ist! Mein Gott, ich war so bescheuert! Ich habe überhaupt nicht kapiert, wie schön wir's zusammen hatten. Gemütlich, harmonisch … Denk doch nur mal daran, wie nett wir immer zusammen gekocht haben. Dagegen Lexa und ich in der Küche – das war Mord und Totschlag. Oder unsere Sonntage im Bett, wie entspannt das war.« Er sieht aus, als würde er sich vorstellen, wie er Zeitung gelesen hat, mein Kopf auf seinem Bauch, seine Hand auf meinem Kopf. Vielleicht ist das aber auch nur Pose. »Lexa hat es nie länger als bis sieben im Bett ausgehalten. Dann musste sie was tun. Anstrengend. Du und ich, wir haben einfach perfekt zusammengepasst. In jeder Hinsicht.«

Einen Moment lang kann ich ihn nur anstarren. Habe ich das gerade richtig verstanden?

Ich atme scharf ein. »In jeder Hinsicht? Soll das etwa heißen: AUCH IM BETT?!« Stoßweise entweicht die Luft wieder aus meinem Körper.

In Ordnung, mein Lieber, denke ich, Sex mit dir war vertraut. Du wusstest, was ich mag, ich wusste, was du magst. Es war bequem. Aber weißt du, was es vor allem war? Mechanisch. Einmal die richtigen Knöpfe gefunden, wozu weitersuchen?

Als Simon etwas sagen will, unterbreche ich ihn laut: »Das fandest du also *perfekt*? Deswegen hab ich mir monatelang einen Kopf gemacht?« Meine Hand zuckt, als wollte sie ausholen und etwas zerschlagen.

Simon hält sie fest. »Komm mit mir nach Hause, Caro.«

Ich reiße mich los. »Denkst du im Ernst, du kreuzt hier auf, sagst drei Sätze, und ich dackel hinter dir her wie ein Schoßhündchen?« Ich stoße ein bitteres Lachen aus. »Weil ich so angepass..., pardon, so kompromissbereit bin? Weil ich keinen eigenen Kopf habe? Du hast dich noch nicht mal entschuldigt!«

»Entschuldigung.«

Ich starre ihn an. »Du bist doch echt ... Du hast nicht die Spur einer Ahnung. Mein Zuhause, das ist hier.« Ich mache eine ausholende Armbewegung, die sich genau richtig anfühlt. »Und zwar viel mehr, als es das Leben mit dir jemals war.«

»Du bist verwirrt, das ist ver...«

»Und was die Haare und die Gummistiefel angeht«, unterbreche ich ihn laut, »vielleicht bin ich nicht so, wie du mich gerne hättest. Aber das bin ich. Hundertprozentig sogar.« Mit voller Wucht trete ich vor mir in eine Pfütze. Schlammiges Wasser spritzt auf. Simons Hose sieht aus wie ein Jackson-Pollock-Gemälde. In Kackbraun.

Ohne eine Miene zu verziehen, faltet er ein Taschentuch auseinander und wischt damit in bürstenartigen Strichen über seine Hosenbeine. »Die Landluft scheint dir nicht zu bekommen.«

Ich reiße ihm das Tuch aus der Hand und stopfe es ihm in die Jackentasche. »Mitkommen!« Dann stürme ich, ohne mich umzusehen, die Wiese hinauf, am Museum vorbei und über den Vorplatz. Als ich die Hauptstraße erreiche, höre ich mit einer gewissen Befriedigung, dass er mir hinterherläuft.

»Was soll das werden? Eine Sightseeingtour?«

»Schnauze!«

Mein Körper pulsiert, als ich in Knuts Hofeinfahrt einbiege. Ich schließe die Haustür auf und bedeute Simon zu warten.

Fünf Minuten später trete ich mit meiner Handtasche und einem großen Koffer wieder ins Freie. Obwohl es noch nicht einmal später Nachmittag ist, dämmert es bereits – was ich bedaure, sonst könnte ich jetzt eine Sonnenbrille aufsetzen und über Simon hinwegsehen, ohne dass mich ein Augenzwinkern verrät. Als ich den Koffer übers Kopfsteinpflaster ziehe, merke ich, dass mir das auch so ganz gut gelingt.

Simon nickt in Richtung Koffer. »Gut, deinen kleinen Austicker hab ich schon vergessen. Komm, gib her. Mein Auto steht da drüben.« Er zeigt nach rechts, ich wende mich nach links. Er folgt mir. Und nach wenigen Metern höre ich tatsächlich nicht mehr, was er sagt.

Der Wind scheint aus allen Richtungen gleichzeitig zu blasen, mal gibt er mir einen Schub von hinten, mal muss ich mich regelrecht nach vorn beugen, um meinen Rollkoffer gegen ihn anzuziehen. Noch immer spüre ich das Vibrieren in mir, als wären meine Sehnen und Adern gespannte Saiten einer Gitarre, die kaum sichtbar, aber in rasantem Tempo schwingen. Als ich in einen Feldweg einbiege, ist Holm plötzlich neben mir.

»Kann ich deinen Koffer tragen?«

Wir laufen nebeneinanderher.

»Danke, Holm, geht schon.«

»Wer ist das?«, flüstert er.

»Simon.«

»Oha. Na dann will ich nicht stören.« Er lässt sich zurückfallen.

»Wer war das?«, kommt es einen Moment später von hinten.

Ich bin drauf und dran, die Frage zu überhören, als ich es mir anders überlege. »Holm Fiete, ein sehr guter Tänzer. Was man von dir nicht gerade behaupten kann. – Moin, Ilmar.«

Nellys Vater nickt mir zu und wuchtet weiter Sandsäcke auf einen Anhänger.

»Dürfte ich mal kurz euren Misthaufen zweckentfremden?«, frage ich ihn.

»Tu dir keinen Zwang an.«

»Ekelhaft.« Simon drückt sich den Jackenärmel vors Gesicht.

»Ich rieche nichts.«

Ich rieche tatsächlich nichts!

Kurzerhand packe ich den Koffer am Griff und stapfe den Misthaufen hoch. Oben angekommen lege ich ihn für einen Moment auf einem der Eckpfeiler ab, die oberhalb des Haufens enden. Dann halte ich inne und schließe die Augen.

Manchmal, wie jetzt, nehme ich meinen Körper sehr

genau wahr. Meine Füße auf dem weichen Untergrund, jeden einzelnen meiner Zehen und meine Fingerspitzen, als würde darin alles münden, meine Haarwurzeln wie winzige Nadelstiche auf der Kopfhaut, die kalte Luft in meiner Nasenhöhle, die jede Biegung meines Körpers erreicht. Warme Dämpfe steigen zu mir auf, als würde ich bei eisigen Temperaturen in einer heißen Quelle baden. Ja, denke ich, so fühlt es sich an, wenn man weiß, was man tut.

Der erste Schuh, der aus dem Koffer rollt und in einem noch weichen Kuhfladen stoppt, ist einer der Charlotte-Olympia-Pumps. Mit Herzapplikationen.

»Was zum Teufel …« Simon ist an die Unterkante des Misthaufens herangetreten. »Hast du sie nicht mehr alle?!«

Dann eine türkisfarbene Sandale von Manolo Blahnik.

»He! Lass den Scheiß!«

Ich könnte so weitermachen, einen Schuh nach dem anderen aus dem Koffer kullern lassen, jede Rollbewegung, die die Pumps mit mehr Exkrementen paniert, genüsslich verfolgen. Allerdings stünde ich dann noch morgen hier. Und da habe ich eindeutig Besseres zu tun. Also: kurzer Prozess! Ich ziehe den Reißverschluss des Koffers vollständig auf und drehe ihn um. Zwanzig Schuhe stürzen heraus.

Simons Brüllen weht an mir vorbei, ich breite die Arme aus und drehe mich in der kalten Abendluft. Nichts nehme ich mehr wahr, nur eine Ahnung meines Körpers und der Horizonte ringsum – alles ist weit, alles ist frei.

Tja, denke ich, als ich noch ein wenig ausdrehe, so

kann's gehen. So schnell wird man zur Esobraut, die auf dem Misthaufen thront und im Mondschein tanzt – auf dem Gesicht ein zufriedenes Lächeln.

Als ich hinabsteige, trete ich auf die herumliegenden Schuhe wie auf Steine, die über einen Bach führen. Manche sacken dabei so tief ein, dass sie kaum mehr zu sehen sind.

Mit schlafwandlerischer Sicherheit gehe ich an Simon vorbei. Ein Stück des Weges rumpelstilzt er noch neben mir her, ich kann spüren, dass er mich packen und schütteln will. Aber das wird er nicht tun. Und sein Schreien wird auch schon leiser, und kurz darauf verschluckt die Dunkelheit den letzten Ton.

Als ich das Museumsfoyer durchschritt, wandelte ich noch immer wie auf warmem Badeschaum, und ich könnte wetten, das hätte ich auch ohne die Gummistiefel getan.

Es muss etwas in meinem Blick gewesen sein oder in der Art, wie ich mich bewegt habe, dass Nelly und Saranya sofort wussten: Sekt, kein Tee. Ich hatte mich noch nicht gesetzt, als der Korken bereits knallte und Saranya mir ein überschäumendes Glas in die Hand drückte. Ohne etwas zu sagen, standen wir dicht voreinander, sahen uns an, tranken und setzten unsere Gläser gleichzeitig wieder ab. Saranya goss nach.

Aus meiner Handtasche zog ich ein paar silberne Schlangenlederpumps von Christian Louboutin. »Die hab ich gerettet. Waren mir immer zu groß.« Ich gab sie Saranya, die aussah, als würde sie gleich umkippen. Dann fiel sie mir um den Hals und drückte mir einen dicken Kuss auf die Wange.

Nach dem dritten Glas griff Nelly über die Theke und zog etwas Kastenförmiges, in Geschenkpapier Eingewickeltes hervor. »Für dich. Von uns beiden. Nichts Selbstgemachtes.« Sie zwinkerte.

Ich löste das Papier und klappte den Schuhkarton auf, der sich darunter verbarg. Grau-gelbe Retro-Sneakers von *Adidas*. Jetzt musste ich mich setzen.

Wenig später schlüpfte ich in meine neuen Turnschuhe, und, ja, das schaumige Gefühl war noch da. Ich stand auf, umarmte meine Freundinnen und machte mich auf den Weg. Nach Hause.

Ich bin noch keine drei Meter gegangen, als es in meiner Tasche piepst. Der Sekt flirrt mir im Kopf, der warme Schaum hat sich von meinen Fußsohlen über die Beine und den Oberkörper bis in die Arme gezogen, und meine Wirbelsäule durchläuft ein angenehmes Prickeln. Als ich auf mein Telefon drücke, öffnet sich eine Nachricht mit einem Bild. Simon mit verzerrtem Gesicht, als würde er schreien oder als wäre ein Schrei in ihm stecken geblieben. Mit bloßen Händen wühlt er sich durch den Misthaufen.

Auf einmal muss ich lachen. Es quillt aus mir heraus, so laut, wie ich schon seit Ewigkeiten nicht mehr gelacht habe, schon gar nicht allein. Da stehe ich mitten auf dem Vorplatz des Museums, unsichtbar in der frühabendlichen Schwärze, mein Telefon als einzigen Lichtpunkt, und sehe Simons lächerlich zarte Dermatologenhände voller Gülle vor mir und lache mein hellstes Lachen.

Minuten später drücke ich erneut aufs Telefon. Wieder erscheint das Bild – ohne eine Nachricht. Dafür mit einer zweiten Figur, die ich erst jetzt am unteren Bildrand wahrnehme. Ich sehe genauer hin. Da steht, in Arbeitskleidung, eine Mistgabel in der Hand, den Blick wie beiläufig zur Kamera gerichtet: Holm. Auf dem Zinken seiner Forke steckt ein Schuh. Zum Glück denke ich noch rechtzeitig daran, meinen Beckenboden anzuspannen.

Als ich irgendwann nicht mehr taumele vor Lachen, fällt mir auf, dass ich überhaupt noch nicht nachgesehen habe, wer mir das Foto geschickt hat. Mein Blick huscht zur Kopfzeile.

Ohne nachzudenken, renne ich los.

≈ 24 ≈

In grau-gelben Turnschuhen sprinte ich über den angetauten Schnee. Mein Bauch hört gar nicht mehr auf mit seinen Saltos, dabei gibt er Geräusche von sich, die ich nur als frenetischen Applaus interpretieren kann. Bilder stürmen durch meinen Kopf, aus *Dirty Dancing*, *Pretty Woman* und anderen Filmen, überall verhinderte Liebende, die sich am Ende doch noch bekommen. Wenn der Mann erklärt: »Mein Baby gehört zu mir, ist das klar?!«, wenn er mit einem Strauß Rosen im Mund an der Außentreppe eines schäbigen Hotels hochklettert – trotz Höhenangst. Zwei Menschen, die aufeinander zulaufen, einmal quer über die Leinwand, eine Frau, die rennt und wie eine Feder vom Mann hochgehoben wird und auf seinen gestreckten Armen in perfekter Hebefigur schwebt. Die Frau, das bin natürlich ich.

In großen Sprüngen galoppiere ich über die dunkle Hauptstraße. Der Sekt hat meinen Körper leicht gemacht, ich kann viel schneller laufen und viel höher springen als sonst. Hey, Johnny Castle, wo bist du? Zeig dich, Mr Big!

Als ich von Weitem die Straßenlaterne vor Knuts Hofeinfahrt sehe, die vierte auf der rechten Seite, schlittere ich und gleite nahtlos in eine formvollendete Pirouette. Das sind keine Turnschuhe unter meinen Füßen, das sind

Kufen! Ich mache ein paar Rückwärtsschwünge, wie damals mit dreizehn in der Eishalle, lege mich in die Kurve und setze an zu meiner Königsdisziplin, dem Punke-Rittberger. Weil ich mich nicht um dreihundertsechzig, sondern maximal um fünfundvierzig Grad drehe, kann Werner Rittberger nicht allein dafür geradestehen.

Ich stoße mich ab und, juchhu, ich fliege! Sekundenlang bin ich in der Luft, hebe das Kinn, weil mich irgendwas Nasses streift, und … aua! Von wegen Luft! Schneewasser überall, ein Peeling aus Streusand im Gesicht. Nicht mit mir! Schon bin ich wieder auf den Beinen und pese einen Moment später – unwesentlich ramponiert – weiter.

Jetzt sollte er so langsam mal auf der Bildfläche erscheinen, mein persönlicher Herr Groß. Damit ich so richtig Anlauf nehmen und an ihm hochspringen und mit durchgebogenem Rücken über seinem Kopf schweben kann.

Noch eine Laterne. Prophylaktisch beginne ich zu hüpfen. Ohne mein Tempo zu drosseln, nehme ich die letzten Meter und schwinge in Knuts Hofeinfahrt. Da ist er, mein Filmheld, im Dunkeln lehnt er an seinem Wagen und wartet auf seinen Einsatz, die finale Einstellung. In Zeitlupe laufe ich auf ihn zu, noch vier Schritte, noch drei, zwei, ein letzter Schritt – und Sprung. Meine Hände drücken sich auf seine Schultern, mein Körper kracht gegen seinen. Die Filmmusik stoppt, im selben Moment bin ich stocknüchtern.

Noch immer klebt mein Körper an dem meines Gegenübers, schnell mache ich einen Schritt zurück.

Knut lacht. »Dachtest wohl, ich bin der Junior.«

»Ja … NEIN!«

Nicht auszudenken, wenn ich tatsächlich Johan angesprungen hätte!

»Keine Sorge, mien Deern, von mir erfährt er nix.«

»Das stimmt, mein Vater kann schweigen wie ein Grab.«

Ich fahre herum. In der Haustür steht Johan. Sein Gesicht ist kaum zu erkennen.

Ich taumele zurück. »Äh, ja, gut, also, dass er schweigen …« In der Finsternis, geduckt, mache ich ein paar Schritte weg von ihm. Ich möchte sterben.

»Was ist, Punke«, Johan drückt sich von der Hauswand ab und macht einen Schritt aus dem Halbschatten heraus, »heute Abend schon was vor?«

Natürlich möchte ich *nicht* sterben!

Zehn Minuten später finde ich mich auf dem Beifahrersitz von Johans Mustang wieder. Dass ich hier sitze, kommt mir völlig unwirklich vor. Ich, in meiner durchnässten Jeans und der sandig feuchten Wolljacke, auf dem glatten cognacfarbenen Ledersitz eines Oldtimers, neben mir der Mann, den ich seit Wochen nicht gesehen habe, an den ich seit Wochen in immer wirreren Schleifen denke. Und vor wenigen Stunden noch stand ich mit Simon zusammen am See, meine Wange an seiner Jacke, ineinanderliegende Hände, ohne ein Fitzelchen Wärme. Wie soll man das alles so schnell begreifen?

Der Motor blubbert, und als ich nach dem Anschnallgurt taste, ist da nichts. Mir fällt auf, dass wir das erste Mal allein sind, Johan und ich. Und dass er mich immer wieder von der Seite betrachtet und ich nicht weiß, wo ich hinsehen soll.

»Alles okay?« Er beugt sich ein Stück zu mir herüber.

»Hm.«

»War ein heftiger Tag für dich?«

Meine Hand streicht übers Leder des Handschuhfachs. Der Tag *war* nicht heftig, er ist es noch immer.

»Wenn du nicht willst, müssen wir nicht darüber sprechen.«

»Doch schon, aber …« Ich sehe zu ihm hinüber. Mein Gott, er gefällt mir wirklich gut. Wie er so dasitzt, die Ärmel seines grauen Pullis trotz der Kälte ein bisschen hochgeschoben – ich könnte glatt zur Unterarmfetischistin werden. »Ich muss dich vorher was fragen.«

»Okay.«

»Genau genommen sind es drei Fragen.«

»Schieß los.«

»Gut. Ich würde gerne wissen, warum du damals erst nicht ins Krankenhaus kommen wolltest. Warum hast du nicht sofort alles stehen und liegen lassen, als ich dir gesagt habe, dass Knut einen Unfall hatte? Zweitens«, beeile ich mich zu sagen, bevor Johan einhaken kann, »wieso kann Paul dich nicht leiden? Ich meine, er scheint einen regelrechten Hass auf dich zu haben. Und drittens: Warum ist deine Frau … Warum habt ihr euch getrennt?«

Jetzt ist es raus. Meine Muskeln lösen sich, mein Körper sinkt in den Sitz. Egal, was er sagt, ich musste diese Fragen stellen. Ich muss wissen, mit wem ich es zu tun habe.

Johan hat den Scheibenwischer eingeschaltet und sieht nach vorn, während ich ihn jetzt ganz unverhohlen von der Seite betrachte. Irgendwann fällt mir auf, dass er ein Grinsen unterdrückt.

»In Ordnung, Punke. Ich werde nach bestem Wissen und Gewissen antworten – unter einer Bedingung: Ich habe drei Fragen bei dir gut.«

Jetzt muss auch ich grinsen. »Abgemacht.«

Johan hebt die Hand, ich schlage ein.

»Wohin fahren wir eigentlich?«

»Drei Fragen.«

»Komm schon.«

Er schüttelt den Kopf.

»Kümmelspalter.«

»Kümmelspalter! Ist das ein Wort?«

»Wenn nicht, wurde es eigens für dich erfunden.«

Johan kurbelt das Fenster einen Spalt herunter. »Sag Bescheid, wenn es dir zu kalt wird.« Er biegt auf eine kleinere Straße ab, die wie ein Tunnel zwischen hohen Hecken hindurchführt.

Nach einer Weile schaltet Johan das Fernlicht ein, sein Blick heftet sich an den Strahl. »Ich hatte dir ja erzählt, dass unser Büro mit der Sanierung des Alten Elbtunnels betraut ist. Am Tag von Knuts Unfall wollte uns die Stadt den Auftrag entziehen. Ich war in Panik, weil das die Kündigung für den Großteil meiner Mitarbeiter bedeutet hätte. Als du anriefst, wurde ich gerade von acht Leuten in die Mangel genommen – Hafenverwaltung, Wirtschaftsbehörde, Politik. Ich musste erklären, warum die realen Kosten so viel höher sind als die veranschlagten und warum das nicht unsere Schuld ist. Alles hing in diesem Moment an mir.« Er schaltet das Fernlicht aus und fährt an den Rand, um ein entgegenkommendes Auto vorbeizulassen.

»Und dann bist du trotzdem ins Krankenhaus gekommen.«

»Ja.«

»Und … der Auftrag. Habt ihr den noch?«

»Wie's aussieht, ja. Hamburg will jetzt Geld beim Bund beantragen.«

Puh. Fast tut es mir leid, dass ich Johan damals am Telefon so angeschnauzt habe. Ich glaube, ich habe sogar Egoist zu ihm gesagt.

Die Straße öffnet sich, wir verlassen den Heckentunnel. Links und rechts von uns liegen Felder oder Marschland, das kann ich in der Dunkelheit nicht so recht unterscheiden.

»Paul«, sagt Johan, »du willst wissen, warum er mich hasst.«

Ich richte mich auf. »Von mir aus können wir das auch …«

»Nee, nee, wir ziehen das jetzt durch. Also, Paul und ich, wir waren von der Grundschule bis zum Abitur in einer Klasse. Und wir waren schon damals nicht die besten Freunde. Dabei fand ich ihn eigentlich sogar ganz nett. Ich glaube – und das mag jetzt vielleicht etwas vermessen klingen –, dass er von klein auf neidisch auf mich war. Wir hatten ja den Hof und die Tiere, während er mit seiner Mutter in einer kleinen Wohnung über Kils Laden wohnte. Sein Vater ist früh gestorben. Das hat sich so fortgesetzt: Ich hatte eine Freundin, er hatte keine. Ich bin nach dem Abitur weggezogen, er ist hängengeblieben. Ich glaube, er empfindet es so.« Johan fährt langsamer. »Und dann habe ich irgendwann den Fehler begangen, etwas zu seinem Steckenpferd, dem Heimatmuseum, zu sagen. Dass das Dach dringend neu gemacht werden muss. Und dass er sich mal eine andere Strategie überlegen könnte, um Besucher anzulocken. Ist doch schade um das fantastische Gebäude.«

»Hm. Ich mag das Museum. Also ich meine, das Café.« Wobei, denke ich, das wahrscheinlich noch untertrieben ist. Ich *brauche* diesen Ort.

Johan lenkt den Wagen auf einen Parkplatz und schaltet den Motor ab. Ohne dass ich es gemerkt habe, sind wir in einen kleinen Ort hineingefahren, der ziemlich düster und verlassen daliegt. Die einzige Straßenlaterne ist eine grünlich flackernde Funzel, in den wenigen Häusern, die ich von hier aus erkenne, brennt kein Licht. Nicht gerade der heimeligste Ort für ein erstes Date.

Als Johan die Fahrertür öffnet, rieche ich es: das Meer. Sofort drücke ich auch meine Tür auf, lasse mich aber noch mal in meinen Sitz zurückfallen und inhaliere die kühle Seeluft. Sogleich bilde ich mir ein, hinten im Rachen Salz zu schmecken. Wie ich das vermisst habe! Unglaublich, dass ich den ganzen Sommer über nicht ein einziges Mal am Meer war. Dabei ist es so nah. Ich war wirklich nicht ich selbst in den letzten Monaten.

Johan lacht. »Hunger?«

Erst jetzt fällt mir auf, dass ich meine Nase in den Wind halte wie ein Maulwurf auf Nahrungssuche.

»Und wie!«

»Na dann, darf ich bitten?« Er hält mir den Arm hin.

Ich lache und hake mich ein.

Hinter dem Parkplatz beginnt der Strand. Eine riesige dunkle Fläche ohne Anfang und Ende. Der Sand ist so fest, dass er sich gar nicht wie Sand anfühlt, eher wie Waldboden, über den ich in meinen Turnschuhen schwebe. Eine Weile scherzen wir noch, lehnen uns mit dem Rücken in den Wind, der so stark ist, dass er einen beinahe aufrichtet, dann schweigen wir.

Plötzlich kommt es mir komisch vor, so neben Johan herzulaufen. Eingehakt, als hätten wir den romantischen Teil bereits abgehakt oder als wäre es nie darum gegangen. Oder andersherum, als wären wir so vertraut miteinander, dass wir wie selbstverständlich switchen können zwischen unseren Rollen als Freunde und Liebende. Vorsichtig entziehe ich ihm meinen Arm.

»Siehst du den Kubus dahinten?« Er zeigt auf ein schwach leuchtendes Quadrat, das aussieht, als würde es über dem Wasser schweben. »Da wollen wir hin.«

Während der Würfel vor uns langsam größer wird, schlenkern unsere Hände immer wieder wie zufällig gegeneinander, streifen sich in der Luft, bis ich an nichts mehr denken kann als an meine linke Hand. Irgendwann verhaken sich unsere kleinen Finger ineinander. Und ich fühle mich sonderbar gehalten, als wäre es viel mehr als nur ein kleiner Finger, der mich umarmt. Als wir schließlich unser Ziel erreichen, enthaken wir uns wieder, ohne ein Wort.

Vor uns führt eine Treppe vom Strand steil hinauf zu einem gläsernen Kubus, der auf Pfählen hoch oben über dem Wasser thront. Ich lege den Kopf in den Nacken. Unter uns tosen die Wellen, der Wind bläst zwischen den Stufen hindurch, und meine Hochsteckfrisur – das nur am Rande – sitzt noch immer felsenfest. Nelly ist ein Genie.

Johan drückt gegen die Tür, die sich kaum vom restlichen Glas abhebt, ich trete vor ihm ein und muss augenblicklich die Lippen aufeinanderpressen, um nicht laut loszuschreien. Das ist das abgefahrenste Gebäude, in das ich jemals einen Fuß gesetzt habe. Ich mache ein paar Schritte auf dem Glasboden, unter und über mir ein dunkles Nichts, und ich irgendwo zwischen Himmel und Wasser. Wenn ich nicht schon vorher das Gefühl gehabt hätte, dass dieser Tag nicht real sein kann, würde ich mich allerspätestens jetzt wie in einem Traum fühlen.

Als sich die Tür hinter mir schließt, blendet sich alles Getöse wie auf Knopfdruck aus. Ruhiger Jazz füllt den Raum. In der Mitte steht ein einzelner quadratischer Tisch, ein Kubus im Kubus, gedeckt mit großen weißen Untertellern, brennenden Kerzen in weißen Haltern und einer Besteckmenge, die auf mehr als nur einen Gang schließen lässt. Direkt daneben prasselt ein Feuer, und da auch der Kamin aus Glas ist, sieht es aus, als würden Holz und Flammen in der Luft schweben.

Johan nimmt mir die Jacke ab und reicht sie dem Mann, den er zuvor umarmt hat. »Sorry, Peter, aus unserem Essen wird wohl nichts.«

Ich blicke von einem zum anderen.

Peter lacht. »Johan hat angekündigt, dass er entweder mit Frau kommt oder allein. Im letzteren Fall hätte ich ihm Gesellschaft geleistet.« Er hängt unsere Jacken an durchsichtige Haken und zieht den Reißverschluss seiner eigenen zu.

»Bleib doch«, sage ich schnell.

»Auf keinen Fall. Ich hab meinem alten Freund fest die Daumen gedrückt, dass er dich mitbringt. Und mir selbst übrigens auch.« Er grinst. »Heute spielt Hamburg. Also, habt einen schönen Abend. Ulli ist gleich bei euch.«

Erst jetzt bemerke ich, dass hinter einer Glaswand noch ein weiterer Raum ist, eine moderne Küche, in der eine Frau steht, die etwas auf Tellern drapiert. Sie sieht zu uns auf und lächelt.

Johan rückt mir einen Stuhl zurecht und wartet, bis ich mich gesetzt habe. Dann nimmt er die Flasche aus dem Kühler. »Peter und ich haben zusammen studiert. Danach sind wir gemeinsam nach Kanada für ein Jahr. Jetzt baut er Häuser aus Glas. – Champagner?«

Ich nicke.

Leise stößt sein Glas an meins. Er sieht mir in die Augen. »Auf einen schönen Abend.«

Während wir trinken, schiebt sich seine Hand über den Tisch, sein kleiner Finger drückt kurz gegen meinen. Sanft erwidere ich den Druck. Plötzlich – ich weiß auch nicht, woher das jetzt kommt – muss ich ihn mir nackt vorstellen, nicht hier am Tisch, sondern dahinten, sein Po an der Glaswand, meine Hände, die seinen geschmeidigen Körper abfahren – Schnitt –, wir beide nackt vorm Kamin, warmes Glas an unserer Haut.

»Schön, dass ihr hier seid.«

Mich durchfährt ein Schauer.

Die Frau, deren Haare fast so wirr aussehen wie meine eigenen, normalerweise, stellt zwei dampfende Teller vor uns ab. »Krabbensuppe. Ich konnte Peter nicht von seinem obligatorischen Schuss Gin abhalten.« Sie lacht und reicht mir die Hand. »Ulli.« Johan drückt sie die Schulter. »Schön, dich mal wiederzusehen. Gut siehst du aus. Entspannt.«

Ich merke, dass ich immerzu auf seine Zahnlücke gucken muss. Wie gut es ist, ihm endlich gegenüberzusitzen und gar nicht anders zu können, als ihn anzusehen. Das ist etwas ganz anderes, als wenn ich meinen Kopf immer aufs Neue in seine Richtung drehen muss, um einen Blick auf sein Gesicht zu erhaschen. Wie vorhin im Auto oder am Strand oder bei unseren Treffen davor. Jetzt sehe ich auch zum ersten Mal, dass das Grübchen auf seiner Wange nicht nur dann erscheint, wenn er grinst, sondern dass da immer eine kleine Einkerbung neben seinem Mundwinkel ist. Einseitig links. Über die würde ich gerne mal mit meiner Fingerspitze streichen. Mmh. Schon interessant, wie tief sich das Grübchen eingräbt, wenn er …

Johan grinst. »Einen Penny für deine Gedanken.«

Schnell schiebe ich mir einen Löffel Suppe in den Mund. Mit so viel Schwung, dass es an meinen Zähnen klirrt. Mein Kinn ist feucht. Unauffällig greife ich zur Serviette. Als ich gerade anfangen will zu tupfen, erstarre ich. Johan hat sich vorgebeugt, sein Finger fährt unterhalb meiner Lippen entlang, seine Fingerspitze verharrt in der kleinen Einbuchtung an meinem Kinn.

»Die wollte ich schon lange berühren.« Wie kann eine Stimme tonlos und zugleich so tief sein?

Nach einer Weile wandert sein Finger hoch zu meiner Unterlippe. Ich weiß gar nicht, ob er sie überhaupt berührt oder ob das meine Nervenenden sind, die sich ihm so fordernd entgegenstrecken. Auf jeden Fall pulsiert es um meinen Mund herum, auch dann noch, als sein Finger schon wieder weg und er dabei ist, seinen Pullover über den Kopf zu ziehen. Himmel, so kann der doch hier nicht sitzen! Da kann er sich ja gleich ganz ausziehen! So gut es geht versuche ich, an seinem Oberkörper im T-Shirt vorbeizugucken. Unverschämt eng sitzt das an Brust und Schultern. Ich nestle an meiner Bluse herum. Ich könnte einfach die Knöpfe am Rücken aufdrücken, langsam, einen nach dem anderen. Oder ich drehe mich um, strecke meinen Nacken und lasse Johan das machen. Aus den Augenwinkeln sehe ich, dass er mich beobachtet.

»Ich habe keinen Hunger«, flüstere ich.

»Ich auch nicht.« Er legt seine Serviette zurück auf den Tisch, steht auf, durchquert den Raum und verschwindet hinter der Glaswand, wo ich ihn und Ulli miteinander sprechen sehe. Kurz darauf kommt er mit einer großen Papiertüte zurück. »Komm.«

Als er mir in die Jacke hilft, spüre ich seine Lippen an meinem Nacken. Einen kurzen Moment nur, schon hält er mir die Tür auf.

Draußen empfängt mich der Sturm. Ich drücke mich an die Wand des Kubus und komme mir vor wie auf dem Ausguck eines Segelschiffs bei mindestens Windstärke neun. Tief unter unseren Füßen türmt sich die See, die Wellen brechen sich so laut, dass ich schreien müsste, wenn ich wollte, dass Johan mich hört.

Ohne ein Wort rennen wir los, Hand in Hand, die Holzstufen hinunter, über den weiten Strand, angeschoben vom Wind, der vom Meer hinter uns herweht.

Plötzlich bleibt Johan stehen. Seine Hände schließen sich um mein Gesicht. Er sieht mich an, so aufmerksam, als könnte er in der Dunkelheit, die uns umfängt, alles erkennen. Als wollte er sich jede Kleinigkeit einprägen. Schließlich beugt er sich zu mir herunter. Als seine Lippen meine berühren, halten seine Hände noch immer mein Gesicht.

Minuten später löst er sich von mir. Ich kann nur taumeln und Johan ansehen, mit benommenem Blick, und hoffen, dass dieses Gefühl, das meinen Körper ausfüllt, nie mehr weggeht.

Auch im Auto haben wir nicht gesprochen, erst als Johan den Mustang auf Knuts Hof lenkt und den Motor ausstellt, räuspert er sich. »Zu dir oder zu mir?«

Wir sehen uns an, dann prusten wir beide gleichzeitig los.

Schließlich landen wir bei mir – der Weg ist fünf Schritte kürzer. Kaum fällt die Tür ins Schloss, zieht er mich an sich. Und ich komme schon jetzt fast.

Während wir uns küssen, streifen wir unsere Kleider ab. Ein Teil nach dem anderen, jeder für sich, auch das geht schneller. Als wir beide nackt sind, hebt Johan mich hoch und trägt mich auf den Armen ins Schlafzimmer hinüber. Auf dem Bett gleiten wir sofort ineinander, als hätten wir nie etwas anderes getan. Ich schiebe mir das Kopfkissen unter den Po und ziehe es kurz darauf wieder hervor. Ohne fühlt es sich viel besser an. Schon nach wenigen Minuten kommen wir, erst ich, und im allernächsten Moment er.

Durch das gekippte Fenster höre ich den Wind pfeifen. Johan zieht mich zu sich heran, sein Griff ist weich und fest zugleich, seine Nase gräbt sich in mein Ohr.

»Punke …«, sagt er, dann dämmert er weg.

Vielleicht bin aber auch ich zuerst eingeschlafen.

Unser erster Sex war so spektakulär unspektakulär, dass ich, als ich Stunden später mit kalter Nase aufgewacht bin, am liebsten geheult hätte. Vor Glück. Ich war einfach nur ich. Nichts hat mehr eine Rolle gespielt.

»Geht's dir gut?«, fragt er.

Mein Kopf liegt auf seiner Brust, Johans Hände wurschteln sich schon seit geraumer Zeit durch meine Haare. »Mmh.«

»Du bist also bereit für meine erste Frage?«

Neblige Novembersonne scheint mir ins Gesicht. »Mmh.«

»Sehr gut. Zum Thema Geschirr: Bist du …«

»Geschirr?« Ich drehe meinen Kopf und zwinkere.

Johan beschattet mit der Hand meine Augen. »Ganz genau. Bist du eher der Typ für ein Service, oder bevorzugst du Einzelstücke?«

»Was ist das denn für eine Frage?« Ich richte mich auf.

Sanft drückt Johan mich wieder herunter. »Eine wichtige.«

Ich gebe ein Grunzen von mir. »Also schön. Einzelstücke, auf jeden Fall. Mir graut vor Kaufhausabteilungen, wo sich ein modernes Service neben dem anderen stapelt. Oder Hochzeitstische. Gruselig. Allerdings würde ich eine Ausnahme machen für das Geschirr meiner Oma.

Spode, ›Chinese Rose‹. Das ist wirklich hübsch, vielleicht vererbt sie es mir. Dann wäre ich sogar stolz darauf, Servicebesitzerin zu ein.«

»Vielen Dank. Meine nächste Frage lautet …«

»He!« Gegen den Druck seiner Hand komme ich hoch. »Und was schließt du jetzt daraus?«

»Das soll mein süßes Geheimnis bleiben.« Er grinst.

Kurzerhand beiße ich ihn in die Brustwarze, natürlich nicht mit voller Kraft. Und jetzt tut der fiese Hund auch noch so, als ob er das nicht merkt!

»Frage zwei. Isst du vom Brokkoli nur die Röschen oder auch den Stamm?«

Ich setze mich auf und schlinge mir die Bettdecke um den Körper. »Johan Groß, so langsam komme ich mir doch etwas verarscht vor.«

»Keine Antwort auf meine Frage.«

Ich drücke ihm ein Kissen aufs Gesicht. Er fasst nach meinem Oberkörper, und obwohl ich gegenhalte, zieht er mich mühelos zu sich heran und das Kissen zwischen uns weg. Unsere Lippen streifen sich, dann treffen sie sich irgendwo zwischen unserem Lachen und einem letzten Protest meinerseits. Und schon verliere ich mich in diesem verdammt weichen, verdammt wilden Kuss.

Nach der zweiten Runde liege ich auf Johans nacktem Bauch und döse vor mich hin. Draußen ist es dunkel. Überraschend dunkel. Johans Haut ist warm, als würde er Sonne abstrahlen. Wie spät ist es eigentlich? Und … Wie kann es sein, dass jemand so sexy ist? Diese Arme, diese perfekten Schultern, die ich am liebsten die ganze Zeit anfassen würde. Wie er mich gerade mit beiden Händen am Becken festgehalten hat ... und vor dem Bett stand, während ich ... Mmh, jetzt streicht seine Hand über meine Ellenbeuge, über mein Handgelenk bis zu den Fingerspitzen, in einer meditativen, nie enden wollenden Bewegung.

Als Johan sich vorbeugt, spannen sich seine Muskeln unter meiner Wange. Er küsst mich aufs Ohr, sein warmer Atem macht mir eine Gänsehaut. »Röschen oder Stängel?«, flüstert er direkt in meine Ohrmuschel.

Ich stöhne. Dann drücke ich meine Nase in seinen Bauchnabel. »Okay. Also, ich esse einen Teil vom Stängel. Aber nur weil ich ein schlechtes Gewissen hätte, das ganze Ding wegzuschmeißen. Also ein Kompromiss. So, und jetzt bist du dran. Du bist mir nämlich auch noch eine Antwort schuldig.«

Ich rolle meinen Körper ein Stück von Johan weg. Aus Angst, dass er mein Herz auf seiner Haut klopfen fühlt. Das pocht mit einem Mal nämlich ganz schön laut. Dann starre ich an die Decke.

Er wird sich ja wohl noch an meine dritte Frage erinnern? Er wird mich doch nicht etwa nötigen, noch einmal stotternd zu wiederholen: Warum seid ihr getrennt, deine Frau und du?

Johan dreht sich zu mir. Unsere Gesichter sind jetzt auf einer Höhe, unsere Blicke treffen sich im Dunkeln.

»Olivia und ich, wir haben uns damals in Kanada kennengelernt. Sie ist Amerikanerin und relativ schnell mit mir nach Hamburg gekommen. Die ersten Jahre«, er räuspert sich, »lief es richtig gut, sie hatte einen Job bei einer internationalen Reederei, wir hatten jeder ein eigenes Leben und eins zusammen. Wir waren glücklich. Bis wir ein Kind wollten.« Er stößt ein bitteres Lachen aus. »Irgendwann waren wir nämlich eines dieser Paare, die alles probiert hatten, bis hin zur künstlichen Befruchtung. Als Ada geboren wurde, war von der Leichtigkeit unserer Beziehung schon nicht mehr viel übrig.«

Jetzt ist er es, der an die Decke starrt. Und ich wende meinen Blick ab.

»Olivia hat sich dann entschieden, zu Hause zu bleiben. Komplett. Sie hätte so lange auf ein Baby gewartet. Aber … Irgendwann habe ich gespürt, dass sie immer unzufriedener wurde, als Fulltime-Mutter. Wir haben viel darüber gesprochen, haben verschiedene Varianten durchgespielt, Halbtagsarbeit, Tagesmutter, aber sie wollte weitermachen. Alles andere hätte ihr das Gefühl gegeben, als Mutter zu scheitern.« Er atmet hörbar aus. »Wir konnten immer schlechter miteinander reden. Ich wusste nicht mehr, wie ich mich verhalten soll. Da lag der unausgesprochene Vorwurf in der Luft, dass ich mich rausziehe. Dass ich sie mit Ada alleinlasse und … Wahrscheinlich hatte sie recht. Ich hab sehr viel gearbeitet, ganze Nächte, hab meine Firma aufgebaut, war nicht richtig für sie da.«

Er schweigt, und ich kann geradezu fühlen, wie seine Gedanken durch mein Schlafzimmer wabern. Schwer hängen sie in der Luft.

»Sie hatte auch Heimweh.« Wieder räuspert er sich. »An Silvester hat sie mir gesagt, dass sie sich eine Auszeit nehmen will. Sie und Ada würden nach Amerika gehen.

Zurückgehen, hat sie gesagt. Ich hatte totale Panik, konnte mir nicht vorstellen, auch nur einen Tag ohne meine Tochter zu sein. Ich wollte nachkommen, hatte die Hoffnung, dass es uns da besser geht, in ihrer Heimat. Wollte die Firma verkaufen, drüben neu anfangen. Am Ende hat die Zeit gegen uns gearbeitet. Als alles unter Dach und Fach war und ich ins Flugzeug steigen wollte, war es bereits September, und Olivia hielt mich zurück: Sie hätte drüben jemanden kennengelernt. Und … Ada würde ihn auch mögen.«

»Oh Gott.«

»Ich hab mich dann in Arbeit vergraben. Jahrelang. Eigentlich bis … bis zu Knuts Unfall.« Er dreht sich wieder zu mir und zieht meinen Körper mit einem Arm zu sich heran.

Eine Weile sagt keiner von uns etwas. In mir arbeitet es, und ganz bestimmt sind es jetzt meine Gedanken, die die Luft im Raum stickig werden lassen. Ich habe so viele Fragen an Johan. Aber die, die sich in den Vordergrund drängt, erscheint mir gänzlich unangebracht nach der Geschichte mit seiner Frau. Ich kann doch jetzt nicht davon anfangen, dass …

»Punke? Sag schon.«

Mein Kopf drückt sich in Johans Achselhöhle. Dem Mann kann man echt nichts vormachen. Ich hole tief Luft. »Ich hab mich gefragt … warum hast du dich nach unserem Treffen im Krankenhaus wochenlang nicht bei mir gemeldet?«

Ich weiß, das ist eine Mädchenfrage, die ich auch einfach hätte hinunterschlucken können. Weil jetzt alles gut ist, viel besser, als ich jemals zu hoffen gewagt hätte. Aber runterschlucken, das ist nicht mehr meins.

Richtig so, Carolin Punke!

Ha! Du bist ja doch noch da. Hatte dich schon vermisst.

Mein Bauch gibt nun ebenfalls ein Geräusch von sich. Das hört sich an wie … Magenknurren? So langsam wüsste ich wirklich gerne, wie spät es ist.

»Ich musste das erst mal klarbekommen. Das, was du mir am Telefon vorgeworfen hast. Dass ich die Arbeit über alles stelle.« Johan stützt sich auf die Unterarme.

Komischerweise ist mir seine Antwort jetzt, wo die Frage raus ist, schon fast wieder egal. Okay, also gut – fast.

»Irgendwie ist plötzlich alles wieder hochgekommen. Olivia, Ada. Vor allem Ada. Die Arbeit hat mich nicht mehr davon abgelenkt. Ich bin geschwommen, musste mich auseinandersetzen, mit mir selbst. Zum ersten Mal seit Langem. Und dann war da noch dieser Typ nach dem Schützenball, der aus deiner Wohnung gekommen ist …«

La, la, la. Ich hätte die Frage doch runterschlucken sollen!

»Ich dachte, das wäre Simon. Und dass ihr … dass ihr euch wieder versöhnt hättet.«

Ich ziehe mir die Decke über den Kopf.

»Als ich dann allerdings gestern den richtigen Simon auf dem Misthaufen gesehen habe«, Johan gräbt sich eine Öffnung in den Berg über meinem Kopf, »da hab ich gedacht: Okay, Versöhnung sieht anders aus.« Er schlägt die Decke ein Stück zurück und sieht mir ins Gesicht. »Ist die Frage damit beantwortet?«

»JA!«

Laute Musik legt sich über mein nachgeschobenes »Und wie!« und verrät mir zweifelsfrei, wie spät es ist. Es ist Sonntagabend, zwanzig Uhr fünfzehn, Knut sitzt unten auf dem Sofa und hat den Fernseher so laut eingestellt, dass der *Tatort*-Vorspann bis in mein Schlafzimmer dröhnt. Jetzt fällt mir auch der Geruch auf, der mit der Musik heraufzieht. Wenn das mal nicht Knuts legendäre Bauernpfanne ist – die er selbst natürlich nie so nennen würde –, mit Bratkartoffeln und Zwiebelringen, Wurststücken und drübergeschlagenem Ei. Und wenn Knut etwas brutzelt, dann immer gleich für eine ganze Kompanie. Diesmal ist das Geräusch, das viel mehr als nur meinen Magen einzunehmen scheint, unverkennbar.

»Dat ward ja ok ma Tied«, sagt Knut, als ich schwer und wohlig auf seiner Couch liege, die Beine von mir gestreckt, die Füße in Johans Schoß.

Lena Odenthal und ihr Kollege Kopper, dessen Vornamen ich wieder mal vergessen habe, sprinten durchs Bild. Ich habe nicht die geringste Ahnung, was sie da tun. Johans Daumen, die sich in meine Fußballen drücken, sind alles, was ich in diesem Moment in der Lage bin zu erfassen.

»Ich hätt' nich' gedacht, dass die so schnell nachgeben, die von der Gemeinde.« Knut stellt drei Schnapsgläser auf den Tisch. Ich habe keine Ahnung, wovon er spricht. Lena Odenthal kann nicht schlafen. Ich hingegen kuschle mich tiefer ins Sofa, in meinen Ohren plätschern die Stimmen von Kopper und Knut. »Hast du gut gemacht, mien Jong. Da muss wirklich was Neues hin.«

Als irgendwann später der Abspann ertönt und die Herren Groß ihre Gläser aneinanderstoßen, sind meine Augen bereits zugefallen.

≈ 25 ≈

Love is in the air, everywhere I look around.«

»Moin!«, rufe ich Adelheid zu, die ihren geöffneten Schirm wie eine Waffe gegen eine Regen-Wind-Böe stemmt. Sie sieht mich gar nicht.

Ich hopse. *»Love is in the air, every sight and every sound.«*

»Heini! Huhu!«

Er hat seinen Kopf wie eine Schildkröte eingezogen und flucht in seinen Anorakkragen. Ich hüpfe an ihm vorbei.

»And I don't know if I'm just dreaming. Don't know if I feel sane. But it's something that I must believe in. And it's there when you call out my name.«

»Caro!«

Abrupt bremse ich ab. Hinter mir höre ich Schritte. Eine Hand legt sich auf meine Schulter.

»Wat för'n Schietwetter!«

Ich drehe mich um.

Von Geert-Helges Nase tropft es. »Gut dass ich dich erwische. Ich komm erst heut Nachmittag rein. Kümmerst du dich schon mal um die Seite für die Lütten?« Er hebt die Hand. »Tschö mit ö.«

Ich schließe die Tür zur Redaktion auf, klaube die feuchte Post von der Fußmatte, nehme drei Stufen auf einmal und weiß im selben Augenblick, als ich die Tür mit zu viel Schwung gegen den Kopierer knalle und den Flur entere, womit ich heute die Kinderseite füllen werde. Kaffeemaschine und Rechner sind angeschmissen, der Papierkorb ist auf Geert-Helges Schreibtisch platziert – der dezenteste Weg, ihn auf die Möglichkeit der Abfallentsorgung hinzuweisen –, es kann losgehen.

Als Erstes lege ich einen Rahmen für das Bild an, das fast die ganze Zeitungsseite einnehmen wird. Meine neue Kinderserie soll groß starten. Dann wähle ich aus unzähligen Fotos das aus, auf dem das Gesicht meiner neuen Kinderkultfigur am besten zu erkennen ist. So wie Didi im *Knax*-Heft. Oder Lurchi bei *Salamander*. Oder die Maus in der *Kleinen Brigitte*. So ähnlich soll es dann auch klingen: »Wir haben eine kleine Maus versteckt. Findest du sie?« Nur dass es im *Büttelsbüttler Boten* nicht »Maus« heißen wird.

Als das Bild steht, füge ich einen Textrahmen hinzu und wähle die größtmögliche Schriftart aus. Dann tippe ich los: »In dieser Zeitung haben sich ein paar kleine Holms versteckt. Findest du sie? Wie viele Hölmchen es sind, liest du in der nächsten Ausgabe.«

Ich schiebe Text und Gesicht von Holm noch ein wenig hin und her, dann lehne ich mich zufrieden zurück und betrachte mein Werk. Nie wieder werde ich mich verrenken, um ein holmfreies Foto zu ergattern. Im Gegenteil, ab jetzt freue ich mich ausdrücklich über jeden Küster, der sich ins Bild mogelt. Denn je mehr Holms in der Zeitung, desto größer der Suchspaß für unsere kleinen Leser. Ich schenke mir Kaffee nach und würde in die Hände spucken, wenn das nicht so eklig wäre.

Die beiden Briefumschläge sind bereits getrocknet und wellig. Vor meiner Zeit beim *Boten* ist es offenbar immer wieder passiert, dass Briefe vergessen wurden und Nachrichten dadurch nicht rechtzeitig veröffentlicht werden konnten. Vermutlich hat mir Geert-Helge deshalb so großzügig die Posthoheit übertragen.

Im ersten Umschlag findet sich ein handgeschriebener Zettel, auf dem steht: *Mit Bitte um Abdruck. 30. November, Tag der offenen Tür beim Altenpflegedienst Sonnenschein. Alle Interessierten sind herzlich willkommen.*

Eine spannende Nachricht. Ich lege sie auf den Stapel für den Veranstaltungskalender und muss daran denken, wie Wilma uns neulich erzählt hat, dass sich Gerlinde mit ihrem Pflegedienst schon seit Jahren die Zähne an ihr ausbeißt. »Wenn ich die irgendwann mal brauche«, sagte sie und drückte sich das Gebiss zurecht, »dann springe ich lieber gleich ins Grab.«

»Love is in the air!«

Ich lächle und greife nach dem zweiten Umschlag, der deutlich offizieller daherkommt. Kurz darauf halte ich ein Schriftstück in den Händen, auf dem oben das Logo der Region prangt: der Ochse mit dem Fischschwanz. Post vom Bürgermeisteramt. Ich vergesse immer wieder, dass es neben Paul, der ja unser Ortsbeirat ist, auch noch einen richtigen Bürgermeister gibt, der zwei Dörfer weiter sitzt und für die gesamte Gemeinde zuständig ist. Ich falte den Briefbogen auf.

Pressemitteilung

Heimatmuseum vor dem Aus

Pläne für die Neunutzung des Alten Gutshauses liegen vor.

Zum Ende dieses Jahres wird das Büttelsbüttler Heimatmuseum endgültig seine Türen schließen. »Es ist keine Neuigkeit, dass das Museum rote Zahlen schreibt. Die Besucherzahl tendiert gegen null. Die Gemeinde zahlt drauf, und das schon seit Jahren«, erklärt Bürgermeister Ernst Schimmel.

Jetzt liegt das Angebot eines Investors vor, der das Gutshaus aus dem Jahr 1860 erwerben und in ein Lifestyle- und Wellnesshotel verwandeln will. Für das Vorhaben konnte bereits ein renommiertes Hamburger Architektenteam gewonnen werden. Die Pläne seien äußerst vielversprechend, so Schimmel.

Das Hotel soll mit einer gläsernen Roof Bar ausgestattet werden, der angeschlossene Spa-Bereich wird ein wohltemperiertes Außenbecken mit direktem Schwimmteichzugang erhalten – exklusiv für Hotelgäste. Die derzeitigen Spazierwege werden durch den Dorfkern umgeleitet, die Liegewiese auf die gegenüberliegende Seeseite verlegt und der neuen Situation angepasst.

»Die Büttelsbüttler können sich freuen«, sagt Schimmel. »Die Ortschaft wird durch die neue Einrichtung immens aufgewertet.«

Was?

WAS?

Ich überfliege den Text noch einmal. Das heißt, ich versuche es, denn mein Herz schlägt Alarm, und meine Augen wollen nicht mit. Sie klammern sich fest, bohren sich in eine einzige Textstelle, während ich versuche, meinen davongaloppierenden Atem unter Kontrolle zu halten.

Das ist er nicht. Ganz bestimmt ist er das nicht. *Renommiertes Hamburger Architektenteam* – davon gibt es unzählige. Hunderte!

»And I don't know if you're an illusion. Don't know if I see it true. But you're something that I must believe in …«

Muss ich das? *Kann* ich das? An dich glauben, Johan?

In mir sackt etwas ab. Wie bei einer Achterbahnfahrt, wenn sich der Magen umdreht und gegen die Rippen presst oder wohin auch immer, nur dass der Druck hier und jetzt nicht nachlässt, dass es immer weitergeht, nach unten.

Was hat er noch mal genau gesagt? Dass das Heimatmuseum zu teuer sei? Dass Paul sich eine neue Strategie überlegen müsse, um Besucher anzulocken? Dass es schade um das fantastische Gebäude sei? Und was war das gestern Abend, als Lena Odenthal schlaflos war und ich schon fast weggedöst? Irgendwas hat Knut da gesagt. Meine Handballen drücken sich gegen die Schläfen. So was wie, dass die Gemeinde überraschend schnell nachgegeben hätte und dass da wirklich etwas Neues hinmüsse?

In meinem Kopf schwirrt es. Gläserne Roof Bar. So gläsern wie der Kubus am Strand? Wie die Glashäuser von Johans Architektenfreund? Ich versuche, meinen Atem unter Kontrolle zu halten. Sofort bekommt er etwas Zittriges. Johan ist Architekt. *Renommierter* Architekt. Aus Hamburg. Er ist der Meinung, mit dem Museum müsse etwas passieren. Und jetzt tritt ein *renommiertes Hambur-*

ger Architektenteam auf den Plan, und plötzlich geschieht tatsächlich etwas mit dem Museum?

Das ist ganz bestimmt nur ein Zufall.

Wer spricht denn da? Das ist doch nicht mein Verstand.

»Loaave – is – in – the – – air.« Die Musik leiert, als hinge alles an der Kurbel eines Grammofons, die ich anschieben muss.

Wo sollen wir denn dann hin, Nelly, Saranya und ich?

Als ich meinen Kopf für einen Moment auf die Tischplatte lege, sehe ich Johans Gesicht vor mir. Wie er mich anguckt, so ruhig und fest, wie er meine Füße zwischen seinen Handflächen reibt und wie wir uns küssen, langsam und weich und immer schneller, und ineinandergleiten und sich alles so gut, so richtig anfühlt.

Das hat es sich bei Simon auch.

Mann! Ich zerknülle die Pressemitteilung und pfeffere sie mit voller Kraft gegen die Wand, als das Telefon klingelt. Hektisch greife ich nach dem Hörer.

»*Büttelsbüttler Bote,* Carolin Punke«, rufe ich in den Apparat.

Es klingelt weiter. Das kommt ja gar nicht von dem grauen Redaktionsungetüm, das kommt aus meiner Tasche! Kurzerhand stülpe ich sie um, und allerlei Taschentuchreste, die aussehen wie versehentlich mitgewaschen, Kugelschreiber und OBs fallen zusammen mit meinem Schlüsselbund und dem Handy auf den Boden. Wenn das Johan sein sollte, kann ich nicht rangehen. Definitiv nicht. Im Bücken erkenne ich eine Hamburger Nummer. Büttelsbüttel–Hamburg, das könnte er zeitlich hinbekommen haben, seit dem Moment heute Morgen, als wir nach vier Anläufen und Küssen und zweimal Nase-in-den-Hals-Drücken endlich voneinander losgekommen sind. Ich darf gar nicht daran denken.

Das Klingeln verebbt, und ich halte das Telefon wie etwas sehr Fremdes fest. *1 verpasster Anruf*. Unentwegt starre ich auf das Ding in meiner Hand. Der Bildschirm verdunkelt sich, ich drücke auf den runden Knopf, die Anzeige ist wieder da. *1 verpasster Anruf*. Kurz darauf wird das Display erneut schwarz.

Ich weiß nicht, wie lange ich so mitten im Raum gestanden habe, unbeweglich, mein Kopf wie leer gefegt, als es in meiner Hand erneut klingelt. Ich schrecke auf und verstärke meinen Griff. Komisch, denke ich noch, dass ich gar nicht den Impuls verspüre, das Gerät einfach fallen zu lassen. Oder wegzuschleudern. Dann räuspere ich mich.

»Hallo?«

»Carolin Punke?«

»Ja.«

»Schön, dass ich Sie am Apparat habe. Hier spricht Liane Krüger, Personalabteilung *Hamburger Abendblatt*. Ich soll Sie ganz herzlich von unserem Kulturchef, von Lorenz Fink, grüßen.«

»Äh, danke.«

»Mit Herrn Fink haben Sie ja in der Vergangenheit regelmäßig zusammengearbeitet.«

»Ja, stimmt.«

»Tja, und jetzt ist in seinem Ressort eine Stelle frei geworden. Elternzeitvertretung. Wobei noch unklar ist, ob die Kollegin überhaupt wiederkommt. Und da hat Herr Fink an Sie gedacht.«

»An mich?«

Die Frau am anderen Ende der Leitung lacht. »Wundert Sie das? Herr Fink schwärmt in den höchsten Tönen von Ihnen. Sie und Ihre Arbeit müssen einen ziemlichen Eindruck bei ihm hinterlassen haben. Also, wir bräuchten Sie ab Januar. Was sagen Sie?«

Ich kann überhaupt nichts sagen. Ich kann nicht einmal denken.

Los, Carolin Punke, Kopf einschalten! Aber subito!

Mit aller Gewalt versuche ich mich zu konzentrieren. Das ist … ein Job beim *Hamburger Abendblatt*. Das ist ziemlich genau das, was ich mir immer gewünscht habe. Eine Anstellung bei einer der größten Tageszeitungen Norddeutschlands. Zwar nur eine Elternzeitvertretung, aber das reicht, um einen Fuß in die Tür zu bekommen. Ins Kulturressort. Mir wird schwindelig. Kunst, Theater, Literatur und dazu all die kleinen experimentellen Produktionen, die es so nur in Großstädten gibt. Das sind meine absoluten … Obwohl, sind sie das eigentlich noch, meine Lieblingsthemen?

»Sind Sie dabei?«

Ich weiß es nicht!

Ich schlucke, zweimal hintereinander, bevor ich imstande bin, meiner Stimme einen halbwegs seriösen Klang zu verleihen. »Ich glaube, eine solche Entscheidung benötigt ein wenig Bedenkzeit.«

»Gut. Aber lassen Sie sich nicht zu viel Zeit. Sie können sich ja denken, dass die Stelle äußerst begehrt ist.«

Als ich auflege, ist das letzte Fitzelchen Liebe aus der Luft verschwunden. Und mir ist hundeelend zumute.

≈26≈

Keinen Augenblick länger hätte ich es da drinnen ausgehalten. Ich musste raus, meinen Kopf in den Wind halten, durchatmen, klarkommen. So gut es geht. Den Gedanken an das Jobangebot habe ich mithilfe der Erinnerungsfunktion meines Telefons vorerst in nicht zugängliche Areale meines Gehirns verfrachtet. Vierundzwanzig Stunden Aufschub, bevor mein Telefon ploppt wie ein *Flens* beim Öffnen und ich gezwungen bin, wieder an Hamburg zu denken.

Klitschnass vom Regen, der schon in der Luft etwas Matschiges hat, drücke ich die schwere Holztür auf, trete ins Foyer des Museums und bleibe zum ersten Mal seit Langem einfach stehen. Ich tropfe auf den Boden, der glatt ist wie Marmor, dessen Ockerton sich durchs Wasser um mich herum dunkel verfärbt. Monate ist es her, dass ich diesem Raum meine Aufmerksamkeit geschenkt habe, ihn nicht wie eine Gangway durchschritten habe, wohl oder übel, um dahin zu kommen, wo ich eigentlich hinwill: ins Café. Jetzt sehe ich mich um. Und bin augenblicklich so eingeschüchtert von der schieren Größe dieser Halle, die sich so weit nach oben öffnet, dass ich kaum in der Lage bin, Details wahrzunehmen. Einen ähnlichen Effekt hatte ich schon mal, im Kölner Dom, wo mich die Höhe des steinernen Gewölbes fast erdrückt hat. Und hier im Foyer des Heimatmuseums riecht es auch noch wie in einer Kirche.

Also ab durch die Gangway. Zielstrebig steure ich auf die Flügeltür zu, als mir auffällt, dass etwas fehlt. Ich horche, und einen Moment später weiß ich auch, was es ist. Es fehlt das Klackern meiner Absätze, das mich sonst immer begleitet, wenn ich das Foyer durchquere. Das dafür sorgt, dass ich automatisch auf Zehenspitzen gehe aus Angst vor dem Hall, dem lauten, dem ohrenbetäubenden Echo meiner Schritte. Jetzt rolle ich erstmals auf diesem kurzen Stück meinen gesamten Fuß ab, lautlos bewegen sich die Gummisohlen meiner Turnschuhe über den Steinboden.

Die Tür ist angelehnt, und durch den hellen Spalt kann ich sie bereits sehen: Nelly und Saranya, Holm und Thies und einige andere, und wen ich nicht sehe, höre ich. Ich lausche den so vertrauten Stimmen, die meinen Magen endlich wieder an seinen vorgesehenen Ort rutschen lassen.

»Sollen wir uns demnächst dann mittags bei Dempewolf treffen, oder was?« Das kam von Saranya. Sie haben es also auch schon gehört.

»Die Mettwurst mit dicken Bohnen heute war gar nicht mal so übel.« Paul.

Stimmengewirr. »Büttelsbüttler Mittagssnack.« Dann wieder Saranya: »Sauna und Spa-Bereich exklusiv für Hotelgäste. Pah!«

Wie sehr sie sich doch verändert hat.

»Die Verlierer sind wie immer die Kinder und die Alten.« Das war Maria, meine Yogalehrerin aus der Turnhalle. »Meine Enkelinnen werde ich nicht mal so eben um den Teich geschleift bekommen, zu dieser neuen Liegewiese. Mal kurz zwischendurch ins Wasser hüpfen können wir dann vergessen. Und Schatten gibt's da drüben auch keinen, nur Schilf. Und die alten Menschen, die hocken in ihren Häusern. Ja, sollen die ihren Tee jetzt in der Kneipe trinken, oder wie stellen die sich das vor?«

»Und was wird aus mir?« Ich sehe Nellys Kopf schlaff auf dem Tresen liegen.

»Wir werden das nicht hinnehmen!« Holm.

»Ganz genau!« Das waren ziemlich viele Stimmen auf einmal.

»Hey, Süße.« Saranya fasst Nelly am Nacken, als wollte sie sie hochnehmen wie ein Kaninchen. Dann hält sie inne und streicht ihr übers Haar.

Paul sieht in meine Richtung. »Caro! Komm doch rein.« Er zieht die Tür nach innen auf. »Du hast die Hiobsbotschaft vernommen?«

Ich nicke und umarme Saranya und Nelly, die sich an mich drückt, als wäre ich eigens gekommen, um sie zu trösten.

»Ich hab sogar vergessen zu kochen.« Nelly macht sich los und lässt sich auf einen der Stühle fallen.

»Macht doch nichts.«

Mir ist immer noch ein wenig flau, was sich sofort wieder verstärkt, als ich an das *renommierte Hamburger Architektenteam* denke.

»Sag mal«, wende ich mich an Paul und versuche, das Flattern in meiner Stimme unter Kontrolle zu halten, »was hat es denn eigentlich mit diesen Plänen auf sich? Seit wann gibt es die, und hast du eine Ahnung, wer dahintersteckt?«

Paul rückt mir einen Stuhl zurecht und fährt sich durch die Haare. »Ich wünschte, ich könnte dir mehr sagen. Aber man hat es nicht für nötig befunden, mich im Vorfeld zu informieren. Wahrscheinlich hatten du und ich heute Morgen dieselbe Mitteilung auf dem Tisch. Und im Bürgermeisteramt sind alle in Besprechungen.« Er schnauft. »Wenn ich bis morgen früh niemanden an die Strippe kriege, steh ich auf der Matte. Da können die Gift drauf nehmen.« Er trinkt einen Schluck Wasser. »Und zu dem ominösen Investor und seinem Team: Vielleicht habe ich einen Verdacht, aber sei mir nicht böse, Caro, wenn ich da nicht vorgreifen will. Ich halte mich für gewöhnlich mit Urteilen zurück, bis ich mir sicher bin. Vor allem gegenüber der Presse.«

»Das verstehe ich«, sage ich und tue es wirklich. Auch wenn ich in diesem Moment nichts dringender brauchen könnte als ein winziges Zeichen, das mir den Gedanken an Johans Beteiligung wieder aus dem Hirn wäscht.

Um mich herum wird immer lauter gesprochen, es geht um Touristen und neue Geschäfte und um Kils Laden, der dann vielleicht dichtmachen muss.

»Caro«, Saranya hat sich an meine Seite geschlichen, »du weißt schon, wer da seine Finger im Spiel haben könnte?«

Jetzt ist er wieder da, der Moment, in dem ich mir meine Bettdecke über den Kopf ziehen und so lange still daliegen möchte, bis alle Dinge wieder ganz von allein an ihren Platz zurückgefallen sind. Bis Johan wieder der ist, dem das Wohl seiner Leute am Herzen liegt. Er weiß doch, wie sehr wir alle hier im Dorf diesen Ort brauchen.

Wenig später sitzen Nelly, Saranya, Paul und ich um einen der Tische herum. Hedda bahnt sich mit einer Kaffeekanne in der Hand ihren Weg durch die Reihen, die Tische stehen heute enger als sonst. Holm kniet mit seiner Spezi auf dem Boden vor der Terrassentür. Draußen regnet es noch immer, und wir sehen ihm dabei zu, wie er Unmengen an weißem Stoff aus einem blauen Müllsack zieht und großflächig auf dem Parkett ausbreitet. Bettlaken sind das. Dann klappt er sein Köfferchen auf, das bis auf ein paar dicke Filzmarker, eine Rolle Paketband und eine Schere leer ist, beugt sich über die Laken und setzt einen der Stifte an.

Kurze Zeit später steht da in großen roten Lettern: »Rettet das Museum!« Ordentlich faltet Holm das Betttuch zusammen und kniet sich über den restlichen, noch jungfräulich weißen Stoff. Nacheinander beschriftet er drei weitere Laken. Auf eins schreibt er: »Kein Genmais!«, auf das zweite: »NSA-Überwachung? Nein danke!«

»Wo ich schomma' dawei win«, nuschelt er, die Stiftkappe im Mundwinkel. Dann setzt er den Punkt unter das letzte Ausrufezeichen, schiebt den Edding zurück in die Kappe und faltet das Laken mit der Aufschrift »Zölibat für alle!« fein säuberlich zusammen.

Wir starren ihn an.

»Was? Habt ihr eine bessere Idee?«

Keiner sagt ein Wort.

»Also dann. Ich häng das jetzt draußen auf.« Er stopft

die Lakenpakete zurück in die Plastiktüte, lässt die Verschlüsse seines Koffers zuschnappen, wirft sich sein Regencape über den Kopf und trottet aus dem Café.

»Moin, Holm. Moin!« Breitbeinig wie ein Cowboy, der gerade vom Pferd gestiegen ist, stößt Wilma mit ihrem Gehstock den zweiten Flügel der Tür auf und betritt den Saloon. »Welche Laus ist euch denn über die Leber gelaufen?« Sie hebt ihren Spazierstock wie einen übergroßen Zeigefinger in die Höhe, sieht von einem Tisch zum anderen, bis sie die Stockspitze entschieden gegen meinen Oberarm drückt. »Du! Sag schon!«

Warum denn gerade ich?

Na schön. »Das Heimatmuseum soll dichtgemacht und in ein Hotel verwandelt werden«, gebe ich so nüchtern wie nur eben möglich wieder.

»Ach das. Das glaube ich erst, wenn ich's mit eigenen Augen sehe.« Sie entknotet ihre Regenhaube und hievt eine Tragetasche auf den Tisch, die dasselbe rot-grüne Karomuster hat wie ihr knöchellanger Mantel. Dann dreht sie sich mit dem Rücken zu Paul und streckt die Arme wie in Erwartung einer Leibesvisitation zur Seite.

Paul braucht einen Moment, bis er aufspringt und Wilma aus dem Mantel hilft.

»Danke, mein Lieber.« Sie schenkt ihm ein Lächeln und fängt an, in ihrer Tasche zu kramen. »Vielleicht heitert euch das ja ein wenig auf. – Paul, Finger weg, das ist nichts für dich. Und Caro, du bist ja jetzt auch schon versorgt, wie man hört. Nelly, Saranya.« Sie zieht etwas heraus, das aussieht wie ein Ast oder ein … Oh Gott!

»Den hat mir mein Mann geschnitzt, bevor er zur See

fuhr. Für einsame Stunden.« Sie wiegt das Ding in ihrer Hand, schließt die Finger ums Holz und schiebt es vor und zurück.

Nein, nein, nein. Das ist doch nicht das, was ich denke!

Das Gemurmel im Raum sagt mir, dass es genau das ist.

»Vorlagengetreu, möchte ich betonen. Kann den eine von euch brauchen?«

Nelly sieht aus, als hätte Paul vor ihren Augen die Hosen runtergelassen. Und ich, ich starre auf den unterarmgroßen Dildo in Wilmas adriger Hand. Uah, da sind sogar Eier dran – aus Holz. Ich schaudere.

»Also wirklich!« Wilma wirft uns einen strafenden Blick zu. »Was denkt ihr denn von mir? Ich habe ihn natürlich abgewaschen!«

Pscht!

Carolin Punke, denk nicht an einen rosa Elefanten, denk nicht an einen rosa Elefanten, denk nicht an einen rosa Elefanten.

Während ich mit aller Kraft versuche, meine Konzentration auf die grauen Regenbindfäden zu lenken, fällt mir auf, dass Saranya noch überhaupt nicht reagiert hat. Dabei hätte ich erwartet, dass sie die Erste ist, der zu dem Apparat ein passender Spruch einfällt, oder dass sie sofort laut »Hier!« ruft. Aber sie schweigt, schiebt ihr Goldarmband hin und her, sieht durch Wilma hindurch und scheint mit den Gedanken ganz woanders zu sein.

Jetzt springt sie auf. Mit großen Schritten durchquert sie das Café. Am Tresen macht sie kehrt, läuft zur gegenüberliegenden Wand, wieder zurück zum Tresen, zur Wand, Tresen, Wand …

»Saranya?«

Mit einer kurzen Handbewegung gebietet sie mir Einhalt und fixiert weiter die Wand, die vor ihr liegt. Plötzlich hält sie inne, bleibt vor uns stehen, und auf einen Schlag erfasst ihr Blick alle, die hier versammelt sind.

»Ich hab's!«

Ich habe keine Ahnung, *was* sie hat, aber es scheint mir angebracht abzuwarten. Und auch Wilma klappt den Mund wieder zu.

»Das Museum ist tot. Wenn nicht bald etwas passiert, wird es verwesen.«

An den Tischen werden Protestrufe laut. Jemand springt auf.

»Hört mir doch erst mal zu, Leute! – Also«, Saranya baut sich vor der Terrassentür auf, »das Heimatmuseum macht Verluste, das wissen wir alle. Am einfachsten wäre es also, es durch etwas Neues zu ersetzen. Museum weg, Hotel hin. Fertig.« Sie wartet, bis es wieder ruhig ist. »So wie man alte Angestellte gegen junge austauscht.«

»Was willste denn damit sagen?«, ruft Thies empört.

»Man kann aber auch«, Saranyas Stimme wird lauter, »den altgedienten Mitarbeiter behalten und von seinem Wissen, seinen jahrzehntelangen Beziehungen und seiner Erfahrung profitieren. Dann muss man ihn allerdings auch schulen, ihm neue Perspektiven schaffen, nur so lohnt es sich fürs Unternehmen. Mit dem Heimatmuseum sind wir bislang einen dritten Weg gegangen: Wir haben das Museum, den erschöpften Arbeitnehmer, behalten und nichts für ihn getan. Wir haben einfach die Augen zugemacht und ihn mit seinen Gebrechen allein gelassen. Klar, dass dann irgendwann ein Jüngerer an seinem Stuhlbein sägt. Was ich damit sagen will.« Sie sieht zuerst Thies an, dann schließt ihr Blick wieder alle ein. »Wenn wir wollen, dass das Museum bleibt, dann müssen wir etwas dafür tun. Dann können wir nicht mehr länger auf unförmige Steine und ein paar verstaubte Ackergeräte setzen, dann müssen wir eine neue Richtung einschlagen. Ihr wollt euch diesen Ort nicht wegnehmen lassen?«

An den Tischen wird heftig genickt.

»Gut. Ich auch nicht! Dann lasst uns nicht länger rumsitzen. Lasst uns gemeinsam frischen Wind in den alten Kasten bringen!« Sie bleckt ihre Zähne und sieht mit einem Mal aus wie Exgouverneur Schwarzenegger, strahlend unter der kalifornischen Sonne.

Mittlerweile sitzt niemand mehr. Alle stehen neben ihren Stühlen, sind aufgesprungen und eingefroren. Sie sehen aus, als wollten sie loslegen, als wäre ihnen jedoch im letzten Moment aufgefallen, dass sie gar nicht wissen, womit. Mit fragenden Gesichtern sehen sie Saranya an.

Die bedeutet ihnen, sich wieder zu setzen. Dann redet sie weiter: »Zuallererst gründen wir einen Verein zur Rettung des Heimatmuseums. Wir gewinnen Sponsoren, Mitglieder, private Spender.« Saranya stützt sich auf unserem Tisch ab. Dann greift sie nach dem Dildo.

Paul, der gerade ansetzen wollte, etwas zu erwidern, bricht ab und stiert auf Saranyas Hand, die den Holzpenis wie einen Knüppel umschließt.

»Wir starten mit einer Benefizausstellung.« Jetzt beginnt sie, den Knüppel zu schwingen. »Wir informieren die Presse, nicht nur die in Büttelsbüttel, sondern alle

Zeitungen der Region und auch die Hamburger Medien. Das muss einen richtigen Wumms geben! Wir laden Prominente ein und Leute mit Kohle, die das auch nicht hinnehmen wollen, dass so ein Museum einfach plattgemacht wird. Dass so ein Ort wie Büttelsbüttel von Wellness-Touris überschwemmt wird. Leute, die Visionen haben!«

Ich kann Saranya nur anstarren.

»Das wird natürlich nicht *irgendeine* Ausstellung. Nein, wir zeigen der Welt, dass wir mehr können als ausgestopfte Tiere. Viel mehr! Und jetzt kommt's. Haltet euch fest.« Sie krallt sich die Holzeier und drückt so fest zu, als wollte sie sie zerquetschen. »Der Titel der Ausstellung lautet …« Sie macht eine Kunstpause. Dann schreit sie: »SEX AND THE DORF!«

Für einen Moment ist es mucksmäuschenstill. Niemand bewegt sich. Bis die Tür in meinem Rücken leise knarrt.

»Yeah!« Holm zieht sich die triefende Kapuze herunter und stößt die Faust in die Luft.

Saranya lacht und rammt ihre Faust samt Riesenpimmel ebenfalls in die Höhe. Daraufhin springt auch Wilma auf, stößt einen schrillen Pfiff aus und lässt ihren Gehstock am ausgestreckten Arm wie ein Lasso über ihrem Kopf kreisen. Paul duckt sich. Nelly klatscht leise und sieht aus, als wüsste sie nicht so recht, was sie davon halten soll. Ganz ähnlich gucken auch alle anderen im Raum.

Und ich? Ich weiß eigentlich sehr genau, was ich davon halten soll. Die Idee ist absolut brillant, und ich bin drauf und dran, meinen Ganzkörperfrisbeescheibentrick vorzuführen, aber ein Zwicken im Bauch hält mich zurück.

Um mich herum reden alle durcheinander, überbrüllen sich, laufen geschäftig hin und her, nur ich sitze wie festgewachsen auf meinem Stuhl wie im Wagen einer Achterbahn und kann weder verstehen noch kreischen noch sehen, wann es wieder nach oben geht. *Renommiertes Hamburger Architektenteam …*

Das ist er nicht.

Und was, wenn doch?

Der Regen hat aufgehört, die Terrasse steht unter Wasser, von den Bäumen tropft es. Die blattlosen Birken sehen aus wie Fischskelette, unten am See stehen vier Männer im Matsch. Männer in Anzügen. Männer, die ich noch nie gesehen habe in Büttelsbüttel. Ich beuge mich ein Stück vor und erkenne Papiere so groß wie Tapetenbahnen, die sie ausrollen. Und: Johan.

Mit voller Wucht werde ich zurück in meinen Stuhl gedrückt. Als hätte man mir direkt in den Magen geboxt. Ich kriege kaum mehr Luft. Um mich herum Stimmen und warmes Licht, mein Blick bleibt draußen in der Kälte, heftet sich an den Fremden am Seeufer.

Eine Hand legt sich auf meine, sacht schiebt sie sich unter meine Finger. »Alles klar bei dir?«

Ich kann nicht antworten. Jetzt erkenne ich dahinten ein Gerät auf einem Stativ, wie man es manchmal an Straßenrändern sieht. Nelly folgt meinem Blick. Sofort wird ihr Griff fester.

»Hey, ihr zwei Hübschen!« Saranyas Hände landen auf unseren Schultern. »Was haltet ihr von der Idee, dass wir …« Sie hält inne, dann läuft sie hinüber zum Fenster. »Das ist doch …« Schon während sie die Terrassentür aufzieht, greift sie nach ihrer silbernen Daunenjacke. »Du mieser kleiner Verräter. Na warte!«

»Saranya, nicht!«

Doch sie ist bereits auf der Terrasse, stürmt die Stufen hinunter, über den Rasen und nimmt Kurs auf Johan. Mittlerweile drängen sich alle an der offenen Terrassentür, und ich wage kaum hinzusehen, als sich Saranya vor Johan aufbaut, ihr Scheitel auf gleicher Höhe wie seiner. Sie sind zu weit weg, als dass ich hören könnte, was sie sagen, aber sie stehen dicht voreinander, und Saranya gestikuliert wild und sieht aus, als würde sie schreien. Johan steht unbeweglich da, und als er zum Museum herübersieht, ducke ich mich, obwohl er mich, so weit, wie ich vom Fenster entfernt bin, bestimmt nicht sehen kann. Nach ein paar Minuten wendet Saranya sich ab, mit einer Geste, die aussieht, als würde sie ihn bespucken, und stapft durchs nasse Gras zurück in unsere Richtung. Johan dreht ebenfalls ab und verschwindet kurz darauf aus unserem Blickfeld. Die vier Männer bleiben allein am Ufer zurück.

»So ein verdammtes Arschloch!« Saranya zieht die Tür hinter sich zu und ein Taschentuch aus ihrer Handtasche. Dann schnäuzt sie sich, ausnehmend laut. »Steht da mit diesem Plan in der Hand, so 'nem Pergamentpapier, da steht sogar groß drüber ›Lake and Spa Hotel‹! Guckt nur arrogant und sagt keinen Ton. Alles klar, Mister Großkotz!« Sie ist hinter die Theke gelaufen und schraubt die Flasche mit dem Waldmeisterlikör auf, stellt Schnapsgläser auf ein Tablett und beginnt sie zu füllen. Das erste reicht sie mir. »Tut mir wirklich leid, Caro.«

Ich halte das Glas in der Hand. Meine Finger zittern, und die grüne Flüssigkeit schwappt hin und her und über meinen Daumen.

Paul ist aufgesprungen und durchmisst jetzt mit ähnlich großen Schritten den Raum wie Saranya vorhin. »Ich wollte den Mund halten, warten, bis ich Gewissheit habe. Ja«, er bleibt vor mir stehen, »ich wollte dich schonen. Aber … der Hund!« Er läuft wieder los, ein paar Leute treten zur Seite. »Aber klar, wer hätte es sonst sein sollen? *Renommiertes Hamburger Architektenteam* – dass ich nicht lache. Der will sich auf unsere Kosten bereichern. So einfach ist das.« Er zieht sich einen Grünen vom Tablett und stürzt ihn in einem Zug hinunter.

»Johan?« Nellys Stimme ist leise.

»Das fing schon damit an, dass er damals zu Schulzeiten einem nach dem anderen die Freundin ausgespannt hat. Auch mir.« Er gießt sich nach und fährt dann mit ruhigerer Stimme fort: »Ich weiß, es ist albern, die alten Geschichten aufzuwärmen, zumal wenn sie so weit zurückliegen. Was ich sagen will, ist, dass Johan Groß schon früher nicht ganz koscher war. Und das hat sich so fortgesetzt. Er taucht immer nur dann auf, wenn irgendwo was zu holen ist. Zuletzt, als die Restaurierung des Kirchturms anstand. Da hat er die Arbeiten an sich gerissen und uns allen gegenüber die Kosten verschleiert. Am Ende wurde es immer teurer. Einen Monat später hat er in Hamburg eine Maisonettewohnung mit Hafenblick bezogen.« Mit einem Mal sieht Paul sehr müde aus, wie er so dasteht, das leere Schnapsglas in der Hand.

Im Raum ist es sehr still.

Ich nippe an meinem Pinnchen, lecke die klebrige Flüssigkeit wie ferngesteuert von Daumen und Handballen und fühle mich einfach nur leer. Nelly streicht mir über den Rücken, Saranya hockt sich vor mich hin und fasst meine Hände. Eine Weile sagt keine von uns etwas. Ich höre Wilma und Paul leise miteinander sprechen und sehe Holms Hand, die zögerlich nach dem Dildo greift und sich im selben Moment wieder zurückzieht. Ich höre den Wind ums Gutshaus pfeifen und denke: Wie sehr ich diesen Ort doch mag.

Saranya schiebt meine Locken ein Stück zurück und sieht mir aus der Hocke ins Gesicht. »Und, bist du dabei?«

Ich atme tief ein und wieder aus. Ja, ich möchte auch, dass das alles bleibt. Das Museum, unser Café, die rosa Schneebeeren auf den Holztischen, die Nelly bestimmt heute Morgen gepflückt hat, der Schokokuchen mit Weißkohl unter der gläsernen grünstichigen Haube, den ich inzwischen so gerne mag, unser privates Yogastudio, der Ort, an dem ich so sein kann, wie ich bin, an dem ich mich wohlfühle wie nirgends sonst auf der Welt. Der Verein, die Ausstellung – doch, wir könnten das hinkriegen. Aber … Ich schiebe Saranyas Hand weg, meine Haare fallen mir ins Gesicht. Aber was wird dann aus Johan und mir? Wenn ich gegen die Hotelpläne kämpfe, dann kämpfe ich doch auch gegen ihn – oder?

Saranyas Atem nähert sich meinem Ohr. Ihre Stimme ist nicht mehr als ein Flüstern. »Willst du deine Entscheidung etwa wieder von einem Mann abhängig machen?«

Als ich das Museum verlasse, allein und eine Antwort schuldig, weiß ich, dass ich nicht zurück an meinen Schreibtisch kann. Zurück zur Pressemitteilung, die meine kleine Welt ins Wanken gebracht hat, und zu Geert-Helge, der bestimmt versuchen würde, mich aufzuheitern. Aber nach Hause kann ich auch nicht, denn da erinnert mich alles an Johan. Ich lache auf.

Ha!, kommt es wie ein Echo zurück. *Damit hast du also in kürzester Zeit zwei Wohnungen zum Minenfeld gemacht. Was sag ich – zwei Orte! Und, Carolin Punke, wo willst du jetzt hin? Wo willst du als Nächstes verbrannte Erde hinterlassen?*

Ich ramme meinen Turnschuh in den Kies. Das ist so verdammt lächerlich! So verdammt vorhersehbar, so ein beschissenes Déjà-vu. So hinter meinem Rücken, dass ich kotzen könnte.

Statt mich zu übergeben, fange ich an zu weinen. Dabei hat es sich bis gerade eben so gut angefühlt. So ehrlich, so erwachsen, so echt.

Tja, Carolin Punke, mit dem Urteilsvermögen ist das so eine Sache.

Klappe!

Love is in the air, dudelt es in meinem Bauch.

Das, wimmere ich, hilft mir jetzt auch nicht weiter. Ich bücke mich, greife nach einem Stock und ziehe ihn kratzend durch den nassen Schotter. Ich könnte einfach nichts tun, nichts sagen. Ich meine, warum sollte ich diejenige sein, die geht, wenn alles auf Anfang steht, auf Bleiben? Wenn ich die Füße still halte, könnten Johan und ich problemlos da anknüpfen, wo wir heute Morgen aufgehört haben. Ich würde meine Nase an seinen Hals drücken, ihn beschnüffeln, mich an seinen Armen festhalten, falls meine Knie weich werden, ihn nicht fragen, wie sein Tag war, ihm nicht erzählen, wie mein Tag war, sondern einfach nur die Augen schließen, ihn küssen und an nichts denken.

Das kann ich nicht.

Abrupt bleibe ich stehen.

Das war doch jahrelang meine einfachste Übung, mich tot zu stellen, wann immer Gefahr im Verzug war. Wann immer mein Bauch grummelte, die Augen zu verschließen und die Schockstarre so lange zu halten, bis ich fest daran glaubte, dass mein Bauch nur vor Hunger knurrte. Kein Wunder, dass ich in den Jahren mit Simon aus dem Leim gegangen bin. Aber jetzt, jetzt funktioniert das nicht mehr. Jetzt kann ich mich nicht mehr selbst belügen. Meine Hand mit dem Stock zieht knirschend einen Kreis in den Kies.

Und trotzdem, ein Teil von mir will alles auf die simple Frage herunterbrechen: Wer ist mir wichtiger? Nelly und Saranya oder Johan? Schon klar, Freundinnen sind fürs Leben, Männer kommen und gehen. Aber Johan soll nicht gehen, der soll bleiben. Am liebsten für immer.

Wütend zertrample ich das J, das mein Stock wie von Geisterhand in den Kies geschrieben hat. Es kann doch nicht sein, dass mir ein Mann, mit dem ich Sex hatte, mehr bedeutet als alles andere!

Als mein Telefon klingelt, lasse ich den Ast fallen. Johan. Ich zittere. In weniger als fünf Minuten könnte ich bei ihm sein, dreißig Sekunden mehr, und wir könnten nackt aneinanderliegen. Ich rühre mich nicht vom Fleck und warte, bis die Bilder von ihm und mir wie Irrlichter verglimmen. Dann drücke ich ihn weg. Das Klingeln verstummt, und kurz darauf wird auch das Display schwarz.

Ich mache mich auf den Weg nach Hause. Ja, meine Wohnung oben bei Knut wird auch weiterhin mein Zuhause sein, auch wenn Johan und ich getrennte Wege gehen. Ich lasse mir das nicht kaputtmachen, nicht noch einmal.

Als ich in die Hofeinfahrt einbiege, bin ich nicht überrascht. Der Platz neben der Kastanie, wo heute Morgen noch der Mustang gestanden hat, ist leer. Klar, wenn's schwierig wird, ruft die Arbeit, röhrt der Elbtunnel, zimmert und bettelt das Hotel. Aber das soll nicht mehr mein Bier sein. Ich stecke den Schlüssel ins Schloss der Haustür und drücke sie auf. Ich habe mich entschieden. Und zwar für mich selbst.

≈ 27 ≈

Gesucht wird: Kurioses mit Sexbezug

Die Bürgerinitiative Büttelsbüttler Heimatmuseum e.V. bittet alle Mitbürgerinnen und Mitbürger, ihre Dachböden und Keller zu durchforsten.

Am dritten Advent lädt der neu gegründete Verein, der sich die Rettung des Heimatmuseums auf die Fahne geschrieben hat, ins Alte Gutshaus – zur Vernissage der Ausstellung SEX AND THE DORF. Das erste Exponat liegt bereits vor: ein hölzerner Dildo aus dem Zweiten Weltkrieg, »geliebt, genutzt und geputzt«, so die edle Spenderin Wilma Pepke. Darüber hinaus hat Holm Fiete einen inhaltlichen Beitrag zur Schau ankündigt.

Mit Nelly stehen wir noch in Verhandlungen. Saranya und ich sind ja der festen Überzeugung, dass sie die Chance unbedingt nutzen und ihre Bilder der breiten Öffentlichkeit präsentieren sollte. Klar, die Büttelsbüttler sind Banausen, abgesehen vielleicht von Paul, der inzwischen seinen halben Klinkerbau mit bananengelben »Bentes« gepflastert haben dürfte. Doch wofür haben wir unter uns eine Expertin in Sachen PR und Öffentlichkeitsarbeit? Saranya hat in den letzten zweieinhalb Wochen ordentlich die Werbetrommel gerührt und bereits positive Rückmeldungen von allen namhaften Medien im Umkreis von hundertfünfzig Kilometern erhalten. Die Hütte wird beben, und das nicht nur unter dem Gewicht von dreihundertsiebzig Büttelsbüttlern, die für Kunst keinen Blick haben.

Apropos: Mittlerweile haben wir tatsächlich alle aus dem Dorf auf unserer Seite. Auch das geht auf Saranyas Konto, die in Begleitung von Nelly jedes Haus persönlich abgeklappert und immer wieder aufs Neue erklärt hat, warum ein historisches Erotikthema – so hat sie es genannt – optimal ist, um Aufmerksamkeit zu gewinnen. Und warum wir Aufmerksamkeit brauchen, wenn wir gegen die Hotelleute anstinken wollen. Sie hat gesagt: »Ich muss das ganze Dorf hinter mir wissen. Sonst hat es keinen Sinn.« Ich glaube, sie hatte auch Schnaps dabei.

Durch den Aufruf im *Boten* und eine funktionierende Mundpropaganda, angeheizt von Wilma, haben wir bereits einen beachtlichen Rücklauf zu verzeichnen. Derzeit sammeln wir alle Zeugnisse sexuellen Dorflebens in großen Kartons, die wir in der Scheune des Bente-Hofs zwischenlagern, bevor Nelly, Saranya und ich in den kommenden Tagen alles gemeinsam und auf einen Schlag sichten. Bin sehr gespannt, welche lüsternen Leichen die Büttelsbüttler aus ihren Kellern gefischt haben.

Ansonsten habe ich in den letzten Wochen alle Aufgaben rund um die Ausstellung an mich gerissen und noch einige dazu, habe Handzettel und Plakate entworfen, verteilt und aufgehängt, habe mich um den Behördenkram für die Vereinsgründung gekümmert, um Aufsteller für die Exponate, ums Catering für die Vernissage – das mir allerdings von Nellys Mutter Heidrun aus der Hand gerissen wurde, trotz meines Hinweises, dass womöglich um die fünfhundert Gäste zu bewirten seien. Ob ich ihr das nicht zutraute? Doch, das tue ich, aber ich bin dankbar für alles, womit ich mich ablenken kann. Denn auch wenn ich eine Entscheidung getroffen habe, kann ich das Verliebtsein nicht einfach so abstellen.

In den ersten Tagen nach der Hotelenthüllung hat Johan morgens, mittags und abends angerufen. Und ich habe ihn morgens, mittags und abends mit verknotetem Herzen ignoriert. Und auch als er plötzlich an meine Wohnungstür klopfte und immer wieder leise »Caro« sagte und »Komm schon«, habe ich so lange mit angezogenen Beinen auf meinem Bett gehockt und mir die Handflächen gegen die Ohren gedrückt, bis ich Stunden später den Motor des Mustang blubbern und sich entfernen hörte.

Natürlich fand ich mich lächerlich, aber zugleich war ich einfach nicht in der Lage, mir noch einmal von einem Mann, dem ich vertraut hatte, irgendwelche fadenscheinigen Erklärungen anzuhören. Dass seine Anrufe seit drei Tagen ausbleiben, fühlt sich allerdings auch nicht besser an. Aber ich krieg das hin, ich bin der Abhängigkeitsfalle mit eingeklemmtem Schwanz entkommen.

Knut habe ich ebenfalls ein paarmal abgewiesen, er wollte unbedingt mit mir sprechen. Oft drücke ich mich so lange im Museum herum, bis ich mir sicher sein kann, dass er bereits schläft, wenn ich spätabends die Haustür aufschließe. Was mir in der Seele wehtut, aber im Moment kann ich nicht anders, ich brauche einfach eine Pause von allen Mr Bigs.

Übrigens, Knut hat am Tag nach der Ausstellungseröffnung Geburtstag. Fünfundsiebzig wird er. Spätestens dann werde ich wieder mit ihm reden.

»Finde den Holm!«, donnert Geert-Helges Stimme durch den Flur. Einen Moment später erscheint er in der Tür, beladen mit einem Packen Briefe, den er mir auf den Schreibtisch klatscht. »Fantastisch, CP!« Er schält sich aus seinem grasgrünen Anorak, streicht sich die Schneeflocken aus dem Schnauzer und lässt sich auf seinen Stuhl fallen. »Die sind alle von Kindern. Kinder, die uns schreiben, wie viele Holms sie gefunden haben. Das schreit doch geradezu nach einer Verlosung! CP, wir brauchen einen Plan. Ach was, wir brauchen Sponsoren!«

»Gute Idee«, sage ich und schiebe die Post zu ihm rüber. »Fang doch schon mal an zu telefonieren.«

Da im selben Moment mein Handy ploppt, verpasse ich Geert-Helges Reaktion. Macht nichts, denke ich und drücke wie jeden Vormittag um elf Uhr dreizehn die Erinnerung an Hamburg weg.

Mit Liane Krüger vom *Hamburger Abendblatt* habe ich noch einmal telefoniert und ausgemacht, dass ich ihr am Montag nach der Vernissage mitteile, wie ich mich entschieden habe. Das ist zeitlich zwar äußerst knapp, schließlich wäre der Job ab Januar. Aber es gibt da wohl eine zweite Wahl für die Elternzeitvertretung, so hat sie sich ausgedrückt, die auf Abruf bereitsteht, deshalb sei mein Zögern zu verschmerzen. Trotzdem – ich weiß, ich sollte so langsam mal anfangen, mir Gedanken zu machen. Eigentlich könnte ich das auch jetzt gleich tun, während Geert-Helge – ich sehe auf – mit den Fingern auf den Tisch trommelt und tatsächlich an der Strippe hängt.

»Moin! Alles roger in Kambodscha?« Er lacht. »Onno, segg mol, hest du schon von unserer Finde-den-Holm-Aktion gehört?« Er lacht wieder. »Ganz genau. Wir bräuchten ein paar Gewinne. Für die Lütten.« Er reibt sich mit dem Zeigefinger über den Schnauzer. »Joa, müsste hinkommen.«

Ich ziehe ein Blatt aus dem Drucker und lege los, bevor ich es mir anders überlege.

Pro Hamburg:

- *Der Job im Kulturressort ist genau das, was ich immer wollte.*
- *Ich bin stark genug, um Hamburg und den Erinnerungen an Simon die Stirn zu bieten.*

Ich halte kurz inne. Wie es wohl wäre, an unserer alten Wohnung vorbeizugehen? Oder wenn ich Simon und Alexa – oder die Alexa-Nachfolgerin – beim romantischen Picknick am Elbstrand träfe? Das wäre … Ich horche in mich hinein, um auch meinem Bauch die Chance zu geben, sich zu äußern. Der gibt allerdings nicht mehr als ein müdes Grunzen von sich. Doch, ich denke, das wäre in Ordnung. Aber ist das auch ein Grund zurückzugehen? Dass ich es könnte? Erst mal weiter im Text:

- *Ich vermisse meinen Kiez, in der U-Bahn meinen Coffee to go, das Gefühl, in kurzer Zeit viel zu schaffen, zwanzig Kneipen statt einer, Weine, die nicht*

Tafelwein heißen, eine Auswahl an Programmkinos, überhaupt Kinos, die Lange Nacht der Museen, an der ich immer mal teilnehmen wollte, DJs, die nicht vor und nach jedem Song ins Mikrofon brüllen und nicht drei Mal am Abend Ein Stern (der deinen Namen trägt) *spielen.*

Stimmt das überhaupt? Fehlt mir das alles wirklich? Ich drehe den Bleistift in der Hand. Schließlich wende ich das Blatt.

Kontra Hamburg:

- *Ich würde vieles vermissen: An erster Stelle Nelly und Saranya, außerdem Knut, Wilmas trockenen Humor, ja, sogar Dancing Queen Holm würde mir irgendwie fehlen. Die vielen kurzen Schnacks, das Gefühl, alle Zeit der Welt zu haben, das »Alle för een un een för alle«, das ich so vorher nicht kannte, der Blick aus meinem Schlafzimmerfenster über die weiten Felder, die Stille, wenn ich nachts wach werde, von der ich bis vor Kurzem noch dachte, ich könnte sie niemals ertragen, Matsch unter Gummistiefeln, eine steife Brise im Rücken, im Café eine Tasse Yogi-Tee, Sorte »Wohlfühl-Tee« oder »Frauen-Power«.*

Apropos …

- *Ich glaube, ich werde hier noch gebraucht.*

Ich lasse den Bleistift sinken und blättere noch einmal um. Hm, wenn ich das richtig sehe, ist der Job das einzige handfeste Argument, das für eine Rückkehr nach Hamburg spricht.

Geert-Helge pfeift. Das ist doch nicht etwa … Er hebt die Arme über den Kopf und schwingt sie. »… der deinen Namen trägt.«

Ein nicht zu unterschätzendes Argument, der Job.

»Hättest du gerade mal Zeit?«, wende ich mich an ihn.

Er nickt und schwingt und summt.

»Wegen des Heimatmuseums: Könntest du da noch mal überall klingeln und fragen, wer noch nicht unterschrieben hat?«

Geert-Helge deutet auf seinen Anorak. Ich werfe ihm das noch feuchte Teil zu.

»Und wo du schon dabei bist. Lauf doch mal fix zu den Fietes rüber. Die haben bestimmt auch noch jede Menge Preise für die Finde-den-Holm-Aktion. Ich weiß aus erster Hand, dass da noch Kaffeebecher mit diversen Papstmotiven in doppelter Ausführung lagern. Die Tasse vom Papstbesuch 2011 müsste es gleich vier Mal geben.« Ich halte ihm die Tür auf und bin versucht, ihm einen freundlichen Schlag auf die Schulter zu geben, als er mit einem Grinsen an mir vorbeiläuft.

»Sieht aus, als hättest du alles im Griff, CP. Gefällt mir!«

Die Tür fällt hinter ihm ins Schloss, und auf der Treppe höre ich ihn schon wieder schmettern: »… den schenk ich dir heut Nacht.«

Zurück am Schreibtisch stelle ich das Rückenteil meines Drehstuhls in eine diagonale Position und lasse mich auf meinen Platz sinken. Im Zurücklehnen stoße ich mich von der Tischkante ab, rolle ein Stück nach hinten und lege meine Turnschuhe auf den Tisch. Dann lasse ich mit einem langen Ausatmen alle Anspannung los, streiche mir über meinen imaginären Schnauzer und denke: Joa, das geht doch schon mal in die richtige Richtung.

≈ 28 ≈

Bis vor wenigen Minuten herrschte im Museum ein Treiben, als wäre die Ausstellung bereits in vollem Gange. Dabei waren nur unsere Helfer zugegen, also halb Büttelsbüttel, und das schon seit dem Morgengrauen.

Heidrun, Adelheid und Hedda schleppten absurde Mengen an Schnittchen ins Café. Ich glaube, die Zahl der mit Krabben, Käse und Kochschinken belegten Baguettescheiben, die sich jetzt auf einem Arsenal an Biertischen mit weißen Papiertischdecken stapeln, tendiert tatsächlich gegen tausend. Dazu riesige Platten voll hart gekochter Eier mit einem großzügigen Topping aus Remoulade und krauser Petersilie als Garnitur. Kil lud kistenweise *Söhnlein Brillant* aus seinem schneebedeckten Kastenwagen und beförderte sie durchs Fenster von Saal eins, unserem Kühlraum. Ilmar, Heini und einige andere Männer räumten die Bügeleisen und ausgestopften Tiere aus Saal drei und vier im Handumdrehen ins Obergeschoss, Holms Mutter Ingrid staubsaugte und wischte ihnen hinterher, bevor die Regale für die Ausstellungsobjekte an Ort und Stelle getragen wurden. Nelly, Saranya und ich hatten alles im Vorfeld sortiert und so markiert, dass wir die Exponate, hundertachtundsiebzig an der Zahl, nun zügig positionieren konnten, inklusive kleiner Schilder mit Erklärungen. Zu guter Letzt sah Holm nacheinander aus allen Fenstern im ersten Stock, um ein von Saranyas Chefin Heike selbst gestaltetes knallrotes Banner mit der Aufschrift »SEX AND THE DORF« an der Außenfront des Gebäudes zu befestigen. Nur Text, ausdrücklich keine ClipArt-Elemente.

Nellys Werke hatten wir bereits in den vergangenen Tagen unzählige Male von rechts nach links gehängt, bevor jedes Bild, einige über zwei Meter hoch, seinen perfekten Platz gefunden hatte. Es war uns schließlich gelungen, Nelly davon zu überzeugen, dass diese Ausstellung eine Riesenchance für sie wäre, und als das erst einmal durch war, nickte sie nur, als wir ihr das Foyer als Ausstellungsraum vorschlugen. Nellys Bilder sollten den besten Platz bekommen.

Als wir uns schließlich um die eigene Achse drehten und diese Wucht an Farben, wilden Klecksen und dick gespachtelten Linien auf uns wirken ließen, waren wir sprachlos. Wenn man näher an eine Leinwand herantrat, erkannte man das dünne Netz aus Kohlestrichen und darin die Tiere in ihren unzähligen Perspektiven. Wir hakten uns ein und starteten unseren kleinen Dreierrundgang rechts vom Eingang. Pferde mit hervortretenden Sehnen, viele davon im Sprung, als Nächstes Hühner mit ausgebreiteten Flügeln, beim dritten Bild stutzte ich.

»Nelly!«

Saranya zog eine leopardengemusterte Lesebrille aus der Tasche, beugte sich vor, dann sah sie Nelly über den Rand ihrer Brille ins Gesicht. »Jetzt wirst du noch nicht mal mehr rot!«

Zum ersten Mal an diesem Tag ist es still. Niemand mehr da, dessen Rufe und Schritte durch das steinerne Gemäuer hallen. Die neun Kaffeemaschinen, die noch vor wenigen Augenblicken gleichzeitig blubberten und zischten, haben Pause, das Radio ist abgestellt, die Terrassentür weit geöffnet, klare, kühle Luft füllt den Raum. Draußen rieselt der Schnee – treffender lässt sich das sanfte Segeln der Flocken kaum beschreiben – und verschluckt die letzten Geräusche.

Wir sitzen zu dritt auf einer von Saranyas Yogamatten, haben die Augen geschlossen und atmen grünes Licht in unseren Brustraum. Liebe und Dankbarkeit durchströmen unsere Körper, und als wir die Augen wieder öffnen, hat Saranya ein kleines braunes Fläschchen in der Hand, aus dem sie uns etwas auf unsere Handgelenke träufelt.

»Rosenwasser. Hilft, das Herzchakra zu aktivieren.« Dann legt sie jeder von uns drei dicke helle Kerne in die Handfläche. »Kauen und schlucken.«

»Kichererbsen?«

»Lotussamen.«

Ich spare mir eine weitere Nachfrage und tue, wie mir geheißen. Schmecken wie Mandeln. Saranya steht auf, für uns das Zeichen, dass die Meditation beendet ist. Sie rollt die Matte zusammen, schließt das Fenster, während Nelly hinterm Tresen eine Flasche *Söhnlein Brillant* köpft.

Kurz darauf stehen wir einander in der Mitte des Cafés gegenüber, heben die Pappbecher und wollen gerade ansetzen, als Nelly plötzlich grinst und brüllt: »Zicke zacke, zicke zacke!«

Saranya und ich stutzen, dann brüllen wir im Chor zurück: »Hoi, hoi, hoi!«

Wir lachen, hauen unsere Becher aneinander, trinken und knallen sie zeitgleich auf die Theke.

Saranya greift nach einer der weißen Schneebeeren, die Nelly in kleinen durchsichtigen Vasen im gesamten Museum verteilt hat – was wunderschön aussieht –, und zerdrückt sie zwischen ihren Fingern. »Haben wir als Kind immer gemacht. Knallerbsen.«

Im selben Moment rüttelt jemand an der Eingangstür. Noch fünf Minuten, dann darf die Welt wieder Einzug halten, dann ist der Moment gekommen, auf den wir seit Wochen hinarbeiten. Ohne ein Wort zu verlieren, fassen wir einander an den Händen, sehen einander an, halten einander fest und, ja, ich muss es zugeben, Saranya, die alte Esobraut, hat doch recht: Ganz deutlich spüre ich die Energie von einem Händedruck zum nächsten fließen und sich in unseren Körpern wie in einem großen Behälter sammeln. Als wir uns voneinander lösen, bleibt das konzentrierte Gefühl in meinem Innern erhalten. Flugs stellen wir uns nebeneinander auf und schieben den Riegel der Holztür zurück.

Im nächsten Moment blinzeln wir in blendend helles Licht.

»CP! Ameisenscheiße!« Geert-Helges Hand streckt sich über die Schulter seines Vordermannes, es blitzt.

Von überallher blitzt es. Hunderte Menschen drängen sich auf dem Vorplatz, viele haben Kameras dabei, die sie hochhalten wie Paparazzi. Plötzlich habe ich die seltsame Vorstellung, dass alle nur meinetwegen gekommen sind, und für einen Moment bin ich versucht, mich – wie auch immer – in Pose zu schmeißen. Gerade als ich meine Haare mit wohldosiertem Schwung zurückwerfen will, taucht vor meinem inneren Auge der hühnerbrüstige Spike auf, Hugh Grants Mitbewohner in *Notting Hill*, wie er sich in seiner grauen Unterbuxe einem Heer von Fotografen gegenübersieht und voller Begeisterung seine mickrigen Armmuskeln spielen lässt. Mitten in der Bewegung breche ich ab und winke stattdessen unseren Helfern zu, die etwas abseitsstehen, fast schon auf der Hauptstraße. Ihren missmutigen Gesichtsausdruck weiß ich mittlerweile einzuordnen. Die Herrschaften sind unsicher, weil sie sich einer Meute von Fremden ausgesetzt fühlen, und verbergen das hinter einer brummigen Fassade.

»Hey, Leute«, rufe ich, so laut ich kann. »Gerlinde, Eike, kommt doch rüber!« Ich strahle sie an und winke.

Und tatsächlich, der Pulk setzt sich in Bewegung. Saranya, Nelly und ich treten ein Stück zurück und machen den Weg frei für unsere Gäste.

In kürzester Zeit ist die Hütte voll. Brechend voll. Während Heidrun und ihre zwanzigköpfige Crew vom Landfrauenverein sich mit Sekt und Schnittchen bewaffnet emsig ihren Weg durch die Menge bahnen, steigt Saranya über die dicke rote Kordel und bezieht auf dem Treppenabsatz Stellung. Dann greift sie zum Mikro, es quietscht fürchterlich, Saranya verzieht das Gesicht, dafür sehen nun alle zu ihr hin.

»Liebe Gäste, liebe Freunde, herzlich willkommen!«

Schon nach diesem einen Satz weiß ich, dass es die

richtige Wahl war, Saranya sprechen zu lassen. Wenn sie will, kann sie ungeheuer warmherzig und charmant klingen. Nelly und ich lächeln uns zu.

»Wie schön, dass Sie – dass ihr alle gekommen seid, trotz des Schnees, um mit uns die Eröffnung unserer außergewöhnlichen Ausstellung zu feiern. SEX AND THE DORF!«

Ohne Vorwarnung bricht ein Applaus über uns herein, so laut, geradezu frenetisch, dass es mich fast aus den Latschen haut. Als ich mich umdrehe und die Herzlichkeit in den Gesichtern sehe, schwappt in mir ein Tränenkloß hoch, den ich nur mit Mühe wieder zurück nach unten drücken kann.

»Vielen lieben Dank!« Saranya strahlt. »Dass ihr heute hier seid, zeigt uns, dass nicht nur wir – Nele Bente, Carolin Punke und ich – verhindern wollen, dass genau da, wo ihr jetzt steht, in Zukunft Menschen in Einheitsbademänteln durch die Gegend schlappen. Dass über unseren Köpfen eine *Roof Bar* gebaut wird, in der sich die Snobs volllaufen lassen, während sie *unseren* Ausblick genießen.«

Wieder wird geklatscht.

»Und wir? Wir sollen uns auf die andere Seeseite verziehen, wo wir nicht stören? Wo wir den Fatzkes mit ihren Angeberschlitten nicht im Weg sind?«

»Genau!« Eine Woge der Empörung geht durch die Menge.

Saranya hebt die Hand, wobei mir auffällt, dass sie ihr Goldarmband heute nicht trägt. Sie wartet einen Augenblick, bis wieder Ruhe eingekehrt ist, dann fährt sie fort:

»Ihr habt recht, das ist eine bodenlose Frechheit. Und deshalb möchte ich euch bitten, mit eurer großzügigen Spende zum Erhalt des Büttelsbüttler Heimatmuseums beizutragen. Ich gehe später mit diesem Hut herum«, sie hält einen Zylinder hoch. »So, und bevor ich jetzt aufhöre, möchte ich eure Aufmerksamkeit noch kurz auf die Bilder hier im Foyer lenken. Ich weiß nicht, ob ihr es wusstet, aber wir haben eine verdammte Künstlerin unter uns. NELE BENTE!« Sie streckt die Hand aus, damit Nelly über die Absperrung zu ihr hochsteigt.

Mit hochrotem Kopf steht sie neben Saranya, winkt in die Runde und lässt den Arm ausgesprochen plötzlich wieder sinken. Zum Glück erntet auch sie einen ordentlichen Applaus.

»Also, liebe Freunde von nah und fern, amüsiert euch, und vor allem: Traut euch in Saal drei und vier. Ihr werdet da so einiges wiederentdecken.« Sie bückt sich und greift nach ihrem Pappbecher. »Auf Sex and the Dorf! Auf die Gerechtigkeit! Auf Büttelsbüttel!«

Getragen von einem nicht enden wollenden Beifall kommen Nelly und Saranya die Treppe herunter und fallen mir eine nach der anderen in die Arme.

»Das war unglaublich!«

Saranya stürzt den Rest ihres Sekts hinunter und hält uns ihre zitternde Hand vor die Nase. »Ich hab mir fast in die Hose gepinkelt vor Aufregung.«

Nelly und ich blicken sie überrascht an, während sie ihren Becher einer von Heidruns Helferinnen in die Hand drückt.

»Du wirktest so …« Nelly zögert.

»So ruhig. So souverän. So das absolute Gegenteil von aufgeregt«, schalte ich mich ein.

»Wirklich?« Saranya sieht uns erstaunt an.

Und wir sie. Dann brechen wir alle in Lachen aus.

Um uns herum herrscht ein so fröhliches Geschiebe und Gedränge, dass ich mir beinahe in Erinnerung rufen muss, wo ich mich befinde. Auf dem Treppenabsatz, wo gerade noch Saranya ihre Rede geschwungen hat, hat mittlerweile Birk Fiete mit seinem Saxofon Stellung bezogen. Ich hatte ja keine Ahnung, wie groovy so ein Pastor sein kann. Ein paar Besucher wippen und klopfen mit der Hand den Takt auf ihre Hüften oder Oberschenkel.

»Sie sind das!« Ein Mann in graubraunem Cordanzug stürmt auf Nelly zu und schüttelt ihr die Hand. »Endlich lerne ich Sie persönlich kennen! Erik Rothe. Galerie Rothe, Speicherstadt, Hamburg.«

»Äh, ja, freut mich auch.« Nelly dreht sich mit fragendem Blick zu mir um, ich zucke mit den Schultern.

»Lassen Sie sich mal ansehen.« Er tritt einen Schritt zurück. »Sie haben mich ja ganz schön auflaufen lassen.« Er lacht. »Da habe ich mich wochenlang gefragt: Wer steckt nur hinter diesem dynamischen Pinselstrich? Diesem kraftvollen Duktus. Aber das war wohl auch Ihre Absicht. Anonyme Künstlerin.« Wieder lacht er. »Ich muss schon sagen, das Verwirrspiel ist Ihnen gelungen.« Bevor Nelly etwas erwidern kann, winkt Erik Rothe über die Köpfe der Anwesenden hinweg. »Sie entschuldigen mich für einen Moment? Aber tauchen Sie ja nicht wieder unter, ich brauche Sie noch.« Er reicht Nelly noch einmal die Hand, dann verschwindet er im Getümmel.

Nelly und ich sehen uns an und wollen gerade zu einem gemeinschaftlichen »Was war das denn?« ansetzen, als die Eingangstür aufgezogen wird und sich ein Schwall Kälte ins Museum drückt. Kurz darauf tritt ein alter Mann in eines der letzten freien Quadrate neben dem Treppenaufgang und tut erst einmal nichts. Knut. Mein Herz macht einen Sprung. Wie ein Hopser, der in der Luft stehen bleibt. Knut guckt sich nicht einmal um. Irgendwann zieht er die Kappe vom Kopf und klopft die Schneeflocken ab.

Mir ist mulmig zumute, wie ich ihn da so stehen sehe. So allein und verloren, und das am Vortag seines runden Geburtstags. Wie damals, als er in die Kastanie hinaufsah und wenig später einarmig am Ast hing. Aber das ist nicht alles. Knut ist hier, obwohl er doch wissen muss, dass die Pläne seines Sohnes Grund für diese Gegenveranstaltung sind. Auf die er mit ihm sogar begeistert angestoßen hat, als ich vor dem *Tatort* schon fast weggedämmert bin. Das ist mutig. Und … Johan ist nicht hier.

Verdammt! Tief innen drin habe ich die ganze Zeit gehofft, dass er doch noch kommt! Ich hab versucht, nicht daran zu denken, einfach nur das zu tun, was getan werden muss, aber jetzt hat er mich wieder. Ja, ich gebe es zu, ich habe mir vorgestellt, dass er Saranya das Mikro aus der Hand reißt und alle im Saal übertönt: *»Entschuldigt die Unterbrechung, Leute. Ich tanze immer den letzten Tanz der Saison. In diesem Jahr hat es mir einer verboten. Aber ich lasse mir nichts verbieten. Ich werde tanzen, und zwar mit einer großartigen Partnerin. Sie ist nicht nur eine tolle Tänzerin. Sie hat mir gezeigt, dass es Menschen gibt, die* *für andere einstehen, egal zu welchem Preis. Sie hat mir gezeigt, was für eine Art Mensch ich sein möchte. Miss Ca…«*

Ich drücke mich von der Wand ab. Wie in Zeitlupe bewege ich mich an den Grüppchen vorbei auf Knut zu. Ich wollte doch nur, dass Johan einsieht, wie sehr er uns alle vor den Kopf gestoßen hat. Und dass er wieder dazugehört. Und ich wollte … Ich habe gehofft, dass er vielleicht erkennen würde, dass er …

»Mien Deern.« Knut greift nach meiner Hand. »Ich bin so stolz auf dich.« Er sieht mich direkt an. »Ich soll von Johan ausrichten, dass er es nicht schafft. Ich soll's dir sagen.« Sein Blick gerät etwas zu starr.

Ich umarme ihn und schäme mich mit einem Mal, dass ich ihn in den letzten Wochen so auf Abstand gehalten habe. Er kann ja nichts dafür. »Komm.« Jetzt bin ich es, die nach seiner Hand greift. Im Schlepptau bugsiere ich ihn durch die Menge.

»Knut, alter Junge!« Onno klopft ihm auf die Schulter. »Heini, mach mal für Knut 'nen Köm. Hast du Hunger? Heidrun hat wieder ihre Eier gemacht. Und ziemlich viele.« Er schiebt ihn in Richtung Café.

Knut dreht sich noch einmal um und zuckt mit den Schultern. Ich lächle. Und ich zwinge mich, auch dann noch zu lächeln, als er schon gar nicht mehr guckt. Denn diesen Tag lasse ich mir nicht verderben. Kurzerhand nehme ich mir einen neuen Sekt und ein Krabbenbaguette von einem der Tabletts und strebe in Richtung Saal drei. Der Raum ist bereits gut gefüllt.

»Schwierig, aber spannend«, sagt gerade ein Herr mit randloser Brille, der sicherlich nicht von hier ist. Ein paar

Damen nicken und blicken angestrengt zwischen der porösen Hülle und dem kleinen Erklärungsschild hin und her: »Kondom aus Schweinedarm«.

Die Büttelsbüttler, die sich bis hierhin vorgewagt haben, stehen etwas abseits. Das gilt es unbedingt zu ändern.

»Was glaubt ihr, was das ist?« Ich halte einen vergilbten Stofffetzen hoch und strahle in die bekannten Gesichter. »Es werden noch Wetten angenommen.«

Tatsächlich treten einige näher heran.

»Ein Zwei-Mann-Zelt«, sagt Svenja, Pauls Frau.

Gelächter. Der Halbkreis um mich herum wird enger.

»Nicht schlecht, aber leider knapp daneben.« Ich verdecke die Erklärungstafel mit meinem Unterarm und sehe in mindestens vierzig neugierige Gesichter.

»Eierwärmer.«

»Döskopp!« Wilma bahnt sich einen Weg durch die Umstehenden und schiebt ihre Krücke wie einen Blindenstock vor sich her, allerdings auf Kniehöhe und mit ziemlich harten Rechts-links-Ausschlägen. Dann zieht sie mir den Fetzen aus der Hand. »Das, leeve Lüd, ist der Original-Still-BH von Wilma Pepke. In täglichem Gebrauch von 1943 bis 1953.« Sie fasst sich an die Brüste.

Die Leute lachen.

»Für alle, die es nicht wissen: Ich habe sieben Kinder, vierundzwanzig Enkel und neununddreißig Urenkel. Ich war zwar spät dran, aber trotzdem stammt halb Büttelsbüttel von mir ab!« Sie hält das löchrige milchgelbe Teil noch einmal in die Höhe, dann legt sie es zurück ins Regal und streicht mit der Hand darüber.

Als sich die Büttelsbüttler bereits den anderen Ausstellungsstücken zuwenden – deutlich mutiger jetzt –, stampft sie dreimal mit ihrem Gehstock auf den Boden und schnappt sich ihren Holzdildo. »He, habt ihr schon Hermanns Pimmel gesehen?«

Über einhundert zerfledderte Exemplare der Zeitschrift *praline*, Jahrgang 64 bis 67 – die hübschesten Ausgaben hängen in hellen Rahmen an der Wand –, finden sich neben einer selbst gebauten Penispumpe, ursprünglich ein Abflussrohr, neben Schwarz-Weiß-Fotografien von nackten rundlichen Frauen und erstaunlich vielen Vibratoren, die meisten aus den späten Sechzigern und Siebzigern. Mein persönliches Lieblingsstück lehnt in Raum vier, eine Holzlatte mit schwarzen Markierungsstrichen: elf Zentimeter, zwölf, fünfzehn, siebzehn und ein Ausreißer – zweiundzwanzig Zentimeter. Neben jeder Zahl steht ein Name, hinter der Zweiundzwanzig prangt in Großbuchstaben »Ocke«. Und da unsere Recherchen ergeben haben, dass es in Büttelsbüttel in den letzten hundert Jahren nur einen einzigen Ocke gab, nämlich Ocke Boysen, haben wir Ockes Stuhl, der normalerweise in Saal zwei ausgestellt wird, kurzerhand dazugestellt. Samt seiner Ursprungslegende: Stuhl mit Ausziehbeinen, wahrscheinlich von Ocke Boysen (1,47 Meter). Saranya hat es sich nicht nehmen lassen, auf einem zusätzlichen Erklärungsschild zu notieren: »Der kleinste Bengel hatte den größten Schwengel.«

»Tolle Ausstellung!« Paul beugt sich über einen Schemel, dessen Sitzfläche in der Mitte ein Loch hat. Der wurde zusammen mit einem altersschwachen Keuschheitsgürtel aus Leder und Eisen anonym vor dem Redaktionsbüro abgestellt. »Da bleibt mir nur, uns allen die Daumen zu drücken.«

Plötzlich fällt mir auf, dass ich Holm das letzte Mal gesehen habe, als er kopfüber aus einem der Fenster im ersten Stock hing, um das Banner anzubringen. Dabei hatte er doch sogar vor, die Vernissage mit einem thematisch passenden Beitrag zu bereichern, ohne allerdings irgendjemandem zu verraten, wie der genau aussieht. Ich schiebe mich durchs Foyer, wo es immer noch genauso voll ist wie vor einer guten halben Stunde, frage nach Holm und werde nach draußen auf den Museumsvorplatz geschickt.

Mit einem neuen Becher Sekt in der Hand ducke ich mich, um einem Schneegeschoss auszuweichen. Auf der gegenüberliegenden Seite des Platzes steht ein eingeschneites Partyzelt, wo sich eine Gruppe von Menschen auf die Füße tritt. In gebeugter Haltung laufe ich übers Schneeballschlachtfeld. Hier sind also die ganzen Kinder abgeblieben.

»Punsch?«

Kurzerhand kippe ich meinen Sekt in den Schnee. »Unbedingt.«

Karl Dempewolf öffnet den Zapfhahn eines großen Emailletopfes, und als ich den ersten Schluck nehme und den schnapsgeschwängerten Dampf inhaliere, fühle ich mich wie auf dem Weihnachtsmarkt. Meine zweite Hand schließt sich um den Becher. »Köstlich. Was ist da drin?«

»Na, Tee und Kluntje, schätz ich mal. Und Köm.«

Ich dringe tiefer ins Zeltgeschehen ein und entdecke

endlich Holm, der – eine Fellmütze mit Ohrenklappen auf dem Kopf – wie ein Marktverkäufer hinter einem Tapeziertisch steht und in seine Handflächen haucht.

»Hier hast du dich also versteckt!«

»Caro!« Er winkt mich heran. »Darf ich dir die Werke von Holmo Fieto zeigen?« Vor ihm auf dem Tisch liegen zahllose Malblockblätter auf hohen Stapeln. »Holmo Fieto – mein Künstlername.«

»Hab mir so was gedacht.« Ich greife nach dem ersten Blatt, drehe es zu mir und werfe es fast wieder zurück auf den Stapel. »Das ist …« – nicht nur eine splitterfasernackte Frau mit ausgeprägten Schamlippen. Das allein hätte ich Holm niemals zugetraut. Vor allen Dingen aber ist das unverkennbar das Gesicht von Saranya! Bildunterschrift: »Granate Nr. 83«.

»Holm!«

»Alles Unikate.« Er klingt auch noch stolz.

Nacheinander blättere ich weitere Bilder um. »Granate Nr. 12«, »Granate Nr. 4« in einer zugegeben beeindruckenden Froschperspektive, also Spagat von unten – schnell lege ich das Blatt zur Seite –, »Granate Nr. 161«.

»Wie viele hast du denn davon gemalt?«

»Gerade heute Morgen habe ich die Zweihundertermarke geknackt. Achtzig Euro pro Stück. Schließlich erkennt man auf meinen Bildern auch was. Nelly …«

»Achtzig Euro?!«

Während ich überlege, wie ich mich möglichst bald unauffällig vom Acker machen kann, blättere ich ein Bild um, das ganz eindeutig nicht Saranya zeigt. Das ist ein Mann. Ein nackter Mann. Mit einem Penis, der mindestens Ocke-Boysen-Format hat. Ich sehe zu Holm auf, der gerade ein paar Bilder umschichtet, und muss an den Papst-Ken in seinem Kinderzimmer denken und an die aufgepumpten Brustmuskeln, die sich sicherlich unter der kleinen weißen Kutte verstecken. Ich starre Holm an. Der guckt von mir zu dem Blatt in meiner Hand und zieht es mir weg.

»So, so, Zölibat für alle also.« Wilma hat sich an meine Seite gepirscht. Sie zieht an einer Zigarette.

»Na ja, der Geist ist willig, aber das Fleisch ist schwach.« Da ist tatsächlich ein Schmunzeln auf Holms Gesicht.

»Was muss ich da hören, Sohnemann?« Birks Stimme poltert vom Zelteingang herüber.

Holm duckt sich, und ich erwarte schon, dass er seine gesammelten Werke in Windeseile zusammenrafft und unterm Tisch verschwinden lässt – doch dann kommt er hoch, baut sich geradezu auf hinter seinem hüfthohen Verkaufstresen und streckt sogar ein wenig die Brust raus.

»Oha!« Birk greift sich eines der Bilder.

Während er eine Zeichnung nach der anderen studiert und ab und an brummt, sieht es so aus, als würde Holm auf der gegenüberliegenden Tischseite merklich in die Breite wachsen. Schließlich legt Birk alle Bilder wieder zurück an ihren Platz, läuft um den Tapeziertisch herum und haut seinem Sohn so fest auf die Schulter, dass dieser kurz in die Knie geht. »Mien Jong, hast ja doch Eier in 'er Büx!« Er fasst ihn am Oberarm. »Karl, mach uns mal zwei Punsch! Darauf müssen wir trinken!«

Holm will gerade widersprechen, doch dann grapscht

er sich einen der Becher und pappt ihn gegen den von Birk.

»Vadder un' Söhn. Nee, wat scheun.« Wilma tritt die Zigarette aus und humpelt aus dem Zelt.

Im Museum stehen die Leute noch immer dicht an dicht, eine Horde von Kindern stürmt lautstark die Treppe rauf und runter. Heidrun und Ilmar betrachten eines von Nellys Bildern, auf dem sich nackte Männer und Frauen in den aberwitzigsten Stellungen über- und untereinander verbiegen. Stolz sehen die beiden aus.

Saranya zieht mich an der Hand in die Menge. »Fototermin! Mann, bist du kalt.«

Zusammen mit Nelly posieren wir unter einem Gerät, das Saranya im Vorfeld zweifelsfrei als historische Liebesschaukel identifiziert hat. Es hängt rechts vom Haupteingang an vier silbernen Ketten von der hohen Decke und besteht im Wesentlichen aus einem quadratischen ledernen Sitzteil. Außerdem gibt es zwei Manschetten für die Hand- oder Fußgelenke, oder was auch immer man damit anstellen will, die ebenfalls an langen Ketten in der Luft baumeln.

»Es wäre toll, wenn sich eine von Ihnen in die Schaukel setzen könnte.« Der Fotograf, der, sofern ich es richtig verstanden habe, vom *Flensburger Tageblatt* kommt, zeigt auf mich. »Sie! Mit den Locken, das kommt gut!«

Ohne dass irgendjemand meine Zustimmung abgewartet hätte, hieven mich Onno und ein paar andere Männer weit nach oben auf den Sitz, der augenblicklich wie verrückt zu schaukeln beginnt. Ich fasse nach den Ketten.

Jeder Muskel in meinem Körper scheint lose zu sein, sogar meine Wangen fühlen sich an, als würden sie schlackern. Hektisch fasse ich um, aber das Kippeln wird nur noch stärker. Gibt es hier denn überhaupt keine Ruheposition?

»Ziehen Sie doch mal spaßeshalber die Manschetten über die Handgelenke!«, ruft der Fotograf.

Sonst noch Wünsche?

Saranya stellt sich auf die Zehenspitzen, aber die Fesseln und ich, wir sind zu weit oben. Mit meinem wackelnden Fuß angle ich selbst nach den Handschellen und kippe sogleich hintenüber. Meine Kniekehlen klammern sich am Leder fest, mein Körper hängt senkrecht nach unten, meine Bauchmuskeln sind vollkommen machtlos.

»Hilfe!«

»Perfekt. So bleiben!«

Unter mir werden Plätze gewechselt, es blitzt ein paarmal, dann drückt mich jemand zurück in die Sitzposition, wo ich weiter wie ein Patient mit Ganzkörpertremor vor mich hin kippele.

Mein Herz rast. Ich sollte so schnell wie möglich meine Beine über irgendeine Männerschulter legen, mich runterplumpsen lassen, fertig. Im selben Moment werden mir die Manschetten auf einem Besenstiel griffbereit vor die Nase gehalten. Ich atme tief durch. Okay, diesen einen Spaß mache ich noch mit, dann ist aber wirklich Schluss. Dann will ich einen Köm und stehe für Interviews und Fotos nicht mehr zur Verfügung.

Mühelos gleiten die Lederfesseln über meine Handgelenke. Und bevor ich weiß, wie mir geschieht, wird mein ganzer Körper nach vorn gerissen, und ich lande bäuchlings auf dem Schaukelsitz. Meine Arme strecken sich in ein weites V, werden immer weiter nach vorn und auseinandergezogen, ich schreie. Tosender Applaus ist die Antwort.

»Hey, Stagediving!«, ruft jemand, den ich dafür umbringen möchte.

Ich paddle mit den Beinen und nehme einen Schwall eisiger Luft wahr und die geöffnete Eingangstür. Und dann sehe ich ihn.

Und Johan sieht mich. Eine umgestürzte Zitterpappel über den Köpfen aller Anwesenden. In seinem Blick liegt eine Frage. In meinem schiere Panik.

≈ 29 ≈

Die Menge weicht zurück, als die Tür Sekunden später abermals aufgezogen wird. Vier Herren in Anzügen treten ins Foyer, das Klackern ihrer Absätze hallt in der plötzlichen Stille, schneidende Kälte teilt den Raum in zwei Hälften. Johan und die vier Männer – ganz sicher die, mit denen er neulich am Seeufer stand – auf der einen Seite, auf der anderen, mit etwas Abstand, dicht an dicht, als müsste man sich gegenseitig wärmen, unsere Ausstellungsbesucher. Und ich, die ich über allem schwebe und schlenkere und in der Aufregung vergessen worden bin.

Jetzt macht Paul einen Schritt über die durchsichtige Linie auf Johan zu. »Du wagst es allen Ernstes, hier aufzukreuzen?«

Die beiden Männer taxieren sich. Keiner sagt ein Wort, keiner weicht auch nur einen Millimeter von der Stelle. Unauffällig versuche ich, eine der Ketten zu fassen zu bekommen, doch erneut wird mein Körper weit auseinandergezogen. Das ist keine Liebesschaukel, das ist ein verdammtes Folterinstrument!

Saranya drängt sich an Paul vorbei und baut sich vor Johan auf. Sie sieht aus, als würde sie gleich Feuer speien. »Du bist wirklich das Allerletzte. Der mieseste Verräter, den ich je …«

Paul schneidet ihr das Wort ab. »Johan, ich möchte dich jetzt bitten zu gehen.« Er stemmt sich gegen die Holztür und weist mit dem Arm hinaus.

Johan rührt sich nicht vom Fleck. Stattdessen scheint die Temperatur hier drinnen sekündlich abzunehmen. Ich zittere. Vor Kälte und vielleicht auch ein bisschen, weil ich ihn das erste Mal wiedersehe seit unserer letzten Umarmung, und weil ich so unglaublich wütend bin und so verletzt und will, dass er geht, auf der Stelle, bevor ich mich gleich nicht mehr halten kann.

Einer der Anzugträger wendet sich an Paul. »Könnten Sie mir bitte verraten …«

»Jetzt nicht.« Seine Stimme klingt angespannt. Er steht noch immer in der geöffneten Tür.

»Jetzt nicht?« Johan ist sehr ruhig.

Wieder taxieren sich die beiden Männer, bis Wilma von irgendwoher aus dem Raum ruft: »Mok de Dör to, Paul.«

Langsam zieht Paul seinen Arm zurück. Einen Augenblick sieht es so aus, als wüsste er nicht, auf welche Seite der Tür er treten soll. Wie ein Tier, das weghuschen will, es sich aber im letzten Moment anders überlegt. Er macht einen Schritt zurück in den Raum, krachend fällt die Pforte ins Schloss.

Während sich das Schweigen wie eine Schneedecke über die Anwesenden legt, wage ich einen neuen Versuch, mich aufzurichten. Und tatsächlich, dieses Mal bekomme ich die Ketten zu fassen und kann mich in eine zittrige Sitzposition hieven. Als ich meinen Körper einigermaßen ausbalanciert habe, sehe ich wieder nach vorn und muss mich festklammern, um nicht sofort wieder vornüberzukippen. Johans Blick trifft mich bis ins Mark.

»Ihr habt mich neulich mit diesen Herren am Seeufer stehen sehen.« Er spricht leise und nur zu mir. »Ich habe mich erkundigt, was sie da tun, und Herr Graf«, er nickt kaum merklich in Richtung einer der Männer, »war so nett, mir von seinen Plänen zu erzählen. Dass er das Museum in ein Hotel verwandeln will – aber das wisst ihr ja selbst. Ich bin dankbar, dass ihr diese Gegenoffensive gestartet habt. Dass ihr das Museum retten wollt.« Er sieht mir noch einmal fest in die Augen, dann dreht er sich wortlos um und verlässt das Gebäude.

Johan!, schreit es in mir. *Bleib!* Aber mein Mund öffnet sich nicht, und mein Körper hängt wie erstarrt in der Luft. Ich nehme nichts mehr wahr außer der Tür, durch die er gerade verschwunden ist, vernehme ihr Klacken wie etwas, das kilometerweit entfernt ist, und habe für einen Moment das Gefühl, mir Johans Anwesenheit nur eingebildet zu haben. Dann schiebt sich Knut in mein Blickfeld und durch einen Spalt der Tür nach draußen, seinem Sohn hinterher. Das Klacken ist diesmal viel lauter. »Kann mich vielleicht mal jemand hier runterholen?« Meine Stimme hört sich schrill und fremd an.

Jetzt, wo das Gewackel wieder anfängt, fällt mir auf, dass ich die letzten Sekunden oder Minuten ganz ruhig dagesessen habe. Unter mir klafft ein Loch. Ein paar Männer eilen herbei und füllen die Lücke mit ihren Schultern, bereit, mich in Empfang zu nehmen. Überhaupt ist es mit einem Mal so wuselig im Raum, als wäre da wirklich eine Starre gewesen, die mein Schrei durchbrochen hat.

Schließlich lande ich auf Holms Rücken, der in die Hocke geht und mich in einer fließenden Bewegung auf den Boden gleiten lässt. Nelly und Saranya umarmen mich und reden durcheinander, und ich verstehe von allem nur: Johan.

»So, Herr Paul, jetzt erklären Sie mir bitte mal, was es mit dieser Veranstaltung auf sich hat.« Das kam von einem der vier Männer, dem mit der Glatze, ich glaube, das ist Herr Graf.

»Das können wir doch auch ein andermal klären.« Paul macht einen Schritt nach hinten.

»Wann denn? Wenn diese lächerliche Museumsrettungsaktion hier vorbei ist?« Er lacht.

Ich spüre, dass Saranya nach vorn preschen will und wie Nelly sie mit festem Griff zurückhält.

»Was ist überhaupt Ihre Rolle dabei? Wieso haben Sie das nicht verhindert? Sie sind doch der Ortsbeirat.« So wie Herr Graf *Ortsbeirat* ausspricht, müsste Paul eigentlich auf hundertachtzig sein und ihm ordentlich Kontra geben. Stattdessen macht er einen weiteren Rückwärtsschritt und schweigt.

»Sie und ich, wir wollten doch gemeinsam frischen Wind in die Region bringen. Zahlungskräftige Besucher und … Wir hatten doch eine Vision!«

»Pscht!« Das kam von Paul, nicht von mir. Es sieht aus, als würden seine Schultern nach vorn klappen und als würde er, schmal und mit eingezogenen Wangen, darauf warten, dass er von hinten eingesogen oder vom Erdboden verschluckt wird. Und tatsächlich presst er seinen Körper rückwärts durch eine Lücke in der Menge und ist einen Augenblick später von der Bildfläche verschwunden. Allerdings nicht ganz so, als wäre er unsichtbar, denn man sieht ihn noch, wie er sich seinen Weg in Richtung Café bahnt.

»Paul!« Nellys Schrei gellt durchs Foyer.

»Bitte, Herr Paul! Machen Sie sich doch nicht lächerlich!« Herr Graf blickt dem Haarschopf, der etwas Wieselartiges an sich hat, hinterher. »So können Sie sich Ihre Provision abschminken! – Gehen wir.« Er nickt seinen drei Gefolgsmännern zu, die umgehend wie ein Geschwader zur Tür streben.

Ich fasse nach Nellys Hand. Sie sieht aus, als würde sie gleich umkippen. Paul. Ich drücke ihre Hand. Hat uns alle verarscht. Und was mich ganz besonders wütend macht: Durch seine hinterhältigen Lügen hat er Johan und mich auseinandergebracht. Mit voller Absicht, da bin ich mir sicher.

Einen Moment später ist der Eingangsbereich leer. Rauch steigt von der öden Fläche auf – das bilde ich mir zumindest ein –, ein verlassenes Schlachtfeld, das nicht einmal eine Absperrung braucht, die Büttelsbüttler halten auch so gebührenden Abstand. Nur Holm traut sich und übertritt die durchsichtige Linie mit einem hohen Schritt, als wäre da wirklich ein rot-weißes Folienband. In seiner Hand hält er eine Flagge mit dem Gesicht des Papstes, wenn auch nicht des aktuellen. Keine Ahnung, wo er die plötzlich herhat.

»Achtes Gebot: Du sollst nicht falsch Zeugnis reden wider deinen Nächsten.« Er schwenkt die Fahne in Richtung Café, von wo ein kühler Wind herüberweht. »Neuntes Gebot: Du sollst nicht begehren deines Nächsten Haus.« Seine Stimme ist laut und unerbittlich. »Zehntes Gebot: …«

Was stehe ich hier eigentlich noch rum? Ich muss zu Johan! Muss ihm sagen, dass ich mich geirrt habe. Ach Quatsch, das weiß er ja. Was kann ich ihm überhaupt sagen? Entschuldigen kann ich mich und … – egal, ich laufe jetzt erst mal los!

»Gut, dass ich Sie drei auf einen Schlag erwische.« Eine Frau um die fünfzig stellt sich mir in den Weg. »Claudia Knecht. Die rechte Hand von unserem Bürgermeister Ernst Schimmel. Toll, was Sie hier auf die Beine gestellt haben.« Sie nickt Nelly, Saranya und mir anerkennend zu.

Und ich kämpfe mit mir, ob ich sie einfach über den Haufen rennen soll oder der Höflichkeit, zähneknirschend, einen vorläufigen Sieg zugestehe. Mein Gebiss mahlt. Noch ein wenig hierzubleiben hätte den Vorteil, dass ich einen Plan fassen könnte, wie ich Johan gegenübertrete. Mein Bauch boxt gegen die Decke, ein Schlag aus der Magengrube, gefolgt von einem Trampeln, das mich ganz zappelig macht. Ich muss los!

»Freut mich. Ich bin Irmela Fuchs, aber nennen Sie mich bitte … Irma.«

Nellys und mein Kopf schnellen hoch. Eine strahlende Saranya und die Frau von der Gemeindeverwaltung, deren Namen ich sofort wieder vergessen habe, schütteln sich die Hand.

»Sie haben es ja vorhin mitbekommen. Herr Paul hat sich in der Vergangenheit für das Hotelkonzept starkgemacht. Er war es auch, der uns seinerzeit mit Herrn Graf zusammengebracht hat. Wir dachten, das wäre ein guter Plan, wenn selbst der Ortsbeirat von Büttelsbüttel hinter der Idee steht. Und das Museum, nun, Sie wissen es ja selbst, das war immer ein Verlustgeschäft. Aber wie es aussieht, muss das ja so nicht bleiben.« Sie schaut sich um. »Wenn man auch nur etwas von dem heutigen Geist in den Alltag hinüberretten könnte, sollte man dieser Stätte noch eine Chance geben. Sagen wir, ein Jahr, und dann schauen wir uns die Zahlen noch mal an?«

War das ein Juchzen? Kam das von Saranya? Ich starre sie an. Ich hatte ja keine Ahnung, dass sie zu so einem triumphierenden Honigkuchenpferdgrinsen überhaupt in der Lage ist! Mit einem Blick, in dem pure Freude liegt, sieht sie zwischen Nelly und mir hin und her. Und so langsam, Tropfen für Tropfen, sickert es zu mir durch. Wir haben gewonnen. Das Museum bleibt? WIR HABEN GEWONNEN!

Saranya fällt uns um den Hals. Dann beginnt sie zu hüpfen, noch während sie uns festhält, sodass Nelly und ich gezwungen sind mitzuhopsen. Zuerst wippen wir nur, aber schon nach kurzer Zeit springt unser ganzer kleiner Dreierkreis wie verrückt auf und ab.

Irgendwann macht Saranya sich los und streicht sich die Haare glatt. »Frau Knecht«, sagt sie, wieder ganz Contenance, »die Herausforderung nehmen wir gerne an. Wir haben auch schon einige Pläne, die ich Ihnen jetzt nur in Grundzügen unterbreiten möchte.«

Haben wir die? Nelly zuckt mit den Schultern.

»Als Erstes würden wir das Heimatmuseum gerne umbenennen, damit es nicht mehr ganz so verstaubt klingt. Wir dachten an *Büttelsbüttler Galerie und Kuriositätensammlung*. Darunter ließen sich besondere Ausstellungen wie die heutige fassen, Teile der Originalsammlung, aber auch Arbeiten von Künstlern aus der Region. Ich selbst würde in Zukunft gerne die Pressearbeit übernehmen, um die neue Ausrichtung regional, und mittelfristig auch überregional, bekannt zu machen. Ebenso das Sponsoring. Nele Bente und Carolin Punke wären zuständig für die Ausgestaltung des Programms – also Sonderausstellungen, Führungen und Diskussionen –, die Akquise von Künstlern und Referenten und die Rundum-Organisation. Nele Bente würde zusätzlich noch das Café betreiben – dafür bräuchte sie natürlich Aushilfen.«

Ich kriege den Mund nicht mehr zu. Das hat sie doch jetzt nicht spontan aus dem Hut gezaubert, oder? Wenn so etwas möglich wäre, Nelly, Saranya und ich Arbeitskolleginnen in *unserem* Museum, das wäre ja UNGLAUBLICH!

»Frau Fuchs … Irma, ich bin sehr angetan. Ausgesprochen angetan sogar.« Frau Knecht zückt einen kleinen ledernen Kalender. »Die nächste Budgetrunde ist noch vor Weihnachten. Ja, ich denke, das sieht gut aus. Schließlich würden wir als Gemeinde auch davon profitieren. Hier ist meine Karte. Ich melde mich bald bei Ihnen. Meine Damen, es hat mich gefreut.« Sie schüttelt uns allen dreien die Hand, dann rauscht sie davon.

»Du raffiniertes Stück.« Ich knuffe Saranya in die Seite.

Sie verbiegt sich und lacht. Dann wendet sie sich an Nelly. »Du, eins noch. Ich muss dir und deiner Familie für Weihnachten leider absagen. Du weißt, wie glücklich mich dein Angebot gemacht hat, aber …«

»Du fährst nach Hause?« Wie Nelly das betont, klingt es überhaupt nicht wie eine Frage.

Saranya nickt.

»Hast du … mit deinen Eltern telefoniert?«, hake ich nach.

Wieder nickt Saranya.

»Jetzt lass dir doch nicht alles aus der Nase …«

»Nele Bente! Hier haben Sie sich versteckt!« Der Mann im graubraunen Cordanzug, der Galerist von vorhin, schiebt sich zwischen uns. »Ich dachte schon, Sie wären wieder abgetaucht.« Er lacht. »Jetzt erzählen Sie doch mal. Haben Sie diesen Trick nur in Hamburg angewendet oder deutschlandweit?«

»Äh, welchen Trick?« Auf Nellys Stirn hat sich eine kleine Falte gebildet.

»Leugnen ist zwecklos. Ihre Handschrift ist unverwechselbar.« Er setzt eine dicke braune Brille auf und geht näher an eines von Nellys Bildern heran, ein goldenes mit hellgrauen Schlieren und mindestens fünfzig unterschiedlichen Kamasutrastellungen in Kohle. Ich kann sehen, dass auch er stutzt, sich aber sogleich wieder fängt. »Ah ja, diese spannungsgeladene Symbiose von Farbe und Form, von Ruhe und Unruhe, ekstatisch, frisch und zugleich wie aus der Zeit gefallen – unverkennbar. Mir machen Sie nichts vor.«

Wovon, in Gottes Namen, spricht dieser Mensch?

»Entschuldigung, aber wir verstehen nicht so recht …«, schaltet sich Saranya ein.

»Tja, offenbar hat Nele Bente dichtgehalten. In den letzten Monaten hat sie auf Auktionen in Hamburg mehrere ihrer Bilder angeboten.«

»Nelly!«

»Nein! Ich meine, ich hab … Ich hab nicht …«

Der Mann sieht für einen Moment irritiert aus, dann redet er weiter: »Es hieß, die Künstlerin wolle anonym bleiben. Aber natürlich besitze ich ein Auge für Talente und habe kräftig mitgeboten. Tja, was soll ich sagen, die Werke hängen seitdem in der Galerie Rothe, meiner Galerie, und sie haben auch schon Käufer gefunden.«

»Ehrlich, ich war bei keiner Auktion! Ich weiß überhaupt nicht, wie das geht.« Nelly sieht fast verzweifelt aus.

»Was sind das denn für Bilder, die Sie ersteigert haben?« Saranyas Stimme ist kühl, ihre Augen haben sich zu schmalen Schlitzen verengt. Und als sie weiterspricht, macht es auch bei mir endlich klick. »Gelb? Bananengelb?« Ihre Stimme wird immer lauter. »Und im Hintergrund – SCHWEINE?«

»Ganz genau! Ist also doch etwas durchgesickert.« Er tritt an ein weiteres Bild heran.

Als Nelly auf die unterste Treppenstufe sinkt, sieht es aus, als hätten ihre Beinmuskeln jeden weiteren Dienst verweigert. Im Grunde sinkt sie gar nicht, sondern sackt einfach in sich zusammen. Ich setze mich neben sie. Wie kann man sich nur so in einem Menschen täuschen?

»Was haben Sie für die Bilder bezahlt?« Saranya klingt sehr sachlich.

»Zwischen zehn- und vierzehntausend.« Er nimmt seine Brille ab und beugt sich zu Nelly herunter. »Frau Bente, darf ich Sie für morgen Vormittag in unsere Galerie einladen? Wir sollten uns dringend unterhalten.«

Falls Nelly auch nur einen Augenblick gezögert hat, ist das an mir vorbeigegangen. Kraftvoll richtet sie sich auf und sieht Herrn Rothe mit festem Blick in die Augen. »Das sollten wir unbedingt tun.« Dann streckt sie die Hand aus, und es sieht aus, als hätten die beiden schon jetzt ein Geschäft besiegelt.

Als er sich mit einem freundlichen Nicken in die Runde verabschiedet hat, ruft Nelly: »Mach uns mal drei Sekt, Hedda. Und drei Grüne.«

Kurz darauf halten Nelly, Saranya und ich Pappbecher und Plastikpinnchen in der Hand. Das Foyer hat sich deutlich geleert, ich habe gar nicht mitbekommen, wie die Zeit vergangen ist.

Ohne abzuwarten, kippt Nelly den Likör hinunter. »So! Jetzt bin ich bereit.« Sie hebt ihren Becher, wir tun es ihr nach. »Auf den unglaublichen Erfolg von SEX AND THE DORF!«

Saranya und ich leeren noch schnell unsere Pinnchen, dann pappen wir zu dritt unsere Sektkelche aneinander.

»Auf unsere Zusammenarbeit! Und wer weiß, was die Zukunft so bringt«, sage ich und spüre beim nächsten Schluck, dass die Würfel gefallen sind: Hamburg muss warten. Ich bin hier noch nicht fertig.

»Auf die Künstlerin Nele Bente!« Saranya strahlt Nelly an.

Die erwidert ihren Blick mit einem Lächeln. »Auf die Heimat.«

Mir wird immer wärmer ums Herz. »Und auf Wilma«, sage ich. »Wenn sie uns damals nicht verkuppelt hätte …« Ich zwinkere Saranya zu.

Und irgendwann, nach ein paar weiteren Schlucken, kommt es zeitgleich von uns dreien: »Auf uns!«

So, mein lieber Bauch, jetzt darfst du boxen, trampeln und drängeln, so viel du willst. Mit einem Ausatmen gebe ich meinen Unterleib frei und renne los. Endlich! Angetrieben von kräftigen Trampolinsprüngen, wobei diesmal ganz offensichtlich meine Bauchdecke als Sprungtuch missbraucht wird, stürme ich über den Vorplatz und kurz darauf die Hauptstraße hinunter. Nein, einen Plan habe ich nicht. Ich habe ein Ziel!

Als ich die Einfahrt zu Knuts Hof in der Ferne erkenne, pumpert und hämmert mein Herz. In meinem Körper prasselt, pocht und pulsiert es, ich werde jetzt nicht langsamer. Ich werde nicht innehalten und warten, bis die Kamera auf die finale Einstellung schwenkt. Das Finale, das habe ich selbst in der Hand.

Als ich in einem harten Rechtsschwenk in den Hof einbiege, fährt eine durchsichtige Wand vor mir hoch. Abrupt bremse ich ab. Da vorn, neben der Kastanie, da steht kein Mustang. Da ist nichts. Johan ist weg.

≈ 30 ≈

Die Bäume rauschen nicht mehr, wie sie es die ganze Nacht über getan haben, jetzt scheint mir die Sonne ins Gesicht. Ein völlig unpassendes Licht vor einem genauso deplatzierten strahlend blauen Himmel. Klirrende Kälte. Ein Tag für einen Spaziergang, eingehakt, in langer Wollunterwäsche mit anschließendem Aufwärmen vor dem Kamin. Ein Tag, der so überhaupt nicht zu meiner Stimmung passen will, nach dieser Nacht, in der ich wach gelegen und gegrübelt habe und immer nur zu dem einen Schluss gekommen bin: Ich hab's versaut.

Ja, Carolin Punke, nicht Paul hat Johan und dich auseinandergebracht. Das hast du ganz allein hinbekommen. Bravo!

Ich ziehe das Rollo runter.

Gestern Abend habe ich noch versucht, Johan zu erreichen. Beim dritten Mal habe ich auf seine Mailbox gesprochen. »Es tut mir leid.« Mehr konnte ich nicht sagen. Knut wusste auch nichts, außer dass Johan zurück nach Hamburg gefahren ist. Und das, obwohl Knut heute fünfundsiebzig wird.

Ich starre an die Decke. Was mach ich denn jetzt?

Ohne jede Vorwarnung kommt ein Laut aus meiner Kehle. Ich drücke mir das Kissen aufs Gesicht.

Wie würde ich mich fühlen, wenn mich der Mann, in den ich verliebt bin, vorschnell verurteilte? Wenn er mich nicht einmal anhören würde, weil meine Schuld ihm so viel schlüssiger erscheint als meine Unschuld?

Ich würde mich hintergangen fühlen. Ich habe Johan hintergangen. Ich!

Ich möchte ihn hierhaben, in der Dunkelheit meines Zimmers, mich wieder mit ihm verbinden. Aber ich sehe immer nur mich, wie ich um ihn herumspringe, um Verzeihung bettele, und ihn, wie er vielleicht sogar sagt: »Alles klar, ich verzeihe dir«, damit ich Ruhe gebe. Und dann kommt er irgendwann her mit seiner neuen Freundin, um sie Knut vorzustellen. Laut schluchze ich ins Kissen.

Es rumst.

Stille.

Dann kracht es. Ich ziehe mir das Kissen vom Kopf und lausche. Als würde vorn auf dem Hof ein Container abgeladen. Jemand ruft: »Rechts!« Ich stehe senkrecht im Bett.

Die Stimme! Augenblicklich bin in meinem Wohnzimmer und drücke am Fenster die Alulamellen auseinander. Im ersten Moment sehe ich nur Licht. Tiefblauer Himmel, Sonne, Schnee, weißer als weiß. Dann entdecke ich ihn. Mein Herz stoppt. Johan.

Mein Gesicht drückt sich ans Fenster, als könnte ich ihn so näher zu mir heranholen, als würden meine Lippen nicht das Glas berühren, sondern ihn. Er steht da im Schnee mit dicken Schuhen, Jacke und Schal, so fest, und seine Schultern so breit neben denen von Knut. Er hat den Arm um seinen Vater gelegt, zieht ihn ein bisschen zu sich heran, Knut lächelt, hinter ihnen ein kleiner Kran – ein Kran? –, und gemeinsam blicken die beiden hinauf in die kahle weiße Krone der Kastanie. Da oben, das sehe ich ja erst jetzt!

Inmitten der Krone, bestimmt zehn Meter vom Boden entfernt, thront ein Holzhaus. Es ist dunkelbraun, wie die beiden dicken Äste, die es halten, mit abgerundeten Ecken und einer gläsernen Front. Zum Haus führt eine Treppe hinauf, vom Boden mit einer Kurve bis zur Eingangstür der Hütte, eine breite Treppe, und da, am rechten Geländer, ist das ein Lift? Die Outdoorvariante eines Treppenlifts? Der schwarze Stuhl sieht geradezu sportlich aus. Mit einem Mal spüre ich Tränen in mir aufsteigen. Tränen wie Meerwasser, das seine brennende Spur bis tief in meinen Kopf zieht. Wieder habe ich Johan verdächtigt. Dass er seinen Vater an dessen fünfundsiebzigsten Geburtstag alleinlassen würde. So misstrauisch will ich nicht enden.

Aus einer plötzlichen Eingebung halte ich mein Handy zwischen die Lamellen und schieße ein Foto. Lange habe ich Knut nicht mehr so glücklich gesehen. Bevor ich es mir anders überlegen kann, drücke ich auf Senden. Das Piepsen im Hof ist bis hier oben zu hören. Johan zieht sein Telefon aus der Jackentasche, ich halte den Atem an. Seine Miene ist unergründlich. Lange schaut er auf das Telefon in seiner Hand, sehr lange. Verdammt, was denkt er bloß! Plötzlich piepst es, ohrenbetäubend laut, ich stolpere zurück. Das kam nicht vom Hof!

»Punke, eine Frage hab ich noch gut bei dir. Geschirr und Brokkolistängel hatten wir, Nr. 3 lautet: Wolltest du als Kind lieber auf einem Feuerwehrauto oder einem Traktor mitfahren?«

Im Rausrennen, mit übergeworfener Jacke und verknotetem Schal, fällt mein Blick auf meinen alten Projektplan. Der hängt noch immer neben der Tür.

Projektziel: Glücklich sein steht da, und weiter: *Wann ist das Projektziel erreicht: Wenn ich mich umsehe und denke: Ja, das ist mein Leben, und es ist schön, so wie es ist.*

Ich fliege die Treppe hinunter, reiße die Haustür auf, sehe nur Knut, der auf seinem Hightechlift Platz genommen hat. Noch bevor ich ihm um den Hals fallen kann, deutet er mit einem Lächeln zur Seite. Da steht ein Trecker! Direkt neben mir! Und oben auf dem Trecker sitzt Johan.

Seine Hand streckt sich nach mir aus. Ich ergreife sie, diese warme, starke Hand, die ich so vermisst habe, und spüre die Kraft, mit der sie mich hochzieht. Sie lässt mich auch nicht los, als ich schon oben sitze, meinen Arm, meine Seite so dicht an seiner, dass es mich schaudert. Wir sehen uns an. Ich muss immerzu sein Grübchen angucken, schräg links von seinem Mundwinkel. Weiß hängt unser Atem in der Luft und vermischt sich zu einer Wolke, unserer Wolke. Johans Finger streichen über meine Lippen, ganz leicht drückt sich sein Daumen in die kleine Einbuchtung an meinem Kinn.

»Es tut mir leid. Es tut mir so, so leid, dass ich …«

»Schsch.« Er küsst mein Kinn.

»Nein, ehrlich.« Ich rücke ein Stück ab. »Ich konnte es einfach nicht glauben. Dass jemand … Dass ein Mann nicht irgendwas Blödes hinter meinem Rücken plant und macht. Dass einfach alles gut ist. Ich weiß, das ist keine tolle Erklärung, aber ich …«

»Doch, ist es.« Er sieht mir in die Augen. »Und weißt du, was, Punke? Ich bewundere dich. Weil du dein Ding durchgezogen hast. Weil du deine Ideale nicht für irgendeinen Typen über Bord geworfen hast. Blöd natürlich, dass gerade ich dieser Typ war, aber darüber sehe ich jetzt mal hinweg.« Sein Mundwinkel zuckt.

»Johan …« Meine Stimme versagt. Er hat mir verziehen, einfach so. Ich erwidere seinen Blick, und bevor ich mich gleich nicht mehr traue, muss ich ihn jetzt noch eine Sache fragen. Ich räuspere mich. »Eigentlich ist es egal, aber ich würde es trotzdem gerne wissen: Neulich beim *Tatort*-Gucken hat Knut gesagt, dass die Gemeinde bei irgendwas schnell nachgegeben hätte. Und dass irgendwo etwas Neues hinmüsse. Was meinte er damit?«

»Ah, jetzt verstehe ich.« Johan grinst. »Da ging es um die Mehrzweckhalle. Ich hatte denen ein neues Dach vorgeschlagen. Weil ich Sorge habe, dass das alte bald einbricht, so morsch, wie es ist.« Er fasst mich an den Schultern. »Darf ich dich jetzt endlich küssen?«

Ich nicke.

Johans Hände umschließen mein Gesicht. Er sieht mir noch immer in die Augen, dann beugt er sich vor, küsst meine Stirn, meine Nase, bevor seine Lippen schließlich auf meinen landen. Und ich versinke in diesem Kuss, weich und warm in der Kälte, in diesem Gefühl, nach Hause zu kommen.

»Gott, habe ich dich vermisst«, flüstert er, als sich seine Lippen zum dritten Mal von meinen lösen.

Wieder kann ich nur nicken. Und nicht mehr aufhören zu grinsen.

»Bereit?« Ohne eine Antwort abzuwarten, dreht er den Zündschlüssel. Der Motor bullert los, und kurz darauf tuckern wir über die weiße Hauptstraße.

Ich schmiege mich an ihn, Johans Arm hält mich fest.

»Wo fahren wir eigentlich hin?«

Er deutet nach hinten. Da hängt etwas an unserem Traktor. Eine Matte, ziemlich groß und aus Gummi, mit der wir durch den Schnee pflügen. Als ich gerade zu einem »Und?« ansetzen will, springt ein Junge auf die Matte. Rücklings liegt er im Schnee und schreit, als Johan aufs Gaspedal tritt. Johan lacht. Fünf Minuten später haben wir sieben kreischende Kinder im Schlepptau und ziehen sie auf und ab durchs Dorf.

Ich sehe mich um. Glitzernder Schnee auf Bäumen und Zäunen, unten auf dem Gehweg ein paar vertraute Gesichter, die in die Sonne blinzeln, mittendrin, an einer Straßenecke, Holm, eine Coladose im Anschlag. Ich atme die klare Luft ein, spüre das Schaukeln des Traktors unter meinem Hintern, betrachte die Schneeflocken in Johans strubbligem Haar und denke: Ja, das ist mein Leben, und es ist schön, so wie es ist.

Danksagung

Neulich habe ich in der ZEIT einen Artikel über Autoren-Danksagungen gelesen und darüber, dass solche Dankesreden am Buchende immer länger werden. Lächerlich lang. Natürlich wollte ich mich sofort ganz besonders kurz fassen …

Zunächst möchte ich meiner Agentin Petra Hermanns für die richtigen Hinweise zur rechten Zeit danken und meiner Lektorin Leonora Tomaschoff vom Goldmann Verlag für ihre anhaltende Begeisterung an meiner Arbeit.

Ich danke meiner Autorengruppe Centrale 5: Alexander Häusser, Andreas Kollender, Timon Schlichenmaier und Angelika Wollermann. Ihr Besten, ihr wisst, dass ich euch brauche.

Fürs Lesen, auch wenn's zeitlich überhaupt nicht passte, kann ich Julia Buhk, Julia Dubois, meiner Schwester Katrin Kaufhold und meiner Mutter Inga Kaufhold gar nicht genug danken.

Ich danke: Nadia Al Kureischi für die kulinarischen Sofa-Schreibabende, die seit 2008 für mich zu einer wichtigen Institution geworden sind; Claudia Hitzwebel, die mich in die dörflichen Gepflogenheiten eingeweiht hat; Anna Punke-Dresen und Christin Bente für die freundliche Leihgabe ihrer Nachnamen.

Mein allergrößter Dank gilt wie immer Stephan Ditschke, dafür dass er Schreibblockaden gemeinsam mit mir eingetreten hat, für seinen genauen Blick und nicht zuletzt für seine unerschütterlichen Heimatgefühle.

Frauke Scheunemann

Ziemlich unverbesserlich

352 Seiten
auch als E-Book und
Hörbuch erhältlich

Nikola Petersen steht mit beiden Beinen im Leben. Die Anwältin und Mutter von zwei Kindern betreibt eine kleine Kanzlei im quirligen Hamburger Karolinenviertel. Ihr Privatleben allerdings ist höchstens deshalb quirlig, weil sie versucht, ihren Alltag zwischen Büro und Elternabend irgendwie in den Griff zu bekommen. Schon früh verwitwet, kann sie dabei auf tatkräftige Unterstützung durch ihre Schwiegermutter Gisela zählen.
Arbeit ist aber nicht alles! Und so würde Nikola zu gern mal wieder einen romantischen Abend verbringen – wenn sie nur wüsste, wo sie a) die Zeit und b) den Mann dafür hernehmen soll. Dass Gisela dabei stets mit Argusaugen über das Familienwohl wacht, macht die Sache nicht einfacher. Doch als ihr neuer Nachbar Tiziano ein klitzekleines rechtliches Problem hat und Nikola die Verteidigung des smarten Italieners übernimmt, bekommt ihr beschauliches Leben eine rasante Wendung!

PAGE & TURNER

Überall, wo es Bücher gibt, und unter www.pageundturner-verlag.de